L'Héritière de Summerhayes

MERRYN ALLINGHAM

Traduit de l'anglais
par Marion Boclet

City
Poche

Retrouvez tous les titres City Editions :

www.city-editions.com

Publié pour la première fois en anglais en 2017 par HQ sous le titre *The Buttonmaker's Daughter*, puis en 2023 par Bookouture, une marque de Storyfire Ltd., sous le titre *The Girl form Summerhayes*.
Couverture: © Stephen Mulcahey/Arcangel
ISBN : 978-2-8246-0049-9
Code Hachette : 16 6642 1

Collection dirigée par Christian English & Frédéric Thibaud.
Catalogue et manuscrits : city-editions.com

Dépôt légal : Septembre 2024

1

Sussex, Angleterre, mai 1914

La voix de son père déchira le silence. Retentissante, elle franchit les portes fermées du salon, remonta le couloir et fit vibrer les murs lambrissés de chêne doré. De là où elle se tenait, dans l'escalier, la jeune fille distinguait seulement sa silhouette, qui se découpait sur les portes vitrées de la pièce. La silhouette d'un homme furieux qui faisait les cent pas. Elle descendit prudemment les dernières marches, puis se dirigea sur la pointe des pieds vers une entrée latérale. Par cette belle soirée du mois de mai, l'air qui vint caresser sa peau était frais et piquant. Le soleil, qui avait brillé pendant des heures, s'attardait encore dans le ciel, et quelques oiseaux, ne sachant pas très bien quand cette longue journée s'achèverait, continuaient à chanter.

Elizabeth Summer traversa résolument la terrasse dallée et descendit les marches de l'escalier en demi-cercle jusqu'à une étendue d'herbe fraîchement tondue. Son parfum était agréable, et elle dut se retenir de relever sa robe pour danser sur l'immense pelouse. C'était le soulagement qui la grisait ainsi, le soulagement d'avoir fui la maison et son hostilité. Dès son plus jeune âge, elle s'était sentie prisonnière. La discorde familiale était permanente. L'union de ses parents était ce que l'on appelait autrefois un mariage de convenance, mais Elizabeth n'aurait jamais su dire à qui il convenait. Le couple mal assorti qu'ils formaient était une plaie, un nuage immuable suspendu au-dessus de tout ce qui se trouvait dans la maison.

Oncle Henry avait fait quelque chose de mal, apparemment. Quelque chose qui avait un rapport avec le ruisseau qui faisait le tour de leurs domaines respectifs. Un acte délibéré, de pure malveillance, avait rugi son père. Quoi qu'il en soit, elle ne voulait pas être mêlée à tout cela. Elle s'arracha à ces pensées et traversa la pelouse aussi vite que le lui permettait sa jupe étroite. Son passage rapide dérangea l'un des paons de concours de son père, Joshua : l'oiseau poussa un cri rauque pour manifester son mécontentement et s'envola pour aller se poser sur le bord d'un bassin en pierre au centre de la pelouse, où il fit la roue d'un air irrité. Il avait de la chance que les jardiniers n'aient pas encore allumé la fontaine, sans quoi il aurait pu finir encore plus agacé. Le beau temps était arrivé sans prévenir, et avait pris de court le personnel. Les roses qui grimpaient sur la pergola reliant la pelouse au jardin potager s'ouvraient déjà, embaumant l'air de leur parfum entêtant.

Elle passa sous la grande arche qui donnait sur l'immense bande de terre où poussaient les fruits et les légumes qui nourrissaient tout Summerhayes, et sentit sa brique rouge bourdonner de la chaleur de la journée. La tension qu'Elizabeth ressentait commença à se dissiper et ses muscles se décontractèrent dans la chaleur que la brique réverbérait. La journée avait été difficile. L'humeur de son père, toujours imprévisible, avait explosé avec une telle fureur que les murs de la maison en avaient tremblé. En pareils moments, elle avait pour habitude de trouver du réconfort dans son atelier, la peinture et les toiles la transportant dans un monde très éloigné de la vie quotidienne à Summerhayes. Cependant, aujourd'hui, elle n'avait pas pu compter sur la peinture. Pas du tout.

Elle s'arrêta et tendit l'oreille, de jeunes voix qui flottaient dans l'air immobile parvenaient jusqu'à elle. Elle distinguait à peine, derrière des arceaux de pois de senteur plantés parmi les pommes de terre, les choux et les oignons, les silhouettes de William et de son compagnon. Ils remontaient le sentier gravillonné perpendiculaire à l'allée dans laquelle elle se trouvait. Il était tard, trop tard pour qu'ils soient dehors. Ils ignoraient le couvre-feu qui leur avait été imposé quand Oliver était arrivé pour passer les longues vacances scolaires avec le frère d'Elizabeth.

—Vous feriez mieux de rentrer ! leur cria-t-elle tandis que les garçons avançaient sur la croix de gravier qui divisait le jardin potager. Papa est dans une colère noire, et vous allez avoir des ennuis s'il voit que vous êtes encore dehors.

—Nous sommes descendus au bassin, répondit Oliver. Nous sommes allés voir où ça en était, mais cela ne s'est pas beaucoup amélioré. Au contraire, même : on dirait un bourbier.

—Le ruisseau a arrêté de couler, dit le frère d'Elizabeth. Du moins, je crois que c'est ça, le problème. Le bassin n'est plus un bassin. C'est un vrai désastre.

Ils étaient maintenant suffisamment près d'elle pour qu'elle vît leurs pantalons malpropres et leurs pans de chemises flottants, sans aucun doute le résultat de leur exploration.

—Vous êtes dans un état abominable. Si Papa vous voit, vous serez punis, c'est sûr. Faites en sorte d'entrer discrètement, sans faire de bruit.

—Pourquoi est-il en colère ?

Bien souvent, les accès de colère de leur père semblaient n'avoir ni rime ni raison. Comme elle ne répondait pas, William demanda :

—C'est oncle Henry ?

Elle hocha la tête.

—Il a dû faire quelque chose au ruisseau, poursuivit-il. Il avait bien dit qu'il le ferait si les jardiniers continuaient à prendre de l'eau.

Dans la douce lumière du soir, son frère faisait plus que ses quatorze ans.

—Je ne vois pas pourquoi il ferait une chose pareille, dit Oliver d'un ton tranchant. Il y a un ruisseau d'un mètre de profondeur qui longe les deux domaines… Il y a de l'eau pour tout le monde.

—Tu ne connais pas oncle Henry.

Mais si tu le connaissais, pensa Elizabeth, *tu comprendrais que ses actes sont parfaitement cohérents*. Si quoi que ce fût pouvait entraver ou anéantir les projets de son beau-frère, Henry Fitzroy le ferait.

—Allez, tous les deux, filez. Dépêchez-vous, et passez par la porte de service. Avec un peu de chance, personne ne vous verra.

—À tous les coups, le paternel sera encore en train de hurler et il ne remarquera même pas que nous étions sortis.

William devenait effronté. C'était l'influence de son ami, plus direct, et cela ne plairait pas à leur père, qui n'apprécierait pas davantage le moindre signe de rébellion. Joshua le dirigeait d'une main de fer et, jusqu'à présent, le frère d'Elizabeth, de nature docile, s'était plié à la volonté de ses parents, se tournant vers sa mère pour trouver du réconfort.

Toutefois, leur mère Alice semblait maintenant avoir un rival : Oliver était devenu son plus proche confident. William avait été très malheureux au collège – un collège que leur père avait tenu à ce qu'il fréquente –, jusqu'à l'arrivée d'Oliver, au début de l'hiver. Olly, comme l'appelait William, s'était avéré être son sauveur, et le changement qu'Elizabeth constatait chez son frère était extraordinaire. Elle comprenait pourquoi ils s'aimaient bien, comment ils avaient appris à compter l'un sur l'autre. Au collège, ils étaient tous les deux en marge, méprisés par leurs professeurs autant que par leurs camarades : William parce qu'il était le fils d'un fabricant de boutons, Oliver parce qu'il était le fils d'un avocat juif.

—Tu rentres avec nous ?

Le soleil déclinait rapidement et William commençait à avoir l'air inquiet.

—Je vous rejoins dans un petit moment. J'ai envie d'aller jeter un coup d'œil au bassin par moi-même.

—Il va te falloir des bottes, l'avertit son frère.

—Et une robe beaucoup plus courte, plaisanta Oliver.

—Ne vous en faites pas. Je n'en ai pas pour longtemps.

Elle les chassa d'un geste de la main et poursuivit son chemin sur l'étroit sentier de gravier qui contournait les différentes dépendances : il passait devant le bâtiment des chaudières, le cottage, la serre où poussaient la rhubarbe, les endives et le chou marin de Summerhayes, et enfin devant le bureau de M. Harris, le jardinier en chef. Elle observa le petit groupe de bâtiments. Blottis les uns contre les autres, ils formaient un tableau charmant mais le confort y était limité. La seule fois où elle s'y était rendue – pour une raison ou pour une autre, elle s'était trouvée dans la cabane à outils –, elle avait tout de suite vu que, pour les ouvriers, on ne gaspillait pas l'électricité. L'intérieur était sombre, les fenêtres petites et ne laissant entrer que peu la lumière du jour. Il y faisait aussi humide et froid, car il n'y avait que M. Harris qui bénéficiait d'une cheminée, son seul luxe dans une chambre au plancher nu et aux meubles vétustes.

Elle passa sous une autre grande arche de brique et arriva dans la Jungle. C'était le nom que William et elle avait donné à l'endroit. Leur père insistait pour l'appeler le Jardin exotique, mais dès le début, ils l'avaient vu comme la Jungle, un lieu où ils passaient le plus de temps possible, pour se cacher de leur nourrice ou, plus tard, de leur précepteur et de la gouvernante, et pour se cacher l'un de l'autre.

Soudain, elle s'arrêta net. Quelque chose n'allait pas. Elle resta là un moment, puis elle comprit ce qui manquait : elle aurait dû entendre l'éclaboussement de l'eau contre les pierres. Un ruisseau coulait sur sa gauche et tombait en cascade dans le bassin. Cependant, il n'y avait aucun bruit d'eau, aucun bruit du tout. Le jardin semblait s'être immobilisé, et un calme inquiétant y régnait. Elizabeth prit une profonde inspiration, puis elle traversa la haie de lauriers, l'arche vivante qui marquait l'entrée du jardin le plus cher à son père, et elle comprit tout de suite ce que William avait voulu dire.

Une petite partie du projet avait déjà été réalisée. Un chemin dallé avait été posé pour offrir une promenade agréable dans un espace qui était réservé au soleil, et des herbes aromatiques avaient été plantées dans les interstices entre les dalles. De part et d'autre du chemin, d'innombrables parterres de plantes méditerranéennes auraient leur place, et finiraient par s'épanouir à foison. Sur l'un des côtés du bassin, un petit pavillon d'été en silex du Sussex et en pierre avait été construit, et ses bancs en bois donnaient sur la terrasse et les colonnes de ce qui serait un jour un temple classique, de l'autre côté de l'eau.

Elle voyait ses fondations de là où elle se tenait. Elles étaient achevées, et plusieurs colonnes avaient déjà été façonnées et étaient couchées sur le côté, comme des membres de marbre géants qui auraient été détachés de leur corps. Cependant, le magnifique bassin, censé refléter l'élégance du temple, n'était guère plus qu'un étang boueux, et la statue que son père avait commandée – un dauphin dont le rostre faisait jaillir un flot d'eau constant – s'élevait, étrange et solitaire, d'entre les ruines.

Quelque part, au loin, un chien poussa un hurlement. Un son surnaturel qui s'achemina jusqu'à elle dans l'air opaque du soir. Les poils sur sa nuque se dressèrent, mais elle se rendit compte presque aussitôt que cela venait d'Amberley, que c'était l'un des chiens de chasse de son oncle, qui avait poussé ce hurlement, et elle n'y pensa plus. Avançant avec précaution sur les dalles, elle dut soulever sa jupe pour qu'elle ne traîne pas dans la vase, puis elle fit lentement le tour du grand ovale d'eau sale. Elle était arrivée à l'angle ouest du temple quand un bruit, beaucoup plus proche d'elle, cette fois, la fit sursauter.

La faune était prolifique dans le jardin et, l'espace d'un instant, elle songea que c'était un renard qui se déplaçait furtivement entre les grands arbres qui poussaient derrière le temple, se dirigeant peut-être vers la Jungle pour aller y chercher sa pitance ; mais elle entendit alors une toux. Un homme. Puis des pas, discrets mais nettement reconnaissables. L'heure tardive lui importa soudain. Elle n'aurait pas dû être là. Sa mère l'avait prévenue que le domaine n'était pas un endroit sûr, que rien ne pouvait empêcher un passant curieux d'escalader le mur d'un mètre quatre-vingts pour profiter un peu de Summerhayes. Elle fit un pas en arrière, prête à s'enfuir. La pénombre du crépuscule était tombée sur le jardin, et les arbres qui se dressaient derrière le temple en construction projetaient des ombres encore plus noires sur son chemin. Des brindilles craquèrent, il y eut un bruissement dans le sous-bois.

Elizabeth fit volte-face.

2

— Pardonnez-moi, je vous ai fait peur.

La silhouette svelte d'un jeune homme apparut de derrière l'une des colonnes couchées. En entendant sa voix, elle se retourna à demi. Il n'avait rien du personnage menaçant contre lequel sa mère l'avait mise en garde. Posant les yeux sur son visage, elle le regarda aussi attentivement qu'elle l'osait, et eut la certitude de l'avoir déjà vu. Elle *l'avait* bel et bien déjà vu, ne fût-ce que de loin.

—Êtes-vous l'architecte paysagiste ? demanda-t-elle, hésitante.

—Pas exactement, répondit-il avec un sourire légèrement en coin. Je suis l'assistant de l'architecte paysagiste, du moins jusqu'à la fin de l'été.

Elizabeth se surprit à lui rendre son sourire.

—Et que se passera-t-il à la fin de l'été ?

—Mon apprentissage sera terminé. Je serai l'architecte paysagiste pour lequel vous m'avez pris.

Il s'avança vers elle à grandes enjambées, main tendue.

—Je devrais me présenter. Je m'appelle Aiden Kellaway.

—Elizabeth Summer, dit-elle, essayant de ne pas penser à ce que sa mère dirait de cette rencontre peu conventionnelle.

La poigne d'Aiden Kellaway était ferme et chaude.

—Je sais qui vous êtes. Je vous ai vue vous promener sur la terrasse avec votre mère.

Elle ne put s'empêcher de remarquer qu'il avait un visage séduisant. Il était rasé de près, mais ses cheveux châtain clair étaient abondants et une frange ondulée indisciplinée tombait sur ses yeux d'un vert tendre.

Ces yeux étaient posés sur elle et elle dit précipitamment :

—Vous semblez avoir rencontré un problème…

Elle agita sa manche en dentelle en direction du bourbier.

—Les jardiniers ont rencontré un problème, assurément. M. Simmonds et moi allons continuer à superviser les travaux de construction, mais un temple sans bassin est un triste spectacle. Savez-vous pourquoi c'est arrivé ?

—Pourquoi il n'y a pas d'eau, vous voulez dire ?

—Je sais pourquoi il n'y a pas d'eau, j'ai remonté le ruisseau sur un kilomètre et j'ai vu le barrage en construction.

Le domaine d'Amberley était situé au-dessus de Summerhayes, et Henry Fitzroy s'était manifestement servi de cette position avantageuse pour détourner le ruisseau et tourner en ridicule le jardin bien-aimé de Joshua. Elizabeth était profondément désolée pour son père. C'était un homme dur, il avait consacré sa vie à la fabrication de boutons et cela ne lui avait pas conféré le vernis nécessaire pour réussir dans les plus hautes sphères, mais en dépit de tout cela, il possédait un amour profond et instinctif pour la beauté.

Aiden Kellaway la regardait d'un air interrogateur.

—Je voulais dire, pourquoi votre oncle – je présume que c'est votre oncle qui a ordonné le détournement du cours d'eau – souhaiterait détruire le plus bel endroit d'un jardin magnifique.

Elle ne savait pas vraiment comment répondre à cela. Elle ne connaissait que trop bien les motivations de son oncle, mais M. Kellaway était un étranger et elle n'avait pas du tout envie de lui faire part de la querelle familiale. Cependant, quelque chose dans son visage l'invitait à être honnête.

—Il existe une inimitié entre Amberley et Summerhayes. Cela dure depuis des années, et la plupart des gens du coin sont au courant. Tout ce qu'oncle Henry peut faire pour contrarier mon père, il le fait.

Aiden secoua la tête.

—C'est dommage… et de faire du mal à sa propre sœur aussi.

—Je doute qu'il se soucie vraiment de ma mère. Ce n'est pas ce genre d'homme.

Elle s'arrêta net. Être honnête était une chose, se livrer à des commérages de manière aussi irréfléchie en était une tout autre.

—Quoi qu'il en soit, s'empressa-t-elle d'ajouter, le Jardin italien est l'idée de mon père. Maman ne s'aventure jamais au-delà de la pelouse.

—Pourquoi italien ? Votre père a-t-il des parents en Italie ?

—Pas à ma connaissance, mais quand il était très jeune, il est allé en Italie et il a passé plusieurs mois à voyager vers le nord depuis Rome. Il en parle encore. Un jour, il m'a dit que cela avait été une révélation, pour lui, de voir que ce peuple avait créé il y a des siècles une beauté qui a perduré jusqu'à aujourd'hui. Je crois que cela lui a donné envie de créer lui-même quelque chose, quelque chose qui ravirait les gens pendant des générations.

L'unique voyage en Italie de son père avait, semblait-il, cristallisé un désir ardent qui n'avait jusque-là vécu que dans son cœur.

—M. Summer est un visionnaire, et Summerhayes un merveilleux projet, dit Aiden avec enthousiasme. Il peut être fier d'avoir créé un lieu enchanteur là où il n'y avait autrefois que des pâturages infertiles... d'après ce que j'ai compris.

—Les jardins font en effet la fierté et la joie de mon père, mais les pâturages infertiles, comme vous les appelez, appartenaient autrefois à Amberley.

Elle ne mentionnerait pas la jalousie de son oncle, car elle en avait déjà trop dit, mais elle voyait à l'expression du jeune homme qu'il comprenait.

Il se contenta de hocher la tête et regarda, par-delà l'étendue de boue, l'arche de lauriers, qui paraissait maintenant grise dans la lumière déclinante.

—Je me demande, malgré tout, pourquoi votre oncle est à ce point vindicatif. Avoir un jardin aussi magnifique juste à côté de chez lui doit ajouter de la valeur à sa propre propriété.

—Je doute qu'il voie les choses ainsi. Amberley est un très vieux domaine, et oncle Henry se raccroche à sa gloire d'antan. Mon père a l'argent pour se faire plaisir en concrétisant des projets comme celui-ci.

—Et ce n'est pas le cas de votre oncle ?

Elizabeth n'en dirait pas davantage. Le sujet était trop personnel et trop douloureux. Si elle ajoutait quoi que ce fût, elle risquait de révéler toute la triste histoire, la transaction entre Amberley Hall et son père. Une transaction dont elle n'avait eu que vaguement conscience pendant des années.

—Je vois, se contenta-t-il de dire.

Cependant, elle savait qu'il pensait à la réponse à une question qu'il ne pouvait pas poser : pourquoi sa mère, une Fitzroy d'Amberley, issue d'une famille dont l'histoire remontait à Guillaume le Conquérant, avait-elle épousé un homme comme Joshua Summer ?

La nuit tombait et la robe de crêpe de Chine qu'elle avait enfilée pour le dîner s'avérait bien trop fine pour qu'elle soit à l'aise. Elle frissonna légèrement et il le remarqua.

—Il commence à faire froid. Puis-je vous raccompagner jusqu'à la maison ?

—Je ne voudrais pas vous déranger, monsieur Kellaway. Il vaut mieux que vous rentriez chez vous, j'arriverai à retrouver mon chemin, même dans l'obscurité. Je connais trop bien les jardins pour me perdre.

—Je n'en doute pas…

Il eut encore son sourire légèrement en coin.

—… mais je vais dans la même direction que vous. Ma bicyclette m'attend devant le cottage. Je vais devoir la récupérer sans faire de bruit : le garçon de service doit se lever et s'habiller avant 5 heures du matin.

Elle n'avait pas vu la bicyclette quand elle était passée devant le cottage, mais cela n'avait rien de surprenant. Elle ne remarquait pas vraiment les allées et venues des hommes de son père. Pourquoi l'aurait-elle fait ? Elle vivait dans une bulle, une bulle d'opulence, mais la vraie vie se déroulait toujours ailleurs. Ou, du moins, c'était l'impression qu'elle avait.

—Vous habitez loin de Summerhayes ?

C'était la bicyclette qui l'incitait à poser cette question, mais cela l'intéressait réellement. Néanmoins, à peine l'eut-elle posée qu'elle craignit qu'elle soit trop personnelle. Les rigueurs d'une Saison londonienne ne l'avaient pas guérie de la franchise que sa mère déplorait. Les critiques sévères de cette dernière résonnaient dans la tête d'Elizabeth. Elle les avait entendues assez souvent pour les connaître par cœur : *Une jeune fille doit garder ses distances avec toute personne ne faisant partie ni de la famille, ni des amis de la famille.*

Aiden ne sembla pas s'offenser de la question et il y répondit sans hésiter.

—Je loge au village. Une chambre en pension complète dans l'un des cottages à côté de l'église.

—Est-elle confortable ?

—Assez, mais la cuisine laisse à désirer.

—Il est tard, vous allez avoir raté votre repas du soir.

—Oui, mais j'aurai de la charcuterie et des cornichons, à la place – mon souper préféré.

L'espace d'un instant, elle se demanda quel goût avaient la charcuterie et les cornichons, et elle se dit que cela devait être merveilleux de s'asseoir à table dans une cuisine, encore dans ses vêtements de travail, et de manger, tout simplement. Sans avoir à s'habiller pour le dîner, sans domestiques vous tournant autour, témoins d'une conversation guindée, et sans passer péniblement d'un plat inutile à un autre, jusqu'au moment de s'éclipser, enfin.

—Permettez-moi…

Avant qu'elle pût protester, il lui fit poser la main au creux de son bras et la guida sur le chemin dallé, puis sous l'arche de lauriers, et dans la Jungle.

—Cet endroit est extraordinaire, dit-il tandis qu'ils empruntaient le sentier sinueux en direction du jardin clos. Il y a tant de plantes rares et belles !

—C'est mon père qui a choisi chaque arbre et chaque arbuste. Ils viennent de partout dans le monde, je crois. Il m'a dit que c'étaient des chasseurs de plantes du siècle dernier qui les avaient rapportés dans ce pays, et qu'ils avaient ainsi fait fortune.

—Et je parie que chacune de ces plantes est liée à une aventure et a une histoire à raconter.

Elle se demanda quelle pouvait bien être l'histoire d'Aiden Kellaway. Dans la fraîcheur du soir, la chaleur qui émanait de son corps alors qu'ils marchaient côte à côte avait quelque chose de troublant, et elle s'efforçait de ne pas y prêter attention.

—Vous promenez-vous souvent dans les jardins ?

Elle répondit sans hésiter à la question terre à terre.

—Parfois, je fais un tour sur la terrasse, là où vous m'avez vue avec ma mère. Parfois, je m'aventure un peu plus loin.

Quand je peux, pensa-t-elle. *Quand j'arrive à me libérer de mes parents, à me libérer des domestiques.*

—Comme ce soir. Qu'est-ce qui vous a donné envie de vous aventurer aussi loin ?

—Le fait que c'est une soirée magnifique, je suppose.

Ils étaient arrivés au jardin potager et, dans la lueur argentée de la lune à peine levée, le plus modeste des légumes prenait des airs majestueux.

—Je l'ai trouvée magnifique, moi aussi. Je n'avais pas besoin de rester, j'aurais pu terminer les quelques tâches que j'avais à accomplir demain matin, et M. Simmonds m'a encouragé à partir avec lui, mais cette soirée était trop belle pour la gâcher entre les quatre murs d'un cottage minuscule.

—Aimez-vous travailler avec M. Simmonds ?

C'était encore quelque chose qu'elle avait vraiment envie de savoir. Les questions semblaient se bousculer sur ses lèvres, ce soir, plus que jamais.

—C'est un architecte paysagiste brillant et un excellent mentor. Cela fait cinq ans que je travaille avec lui et j'ai beaucoup appris. J'ai de la chance qu'il soit de la vieille école. Il aime travailler sur le terrain, d'après ses propres plans, plutôt que de travailler dans un bureau à donner des ordres aux autres. Et cela me convient très bien. Depuis que mon oncle a organisé mon apprentissage, je n'ai jamais regardé en arrière.

Il s'arrêta un moment et baissa les yeux vers elle. On aurait dit qu'il avait besoin de réfléchir à ses propres paroles.

—Vous savez que j'ai eu beaucoup de chance qu'il rencontre Jonathan – lors d'une course, imaginez-vous ?

—Une course hippique ?

—Jonathan Simmonds est un peu joueur, admit Aiden, se remettant à marcher, mais ne le dites pas à votre père. Il n'aimerait peut-être pas l'idée que son architecte paysagiste ait un tel penchant.

—Et vous ? Êtes-vous joueur ?

—Non, pas du tout. Avec quoi pourrais-je bien parier ? Remarquez, mon oncle est pratiquement sans le sou… mais il faut dire que les Irlandais ne peuvent pas résister à un petit pari de temps en temps.

—Il est irlandais ?

À chaque instant, elle apprenait quelque chose de nouveau. Cependant, les Irlandais n'étaient pas le peuple le plus apprécié à l'heure actuelle. La veille, encore, elle avait entendu son père fulminer contre « les Troubles irlandais » et prédire qu'une guerre civile était pratiquement inévitable.

—Il n'y a pas que mon oncle qui est irlandais. Je le suis aussi.

—Vous n'avez pas l'accent.

C'était vrai, mais maintenant qu'elle le savait, il lui semblait déceler une très légère inflexion dans sa voix.

—Parce que je suis en Angleterre depuis trop longtemps. Et ma tante et mon oncle y sont depuis encore plus longtemps.

—Depuis combien de temps ? Pourquoi sont-ils venus en Angleterre ? Où habitent-ils ?

La bicyclette était appuyée contre la façade du cottage, comme il l'avait dit. Il l'attrapa par le guidon et la poussa sur le chemin qui conduisait à un portail latéral donnant sur la route du village. Elizabeth resta où elle était, et il se retourna vers elle.

—Tant de questions, mademoiselle Summer !

Elle sentit ses joues s'empourprer. Il avait raison. Elle s'était montrée indiscrète au point d'en être impolie.

—Et moi, puis-je vous en poser une ?

—Oui, bien sûr, s'empressa-t-elle de répondre. Je suis désolée.

—Eh bien, que faites-vous dans la campagne du Sussex ? Ne devriez-vous pas être à Londres, en train de passer un bon moment ?

—Je passe un bon moment, répondit-elle du tac au tac.

—Tout de même… Vous apprécieriez peut-être une compagnie très différente, loin de Summerhayes.

Il montra du doigt ses mains, sur lesquelles on voyait encore de très légères traces de peinture. Il était bien trop perspicace.

—Je barbouille, c'est tout. Et je suis assez heureuse, ici.

—Vraiment ?

La lueur de la lune éclairait le visage d'Aiden, et elle parvenait à distinguer son expression. Il l'observait attentivement, comme s'il cherchait à pénétrer ses pensées les plus profondes, et cela la décontenançait. Il était temps pour elle de s'en aller.

3

Alice était sur le qui-vive, et elle entendit tout de suite la porte de service se refermer avec un petit bruit sec. Elle espérait que Joshua ne l'avait pas entendu, quant à lui. Son mari continua à parler, toujours véhément, mais beaucoup plus calme, maintenant. Sa colère semblait s'être dissipée et elle n'avait aucune envie de provoquer un autre éclat. Elle regarda à travers les losanges des carreaux dépourvus de rideaux et ne vit que les ténèbres. Pourquoi Elizabeth se promenait-elle dans les jardins si tard ? Enfin, la voix de son mari se tut. Il ne tarderait pas à reparler de la perfidie de son frère, mais pour le moment, elle pouvait souffler un peu.

—Dois-je appeler Ripley pour qu'il serve le thé ? demanda-t-elle avec optimisme.

Il ne répondit pas, mais se glissa jusqu'à l'extrémité du canapé, puis se leva péniblement et marcha d'un pas lourd sur le parquet de chêne ciré. Il aimait utiliser le téléphone, elle le savait. C'était moderne et efficace, deux choses qui lui tenaient à cœur. Il tendait la main vers l'appareil quand elle lui demanda, du ton le plus dégagé possible :

—As-tu réfléchi à l'idée d'une institution pour jeunes filles ?

—Non. Et la réponse est toujours non.

Il se tourna vers elle, une grimace animant son visage de marbre.

—Je croyais avoir été très clair sur le fait qu'Elizabeth n'avait pas besoin de fréquenter un établissement à l'étranger. À mes yeux, son éducation est déjà parfaite.

—Elle fait honneur à cette famille, dit Alice de son ton le plus doux, mais ne serait-ce pas une bonne idée de lui permettre de voyager un peu avant de se marier ? Tu dis toi-même que les voyages à l'étranger ouvrent admirablement l'esprit. Et, dans le cas d'Elizabeth, ce serait particulièrement bénéfique. Elle aurait un nouveau cadre dans lequel peindre.

—Elle peut très bien peindre ici. Elle a son propre atelier, bon sang ! Et pour ce qui est de voyager, elle a bien assez voyagé l'année dernière, et cela ne lui a pas plu. Sa place est ici.

Il retraversa d'un pas lourd la pièce parquetée et étendit son corps massif sur le canapé de velours imprimé. L'effort tendit la veste Norfolk sur sa poitrine, les boutons semblant sur le point de sauter.

—Elle est allée à Londres, dit Alice avec douceur.

—Exactement. Et Londres n'est-elle pas la ville la plus extraordinaire du monde ? Plus encore que Birmingham, même si certains soutiennent le contraire.

Il esquissa un sourire, mais comme sa femme ne releva pas la plaisanterie, il lui lança un regard furibond.

—Où pourrait-elle encore aller ? demanda-t-il d'un ton agressif. Je ne veux pas qu'elle aille en Europe. L'Europe est un endroit dangereux – de plus en plus à mesure que les mois passent.

—Mais comment est-ce possible ? Tu es toujours en contact avec l'Allemagne, n'est-ce pas ? Les gens ne veulent sûrement pas d'ennuis là-bas. Et en France non plus, d'ailleurs.

—Le commerce est une chose, la guerre en est une autre. Je resterai en contact avec l'Allemagne tant que les Allemands resteront de bons clients. Ils font tourner les vieilles manufactures, mais cela ne signifie pas que je leur fais confiance. Je n'ai pas confiance en l'homme qui les dirige. Le Kaiser est un homme arrogant et imprévisible ; il va semer le trouble, crois-moi. Les choses peuvent paraître calmes pour le moment, mais les Allemands ont la plus grande armée du monde – ce que nous ferions mieux de ne jamais oublier. Et maintenant, sa marine égale la nôtre. Ils ont bâti une flotte suffisamment importante pour nous menacer en mer. Tu le savais ?

Alice secoua la tête. Elle connaissait mal la politique européenne et n'avait rien à répondre à cela. Elle n'aurait pas débattu de toute façon, pas même si elle avait été Emmeline Pankhurst en personne. Ce n'était pas ce que les femmes faisaient. Mais, tout de même, Elizabeth aurait été en sécurité dans l'une des meilleures écoles de Suisse ? L'expérience aurait tant apporté à sa fille ! Des gens différents, des coutumes différentes, et des rencontres qui pourraient s'avérer intéressantes. Des présentations. Des présentations qui pourraient conduire au mariage et chasser les idées folles d'Elizabeth de son esprit. Cela ne l'étonnait pas du tout de Joshua qu'il ne voie pas la nécessité pour leur fille d'élargir ses horizons. Summerhayes était le seul horizon qu'il était capable d'envisager, et ce qui était bon pour lui devait l'être aussi pour

Elizabeth. Cependant, si elle était obligée de rester là, il faudrait que les choses changent. Alice aborda prudemment le sujet.

—Si Elizabeth ne va pas en Suisse, nous devrions peut-être lui chercher un mari convenable.

—Elle a eu l'occasion de se trouver un mari et a choisi de ne pas le faire.

Il voulait garder sa fille là où elle était. La maintenir sous son regard tendre mais vigilant. Et une petite partie d'Alice le comprenait. Le mariage n'était pas la promesse dorée que les mères faisaient miroiter à leurs filles. Elle était bien placée pour le savoir. Toutefois, l'avenir de la jeune fille devait être pris en considération. Joshua ne serait pas toujours là, et Alice non plus. Il valait bien mieux qu'Elizabeth ait son propre foyer bien avant cela. De plus, elle aurait le choix ; elle ne serait pas contrainte de faire un mariage d'argent, comme Alice l'avait été.

—Londres n'était peut-être pas l'endroit idéal, insista-t-elle. Les hommes qu'elle y a rencontrés n'étaient peut-être pas faits pour elle.

Bien sûr, Dieu seul savait quel genre d'homme attirerait sa fille rétive.

—Quelqu'un de plus proche, quelqu'un de notre propre pays, lui conviendrait peut-être mieux.

Les épaules de Joshua se contractèrent, indiquant sa colère. Elle commençait à se dire qu'il serait peut-être plus judicieux d'abandonner la conversation quand on frappa doucement à la porte vitrée du salon : c'était Ripley, qui arrivait avec le thé sur un plateau. Son mari fut obligé de ravaler sa rancœur, mais dès que le majordome fut reparti, après avoir servi le thé, il demanda :

—Pourquoi ne peux-tu pas laisser cette fille tranquille ? Elle est encore jeune. Elle est heureuse, ici. Laisse-la en paix.

—Elle a dix-neuf ans, Joshua. D'ici quelques mois, elle aura vingt ans. Elle est dans la fleur de l'âge, c'est une période de sa vie où elle devrait avoir le choix parmi plusieurs maris potentiels.

—Contrairement à ce que tu as vécu, *toi*, tu veux dire.

Alice sentit le rouge lui monter aux joues et prit sa tasse de thé d'une main tremblante. Elle n'avait jamais voulu avoir l'embarras du choix ; il n'y avait qu'une seule personne qui l'intéressait, mais un clerc de notaire n'aurait jamais été à la hauteur des ambitions de Fitzroy. Elle aimait Thomas avec toute la pureté de la jeunesse, et elle savait qu'il la payait de retour, mais ils n'avaient pas pu échapper à leur sort. Une fois démasqué, le jeune homme avait perdu son poste, et il avait dû quitter le Sussex. Quant à elle, quand on l'avait envoyée à Londres – dans une dernière tentative désespérée pour sauver Amberley –, elle était déjà considérée comme une vieille fille.

Alice éprouvait encore l'humiliation de cet été à Londres. La Saison avait coûté cher à sa famille mais ne lui avait valu aucune demande en mariage, à plus forte raison d'un homme riche. Cela ne l'avait pas étonnée. Depuis qu'elle avait perdu Thomas, elle faisait peu d'efforts pour plaire, et elle savait qu'on la jugeait peu attirante et fade.

En revanche, sa famille avait semblé étrangement prise au dépourvu par son manque de succès, en particulier son frère. Il n'était encore qu'un adolescent, à l'époque, mais cela ne l'avait pas empêché de lui rappeler, à la moindre occasion, qu'elle était une fille non désirée. Un déluge de remarques désobligeantes – sur son apparence, sur son manque de personnalité – s'était abattu sur elle ; et cela n'en était pas resté aux railleries. Il était parfois allé jusqu'à l'attraper par les épaules et la secouer physiquement, ou jusqu'à lui pincer le bras ou la main en passant à côté de sa chaise, juste pour s'assurer qu'elle n'oublierait pas la désapprobation de la famille. Quand elle était revenue de Londres, il n'y avait plus beaucoup d'espoir qu'elle trouve un jour un mari, et encore moins d'espoir que les Fitzroy obtiennent l'argent nécessaire pour conserver le domaine d'Amberley. Jusqu'à l'arrivée de Joshua dans le Sussex.

—Oui, contrairement à moi.

Alice avait pris le temps de retrouver son sang-froid.

—La situation d'Elizabeth est très différente. Aucune transaction financière ne sera nécessaire.

—Étant donné la tournure qu'a prise *notre* transaction financière, ce n'est pas plus mal.

Il la regarda d'un œil noir, et elle craignit qu'il ne se remette à parler du dernier acte de malveillance d'Henry ; mais il était trop occupé à ruminer de vieux affronts.

—J'ai sauvé ta famille de la faillite, investi des sommes astronomiques dans Amberley, et comment ai-je été récompensé ? Il m'a fallu des années pour arracher des terres à ton frère, des terres qui me revenaient, des terres que ton père m'avait cédées par écrit. J'ai dû recourir à la justice, dépenser encore plus d'argent pour récupérer ce qui était légitimement à moi. Et résultat ? Ton frère cause des problèmes de toutes les façons possibles, dès que possible. De toute évidence, il ne sera satisfait que lorsqu'il se sera approprié Summerhayes.

Et Dieu sait que cela lui plairait ! Un manoir délabré remis en état et des terres à l'abandon transformées en jardins. Il rêve de mettre la main sur ce que ma fortune a créé.

Il y eut un long silence pendant qu'il buvait son thé et regardait, comme à travers elle, le mur couvert de papier peint William Morris « Marguerites de Manille », qui semblait retenir toute son attention.

Son père, d'abord, puis son frère Henry avaient essayé de revenir sur le contrat de mariage, et chaque tactique, chaque manœuvre, chaque subterfuge auxquels ils avaient eu recours pour tenter de l'empêcher de prendre possession des terres qui lui revenaient légitimement restaient gravés dans le cœur de Joshua ; et chaque fois qu'Henry se comportait mal, cela ravivait sa rancœur.

Elle avait mal choisi son moment pour aborder le sujet. Elle lissa les plis de sa robe de soie Messaline, l'une des nombreuses robes grège que Joshua avait tenu à acheter, et alla poser les tasses vides sur le plateau. Il leva les yeux vers elle, s'arrachant à sa morosité feinte.

—Il faut que tu renonces à l'idée d'arranger un mariage, Alice. Ce serait un désastre. Et il n'est pas nécessaire que nous fassions quoi que ce soit. Elizabeth va rester à Summerhayes, et un jour, elle s'entichera d'un jeune homme qui viendra à passer par ici. Je pourrai l'examiner de près, m'assurer que c'est quelqu'un de bien, et si tel est le cas, je l'accueillerai à bras ouverts. Il pourra m'assister dans la gestion du domaine, me soulager de certaines tâches puisqu'il semble peu probable que William le fasse un jour.

—William n'a que quatorze ans.

Pour défendre son benjamin, Alice se départit de sa pusillanimité.

—Il est assez âgé pour s'y intéresser, mais c'est encore un enfant. Il n'a pas une pensée sérieuse en tête. Et ce garçon que tu as invité ici – Oliver, c'est ça ? – est encore pire. Il joue des tours aux domestiques, nous rit au nez… Il n'a aucun respect. Mais à quoi peut-on s'attendre d'un garçon issu d'une famille comme la sienne ? Ils sont juifs. C'est un détail que tu avais omis de me dire.

Ce genre de préjugés étaient communs au sein de la haute société et Joshua s'efforçait toujours de s'intégrer, mais elle n'avait absolument pas pensé à la famille d'Oliver quand elle avait accepté de recevoir le garçon, et elle s'en voulait de sa négligence. Bien sûr, elle se sentait presque toujours coupable, pour une raison ou pour une autre.

—Dès que nous serons débarrassés de lui, continua Joshua, il ne remettra plus jamais les pieds ici.

Elle n'allait pas défendre Oliver. Elle-même n'était pas du tout convaincue que le garçon soit convenable. Elle se contenta de réorienter la conversation vers Elizabeth.

—Tu ne voudrais tout de même pas qu'Elizabeth ait des ennuis, dit-elle prudemment.

—Bien sûr que non. De quoi parles-tu ?

—Elle est jeune et obstinée. Toutes ces absurdités au sujet des suffragettes… Cela a eu un effet sur elle.

Joshua émit un *tss-tss* désapprobateur.

—Ne mentionne pas ces femmes en ma présence. C'est un scandale, elles déshonorent leur sexe.

—Elizabeth lit les journaux. Elle est au courant de ce qui se passe au-delà de notre petit coin de campagne somnolent.

—Alors, a-t-elle l'intention de semer le désordre, elle aussi ?

Il émit un grognement railleur.

—Au Parlement, peut-être, ou bien au champ de courses. Je devrais lui donner une hachette, tu crois, pour qu'elle puisse se joindre à ses sœurs et démolir les œuvres d'art de la nation ?

—Je suis sûre qu'Elizabeth n'a pas de telles idées, répondit Alice avec sérieux. Ce sont leurs histoires d'indépendance des femmes, d'égalité des femmes, qui ont frappé son imagination.

Elle vit qu'il prêtait enfin attention à ses propos.

—Que t'a-t-elle dit ?

—Seulement qu'elle est solidaire de leur cause. Et qu'une femme devrait pouvoir décider de son avenir.

Elle exprima cette dernière opinion dans un murmure.

En dépit de sa corpulence, Joshua se leva d'un bond du canapé, mû par son mécontentement. Il se mit à faire les cent pas dans le salon, dans un sens puis dans l'autre sur le tapis d'Axminster duveteux, jusqu'à ce que la trace de son passage soit nettement visible. Enfin, il s'arrêta devant elle, la dominant de toute sa hauteur.

—Et qu'est-ce que cela signifie, exactement – *décider de son avenir* ? gronda-t-il d'une voix menaçante. N'a-t-elle pas un avenir suffisant ici, auprès de moi ? J'ai été un bon père ; *trop bon,* diraient certains. Je l'ai laissée me mener par le bout du nez et j'ai cédé à ses caprices un nombre incalculable de fois.

—C'est vrai, dit-elle d'un ton apaisant, mais peut-être qu'en tant que bon père, qu'en tant que bons parents, corrigea-t-elle, nous devrions prendre le temps de lui chercher un mari convenable. Un homme qui pourrait la guider et l'empêcher de… s'attirer des ennuis.

—Et où suggères-tu que nous le trouvions ?

Elle était contente qu'il ne lui ait pas demandé de préciser la nature des ennuis en question. Par certains côtés, elle connaissait leur fille mieux que lui, elle connaissait sa nature volontaire, la passion dont elle était capable. Pour un homme intelligent, il pouvait être incroyablement aveugle. Il lui aurait suffi de regarder en lui-même pour voir sa fille. Les heures qu'Elizabeth passait dans son atelier ne pouvaient sublimer toutes ces émotions, et Alice redoutait toujours les ennuis. Les promenades solitaires d'Elizabeth ne faisaient rien pour la rassurer. Une jeune fille de bonne famille ne se promenait pas seule, certainement pas après le coucher du soleil. Sa fille connaissait bien les règles, mais elle n'en tenait aucun compte.

Comme elle ne répondait pas, Joshua dit d'un ton d'avertissement :

—Si Elizabeth devait se marier un jour, il faudrait que ce soit à un homme important. Je ne la laisserai pas se marier en dessous de sa condition – à un commerçant, ou quelque chose comme ça.

L'ironie était totale. Joshua lui-même était un commerçant – un commerçant très riche, certes, mais un commerçant tout de même. Le fait qu'il semblât ne pas avoir conscience de la contradiction lui donna le courage de lui faire part de ce qu'elle avait en tête.

—Nous devrions peut-être nous tourner vers des relations de famille. De ma famille.

—Je t'ai épousée pour tes relations, tu te souviens, et où est-ce que cela m'a mené ? Et puis, étant donné que tu es pratiquement coupée de ta famille, cela ne risque pas de nous mener où que ce soit maintenant.

Elle ignora son ton railleur et prit une profonde inspiration avant de dire :

—Henry accepterait peut-être de nous aider.

Il eut un rire sans joie.

—Nous aider ! Il n'a rien fait d'autre que nous nuire ou essayer de nous nuire depuis le moment où j'ai eu le courage de réclamer ce qui me revenait de son domaine en décrépitude.

Elle ferma les yeux sur l'affront fait à sa maison familiale et poursuivit.

—Mais il serait peut-être disposé à nous aider sur ce point.

Les Fitzroy avaient sauvé leur propriété en la mariant à Joshua, mais ils avaient tout de même été déchus de leur classe sociale. Un autre mariage leur aurait peut-être épargné cela. Henry avait détesté le fait qu'elle soit obligée d'épouser Joshua – il avait dit qu'elle s'était vendue –, même si c'était lui qui avait encouragé leur père à signer le contrat. Lui qui avait placé le stylo dans la main du vieil homme. Peut-être était-ce là l'occasion de sauver un peu d'honneur après cette mauvaise action ?

—Elizabeth est sa nièce, continua-t-elle, et un bon mariage rejaillirait sur lui autant que sur nous. C'est une belle jeune fille, et rien ne dit qu'elle ne pourrait pas faire un très bon mariage.

Joshua resta silencieux. Elle lui avait donné matière à réflexion. L'année passée, il avait été furieux contre sa fille quand elle avait repoussé deux prétendants acceptables, mais sa colère n'avait pas duré. Au fond, Alice le savait, il voulait garder sa fille auprès de lui. Néanmoins, si, après tout, Elizabeth faisait un excellent mariage, cela viendrait couronner sa carrière. Ce serait un coup de clairon annonçant au monde entier qu'il était un homme aussi bien que n'importe lequel de ses voisins.

Il se dirigea lentement vers la fenêtre, ses bottes Balmoral neuves crissant sous son poids, puis il se tourna vers elle, les sourcils froncés.

—Il faudra que tu t'occupes de lui, alors. C'est ton frère. Son dernier acte de malveillance me rend intolérable l'idée d'échanger ne fût-ce qu'un simple bonjour avec lui.

Alice n'était pas quelqu'un de courageux, mais quand il s'agissait du bien-être de ses enfants, elle était prête à se battre, comme n'importe quelle autre femme. Si elle laissait entendre à Henry que Joshua avait jugé qu'il ne méritait pas d'être consulté sur une affaire de famille aussi délicate, cela attiserait encore davantage l'hostilité de son frère. Si une telle chose était seulement possible.

—Cette démarche ne sera efficace que si elle vient de toi, Joshua, dit-elle fermement.

Il ne s'insurgea pas immédiatement, comme elle s'y était attendue, et cela l'encouragea à continuer.

—Nous allons voir les Fitzroy dans quelques jours, à l'office dominical… et l'église est probablement l'endroit idéal pour faire la paix avec eux.

Cette fois encore, Joshua garda le silence. Elle n'avait pas la moindre idée de ce qu'il pensait. Tout ce qu'elle espérait, c'était que ses paroles avaient fait mouche, et que, le dimanche, il serait au moins assez détendu pour parler à son beau-frère.

Cette soirée difficile l'avait mise à l'épreuve et elle commençait à éprouver son mal de tête habituel. Elle se leva de son fauteuil, ankylosée d'être restée si longtemps assise.

—Je suis un peu lasse, et je dois aller voir comment va William avant d'aller me coucher.

—À son âge ! C'est ridicule ! Tu le couves trop, ce garçon, lui dit son mari comme elle se dirigeait vers la porte.

Elle quitta la pièce sans répondre. Elle irait voir les garçons avant d'aller au lit. Pour s'assurer que son petit dernier, son chouchou, allait bien. Pour ce qui était du mariage d'Elizabeth, elle espérait en avoir dit suffisamment pour amorcer une sorte de détente dans les relations. La famille Summer menait une vie solitaire, et si Henry pouvait être persuadé de présenter un ou deux prétendants potentiels à leur cercle restreint, alors la jeunesse et la proximité feraient peut-être le reste. Il était important que sa fille trouve le bon mari, un mari qu'elle pourrait aimer et respecter. Elizabeth ne connaîtrait ni la douleur d'une union mal assortie, ni l'indignité d'être achetée et vendue dans un mariage organisé par d'autres et pour d'autres. Ce ne serait pas un mariage arrangé, mais un mariage encouragé. Cette pensée était plus plaisante.

4

La porte de la chambre de William était entrebâillée, et sa mère l'ouvrit un peu plus grand. La pièce était spacieuse et haute de plafond, et ses grandes fenêtres qui donnaient sur une étendue vallonnée verdoyante l'emplissaient de lumière et d'air. C'était la chambre que William s'était choisie quand il avait quitté la nursery. Alice se rappelait comme il avait été fier, petit garçon, de dormir seul pour la toute première fois. La pièce avait beau être spacieuse, il n'y avait pas un recoin qui ne fût plein de preuves du passage des ans. Au fil du temps, son fils s'était intéressé à de nombreuses choses, ce garçon timide et sensible à la curiosité affûtée. Cet été, c'était la nature qui s'était emparée de son imagination – sur plusieurs planches, placées perpendiculairement au mur, étaient disposées des feuilles de toutes les formes, de toutes les tailles et de toutes les couleurs, chacune soigneusement fixée et étiquetée. Le grand bureau en bois qu'elle avait demandé aux hommes de descendre du grenier, placé sous la fenêtre, était recouvert de piles d'ouvrages de référence. Le livre *Arbres de Grande-Bretagne & d'Irlande* était posé par terre, ouvert.

En revanche, le théâtre de papier auquel William avait autrefois consacré le plus clair de son temps avait été repoussé contre le mur du fond. Cornford, le menuisier du domaine, avait reproduit à merveille une scène en bois et en carton, avec une rangée de lumières, des chandelles dans des boîtes en étain. Pendant des années, William avait dépensé tout son argent de poche en feuillets imprimés de personnages et de scènes. Il avait réussi à convaincre Elizabeth d'écrire plusieurs courtes pièces, et même de les jouer avec lui. Depuis, le théâtre avait été supplanté par d'autres centres d'intérêt, tout comme il avait en son temps supplanté les régiments de soldats de plomb. Ceux-ci étaient entassés dans un vieux coffre en bois abîmé, avec le train électrique qui avait autrefois fait le tour de la pièce.

Cependant, au centre de la chambre se trouvait ce qui importait vraiment : deux lits, côte à côte, et deux garçons qui dormaient à poings fermés, épuisés par leur journée au soleil. Comme son fils avait l'air bien ! Oliver n'aurait jamais beaucoup de succès auprès d'elle, mais cela lui suffisait que William l'apprécie et lui fasse confiance. Elle s'autorisa un sourire satisfait et sortit à reculons, sans faire de bruit.

En entendant sa mère approcher, William s'était empressé de fermer les yeux. Il ne voulait pas qu'elle s'inquiète pour lui, qu'elle lui demande pourquoi il ne dormait toujours pas, qu'elle lui propose de lui apporter un médicament pour l'aider à se détendre. Il voulait simplement rester allongé là, rester allongé à regarder Oliver dormir. Il le regardait depuis que son ami avait sombré dans un profond sommeil. Olly était étendu de tout son long dans le lit, les couvertures rejetées sur le côté. Il avait un bras sous la tête, et ses cheveux noirs contrastaient nettement avec le lin blanc de la taie d'oreiller. Son autre bras était posé sur les couvertures, légèrement courbé vers William et, dans le mince rayon de lune qui s'insinuait entre les rideaux tirés, ce dernier voyait les petits poils noirs sur le bras d'Oliver. Ils avaient l'air doux et engageants, et il éprouvait une forte envie de tendre la main pour les caresser. Cela le troublait et le perturbait. Olly était son ami. C'était le genre de choses que l'on faisait avec les filles, d'après ce qu'il avait entendu dire, même s'il ne pouvait pas s'imaginer toucher un jour une fille. On ne faisait pas cela avec un ami. Les garçons se bousculaient, se donnaient des tapes sur la tête par jeu, mais c'était différent. Tout le monde faisait cela. Que dirait Olly s'il était réveillé par son ami lui caressant le bras ? Il penserait que William était devenu fou, et il aurait raison.

C'était la première fois qu'ils dormaient dans la même chambre, car au pensionnat, ils dormaient dans des dortoirs différents. Ils avaient aussi des professeurs différents, alors les heures qu'ils passaient ensemble étaient précieuses. Ils se retrouvaient aux récréations, à l'heure des repas, et après l'étude quand ils en avaient la possibilité. C'était Olly qui l'avait sauvé, un soir, de la pire petite brute de Highfield, et cet acte bienveillant avait cimenté leur alliance. Depuis, ils étaient devenus les meilleurs amis du monde. *Les deux mousquetaires*, comme Olly les avait surnommés. William avait trouvé cela parfait ; cela avait aussitôt cessé de le déranger de penser qu'il n'était pas intégré, qu'il ne s'intégrerait jamais. Ce n'était pas seulement le milieu dont il était issu qui ne convenait pas, c'était ce qu'il ressentait. Cela n'allait pas du tout non plus. Quand ses camarades de classe parlaient de fille à voix basse, cela le faisait se recroqueviller intérieurement. Il faisait semblant d'être intéressé, il aurait fait n'importe quoi pour éviter de recevoir une autre raclée, mais leurs conversations et leurs ricanements lui donnaient plus que jamais l'impression de n'être pas à sa place. Il ne pouvait pas imaginer avoir un jour envie de faire ce dont les garçons parlaient.

Il regarda à nouveau Olly, caressant des yeux sa belle peau, et un étrange sentiment de vide l'envahit. Déconcerté, il se retourna vivement dans le lit, tournant le dos à Oliver. Au collège, il y avait des règles à suivre, des ordres auxquels obéir, et la vie quotidienne était toute tracée ; mais ces quelques dernières semaines avaient été très différentes. C'était cet été magique qui était responsable de tout, cet été magique, et la beauté, la liberté des jardins. C'était le fait d'être à Summerhayes qui l'angoissait. Ici, rien n'était figé. Pas avec Olly. Les limites semblaient s'évanouir, disparaître un peu plus chaque jour. On ne pouvait se cramponner à rien, il n'y avait aucune certitude à laquelle se raccrocher. Comment était-il censé tenir bon, dans ces conditions ?

5

— Mademoiselle Elizabeth ! Réveillez-vous, Mademoiselle Elizabeth ! Votre père vous demande en bas.

Sentant que l'on tirait sur ses couvertures, Elizabeth s'arracha lentement à un très profond sommeil. Elle entrouvrit très légèrement les yeux, les protégeant d'une main de la luminosité de la pièce. Elle illuminait de son éclat les meubles en citronnier de Ceylan et formait une flaque dorée sur le dessus-de-lit brodé juste au bout de ses pieds. Elle jeta un coup d'œil à la pendulette posée sur sa table de chevet. Il était très tard. Le dimanche n'était pas un jour de repos à Summerhayes, et elle aurait déjà dû être assise à la table du petit déjeuner.

—Merci, Ivy.

Elle prit la tasse que la femme de chambre lui tendait.

Entre deux bâillements, elle but le thé bien chaud pendant qu'Ivy, toute de noir vêtue, se déplaçait sans bruit dans la pièce, ramassant les vêtements qui traînaient çà et là et les triant pour les laver ou les raccommoder. Dès que la femme de chambre estima que sa maîtresse était suffisamment réveillée, elle ouvrit les rideaux, dont le lin orné au pochoir était éclatant dans la lumière vive du soleil. Un panorama vert tendre et une éclaboussure de couleurs les assaillirent.

—Il va encore fait beau, aujourd'hui, on dirait.

Elizabeth sourit à la perspective d'une journée pleine de promesses.

—Ça, c'est sûr, Mademoiselle, répondit la jeune femme avec un sourire encore plus large. Et quelle robe allez-vous porter ?

—Je ne sais pas. Rien de particulier… Ce n'est que l'office dominical.

Elle réfléchit. Aiden Kellaway serait-il à l'église, ce matin ? C'était possible, puisqu'il logeait au village. Peut-être allait-il à l'église depuis des semaines sans qu'elle s'en soit rendu compte. Elle secoua la tête à cette pensée et s'aperçut qu'elle devait avoir un drôle d'air. À la réflexion, en toute logique, il ne serait pas là. Il devait être catholique et n'irait jamais à St Mary. Ou peut-être était-il occupé à travailler, même sur son temps libre, aux plans du temple. Ou peut-être était-il simplement athée. Son esprit oscillait au hasard d'une possibilité à une autre, jusqu'à ce qu'elle fût fâchée contre elle-même. Qu'il soit là ou non n'aurait pas dû avoir d'importance, mais pour une raison ou pour une autre, cela en avait, et ce constat l'agaçait énormément. Elle avait déjà passé bien trop de temps à penser à lui.

Et bien trop de temps à être agacée. Il l'avait troublée, l'hypothèse qu'il avait faite selon laquelle elle n'était pas heureuse à Summerhayes l'avait troublée, et savoir qu'il avait raison ne faisait qu'ajouter à son irritation. Elle n'était pas heureuse. La vie au domaine était monotone : personne ne venait en visite et il ne se passait rien. Pourtant, son mécontentement était plus profond que cela. Tant qu'elle vivrait à Summerhayes, ses œuvres resteraient cachées. Il y avait peu de chances qu'elle devienne la peintre professionnelle qu'elle rêvait d'être. À Londres, cela serait peut-être différent.

Néanmoins, elle n'y avait pas été heureuse non plus, et elle avait été ravie quand la Saison s'était terminée. Plongée dans un été d'expositions florales et de vernissages, de courses et de régates, elle avait trouvé la haute société frénétique. Ce n'était pas le Londres qu'elle voulait ni qu'il lui fallait. Elle avait dansé à cinq bals différents par soirée, mais ce rythme effréné dissimulait une fausseté dont elle avait eu nettement conscience. Elle n'avait pas plus sa place là-bas qu'elle ne l'avait à Summerhayes ; mais elle n'avait pas besoin qu'un homme lui dise cela, un homme qu'elle connaissait à peine, de surcroît. Ce matin, elle se montrerait satisfaite de son univers – juste au cas où il serait là.

—Je vais mettre la robe vert russe, décida-t-elle.

Remarquant l'air hésitant d'Ivy, elle ajouta :

—La soie moirée que la couturière a apportée la semaine dernière ?

—Je m'en souviens. Une très belle robe, dit la femme de chambre avec enthousiasme. Je l'ai pendue derrière la cape verte, mais vous n'en aurez pas besoin ce matin ! Cette couleur va mettre vos cheveux en valeur à merveille. Allez-vous faire un chignon ?

—Je n'ai pas le temps. Attachez-les simplement, et nous trouverons peut-être un ruban assorti à la robe.

Ivy s'affaira, sortant la robe de l'armoire et l'étendant sur le vieux rocking-chair pour la défroisser. Elle se hâta ensuite de prendre divers sous-vêtements dans la commode, puis elle fouilla dans la boîte en bois posée sur la coiffeuse à la recherche d'un ruban. Pendant tout ce temps, elle fredonna tout bas.

Elizabeth sortit les jambes du lit.

—Vous avez l'air particulièrement heureuse.

—Et comment ! Mes bans sont publiés, aujourd'hui, Mademoiselle.

—Bien sûr ! Je suis vraiment désolée, j'avais oublié.

—Ça ne me dérange pas. Eddie non plus. Nous ne voulons pas faire un tas d'histoires. Les bans seront affichés pendant trois semaines, et il n'y aura plus qu'à attendre.

—C'est en septembre, n'est-ce pas ? Le mariage ?

—Nous avons fixé la date du 5 et nous économisons le plus possible.

Elizabeth savait que ni l'un ni l'autre n'avait beaucoup d'argent, et elle s'était demandé si elle oserait demander à son père d'augmenter les gages d'Eddie. Les automobiles restaient rares à la campagne, et les chauffeurs encore plus. Cependant, quand la Wolseley vert foncé rutilante était arrivée de Birmingham, l'année passée, Eddie Miller avait accompli le miracle de transférer ses compétences du cheval à la voiture. Le jour où il avait enfilé un uniforme gris terne, accompagné de gants en cuir, de jambières, d'une casquette à visière et de lunettes, il était devenu tout à fait différent du palefrenier qui, à peine quelques semaines plus tôt, faisait claquer son fouet au-dessus d'un cheval récalcitrant. Il méritait certainement une récompense pour cela – et une récompense pour avoir refusé de lui apprendre à conduire cette bête mécanique comme elle le lui avait demandé, ce que son père ignorait. Elle était allée trop loin, même pour le grand cœur d'Eddie.

Elizabeth avait envie d'aider le couple, mais elle avait peur d'aborder son père étant donné son humeur actuelle. Par bonheur, Joshua avait été calme, ces quelques derniers jours, mais cela ne signifiait pas que sa colère au sujet du bassin asséché s'était apaisée, et la moindre contrariété risquait de mettre le feu aux poudres.

—Savez-vous si la salle de bains est libre ? demanda-t-elle.

—Je fais couler un bain en ce moment même. Monsieur William et son ami n'ont pas arrêté de sortir, ce matin.

—Cela ne m'étonne pas !

Quand elle entra dans la salle du petit déjeuner, une demi-heure plus tard, Elizabeth trouva les plats en argent disposés sur le buffet presque vides. La famille avait déjà mangé. Elle prit une tranche de jambon et commençait à se servir d'œufs brouillés lorsqu'elle remarqua l'heure, pour la deuxième fois depuis qu'elle s'était réveillée. Elle n'avait pas le temps, il faudrait qu'elle supporte d'avoir faim. Elle remonta précipitamment le couloir au carrelage en damier, et franchit la porte d'entrée, à laquelle attendait la petite famille assemblée.

—Ce n'est pas vous qui nous conduisez, ce matin, Eddie ?

La voiture étincelante se trouvait dans l'allée, et Eddie Miller, endimanché, enlevait avec délicatesse, à l'aide d'un chiffon, le dernier grain de poussière de sa carrosserie chromée brillante.

—Ce sont les ordres que j'ai reçus, mademoiselle Elizabeth, mais je serai à l'église, aux côtés d'Ivy.

—Bien sûr. Vos bans sont publiés, aujourd'hui.

Son visage s'illumina d'une chaleur presque palpable.

—C'est un grand jour, c'est sûr, dit-il, et votre papa était d'accord pour aller à l'église à pied. Ce n'est pas souvent qu'Ivy et moi pouvons y aller ensemble.

Elle savait qu'Ivy veillait à ce que son promis assiste au moins à un office, le dimanche. Maintenant que le couple allait se marier et occuper les pièces au-dessus du garage, il serait plus important que jamais de faire plaisir au maître de maison. Non pas que le père d'Elizabeth fût particulièrement pieux, mais singer les manières de l'aristocratie lui était devenu indispensable, et un domestique qui n'allait pas à l'église aurait jeté le discrédit sur lui.

Joshua avait posé une main sur le bras d'Oliver pour le retenir, et il montrait du doigt les colombages de la façade, expliquant au jeune garçon qui s'ennuyait comment son choix personnel de chêne patiné non teinté avait si admirablement fondu dans le paysage une demeure Arts and Crafts moderne.

Il s'arrêta au beau milieu d'une phrase en apercevant sa fille et s'avança vers elle.

—Tu nous as mis en retard, ronchonna-t-il, adoucissant ses paroles en écartant une mèche de cheveux tombée sur son front.

—Si nous marchons d'un bon pas, nous arriverons dans les temps, dit Alice pour pacifier les choses, ouvrant son ombrelle, et une petite marche devrait contribuer à refréner l'entrain de certains.

Elle regarda ostensiblement Oliver, qui, ayant échappé à la poigne de Joshua, s'était mis à donner des coups de pied dans le gravier de l'allée et essayait de convaincre William d'en faire autant.

Le père d'Elizabeth émit un grommellement agacé et enfonça son feutre sur sa tête, puis il indiqua le portail à l'aide de sa canne.

—Allons-y, ordonna-t-il.

Ils se mirent en route, le suivant tous dans la magnifique allée bordée de cornouillers, dont les bractées couleur crème commençaient à peine à déployer leurs énormes capitules cireux. Le premier groupe de domestiques, qui avaient troqué l'uniforme pour des vêtements sobres, suivait la famille à distance respectueuse. Elizabeth était contente d'avoir mis des bottines confortables, en dépit d'Aiden Kellaway. Il y avait moins d'un kilomètre à parcourir sur un chemin de campagne pour aller jusqu'à la toute petite place du village et à l'église normande qui s'y dressait, mais c'était suffisant pour avoir mal aux pieds, avec des chaussures neuves.

Toutefois, cette marche matinale fut très agréable. Il y avait des massifs de primevères d'un jaune éclatant d'un côté et de l'autre du chemin, et le parfum sucré des jacinthes des bois, à l'ombre de la haie d'aubépine, embaumait l'air. Au-dessus de leur tête, des hirondelles filaient dans le ciel d'un bleu limpide. Elle se demanda si c'était le bon moment pour aborder le sujet du mariage d'Ivy. La matinée était la plus belle que la nature pût leur accorder, et son père avançait à grands pas comme si, pour une fois, il avait vraiment envie d'aller à l'église. Cependant, quand elle arriva à sa hauteur, elle vit que son expression n'avait rien d'engageant, et elle décida d'attendre son heure. Tout dépendrait sûrement de la manière dont se passerait l'entrevue avec Henry Fitzroy.

Ce serait la première fois qu'ils se verraient depuis le fiasco du bassin. Les Fitzroy seraient forcément à l'église : ils ne rataient jamais un office dominical, ne passaient jamais à côté de l'occasion de s'asseoir avec ostentation sur le banc familial. Alice avait autant le droit qu'eux de s'y asseoir, mais elle ne l'exerçait jamais. La famille Summer s'asseyait à l'arrière ; des années plus tôt, un accord tacite avait vu le jour au sein de l'assemblée des fidèles, selon lequel c'était là la place de la famille de Joshua. Cette discrimination ne semblait pas déranger Alice et, comme elle entrait dans l'église, Elizabeth se dit que sa mère était peut-être contente d'être loin de son frère. Elle avait peur de lui. Pourquoi, Elizabeth l'ignorait. Elle-même n'avait jamais eu peur de l'oncle Henry.

Elle le voyait, maintenant. C'était un homme grand, et sa tête et ses épaules étaient bien visibles entre les panaches et les plumes qui se balançaient sur les chapeaux des dames, dont elles s'étaient coiffées pour ce moment particulier de cette journée particulière. Il était assis droit comme un I, les yeux rivés sur la silhouette qui figurait sur le vitrail juste devant lui. Le vitrail en question, dont la famille Fitzroy avait justement fait don à l'église, représentait Jésus dans une pose inhabituellement martiale. Tante Louisa était assise à côté de son mari et à côté d'elle se trouvait le docteur Daniels. C'était bizarre. Il semblait avoir beaucoup de choses à se dire, échangeant de brefs chuchotements entre les cantiques, quand on lut les bans d'Eddie Miller et d'Ivy, et quand le pasteur se dirigea vers la chaire. Elle se demanda si sa tante ou son oncle étaient souffrants, pour qu'ils aient besoin d'avoir le médecin auprès d'eux.

Quand la dernière prière eut été prononcée, les fidèles sortirent les uns après les autres de l'église pour serrer la main du pasteur, qui les attendait sous le porche pour les saluer. Après l'avoir remercié pour son sermon, Elizabeth commençait à remonter l'allée de briques en direction du portail du cimetière, quand elle s'aperçut que sa mère s'attardait à la porte de l'église. Elle regarda autour d'elle et vit son père prêter un intérêt exagéré à quelques-unes des pierres tombales les plus anciennes, dont les gravures étaient à peine visibles sous le lichen.

Il n'y avait aucun signe de William ni d'Oliver. Ils étaient restés silencieux pendant presque tout l'office, et elle s'était apprêtée à les féliciter pour leur conduite, quand soudain, comme deux poulains libérés de leur harnais, ils s'étaient mis à se courir après jusqu'aux champs qui s'étendaient derrière l'église. Sa mère, qui semblait distraite, ne s'en était peut-être pas aperçue.

Elizabeth, quant à elle, ne s'était pas aperçue qu'Aiden Kellaway arrivait dans sa direction. Elle ne l'avait pas vu, dans l'église, n'avait pas vraiment osé le chercher des yeux ; et maintenant, il était là, en personne, et elle était indéniablement déconcertée. Il était bien plus élégant que lorsqu'elle l'avait rencontré dans le Jardin italien, même si ses cheveux ne respectaient pas le jour du Seigneur et ondulaient toujours en tous sens sur son front.

—Bonjour, mademoiselle Summer.

Alice se retourna brusquement en entendant une voix qu'elle ne connaissait pas, et Elizabeth sentit que les yeux de sa mère étaient rivés sur eux.

Le rouge lui monta aux joues.

—Bonjour, monsieur Kellaway. J'espère que vous vous portez bien.

Elle s'était efforcée de prendre un ton neutre.

Il esquissa un hochement de tête.

—Et vous-même, mademoiselle Summer ?

—Ma foi, très bien. Comment avance votre travail ?

—Bien, merci. Et le vôtre ?

—Mon travail ? demanda-t-elle, déconcertée.

—Votre peinture.

La réponse la laissa encore plus déconcertée, et vaguement offensée. La peinture n'était pas un travail, pas dans son monde. C'était un passe-temps acceptable pour une jeune femme, et c'était ainsi que sa famille voyait les choses. Comme la plupart des autres familles. Elle savait que certaines artistes avaient échappé à la camisole de force, et quelques-unes d'entre elles avaient fréquenté une école d'art et peignaient même pour gagner leur vie. Laura Knight, par exemple – Elizabeth avait entendu parler d'elle l'année précédente, à Londres. Cependant, ces femmes-là étaient exceptionnelles, et ce n'était pas son cas à elle. À Summerhayes, elle demeurait la seule à percevoir la véritable nature de ce qu'elle faisait. Seule à savoir quelle passion l'animait. C'était une passion secrète, sombre, qu'elle n'avait jamais partagée avec personne.

—Cela se passe bien, bégaya-t-elle, pensant à la scène du bassin qui émergeait en ce moment de la toile, dans son atelier. Mais parlez-moi du temple.

—Demain, nous allons dresser la première colonne. C'est un moment important. Cela devrait nous donner une idée assez précise de ce à quoi ressemblera le bâtiment une fois terminé. Mais je crains que le bassin ne gâte le paysage.

—Le ruisseau est toujours obstrué, alors ? Je suis navrée de l'entendre.

Elle parlait pour ne rien dire. Elle devait avoir l'air ridicule, mais il fallait bien qu'elle dise quelque chose. Pendant des jours entiers, elle s'était laissée aller à imaginer cet homme, sa voix, leur conversation. Maintenant, face à la réalité, elle était agitée et se démenait.

Pourtant, il prit sa remarque au sérieux, ou eut la décence de faire comme si tel était le cas.

—Pour autant que je sache, la situation n'a pas évolué, mais je sens qu'il y a du changement dans l'air.

—Comment cela ?

—Quelque chose me dit que l'on va détruire le barrage qui a été construit, même si j'en sais peu sur ce qui est prévu.

Il valait probablement mieux ne pas en savoir trop. Détruire le barrage semblait très sérieux, mais ses mots lui rappelèrent que son père avait passé plusieurs heures enfermé avec M. Harris et quelques-uns de ses hommes.

—Il faut que vous retourniez au Jardin italien, disait Aiden, et que vous voyiez le temple à mesure qu'il s'élève. Il y a une vue excellente depuis le pavillon d'été, et l'allée qui entoure le bassin est tout à fait sèche, maintenant. Nous avons eu de la chance, il a fait beau, ces derniers jours.

—Cela me plairait de le voir, répondit-elle impulsivement.

Elle se ravisa aussitôt. Irait-elle ? Elle plongea ses yeux dans les yeux vert pâle d'Aiden et songea qu'elle irait peut-être. Sa mère serait choquée par une telle impertinence, et son père désapprouverait vigoureusement qu'elle fréquente des hommes qu'il considérait comme des domestiques, mais la perspective d'une petite aventure était attrayante.

Elle se rendit compte qu'Aiden la regardait avec la même intensité à laquelle elle avait déjà cherché à échapper, et elle se surprit à essayer de combler le silence qui s'était installé entre eux.

—Au moins, aujourd'hui, vous pouvez oublier le temps. Le dimanche doit être un jour de repos.

Il la regarda en souriant, et elle sentit ses joues s'empourprer.

—Allez-vous déjeuner de charcuterie et de cornichons ? bredouilla-t-elle.

Elle se souvenait du souper dont il lui avait parlé, et il y avait quelque chose qui la tentait dans la simplicité de ce repas.

—Ma foi, non, répondit-il, les yeux pétillants, l'air amusé. Le dimanche, Mme Boxall offre un festin à ses pensionnaires – un gigot d'agneau, au moins. Un tantinet brûlé sur les bords, mais c'est de la viande rôtie, tout de même. Et, avec un peu de chance, une part de Sussex pond pudding en dessert.

Elle s'apprêtait à lui demander quel goût avait ce pudding quand sa mère l'appela. Quel que soit ce qui avait pu détourner l'attention d'Alice, ce n'était pas suffisant pour qu'elle ignore la conversation prolongée de sa fille.

—Elizabeth ! appela-t-elle d'un ton brusque. J'ai besoin de toi.

Elizabeth était contrite.

—Bon appétit, monsieur Kellaway.

—À vous aussi, mademoiselle Summer.

—Qui était-ce ? lui demanda sa mère lorsqu'elle la rejoignit.

—L'un des hommes qui travaillent à la construction du temple, Maman. C'est l'apprenti de M. Simmonds.

Sa mère sembla trouver cette information fâcheuse.

—Tu ne devrais pas lui parler pendant si longtemps, la gronda-t-elle. Ta place est à mes côtés.

Comme souvent, Elizabeth se sentit étouffée, profondément agacée, mais l'envie de tenir tête à sa mère lui passa quand Henry Fitzroy et sa femme sortirent de l'église, leur fils et son professeur particulier sur les talons. Le docteur Daniels fermait la marche. Elle n'avait pas remarqué Gilbert Fitzroy, dans l'église, mais il était logique qu'il soit là, bien sûr. Son jeune cousin était trop petit et trop calme, bien trop calme. Elle vit sa tante baisser la tête vers son fils, les grandes plumes de son chapeau l'étouffant presque. Elle se dit que Louisa était extraordinairement élégante.

—Elizabeth, dis bonjour à ton oncle et à ta tante, lui siffla sa mère pratiquement à l'oreille.

—Bonjour, oncle Henry, tante Louisa, dit-elle docilement.

Henry s'arrêta.

—Bonjour.

Il se découvrit brusquement et s'apprêta à reprendre son chemin.

—Henry, nous devons te parler, dit la mère d'Elizabeth avec hardiesse. À toi aussi, Louisa. D'une affaire personnelle.

Le médecin, qui les avait rattrapés, eut un air surpris, mais il inclina poliment la tête pour les saluer et continua sa route. Louisa, l'air tout aussi étonnée, fit signe à son jeune fils et à son professeur de s'éloigner, puis elle prit place aux côtés de son mari, lui jetant un coup d'œil inquiet. Elizabeth n'était pas tranquille non plus. On aurait vraiment dit qu'un autre affrontement menaçait d'éclater – la colère de Joshua au sujet de la destruction de son bassin le consumait encore – mais tout de même pas un dimanche, et pas sur le parvis de l'église.

Tandis qu'elle essayait de démêler la situation, sa mère reporta son attention sur elle.

—Va chercher William, lui dit-elle de manière abrupte.

Elizabeth cligna des yeux. Elle n'avait encore jamais entendu sa mère parler d'un ton aussi impérieux. De plus, ne venait-elle pas de lui ordonner de rester à ses côtés ?

—Allez ! insista Alice comme sa fille restait plantée là.

Elizabeth esquissa un très discret haussement d'épaules et s'en alla.

6

— De quoi s'agit-il ? demanda Henry d'un ton brusque.

—Nous espérons que les événements fâcheux des quelques derniers jours peuvent être oubliés. N'est-ce pas, Joshua ?

Devant la réticence évidente de son mari à se joindre à eux, Alice sentit son cœur se serrer.

—N'est-ce pas ? demanda-t-elle encore, un peu désespérée.

Cette fois, il hocha la tête comme elle l'attendait de lui, mais sans conviction.

Henry se redressa de toute sa hauteur, sa poitrine ressemblant à celle d'un pigeon boulant se rengorgeant.

—Les événements, comme tu les appelles, Alice, ne sont pas le moins du monde *fâcheux*, de mon point de vue. Ils découlent de la détermination de ton mari à détourner l'eau de mon domaine.

Joshua fit un pas en avant.

—L'eau appartient autant à Summerhayes qu'à toi, commença-t-il dangereusement.

Alice s'interposa.

—S'il vous plaît, il y a déjà eu trop de disputes comme cela. Henry, tu t'es bien fait comprendre, je crois. Nous faisons partie de la même famille et nous ne devrions pas nous quereller de la sorte.

—Les liens de parenté semblent ne rien vouloir dire pour ton mari, dit son frère, refusant une fois de plus d'appeler son mari par son prénom, mais il ferait bien de se rappeler l'importance des relations familiales.

—Ces relations signifient beaucoup pour nous deux, protesta Alice, en particulier maintenant.

Elle regarda Joshua. Pourquoi ne l'aidait-il pas ? Il lui avait promis de jouer son rôle, mais au lieu de cela, il se tenait là, l'air impassible, avec un visage de marbre.

Louisa, qui, jusque-là, était restée silencieuse, manifesta soudain son intérêt.

—Pourquoi maintenant ? demanda-t-elle, jetant un coup d'œil à son mari comme pour obtenir son approbation.

Elle espère un scandale, pensa Alice. Sa belle-sœur venait peut-être d'une famille de haute naissance, mais elle se tenait toujours à l'affût des commérages, et sa conversation aurait eu sa place dans la salle des domestiques.

—Nous voudrions vous parler d'Elizabeth, intervint Joshua de façon inattendue. C'est votre nièce, après tout.

—J'ai bien conscience que c'est ma nièce.

La poitrine d'Henry se gonfla encore davantage.

—Vous espérez qu'elle va me demander de l'eau, maintenant que vous ne pouvez plus me la voler ?

Joshua avait perdu son air impavide. Il pinçait les lèvres, et Alice voyait que les articulations de ses doigts blanchissaient parce qu'il serrait les poings, s'efforçant de garder les bras le long de son corps.

—Il ne s'agit pas du tout de cela. Elle doit se marier, dit-il d'un air tendu. Du moins, c'est ce qu'Alice semble penser.

—Et nous voudrions qu'elle fasse un mariage honorable, plaça Alice.

—Ah !

Henry commençait à comprendre.

—Tu as des relations, d'après ce que me dit Alice, dit Joshua avec hauteur.

Puis, incapable de maintenir cette façade d'indifférence, il laissa entrevoir son amertume.

—Tu as peut-être réussi à m'exclure de la haute société de la manière la plus sournoise possible, mais j'espère que tu ne traiteras pas ta nièce de façon aussi peu élégante.

—Ma nièce est une lady, dit délibérément Henry. De même que ta femme.

Les articulations de Joshua blanchirent encore davantage.

—Je les traiterai naturellement comme telles, et si vous cherchez un parti convenable pour Elizabeth, il est possible que je puisse vous aider.

Alice percevait l'expression calculatrice dans les yeux de son frère, une expression qu'elle lui avait déjà vue par le passé. La plupart du temps, elle s'accompagnait d'un sourire charmeur, car Henry savait se montrer charmeur si cela lui donnait l'avantage. Dès le jour où il était né, il avait si bien su charmer leur père qu'il avait obtenu son indulgence définitive, et même leur mère, pourtant cinglante, avait cédé devant son froncement de sourcils inquiet, sa voix douce, son sourire compréhensif. Cependant, si on le regardait attentivement, ce que sa sœur faisait toujours, on pouvait remarquer que ses yeux le trahissaient. Aujourd'hui, il semblait prêt à ravaler sa rancœur et à accepter de trouver un prétendant pour Elizabeth, parce que c'était synonyme d'influence, et d'une influence encore plus grande si le prétendant en question était issu d'une branche éloignée de la famille. C'était une perspective inquiétante, mais elle devait faire taire sa peur et faire cela pour sa fille. Il y avait des Fitzroy dans de nombreux arbres généalogiques, depuis la plus haute aristocratie jusqu'au châtelain le plus bas, et Henry était la seule personne susceptible de trouver le bon mari pour Elizabeth.

—C'est une très bonne nouvelle, n'est-ce pas ?

Elle se tourna vers Joshua, mais son mari se contenta d'émettre un grognement.

—Personnellement, je trouve que c'est une excellente idée, intervint sa belle-sœur. Elizabeth mène une vie retirée, et elle doit rencontrer très peu de jeunes gens. Et les maris convenables se font rares même en temps normal. Nous détesterions que notre nièce en soit réduite à faire un mauvais mariage. Avec un homme dans les affaires, par exemple.

Elle semblait trouver la situation comique, un spasme passant sur son visage et laissant ses lèvres désagréablement tordues. Alice se surprit à éprouver le violent désir de la gifler, mais elle était soulagée que Joshua reste silencieux. Cependant, son silence semblait précaire, et elle savait que s'il n'osait pas parler, c'était parce qu'il risquait de s'abandonner à une rage incontrôlable. Elle essaya néanmoins de rester objective : Louisa n'avait fait que dire ce que Joshua lui-même avait déclaré quelques jours plus tôt.

Henry hocha la tête et prit le bras de sa femme. Il s'apprêtait à partir quand le pasteur, marchant à moitié, courant à moitié sur le chemin du cimetière, leva une main pour les retenir et les rejoignit, tout essoufflé.

—Puis-je vous interrompre ? Le médecin est-il toujours là ?

—Il est parti il y a quelques minutes, répondit Henry avec brusquerie. Que vous arrive-t-il, Révérend ?

Le pasteur avait encore du mal à respirer, et il ne répondit pas tout de suite.

—Dans ce cas, il faut que j'envoie quelqu'un le chercher, haleta-t-il. Ah ! Monsieur Summer…

Il venait d'apercevoir Joshua, qui se tenait à l'ombre d'une grande pierre tombale.

—Vous êtes l'homme qu'il me faut.

—Je croyais que c'était le médecin que vous cherchiez.

—Oui, oui, répondit le pasteur avec une certaine irritation, mais il s'agit de l'un de vos hommes, monsieur Summer. Dumbrell, je crois qu'il s'appelle. Il est assez grièvement blessé.

—Dumbrell, blessé ? Comment est-ce possible ?

—Il s'est ouvert le crâne. Il y a eu une bagarre. C'est difficile de comprendre ce qu'il dit, mais apparemment, il y aurait eu une rixe… au sujet d'un barrage ?

Henry regarda fixement le pasteur, l'air incrédule.

—Lui et ses compagnons, d'après ce que j'ai compris, essayaient de le démolir quand un groupe d'hommes est arrivé et en a décidé autrement.

—Mais on a réussi, monsieur Summer, en fin de compte, on a réussi !

Un homme couvert de boue, qui avait une grande balafre sanguinolente sur le front, apparut, chancelant.

—On a réussi ! répéta Dumbrell, et ces salauds d'Amberley – je vous demande pardon, Mesdames – n'ont pas pu nous en empêcher ! L'eau coule à flots. Votre bassin sera rempli en un rien de temps, patron.

—Quoi !

Cette fois, c'était Henry qui semblait sur le point de céder à une colère incontrôlable, tandis qu'un large sourire se dessinait sur le visage de Joshua.

—Vous êtes un brave gars, Dumbrell, dit-il. Nous allons vous envoyer le médecin immédiatement.

—*Un brave gars ?* hurla Henry. Cela ne se passera pas comme ça, Summer… et tu peux oublier l'aide que tu espérais obtenir de ma part.

—Ne t'en fais pas, mon vieux ! Nous n'aurons pas besoin de ton aide, après tout. Mon argent fera le nécessaire. Il t'a sauvé la mise il y a des années, et maintenant, il va acheter à Elizabeth un bien meilleur mari que n'importe quel mari que tu pourrais lui proposer. Peut-être que ta sœur a encore un faible pour son ancienne maison et qu'elle trouve le domaine d'Amberley important, mais en réalité, il n'a plus d'importance. Les Fitzroy n'ont plus d'importance.

Henry bouillait de rage, mais Joshua, Alice le voyait bien, savourait pleinement son triomphe. Il continua implacablement.

—Et pendant que nous parlons des affaires du comté, Révérend, dit-il, se tournant vers le pasteur, qui avait l'air à la fois plongé dans le désarroi et perplexe, je crois qu'il est temps que vous envisagiez un changement. Vous savez que mon domaine est le plus important de notre belle région du Sussex. Cela étant, il me semble normal que j'offre Summerhayes comme cadre pour la kermesse paroissiale du village.

—Mais… commença le pasteur.

—Je sais, je sais. Cela a toujours été Amberley, mais, comme je le disais, les temps changent. La kermesse paroissiale est aujourd'hui plus bien grande qu'à ses débuts, et même si, je vous l'accorde, Amberley a un charme désuet, je pense qu'un événement aussi important pour notre village mérite un cadre plus moderne. C'est Summerhayes, après tout, qui a l'argent pour faire en sorte que cela soit parfait.

Le pasteur essaya à nouveau de parler, mais il fut réduit au silence.

—Imaginez, un peu ! poursuivit Joshua d'une voix de stentor. Les pelouses de Summerhayes sont bien plus spacieuses que celles d'Amberley, et les jardins sont en pleine floraison… Cela ne me dérange pas du tout que les villageois se promènent dans le domaine tout entier, s'ils le souhaitent. Je suis sûr que vos paroissiens seraient absolument ravis d'en avoir l'occasion. Qu'en dites-vous ?

—Eh bien, oui, balbutia le pasteur, c'est une offre très généreuse, mais monsieur Fitzroy…

Il s'interrompit. Henry avait tourné les talons et il se dirigeait à grands pas furieux vers le portail du cimetière, tandis que sa femme peinait à le rattraper.

—Eh bien ? insista Joshua, haussa un sourcil interrogateur.

—Merci, monsieur Summer, dit faiblement le pasteur. J'accepte volontiers, au nom du comité de la kermesse.

7

Juin 1914

William et Oliver avaient passé toute la matinée à construire un abri de fortune au plus profond de la Jungle et ne savaient pas vraiment quoi en faire maintenant. William prit un peu de recul pour l'examiner de loin. Il devait reconnaître que c'était un peu bizarre cette structure fabriquée par de jeunes garçons au milieu de nulle part, dans cet endroit sauvage, envahi de tous côtés par une végétation luxuriante composée d'arbustes étrangers de toutes sortes. Derrière eux, une bambouseraie cachait le sentier qui serpentait à travers la Jungle, et derrière la masse de bambous s'étendaient des rangées et des rangées de fougères arborescentes et de palmiers, un foisonnement sans cesse changeant de nuances de vert et de textures.

Quand il était petit garçon, il affectionnait tout particulièrement les fougères arborescentes. Il se roulait en boule et se cachait sous leurs frondes oscillantes, puis il attendait qu'Elizabeth le retrouve. Elle était obligée de le chercher longtemps, et quand elle le trouvait enfin, il était bien souvent endormi, pelotonné dans le cœur vert de la fougère.

Oliver fit bruire l'imposante végétation à l'aide d'une branche d'arbre cassée, l'une des rares qui restaient de leur dur labeur.

—Est-ce qu'on va camper ici, oui ou non ? demanda-t-il d'un ton maussade.

William regarda son ami d'un air hésitant. Oliver était un garçon qui aimait l'action, mais lui-même n'était pas du tout sûr que camper soit judicieux.

—Il y a toutes sortes d'animaux qui rôdent dans la Jungle, la nuit, tu sais…

—Ne me dis pas que tu as les jetons !

—Comment ferions-nous, de toute façon ? demanda William pour se défendre. Il faudrait que nous prenions des draps en cachette dans l'armoire à linge, et sans parler de les apporter jusqu'ici, tu peux imaginer comment nous ferions pour venir avec de la maison sans qu'on nous voie ?

Il était midi et le soleil était au zénith. Oliver essuya une main moite sur son front.

—Enfin, il faut bien que cette cabane nous serve à quelque chose. Je ne viens pas de passer trois heures à me tuer à la tâche pour rien.

William se dit qu'il avait raison, c'était stupide de construire une cabane et de ne pas s'en servir, mais il aurait préféré qu'Oliver soit parfois un peu moins autoritaire.

—Désolé, marmonna-t-il.

Olly haussa les épaules, mais quand il vit l'expression abattue de William, son humeur changea et il s'approcha de son ami pour le serrer dans ses bras.

—Ce qu'il nous faut, avant toute chose, c'est quelque chose à boire. Ensuite, nous aurons les idées plus claires.

—Je vais aller à la cuisine nous chercher de la citronnade, dit William avec enthousiasme. Cela ne dérangera pas la cuisinière.

—Fais attention à ce que ta mère ne te voie pas, alors, ou elle t'enverra faire une commission ennuyeuse.

William songea que c'était plus que probable. Il savait que sa mère devait être en train de le chercher.

—Il faut que j'aille à la maison voir Maman, de toute façon. Je rapporterai de la citronnade quand je reviendrai.

—Pourquoi ? Que se passe-t-il ?

—Le médecin doit être là.

—Et alors ? Qu'est-ce que ça a à voir avec toi ?

—Il doit écouter mon cœur, et il vient ce matin.

Oliver fronça les sourcils.

—Ton cœur ? Qu'est-ce qui ne va pas ? Tu ne m'as jamais dit que tu étais malade.

—Je ne le suis pas, ou plutôt, je ne le suis plus, mais Maman insiste pour que le docteur Daniels passe une fois par mois.

Son ami fit la grimace.

—Qu'est-ce qui cloche chez les parents ? La vie ne serait-elle pas parfaite sans eux ?

—Si, reconnut William, mais je vais me débarrasser de cet examen, cela ne prendra que cinq minutes, et ensuite, j'irai dans la cuisine en catimini et je nous prendrai quelque chose à manger en plus de la citronnade. Nous pourrons faire un vrai pique-nique.

—Excellente idée, Wills ! Voilà ce que nous ferons de notre cabane… Ce sera notre refuge pendant la journée, quand nous n'aurons pas envie qu'on nous retrouve.

William commença à se frayer un chemin à travers les hautes graminées, en direction du sentier invisible, mais il s'arrêta presque aussitôt. Mettant une main en visière au-dessus de ses yeux, il essaya de voir à travers la brume de chaleur miroitante.

—Regarde, là-bas, de l'autre côté des bambous… dit-il à Olly. C'est ma sœur, non ? Que fait-elle ici ?

Olly le rejoignit tant bien que mal, et ils se tinrent côte à côte, regardant fixement à travers l'étendue de verdure.

—Je crois qu'elle n'a pas non plus envie qu'on la trouve, ajouta William, pensif.

Oliver se mit sur la pointe des pieds.

—Je l'aperçois à peine… Elle est en bleu foncé. Mais avec qui est-elle ?

—L'un des architectes paysagistes, je crois. Il travaille pour M. Simmonds. Il était à l'église, dimanche.

Ils restèrent là, observant en silence la scène lointaine. Enfin, Olly siffla tout bas.

—Elle a l'air de s'intéresser à lui, ça, c'est sûr !

—Tu crois ?

—Viens de ce côté… Tu verras mieux.

William s'exécuta. De là où il se trouvait maintenant, il voyait bien Elizabeth. Elle se tenait sous l'arche de lauriers, et Aiden Kellaway était à ses côtés. Ils avaient une conversation animée.

Quand il vit cela, les coins de la bouche de William s'affaissèrent.

—Elle a intérêt à ne pas *trop* s'intéresser à lui, dit-il d'un ton morose.

—Pourquoi, où est le problème ? Il ne te plairait pas comme beau-frère ? le taquina Olly. Elle pourrait l'épouser, non ? S'il voulait.

—Je ne crois pas.

—Mais elle est âgée.

—Assez âgée, je suppose, mais nos parents n'accepteraient jamais. À vrai dire, Maman serait furieuse si elle la voyait en train de lui parler. Elizabeth doit se marier avec quelqu'un de bien plus d'exceptionnel, je crois.

—Exceptionnel, dans quel sens ?

—Quelqu'un d'important.

—Quelqu'un de riche, tu veux dire.

—Pas forcément. Papa fournira l'argent, je suppose. Mais quelqu'un d'une vieille famille. C'est ce qu'il veut.

—Alors, c'est un snob.

Le jugement d'Oliver était sans équivoque.

William se contenta de hocher la tête. Il en avait assez de cette conversation, et la chaleur l'endormait à moitié. Il était aussi troublé. Une ombre noire semblait être passée sur le ciel par ailleurs sans nuages, mais il n'aurait pas su dire de quoi il s'agissait ni pourquoi cela l'inquiétait. Oubliant le docteur Daniels et son stéthoscope, il s'écroula dans le creux qui s'était formé sous leurs pieds, s'installant sous une fougère arborescente comme il le faisait des années plus tôt. Oliver en fit autant. Ils renoncèrent pour le moment à leur désir de citronnade. Au-dessus de leur tête, le soleil ardent incitait les garçons épuisés au sommeil. Les paupières de William étaient presque closes lorsque, du coin de l'œil, il perçut un volettement.

Il se redressa vivement, ouvrant grand les yeux.

—Regarde, Olly ! N'est-ce pas le papillon le plus merveilleux ?

Les ailes ambrées s'approchèrent encore, dans un battement délicat.

—Et regarde-moi ces taches noires ! On dirait qu'il a des nervures sur chaque aile. Qu'il est beau !

—Tu sais à quelle famille il appartient ?

—Je n'en suis pas sûr. Je crois que c'est une sorte de nymphalidé. Il est assez grand. Il faudra que je cherche quand nous rentrerons.

—Tu veux que je te l'attrape ? Tu pourras l'ajouter à ta collection.

—Non ! s'écria William. Laisse-le tranquille.

Là-dessus, il entoura le papillon de ses mains pour le faire approcher, fasciné par son corps qui ressemblait à de la fourrure et ses ailes orange vif.

Olly s'agenouilla à côté de lui et plaça ses mains en dessous de celles de son ami.

—Il est beau, dit-il, et il t'aime bien.

William eut un rare sourire.

—Il aime encore plus sa liberté.

Il écarta les paumes et laissa l'insecte s'envoler dans un battement d'ailes, mais les mains d'Olly restèrent autour des siennes.

—Je ne me marierai jamais, dit William d'un ton catégorique.

—Moi non plus, acquiesça Oliver.

8

Aiden lui toucha doucement l'épaule. Elizabeth se retourna et le suivit, sous l'arche et dans le Jardin italien. Elle se trouvait face à une véritable métamorphose. Le chemin dallé faisait non plus le tour d'une coquille boueuse, mais d'une vaste étendue d'eau, dont la surface calme n'était ridée que çà et là par le ruisseau tourbillonnant qui l'alimentait. L'espace d'un instant, elle fut éblouie par le miroitement et le scintillement de l'eau sous le soleil éclatant, qui se cachait de temps en temps dans l'ombre, à l'abri des arbres. Puis elle leva les yeux et vit, derrière le bassin aux reflets chatoyants, le temple qui avait commencé à s'élever. Il se dressait, délicat et impressionnant à la fois, sur une plate-forme de pierre blanche nivelée. Deux colonnes de marbre blanc étaient maintenant en place, les contours de leurs volutes sculptées se découpant sur le ciel d'un bleu limpide.

Elle en eut presque le souffle coupé. Elle n'avait pas réellement cru son père quand il avait déclaré que ce jardin serait le plus spectaculaire de tous.

—Cela va être magnifique, dit-elle dans un murmure.

—Oui, acquiesça Aiden.

En dehors de la légère ondulation de l'eau du bassin, tout dans le jardin était parfaitement immobile.

Elle n'était pas sûre que cela lui plaisait totalement, car cette immobilité avait presque quelque chose de contre nature.

—Où sont tous les hommes ? demanda-t-elle, prenant soudain conscience de leur absence.

—Ils sont allés déjeuner.

—Pourquoi ne mangent-ils pas ici ?

—C'est trop confiné et il fait bien trop chaud. Ils doivent être dans le verger, il y a beaucoup d'ombre sous les arbres fruitiers. Espérons qu'il fera un peu plus frais demain... Nous allons commencer à ériger les colonnes restantes, et c'est un travail difficile.

—Et ensuite... ?

—Ensuite, il y aura l'intérieur à terminer, mais cela prendra sûrement un certain temps.

—Vous avez des projets, pour l'intérieur ?

Aiden eut un sourire contrit.

—Votre père voulait que des fresques décorent tous les murs. Il s'est montré très insistant, mais je crois que Jonathan a fini par réussir à le dissuader. C'est l'humidité... Nous allons faire de notre mieux pour protéger le bâtiment, mais l'humidité est insidieuse. Elle s'insinuera dans les murs, et n'importe quelle fresque ne tiendrait que quelques années. À la place, nous avons commandé plusieurs reliefs à un sculpteur du coin – des motifs classiques, dans l'ensemble – et nous espérons que M. Summer approuvera.

—Il semble que vous ayez des semaines de travail devant vous. C'est une immense entreprise.

—Oui, mais quand nous aurons terminé, vous verrez que ce sera le plus beau jardin du monde.

Elizabeth le regarda. Ses yeux verts avaient perdu leur côté brumeux et brillaient d'une lueur d'enthousiasme.

—Vous aimez vraiment cet endroit, n'est-ce pas ?

—Comment pourrais-je ne pas l'aimer ? Il est exaltant. Jusque-là, je n'avais travaillé que dans des villes, mais ici, il y a de l'espace, de la liberté, et tant de beauté !

Elle entendit un bruissement dans les feuilles et son attention se porta sur le temple et les arbres qui l'entouraient, comme des sentinelles, mais presque aussitôt, le calme du jardin les enveloppa à nouveau.

—Vous venez d'une ville, alors ?

Elle se montrait encore une fois curieuse, mais elle avait vraiment envie de le savoir.

—Si je viens d'où que ce soit, répondit-il posément. J'ai vécu pendant des années avec ma tante et mon oncle, à Londres. Dans le quartier de Camberwell. Mon oncle possède une petite boutique, là-bas, et quand je ne suis pas en cours, en train de passer des examens ou de travailler sur des commandes, je lui donne un coup de main.

—C'est l'oncle qui a organisé votre apprentissage ?

—Exactement…

Il la regarda avec une expression moqueuse.

—… et avant que vous vous armiez de courage pour me poser la question, ma tante et mon oncle sont venus s'installer en Angleterre il y a des années. Comme de nombreux Irlandais, ils avaient le choix entre partir de chez eux ou mourir de faim.

Son ton était léger, mais elle savait bien que la réalité qu'il décrivait ne l'était pas du tout.

—Je ne sais pas grand-chose de l'histoire de l'Irlande, avoua-t-elle.

—C'est mieux comme ça. Ce n'est pas une histoire très joyeuse.

—Mais vous avez encore des parents là-bas – en Irlande ?

Il la prit par le coude et l'entraîna vers le banc du pavillon d'été. Pendant quelques instants, ils restèrent assis en silence, à admirer le bassin, puis il dit :

—Ma mère et mon père sont morts, mais j'ai des frères.

Elizabeth était surprise. Il avait l'air tellement indépendant, semblait être un homme qui avait fait son chemin dans le monde absolument seul.

—Vous arrive-t-il de les voir ?

—Nous avons pris des voies différentes, répondit-il brièvement.

Manifestement, c'était une partie de son histoire dont il n'avait pas envie de parler. Du moins, pas pour le moment. Elle changea de sujet.

—Alors, où irez-vous quand votre travail à Summerhayes sera terminé ?

—Je ne sais pas encore. J'ai reçu une ou deux offres d'emploi – par l'intermédiaire de Jonathan. Cela me permettrait d'être indépendant, mais il s'agit de petits projets, qui présentent assez peu d'intérêt.

—N'est-ce pas une bonne chose de commencer petit ?

—Peut-être, mais je préférerais voir grand dès le début.

Sa sincérité la fit sourire.

—Grand, comme Summerhayes, murmura-t-elle.

—Effectivement. Cela a été extraordinaire. C'est une chose de passer des examens, mais rien ne vaut l'expérience pratique, et travailler sur le chantier avec Jonathan a été cent fois plus utile que de rester assis dans un bureau poussiéreux à travailler sur des plans.

Son enthousiasme était communicatif, mais elle se surprit à lui demander :

—Quelles sont les chances que vous receviez une commande importante ?

—Très faibles. Dans ce pays, les offres d'emploi peuvent être très limitées. Au Canada, ce serait différent.

—Au Canada ! s'écria-t-elle, surprise.

—J'ai un cousin dans l'Ontario. C'est dans l'est du Canada. Il m'a écrit et m'a dit que Toronto était une ville sans cesse en expansion. C'est l'une des principales destinations des immigrants, et il y a énormément de nouveaux bâtiments, là-bas. Tout y serait possible.

—Et vous le croyez ?

—Pourquoi pas ? Le Canada est un jeune pays, qui est aussi très grand.

Elizabeth éprouva une étrange sensation de vacuité. Depuis qu'ils s'étaient rencontrés à l'église, elle n'avait vu Aiden qu'une seule fois. Il avait apporté les plans définitifs de l'architecte paysagiste à la maison pour que son père les range dans son coffre-fort, et ils s'étaient croisés dans le couloir au carrelage en damier noir et blanc. Ils n'avaient eu qu'une brève conversation, interrompue par Joshua lorsqu'il était sorti de son fumoir, mais cela avait suffi à lui donner envie de plus, envie d'avoir du temps pour discuter avec lui, du temps pour apprendre à le connaître.

Elle se gronda intérieurement. C'était l'employé de son père, et une connaissance rencontrée par hasard ; ce serait ridicule de sa part de voir en lui quoi que ce soit de plus. Elle imaginait la réaction de sa famille s'ils devenaient proches un jour ! Cependant, cela n'arriverait pas, et elle n'aurait pas dû se soucier de l'endroit où il projetait d'aller. Au contraire, elle aurait dû applaudir son ambition, sa passion pour son travail et la nouvelle vie qu'il souhaitait bâtir. Son goût pour l'aventure était quelque chose qu'elle comprenait. C'était ce qu'elle aimait chez son propre père, ce qu'elle aurait voulu pour elle-même si elle n'avait pas été une fille.

Elle avait envie d'en savoir davantage sur ce cousin, mais elle lui avait déjà posé bien trop de questions, alors elle se contenta de rester assise en silence à ses côtés, savourant la fraîcheur du silex et de la pierre. Le pavillon d'été offrait un refuge bienvenu par cette journée qui devenait étouffante, comme celles qui l'avaient précédée.

—Mon cousin a quitté l'Irlande par bateau il y a quelques années, dit Aiden, comme s'il lisait dans ses pensées. Il n'avait aucun avenir à Galway. Il travaille au chemin de fer, au Canada, et il loue une petite maison pour sa famille à la périphérie de Toronto. Il m'a proposé de me donner une chambre jusqu'à ce que je prenne mes marques.

—Vous semblez avoir déjà décidé de votre avenir.

—Pas encore. Pas vraiment.

Il la regarda comme s'il avait envie d'en dire davantage, mais changea brusquement de cap.

—Et vous ? Avez-vous l'intention de rester ici ?

—Vous m'avez déjà posé cette question.

—Et je n'ai jamais eu de réponse. Votre père fait de Summerhayes l'œuvre de toute une vie, mais il s'agit de *sa* vie, pas de la vôtre. Vous avez votre propre créativité. N'avez-vous pas envie de la partager avec le monde ?

Elle fit la grimace.

—Ce serait merveilleux ! Je peins pour moi-même, c'est tout.

—Vous devriez vouloir plus. J'ai vu l'un de vos tableaux. Je dirais que vous avez besoin d'une formation professionnelle, mais vous ne *barbouillez* certainement pas, contrairement à ce que vous dites. Les femmes commencent à être prises au sérieux en tant que peintres, vous savez. Vous devriez aller à Londres, vous inscrire dans une école d'art. La Slade, par exemple.

Elle connaissait la Slade. Quelqu'un qu'elle avait rencontré l'année passée, lors de l'une des innombrables visites matinales qu'elle avait été obligée de faire avec sa mère, lui avait dit avec une expression choquée que les étudiantes y avaient été autorisées à dessiner un homme à moitié nu. L'idée la mettait soudain mal à l'aise, et elle se surprit à s'opposer à lui avec plus de virulence qu'elle n'en avait eu l'intention.

—Essayez-vous de régenter ma vie ? Et comment avez-vous pu voir l'un de mes tableaux ?

—Il est accroché dans l'entrée, je l'ai vu quand je suis passé, la semaine dernière.

Il s'agissait du portrait de son père, bien sûr. Il avait tellement plu à Joshua qu'il l'avait fait encadrer et qu'il avait insisté pour l'accrocher aux côtés de ses plus précieux trophées, les appliques Tiffany qu'il avait achetées aux enchères à un prix exorbitant. Et Aiden Kellaway avait remarqué le nom de l'artiste, écrit en tout petit, tout en bas à droite de la toile. Il était perspicace, c'était indubitable.

—Cela ne me dérange pas de continuer à peindre en amateur, dit-elle d'un ton presque brusque.

—Dans ce cas, allez simplement à Londres et profitez de ses plaisirs. Vous êtes très jeune pour rester cloîtrée.

—Je ne reste pas cloîtrée, s'indigna-t-elle, et je suis déjà allée à Londres. Je vous l'ai dit.

—Et cela ne vous a pas plu ?

—Pas vraiment.

Quatre mois de plaisirs hédonistes remplis de soirées, de réceptions et de bal, au cours desquels elle n'avait absolument pas eu le temps de peindre. Elle ne pouvait pas nier que cela avait été palpitant, mais l'exaltation n'avait été que superficielle. Au fond, elle avait toujours eu le sentiment d'être rabaissée, le sentiment que sa nature profonde était bafouée, minée progressivement, jour après jour. Le négoce de jeunes femmes, telle était la réalité de la Saison londonienne.

—Pourquoi y êtes-vous allée ?

—Papa voulait que je fasse mon entrée dans la bonne société, répondit-elle platement.

—La bonne société, répéta-t-il d'un air moqueur.

Elle eut un petit rire.

—Je ne devrais pas rire. Cela lui a coûté beaucoup d'argent, et en fin de compte, je l'ai déçu.

—Comment ça ?

—Cela n'a pas « pris », comme on dit. Je crois que j'étais un peu trop différente. Peut-être un peu trop franche.

—C'est bien possible, mademoiselle Summer, dit-il, l'air amusé. Ou puis-je vous appeler Elizabeth ?

—Je suppose que oui. Apparemment, nous nous connaissons suffisamment pour discuter des perspectives que j'ai de faire un bon mariage.

—Alors, c'est donc cela, le but de cette incursion dans la bonne société… Je présume que vous n'avez pas fait progresser vos *perspectives* ?

Il affichait toujours un grand sourire.

—J'ai reçu deux demandes en mariage, si c'est ce à quoi vous faites allusion, répondit-elle vertement. Je les ai refusées.

Il hocha la tête comme s'il n'aurait pas pu imaginer une réponse différente.

—J'imagine que cela vous a attiré des ennuis.

—Pendant quelque temps. Papa était dans tous ses états, il fulminait. Il m'a dit que j'étais une ingrate, mais au bout du compte, je crois qu'il ne m'en voulait pas. Pas vraiment. C'est vrai qu'il a dépensé beaucoup d'argent, mais c'est un homme généreux.

En dépit de son irascibilité, aurait-elle pu ajouter.

—Et vous êtes sa chouchoute.

C'était une affirmation.

—Il faut croire, dit-elle, rougissant un peu.

—Il ne voudrait sûrement pas que vous me parliez. Votre mère ne veut pas, en tout cas.

La scène du cimetière revint à Elizabeth de façon très nette ; sa mère s'était montrée glaciale et inhabituellement autoritaire. Pourquoi donc ? D'abord, elle lui avait dit de saluer sa tante et son oncle, puis elle lui avait ordonné sans ambages de disparaître. Elizabeth avait été perplexe et s'était sentie vaguement inquiète. Ce soir-là, tandis que sa mère était penchée sur son ouvrage, elle l'avait interrogée, mais elle n'avait pas obtenu de réponse satisfaisante.

—Je parle à qui je veux, dit-elle fermement, se hérissant à ce souvenir.

—Voilà des paroles courageuses.

—Je suis courageuse…

Sur l'instant, la présence d'Aiden lui donnait la force d'y croire.

—… mais pas courageuse au point de pouvoir me permettre de disparaître pendant des heures.

—Dans ce cas, vous feriez mieux d'y aller, et quant à moi, je ferais mieux de me remettre au travail. M. Simmonds ne va pas tarder à revenir de sa visite à la carrière, et j'ai intérêt à avoir l'air d'être appliqué.

Elle se leva et s'apprêta à partir, mais il lui prit la main pour la retenir. Elle ne retira pas sa main de la sienne.

—Reviendrez-vous par ici ? lui demanda-t-il.

—Peut-être bien.

—Bientôt ?

—Peut-être demain, se risqua-t-elle à répondre.

Cela sembla lui faire plaisir.

—Demain, répéta-t-il.

Comme elle s'éloignait, elle sentit qu'il la suivait des yeux. Elle ondulait très légèrement des hanches, les plis de sa jupe en popeline de soie se balançant d'un côté à l'autre.

Son père l'attendait en haut de l'escalier de la terrasse, appuyé contre une énorme urne pleine de cosmos délicatement parfumés, dont les têtes roses et blanches se balançaient dans la brise légère. Il avait l'air de l'avoir attendue longtemps.

—Où étais-tu passée ?

La beauté des fleurs n'avait pas réussi à le calmer : il avait les sourcils froncés, l'air renfrogné.

—J'étais juste allée me promener.

Elle se dirigea vers lui mais évita de croiser son regard.

—Tu ne devrais pas te promener toute seule. Tu sais très bien que je suis toujours partant pour te tenir compagnie. Demande-moi ! Cela fait longtemps que nous ne nous sommes pas promenés ensemble.

—Nous le ferons un autre jour, Papa... et ne t'inquiète pas, je t'en prie. J'ai fait un tout petit tour, et ce sont nos jardins. Que pourrait-il bien m'arriver ?

—Ce sont peut-être nos jardins, mais tout de même...

Il s'interrompit brusquement. Une jupe grise flottante était apparue à l'angle de la maison. La mère d'Elizabeth avait à peine atteint le haut des marches de la terrasse qu'il se retourna contre elle.

—Cela fait une heure que ta fille est dehors. Tu le savais ? Pourquoi n'étais-tu pas avec elle ?

Alice ignora son accès de colère.

—J'étais avec le docteur Daniels. Il est là pour William, si tu te souviens bien. Je suis venue te dire qu'il partait. Tu souhaites peut-être lui dire au revoir.

—Daniels, cette vieille bonne femme ! marmonna Joshua. Vous faites tout un tas d'histoires à propos de ce garçon, tous les deux... Il n'a rien du tout, je te le dis. Vous l'encouragez à être malade.

Comme pour lui donner raison, William choisit ce moment-là pour sortir en courant, avec des mouvements désordonnés, par la porte de service.

—Désolé ! dit-il, tout essoufflé, en se faufilant entre eux pour descendre les marches de la terrasse.

Elizabeth remarqua un torchon froissé sous son bras, dont dépassait ce qui avait tout l'air d'être une demimiche de pain.

—Je dois y aller ! Olly m'attend.

Tous trois le regardèrent s'éloigner rapidement, puis disparaître. Ce fut Alice qui brisa le silence.

—Je ne dis pas qu'il est malade, simplement qu'il vaut mieux que nous continuions à faire attention.

—Sottises ! Il va très bien…

Comme son père semblait sur le point de se lancer dans une autre longue diatribe, Elizabeth en profita pour s'éclipser discrètement et regagner la maison.

9

Joshua regardait d'un œil noir l'endroit où Elizabeth s'était tenue quelques instants plus tôt. La question de William avait été supplantée par un sujet de préoccupation plus pressant.

—À propos d'Elizabeth…

Alice retint un soupir. *Eh bien, qu'en est-il, d'Elizabeth ?* se demanda-t-elle. Elle semblait incapable d'avoir la moindre autorité sur la jeune fille. C'était son père qui aurait dû la contrôler, mais son affection l'en empêchait.

—Tu n'es tout de même pas incapable de la surveiller ! Distrais-la pour qu'elle n'éprouve pas le besoin de vagabonder.

—Elizabeth n'a pas besoin de se distraire, Joshua. Elle a besoin d'avoir un but. Une institution pour jeunes filles aurait été utile, ne put-elle s'empêcher d'ajouter.

Elle s'attendait à ce qu'il ait un autre éclat de colère, mais au lieu de cela, il sembla plongé dans ses pensées, enfonçant si violemment sa canne en bois d'églantier dans la pelouse qu'elle craignait qu'il faille demander aux jardiniers de poser un nouveau gazon.

—Il m'arrive de regretter que nous ne soyons pas restés à Birmingham, dit-il enfin, l'air grave. Elizabeth y aurait eu un but. Les femmes étaient… différentes, là-bas. Plus sérieuses. Les épouses et les filles des hommes que je connaissais auraient été amies avec elle. Elles l'auraient occupée, intéressée au monde. Elles lui auraient donné autre chose à faire que peinturlurer des toiles dans un grenier… et elles lui auraient trouvé le bon mari.

Cette dernière pique passa par-dessus la tête d'Alice. Elle repensait à Birmingham, une ville où elle avait détesté vivre. Elle y avait passé quinze ans, et pendant tout ce temps, elle s'était sentie à la dérive. Les amis, les connaissances dont parlait Joshua étaient des industriels, des propriétaires d'usines comme lui-même. Ils vivaient dans un monde qui lui était totalement étranger, et avaient des épouses avec lesquelles elle n'arrivait pas du tout à se lier. Des femmes qui organisaient des thés pénibles lors desquels elles échangeaient des commérages ou, pire encore, des femmes effroyablement intellectuelles.

Joshua s'était moqué d'elle en lui disant qu'elle était une trop grande dame, qu'elle avait trop conscience de son nom de famille et qu'elle se croyait au-dessus de leur compagnie. Ce n'était pas vrai, mais elle n'aurait jamais pu lui avouer qu'elle avait eu peur de ces femmes, bel et bien peur. Sa piètre éducation, la vision étriquée qu'on lui avait inculquée, la vie privilégiée qu'elle avait menée, l'avaient mal préparée à se défendre face à des femmes qui trouvaient tout à fait normal d'organiser des soirées littéraires chez elles ou à débattre de la dernière philosophie. C'étaient des femmes qui faisaient partie de la Société féminine antiesclavagiste ou assistaient à des réunions publiques sur le droit de vote pour les femmes, et qui l'exhortaient à les accompagner. Elle lui donnait le sentiment d'être stupide et inutile.

Par ailleurs, Joshua n'avait rien arrangé. Il avait été incapable de comprendre sa détresse et l'avait traitée avec une brusquerie de plus en plus grande. Même quand elle avait donné naissance à un enfant après des années de déception, il lui avait fait sentir qu'elle était une ratée. Elle avait mis au monde une fille au lieu du garçon tant attendu. Avec le temps, bien sûr, les choses avaient changé. Joshua avait fini par adorer sa fille, et il avait fait peu de cas de son fils quand celui-ci était arrivé, lui accordant à peine son attention. Sa partialité était compréhensible. Elle trouvait Elizabeth trop obstiné pour son bien, mais la détermination et l'énergie de la jeune fille étaient semblables à celles de son père.

Quand son mari était enfin devenu propriétaire de son domaine dans le Sussex, elle en avait été très heureuse. Pendant des semaines, elle avait eu l'impression de flotter tant elle s'était sentie soulagée. Jusqu'à ce qu'elle revienne. Elle s'était alors rendu compte qu'elle ne trouverait plus de compagnie agréable dans la campagne où elle était née. Son frère avait fait en sorte que ni Joshua ni elle ne trouve sa place dans la société. Les grands de ce monde avaient décidé par eux-mêmes que Joshua était incroyablement vulgaire, mais son frère avait veillé, avec un murmure par-ci, un petit coup de coude par-là, à ce qu'il passe également pour quelqu'un de malhonnête. Pour un faussaire. Elle avait ployé face à l'attaque, mais Joshua, non. C'était un homme fort, et il avait eu besoin de sa force. Il s'en était servi pour se défaire de l'image de paria social et pour créer les jardins les plus magnifiques du Sussex. Ils constituaient sa fanfare triomphale, la déclaration de son arrivée.

Ses pensées avaient vagabondé très loin. Joshua continuait à se plaindre et elle avait à peine entendu un mot de ce qu'il avait dit. Elle s'efforça de prendre l'air dûment décontenancé quand Ivy vint à sa rescousse en apparaissant derrière son épaule.

—Je vous prie de m'excuser, Madame... Vous avez un visiteur.

—Je sais, répondit sèchement Alice. Le médecin.

Pourquoi les gens ne pouvaient-ils pas la laisser tranquille ? D'abord, Elizabeth, ensuite, Joshua, et maintenant, Ivy. Elle glissa une main sur sa nuque. Elle éprouvait la très étrange envie de tirer violemment sur ses cheveux pour les libérer et les laisser tomber en cascade sur ses épaules. Une tentative de rupture de ses chaînes ? Elle se le demandait. Si tel était le cas, le geste était bien trop insignifiant, et arrivait bien trop tard.

—Non, Madame. Le docteur Daniels est parti il y a dix minutes. Il m'a dit de ne pas vous déranger, M. Summer et vous... Il reviendra voir M. William le mois prochain. C'est Mme Fitzroy qui se trouve dans le salon.

—Mme Fitzroy ?

Alice regarda la servante d'un air ébahi.

—Tu n'as qu'à y aller, grommela Joshua. C'est ta belle-sœur, pas la mienne. Je ne veux pas avoir affaire à cette famille. De toute façon, il faut que j'aille voir Harris. Je veux lui parler des plantes pour la kermesse. Le plus exotique sera le mieux ! Et des fleurs coupées, des vases et des vases de fleurs coupées... Nous devons veiller à ce que tout le Sussex parle de cet événement pendant des mois.

Il allait prendre un malin plaisir à accueillir les vieilles familles du comté et à leur jeter sa fortune à la figure. Peut-être possédaient-elles plus de terres, mais c'était leur unique source de richesse, et sa valeur avait considérablement diminué au cours des vingt ou trente dernières années – depuis la Grande Dépression. Ces familles-là n'avaient plus d'argent pour payer leurs impôts, plus d'argent pour payer la nouvelle assurance de trois pence par semaine pour leurs domestiques de moins en moins nombreux. Joshua n'avait pas ces problèmes ; il était donc en position de force.

Alice devait reconnaître que c'était une sorte de justice, mais cela la laissait indifférente. Son mari avait investi des sommes astronomiques dans le domaine, mais il en avait récolté tout autant, et plus encore. Sous sa direction, la ferme familiale des Fitzroy, autrefois en difficulté, était maintenant une entreprise florissante, qui avait son propre bétail et produisait ses propres céréales. Il y avait aussi du miel – elle pouvait se porter garante de son excellence –, de la cire des ruches et le bois de construction provenant des arbres qu'il avait plantés. Il avait sans aucun doute aussi bien réussi dans l'exploitation fermière que dans la fabrication de boutons et, en conséquence, le domaine s'était enrichi. Maintenant, son heure de gloire avait sonné : Summerhayes serait la vitrine de tout ce qu'il représentait.

Elle le regarda s'éloigner d'un pas lourd pour aller s'entretenir avec le jardinier en chef. La conversation promettait d'être intéressante. Joshua avait peut-être le droit de concevoir des jardins d'agrément, mais pour ce qui était des produits – les légumes, les herbes aromatiques, les fruits charnus et les fleurs –, c'était la parole d'Harris qui faisait loi, et son maître le savait.

Elle regagna la maison à contrecœur, et elle venait à peine d'atteindre le salon quand elle se trouva face à Louisa, qui se tenait dans l'embrasure de la porte. Sa belle-sœur portait encore un ensemble coûteux. Alice cligna des yeux, surprise, en voyant le chapeau en taffetas de soie froncé avec sa grosse broche en jais et deux immenses plumes noires qui, à elles seules, avaient dû coûter une fortune. Où son frère trouvait-il l'argent pour payer les fanfreluches de Louisa ?

—Je venais justement à ta rencontre, dit cette dernière, l'air agacée. Je me disais que ta femme de chambre avait dû oublier de te transmettre mon message.

—Ivy vient juste de me prévenir, répondit calmement Alice. Qu'est-ce qui t'amène, Louisa ?

—Ce n'était pas toi que je voulais voir, à vrai dire… mais c'est toujours un plaisir, bien sûr, ajouta précipitamment sa belle-sœur.

—Vraiment ?

En temps normal, Alice n'aurait pas été aussi franche, mais son envie d'être seule devenait irrésistible, et Louisa était la visiteuse la plus importune. La scène exécrable du cimetière était encore très nette dans l'esprit d'Alice.

Sa belle-sœur avança vers elle avec un sourire résolu et prit ses mains entre ses propres mains gantées. Elle prit la parole d'une voix qui se voulait chaleureuse.

—Je sais qu'il y a des histoires entre nos familles, Alice, mais nous ne sommes pas obligées d'être en conflit. Au fond, ce sont les hommes qui ont des problèmes, n'est-ce pas ? Nous ne devrions pas laisser leurs différends gâcher notre amitié.

Alice n'avait pas eu conscience de l'existence d'une amitié entre elles. Louisa s'était mariée avec son frère l'année où ils étaient venus s'installer à Summerhayes, ou plutôt ce qui allait devenir Summerhayes, et dès le début, elle s'était montrée distante. Après tout, elle avait épousé un Fitzroy d'Amberley, tandis que la pauvre Alice avait dû se contenter d'un propriétaire d'usine de Birmingham. Quatorze années s'étaient écoulées, et rien n'avait changé. Au mieux, leurs relations avaient été tendues. Alice se sentait toujours crispée en présence de Louisa, dont elle se méfiait autant que d'Henry.

Quelque chose lui disait que si elle baissait sa garde, sa famille en subirait les conséquences. Joshua était excessif, ses actes, irréfléchis et indomptables, et c'était à elle de protéger ses enfants. Son mari aurait pu les conduire à la catastrophe. Il ne connaissait pas son frère comme elle le connaissait, et il ne mesurait pas réellement, même après toutes ces années, les dégâts qu'Henry était capable de causer.

Son frère avait nui à plus de gens qu'elle n'aurait pu le dire – aux domestiques sur lesquels il avait raconté des histoires, aux amis qui l'avaient à tort pris pour un allié –, semant le chaos le sourire aux lèvres, avec un hochement de tête et un mot discret. Et, parfois, pire. À l'heure actuelle, il devait broyer du noir. Il ne laisserait pas passer comme cela le dernier incident en date – la destruction du barrage. Il réparerait l'affront. Un jour ou l'autre.

Louisa lui avait lâché les mains et elle la tenait maintenant à bout de bras.

—Qu'est-ce qu'il y a, Alice ?

Alice se rendit compte que cela faisait un bon moment qu'elle se tenait là, silencieuse et hébétée. Il fallait qu'elle se ressaisisse. Cela lui arrivait trop souvent, ces temps-ci.

—Si ce n'est pas moi que tu es venue voir…

—Je suis venue voir le docteur, l'interrompit Louisa. Il m'avait promis de m'envoyer une ordonnance à Amberley, mais il a dû oublier. J'ai toujours eu les nerfs fragiles, tu le sais, et depuis les récents incidents entre nos familles, je suis dans tous mes états… mais le Véronal fait toujours l'affaire.

—Je suis navrée d'apprendre que tu es souffrante.

Alice doutait de la véracité de la déclaration de sa belle-sœur mais, quoi qu'il en soit, pourquoi cette dernière battait-elle la campagne à la poursuite du docteur Daniels ?

—Cela n'aurait-il pas été une bonne idée de passer à la pharmacie ? On doit bien y vendre du Véronal.

—Oui, oui, souffla Louisa.

Une fois de plus, elle semblait prête à faire une crise de nerfs.

—Je sais bien que l'on en vend à la pharmacie, mais ce misérable – le nouveau pharmacien – exige une ordonnance. J'ai envoyé ma femme de chambre en demander une au cabinet médical, mais c'est une incapable. Quand elle est arrivée là-bas, elle avait oublié ce dont j'avais besoin. J'ai donc été obligée de venir voir le médecin par moi-même. Il est ici ? C'est ce que j'ai entendu dire, au village.

—Il est venu, en effet, mais il est reparti il y a un petit moment.

Louisa eut un air décontenancé. Elle se dirigea vers la fenêtre et lança au loin un regard furibond. Puis, tout aussi soudainement, son visage s'éclaira et elle reporta son attention sur Alice, qui était restée dans l'embrasure de la porte.

—C'est toi qui as appelé le docteur Daniels ? J'espère que tu n'es pas malade… Ou bien est-ce Joshua ?

L'espace d'un instant, elle sembla sincèrement inquiète.

—Nous allons tous les deux très bien, merci. Le médecin était là pour examiner brièvement William, rien de plus.

À peine eut-elle prononcé ces mots qu'Alice le regretta. Elle n'avait jamais parlé à personne du cœur fragile de William, pas une seule fois depuis le moment où il était né, dans cette maison même.

—William ? Mais il respire la santé !

Alice ne put s'empêcher d'éprouver un sentiment de fierté.

—N'est-ce pas ? Et nous voulons que cela continue.

—Alors pourquoi avait-il besoin de voir le docteur Daniels ?

C'était pour cette raison qu'Alice n'avait rien dit auparavant. Révéler une vulnérabilité au sein de la famille était une mauvaise idée. Cependant, Louisa la regardait droit dans les yeux, le front légèrement plissé, et Alice ne voyait pas quoi dire sinon la vérité.

—William a le cœur fragile ou, plutôt, il avait le cœur fragile quand il était bébé. Aujourd'hui, cela semble lui être passé, du moins c'est ce que pense le médecin, mais nous préférons nous assurer que tout va toujours bien.

—Mais bien sûr… Ma chère, quel souci cela a dû être, pour toi. Tu n'en as jamais rien dit.

Alice regrettait déjà ses paroles. Elle savait que même si elle avait été proche de Louisa, elle ne lui en aurait pas parlé. La fragilité de William était bien réelle, quoi que Joshua pût en dire, mais c'était quelque chose que les Fitzroy et le reste du monde n'avaient pas à savoir. William hériterait du domaine de Summerhayes et, avec lui, de tout ce pour quoi son père avait travaillé. Il était doux, fragile, aussi différent de Joshua qu'il était possible de l'être ; mais il lui faudrait être fort, ou paraître fort, pour conserver ce qui lui appartenait face à un oncle cupide.

Elle se força à prendre une expression neutre.

—Je n'en ai jamais parlé parce que nous ne voulions surtout pas que William se sente différent. Et cela a fonctionné. C'est un garçon solide, maintenant. J'espère que tu garderas pour toi ce que je t'ai dit, Louisa.

—Bien sûr, ma chère. Tu peux me faire confiance.

Alors même que sa belle-sœur prononçait ces mots, Alice sut qu'elle ne tarderait pas à rapporter à Amberley ce qu'elle venait d'apprendre. Louisa était la créature d'Henry.

—Je suis contente d'être venue, continua cette dernière. J'ai repensé à ce différend ridicule entre nos époux… Ne pourrions-nous pas faire quelque chose pour y mettre un terme ?

—Qu'as-tu en tête ?

—Si nous arrivions à persuader Henry d'assister à la fête paroissiale à Summerhayes, peut-être… ?

L'espace d'un instant, Alice fut sincèrement touchée par la sollicitude de sa belle-sœur, mais presque aussitôt, son bon sens reprit le dessus, et elle se dit qu'il devait y avoir une motivation derrière cette suggestion. L'expression rusée de Louisa le lui laissait à penser – celle-ci n'était pas experte en l'art du complot. Toutefois, peut-être était-il possible de tourner la situation à l'avantage d'Elizabeth.

—Je présume que cela pourrait aider, répondit Alice d'un air songeur.

—De toute évidence, ton frère est mécontent, poursuivit Louisa d'un air hautain, mais Joshua avait tout à fait raison quand il a dit que Summerhayes serait le lieu idéal pour la kermesse. Il va falloir en convaincre Henry, comme tu peux l'imaginer, j'en suis sûre, mais je vais faire tout mon possible. Si j'y parviens et qu'il accepte de venir, pourras-tu, quant à toi, persuader Joshua de faire un pas vers lui ? Cela pourrait t'être très utile. Je sais que vous vous inquiétez tous les deux pour l'avenir d'Elizabeth, et j'espère qu'ensemble, nous arriverons à lui faire faire un excellent mariage.

Cela valait assurément la peine d'essayer. Si Louisa parvenait à préparer le terrain, il serait peut-être encore possible de trouver le mari idéal. Le mariage d'Elizabeth n'était pas une chose à laquelle Alice pouvait renoncer aussi facilement que Joshua et, depuis sa dernière querelle avec les Fitzroy, elle avait le sentiment désagréable de ne pas être à la hauteur. Chaque jour, la question lui paraissait plus urgente. À peine quelques minutes plus tôt, Joshua lui-même avait semblé se rendre compte que sa fille jouissait d'une trop grande liberté. Cela le persuaderait peut-être d'adopter face à Henry une attitude plus conciliante.

—C’est un excellent plan, dit-elle avec un regain d’énergie, tout en raccompagnant Louisa jusqu’à la porte d’entrée.

—Formidable ! s’exclama sa belle-sœur avec un grand sourire approbateur.

Après coup, Alice s’aperçut que cette stratégie la mettait un peu mal à l’aise.

10

Ivy savait toujours où trouver son amoureux, mais pour une fois, il n'était pas en train de s'occuper de son cher Wolseley, il cirait des chaussures. Le cireur de chaussures devait être malade, et cela ressemblait bien à Eddie de se rendre utile.

—Tu es sûr que ça va aller ? lui demanda-t-elle sans préambule.

Il lui avait promis de demander à M. Summer s'ils pouvaient repeindre l'appartement d'Eddie.

Il lui adressa un sourire nonchalant.

—Ne te fais pas de souci, Ivy. Ça va aller.

—Tu ne lui as pas encore demandé, n'est-ce pas ?

Elle ne voulait pas paraître fâchée, mais c'était plus fort qu'elle.

—Pas encore, mais je vais le faire. De toute façon, pourquoi est-ce que cela le dérangerait que nous arrangions un peu ce vieil appartement ?

—Il a des idées très arrêtées sur ce qu'il aime et ce qu'il n'aime pas, dit-elle sombrement.

—Trois pièces au-dessus d'un garage ? Je t'en prie ! C'est peu probable.

—Alors pourquoi ne lui as-tu pas demandé ?

Elle se surprit à poser ses poings sur ses hanches. *Comme une vieille poissonnière*, pensa-t-elle, agacée contre elle-même.

—Je n'en ai pas eu l'occasion, honnêtement. Je le placerai dans la conversation, mine de rien, quand je pourrai.

—Et quand est-ce que ce sera ?

—Je le conduis à Worthing ce matin. Il va chercher un objet ancien qu'il a acheté – un vase japonais, Imari, ou quelque chose comme ça. Il sera de bonne humeur. Je le ferai à ce moment-là.

—Et tu pourrais peut-être en profiter pour lui demander deux jours de congé après le mariage ?

Elle avait prononcé ces mots d'une voix plus douce.

Il posa son chiffon à lustrer et se leva.

—Tu ne t'arrêtes jamais, hein ? demanda-t-il en lui souriant, remettant une mèche folle derrière son oreille. Je commence à me demander dans quoi je m'engage en t'épousant… Je vais être épuisé avant même d'avancer jusqu'à l'autel !

—Je suis désolée, mais je m'inquiète.

Elle jeta un coup d'œil autour d'elle et, voyant qu'il n'y avait personne, elle tendit le cou et lui déposa un baiser sur la joue.

—Je ne veux pas t'enquiquiner, Eddie, vraiment pas, mais j'ai peur que les choses ne se passent pas bien pour nous.

—Pourquoi est-ce qu'elles ne se passeraient pas bien ? Nous allons avoir un mariage formidable, et un appartement formidable. Ça va être extra, tu vas voir.

Il plissa les yeux, ébloui par le soleil.

—Et j'ai bien envie de demander une faveur supplémentaire.

—Ah oui ?

Elle écarquilla les yeux, se réjouissant d'avance, et cela le fit rire.

—Ne t'emballe pas trop… mais j'ai réfléchi : ma mère ne peut pas venir au mariage, comme tu le sais, alors, et si nous allions la voir ?

Le visage d'Ivy s'assombrit.

—Comment le pourrions-nous ? Elle habite à des kilomètres d'ici.

—Comment… ?

Il se retourna et montra du doigt l'automobile verte rutilante qui attendait dans une flaque de lumière.

Elle en resta bouche bée.

—Tu n'oserais jamais demander une chose pareille !

—Tu vas voir. Pour toi, j'oserais n'importe quoi, ma chérie.

Il rit de plus belle, lui passa les bras autour de la taille, la serra fort et la souleva si haut dans les airs qu'il perdit l'équilibre et qu'ils tombèrent tous les deux sur les pavés en riant.

—Je présume que vous souhaitez conserver vos postes.

C'était Ripley, qui les regardait d'un œil noir depuis la porte de derrière.

Ils s'empressèrent de se relever.

—Oui, monsieur Ripley, dirent-ils d'une seule voix.

Elizabeth observait avec mélancolie l'animation qui régnait en contrebas. Un grand chapiteau avait déjà été monté sur l'immense pelouse, et une forte brise fouettait violemment les drapeaux hissés fièrement à chacun de ses coins. On avait aussi commencé à planter plusieurs tentes plus petites çà et là sur l'herbe, et le bruit des maillets s'abattant sur des piquets de bois résonnait jusqu'à la fenêtre du premier étage à laquelle elle se trouvait. Si elle appuyait le front contre la vitre, elle arrivait à voir Cornford qui travaillait à son établi, sciant les planches dont il se servirait pour construire une estrade provisoire. À sa droite, M. Harris vacillait sur une échelle immense, tandis que l'un de ses garçons lui tenait les pieds pour qu'il accroche des guirlandes d'arbre en arbre. Il y avait des hommes partout, aurait-on dit – qui couraient en tous sens, portaient des choses, appelaient des compagnons. Quelques femmes, aussi, étaient venues du village et installaient des stands auxquels, le lendemain, elles vendraient des jouets, des fruits et des sucreries maison.

Le matin même, sa mère avait insisté pour qu'elle se joigne à elle dans le petit salon, et elle avait passé les quelques dernières heures à lire pendant que sa mère cousait. Cependant, à plusieurs reprises, elle avait posé son livre pour regarder avec envie par la fenêtre. Puisqu'elle n'avait pas le droit de s'évader complètement, peut-être aurait-elle au moins pu faire quelque chose de concret. Comme se joindre à la scène qui se déroulait dans le jardin. Elle aurait pu faire des commissions pour les femmes qui s'occupaient de leurs étals, ou prévoir des tables avec des rafraîchissements sous le grand chapiteau. Mme Lacey avait assez à faire sans qu'on lui imposât un chapiteau – la gouvernante aurait apprécié son aide, elle en était sûre. Cependant, elle n'avait pas le droit de se rendre utile. Son rôle était purement décoratif, et c'était dans le petit salon de sa mère qu'elle devait passer la journée.

Elle avait été d'excellente humeur, un peu plus tôt, quand elle avait regardé son père partir en voiture pour Worthing. Il lui avait demandé de l'accompagner, mais elle avait refusé sous le prétexte du long trajet. Sa quête d'un énième vase précieux à ajouter à sa collection allait certainement prendre un certain temps. Son père étant absent et les jardins foisonnant de bruit et d'animation, elle avait espéré s'éclipser de la maison et passer rapidement au temple ; mais sa mère avait fondu sur elle dès qu'elles s'étaient levées de la table du petit déjeuner, et elle n'en avait pas eu l'occasion.

Elle voulait parler à Aiden, voulait qu'il assiste à la fête, le lendemain, car au milieu du tourbillon d'activité, ils pourraient sûrement se retrouver et discuter sans qu'on les remarque. Elle avait à peine vu le jeune homme au cours de ces quelques dernières semaines, maintenant qu'on avait mis une entrave à ses promenades et que la présence de son père était constante. Il semblait être toujours hors de son champ de vision, mais assez près pour surveiller ses moindres faits et gestes.

À moins qu'elle parvienne à faire passer un message au jeune architecte paysagiste, il ne viendrait pas. Peut-être était-ce mieux ainsi : elle se surprenait à avoir un peu trop envie de le voir, et cela l'inquiétait. L'année passée, elle était revenue de Londres absolument convaincue qu'il n'y avait pas de place pour un homme dans son petit monde. Elle ne voulait certainement pas se marier. Elle pensa aux Pankhurst – des femmes qui menaient des vies formidables, des vies de pouvoir et d'effervescence, sans un homme en vue. Franchement, pourquoi avait-elle tant envie de voir Aiden Kellaway, alors qu'elle n'avait passé que quelques minutes avec lui ? Pourtant, elle en avait bel et bien envie.

Il la fascinait. Il ne ressemblait à aucun des autres hommes qu'elle avait rencontrés ; ni aux garçons maladroits des quelques bals du coin auxquels on l'avait autorisée à assister, ni aux jeunes gens obséquieux de la Saison londonienne, des beaux parleurs insensibles. Aiden se distinguait des autres, et sa différence la ravissait. Elle adorait ses yeux verts, ses cheveux châtain clair, l'inflexion de sa voix. Ou peut-être était-ce son intelligence qui lui plaisait, la façon dont il évitait les faux-semblants et devinait ce qui était bien réel, ce qui était important ? Il était intelligent, cela ne faisait pas l'ombre d'un doute, mais ce n'était pas cela non plus. Était-ce son enthousiasme pour la vie, alors ? Ou la tristesse qu'elle avait perçue derrière ce qu'il ne disait pas ? Peut-être était-ce toutes ces choses.

Elle avait erré sans but au cours de ces quelques dernières semaines avec une expression qu'elle espérait impassible, mais elle avait constamment lutté contre une joie qui, en dépit de tous ses efforts, jaillissait en elle. C'était idiot, ridicule, mais étrangement libérateur. Cependant, ce nouveau sentiment de liberté aurait très bien pu lui jouer des tours et se terminer de manière catastrophique. Si toutefois elle doutait du danger, il lui suffisait de se rappeler qu'elle ne pouvait pas avouer, ou, à plus forte raison, proclamer son amitié avec Aiden. Elle avait tout intérêt à ne pas s'amouracher de lui.

—Écarte-toi de la fenêtre, ma chérie, lui dit sa mère d'un ton insistant. Si tu es désœuvrée, pourquoi ne pas te mettre à ta broderie ? Cela fait une éternité que tu n'y as pas travaillé.

Elizabeth regarda avec aversion la nappe à moitié inachevée mise de côté. Les points de nœud et le passé plat avaient depuis longtemps perdu leur attrait, et elle ne put s'empêcher de pousser un soupir audible.

—Qu'y a-t-il ? lui demanda sa mère, s'inquiétant aussitôt.

—Rien, Maman. Je suis un peu fatiguée, c'est tout, mentit-elle.

Alice était confortablement installée dans sa bergère préférée, mais en entendant ces mots, elle mit de côté son ouvrage au crochet et joignit les mains sur ses genoux. *Elle va me donner un conseil dont je ne veux pas*, pensa Elizabeth, agacée, mais aussi prise de pitié, malgré tout. Sa mère paraissait trop vieille et trop marquée par les soucis pour son âge.

Quand elle était enfant, Elizabeth prenait instinctivement parti pour son père. C'était lui qui la chouchoutait, qui lui achetait les jouets les plus chers et qui l'emmenait dans les endroits les plus intéressants. Un jour, à l'époque où ils habitaient encore Birmingham – même si elle s'en souvenait à peine, maintenant –, il l'avait emmenée dans une usine dont il était propriétaire. Les machines faisaient un vacarme assourdissant, mais c'était un vacarme qui produisait des miracles : les plus petits et les plus beaux boutons qu'elle eût jamais vus. En écaille et en jais, en ivoire et en verre, en soie et en nacre, ces derniers étant faits à la main à partir des fragiles coquillages de Makassar pêchés dans les mers des Indes orientales. Elle avait encore un sac en tissu plein des créations finement ouvragées de Joshua. Il n'y avait rien d'étonnant à ce qu'elle l'ait considéré comme le maître du monde.

C'était sa mère qui avait été l'ennemie, qui l'avait obligée à faire les choses qu'elle n'avait pas envie de faire, ou empêchée de faire celles qu'elle avait envie de faire. *Remonte tes bas, Elizabeth. Défroisse ta robe. Arrête de courir. Reste assise sagement.*

Pendant des années, la tristesse de sa mère l'avait à peine touchée. Jusqu'à récemment. Récemment, elle avait commencé à se rendre compte à quel point Alice avait souffert.

Elle prit la nappe tant haïe, espérant dissuader sa mère de se lancer dans une homélie, et elle n'avait fait, mollement, qu'un seul point quand la porte s'ouvrit à toute volée et que son père entra dans la pièce, l'air furieux. Il était déjà revenu. L'excursion à Worthing avait été étonnamment courte, et son irruption dans le petit salon de sa mère était encore plus surprenante – elle ne se rappelait pas la dernière fois qu'elle l'y avait vu. Il y avait très certainement de l'orage dans l'air. Soudain, elle fut prise de panique, pensant que quelqu'un lui avait parlé de ses quelques entrevues avec Aiden, un observateur qui les aurait surpris par hasard et dont ils n'auraient pas remarqué la présence.

Néanmoins, ce n'était pas le jeune architecte paysagiste qui préoccupait son père, mais Henry Fitzroy. Joshua traversa la pièce à grandes enjambées et posa sur sa femme un regard furibond. On aurait dit que cette dernière aurait pu disparaître d'un instant à l'autre, en se fondant dans le tissu même de son fauteuil.

—Il va venir… Tu le savais ?

Comme sa femme ne répondait pas, il ajouta, haussant la voix :

—Henry Fitzroy. Ton cher frère. Il va venir à la kermesse.

—C'est assurément une bonne nouvelle, répondit enfin Alice.

Il n'y avait dans sa voix qu'un tremblement à peine perceptible.

—Et comment en arrives-tu à cette conclusion ?

—Si Henry y assiste, cela montrera qu'il est content que nous organisions cette fête. Ce sera un appui. L'approbation de Summerhayes.

—Qu'est-ce que c'est que ces idioties ?

Alice cligna des yeux.

—Ce ne sont pas des idioties. La fête paroissiale a lieu à Amberley depuis des siècles ; si Henry y assiste alors qu'elle est organisée chez nous, il reconnaîtra que Summerhayes nous appartient légitimement. Il reconnaîtra ton droit de créer les jardins et d'utiliser l'eau du ruisseau.

Elizabeth n'était pas convaincue par la logique de sa mère, mais au moins, dans l'immédiat, celle-ci sembla apaiser un peu la colère de son père.

Il émit un grognement mécontent.

—Si tu veux le voir comme ça…

—Je crois que nous devrions. Être en conflit avec Amberley est vain, et si nous avons l'occasion de parler à Henry, cela s'avérera peut-être utile.

Elizabeth vit sa mère le regarder d'un air entendu, mais il se contenta d'émettre un autre grognement.

Elle allait devoir lui demander ce que signifiait ce regard, et elle était en train de décider du meilleur moment pour aborder le sujet quand le fracas d'un grand choc contre le lambris de la porte du petit salon vint interrompre brusquement la conversation.

—Que diable… !

Son père fit volte-face.

—Je vais voir ce qui se passe, s'empressa de dire sa mère, abandonnant son ouvrage sur une chaise à proximité.

De l'autre côté de la porte, elle faillit trébucher sur le corps d'Oliver, étendu face contre terre. L'effort physique avait rendu ses joues toutes roses, et il tenait un ballon de rugby fermement entre ses mains. On apercevait la tête de William en haut de l'escalier.

—Sortez, ordonna-t-elle. Immédiatement. Et emportez ce ballon avec vous.

—Ils ne veulent pas de nous dehors, dit William, arrivant sur le palier, tout essoufflé.

—Et pourquoi cela ?

Alice en avait une idée assez précise.

—Ils nous ont dit que nous étions dans leurs jambes, répondit Oliver en se relevant tant bien que mal. Ils se sont même mis en colère, à vrai dire.

Elle essaya de prendre une expression sévère, mais ne put réprimer un sourire.

—Et les personnes qui se trouvent dans la maison vont aussi se mettre en colère si vous continuez à faire du bruit. Et si vous alliez vous perdre dans la Jungle ? Je viendrai vous chercher quand le déjeuner sera prêt.

Oliver haussa les épaules.

—D'accord… Viens, Wills !

Elizabeth regarda leurs visages innocents et prit une décision.

—William, avant de partir… peux-tu faire quelque chose pour moi ?

—Quoi donc ?

—Viens avec moi dans ma chambre, je vais t'expliquer. Oliver, tu peux descendre à la cuisine. La cuisinière a dû préparer une centaine de pâtés en croûte… Dis-lui que j'ai dit que vous pouviez en avoir un chacun.

—Merci ! s'exclama Oliver avec enthousiasme. Tu es une sœur sensationnelle… J'aimerais bien en avoir une.

Elle se demanda si William serait du même avis une fois qu'elle lui aurait parlé.

11

Dix minutes plus tard, William sortait de la chambre d'Elizabeth en enfonçant le plus profondément possible dans la poche de son pantalon un petit morceau de papier blanc. Il n'était pas du tout sûr d'être d'accord avec Olly, qui trouvait que c'était une sœur *sensationnelle.* À ce moment précis, il aurait quant à lui préféré ne pas avoir de sœur. Il adorait Elizabeth – il l'avait adulée, quand il était très jeune – mais ce qu'elle voulait qu'il fasse n'était pas bien. Pourtant, elle le lui avait demandé d'un ton si plaintif qu'il n'avait pas pu refuser.

Il tomba sur Oliver alors que celui-ci sortait de la cuisine, la joue droite renflée par un pâté en croûte.

—Tiens, j'en ai pris un pour toi. Allons au refuge et empiffrons-nous.

Ils contournèrent la pelouse, veillant à rester à distance des hommes qui continuaient à travailler dur, puis ils remontèrent d'un pas bondissant l'allée qui passait sous la pergola, pressés de regagner leur retraite. C'était une autre belle journée, et la brise légère était la bienvenue. En plus des pâtés en croûte, Oliver avait réussi à chiper deux grandes bouteilles de citronnade et un morceau de plum-cake dans le garde-manger pendant que la cuisinière avait le dos tourné. Ils allaient faire bombance.

Devant eux se dressait le beau mur incurvé, cher à William depuis sa toute petite enfance, face au sud, ses abricotiers, poiriers et pruniers en espalier commençant à former leurs fruits, qui seraient prêts à être cueillis à la fin de l'été. Il éprouva un élan d'amour pour ce jardin. La vie à Summerhayes pouvait être monotone et, quand elle ne l'était pas, le caractère coléreux de son père la rendait désagréable. Cependant, le jardin ne manquait jamais de le rasséréner. C'était ce qui lui manquait le plus quand il préparait sa malle pour se rendre dans une école qui ne savait rien de la beauté que l'argent méprisé de son père avait créée ; et c'était le jardin dont il profitait le plus quand il rentrait à la maison. Il le parcourait alors à loisir, remarquait de nouvelles fleurs, les arbres qui avaient poussé, les buissons qui s'étaient étendus. C'était comme de retrouver un vieil ami et de refaire connaissance avec lui.

—Que voulait ta sœur ? lui demanda Olly comme ils passaient en courant devant les dépendances.

—Elle voulait juste me demander de faire quelque chose pour elle.

Il essaya de paraître indifférent.

—Quoi donc ?

—Un message. Elle voulait que je prenne un message.

—Intéressant ! Où est-il ?

Il s'arrêta et sortit de sa poche le petit morceau de papier, déjà un peu déchiré et sale sur les bords. Avant qu'il n'ait pu l'en empêcher, Olly avait tendu la main et le lui avait pris.

—« J'espère te voir à la kermesse paroissiale demain. J'y serai. Elizabeth », lut-il à haute voix. Ce n'est pas très palpitant.

Il avait l'air déçu.

William récupéra le message et le remit dans sa poche, mais son ami n'avait pas abandonné.

—C'est pour qui, d'ailleurs ?

Puis, comme la vérité lui apparaissait, il ajouta :

—Pas pour ce garçon… Le garçon qui travaille au temple ?

William hocha la tête d'un air malheureux. Olly émit l'un de ses sifflements bas.

—Pourquoi tu fais cette tête ? C'est bel et bien palpitant, en fin de compte !

—Ce n'est pas palpitant, c'est mal, répondit obstinément William.

—Ne fais pas ton rabat-joie. C'est le véritable amour, et tout ça ! Nous devons les aider.

—Je préférerais que tu ne t'en mêles pas, Olly, dit-il, inquiet. Mon père te renverra chez toi au moindre prétexte.

—Je sais. C'est pour ça que c'est palpitant. Allez, viens, vivons une aventure ! Aidons ta sœur à trouver l'amour de sa vie.

À contrecœur, William se laissa entraîner sur le sentier à travers la Jungle, en direction du Jardin italien. Il jeta un coup d'œil plein de regret par-dessus son épaule, dans la direction de leur refuge. C'était là-bas qu'ils auraient dû se trouver, à manger du plum-cake, au lieu de jouer les messagers. Ils allaient s'attirer des ennuis, il en était sûr.

Ils avaient presque atteint l'arche de lauriers quand un hurlement étrange s'éleva dans l'air, couvrant le brouhaha sympathique des jardiniers qui travaillaient de l'autre côté de la haie. Il se cramponna au bras de son ami.

Olly le regarda bizarrement.

—Ce ne sont que des chiens. Où sont-ils, à ton avis ?

—Il y a des chiens à Amberley. Ce doit être eux.

—Ils ont l'air d'être beaucoup plus proches.

Tandis qu'ils se tenaient sous l'arche, le hurlement s'intensifia, puis des bruissements et des bruits de branches qui se cassaient leur parvinrent du sous-bois.

William avait blêmi.

—Hé… fit Olly. Ce ne sont que des chiens de chasse, à en juger par le bruit qu'ils font.

—Je déteste les chiens. Tous les chiens.

—C'est vrai ? s'étonna son ami, l'air sincèrement intéressé. Je n'avais encore jamais rencontré quelqu'un qui déteste les chiens.

—Eh bien, moi, je les déteste. Ils me donnent des cauchemars. Allons-y.

—Mais… et le message ?

—Ça peut attendre.

—Les chiens sont loin d'ici, protesta Oliver. Nous pourrions passer en vitesse au jardin, trouver ce gars, et repartir rapidement.

Il y eut un bruit plus fort, de piétinements, puis l'un des jardiniers qui travaillaient aux parterres autour du bassin poussa un cri.

—Maudits chiens ! Ils se sont échappés…

—Chasse-le, Joe, fit une autre voix. Je ne veux pas de ces bestioles ici !

Cela suffit à William. Il tourna les talons et se précipita sur le sentier sur quelques mètres, puis il se jeta au milieu de la Jungle et se fraya un chemin à travers les hautes herbes, les palmiers et les fougères arborescentes.

—William ! lui cria Olly. Tu pars dans la mauvaise direction…

Mais la peur l'avait rendu irréfléchi et il continua sur sa lancée.

—C'est par ici ! criait Oliver, pointant le doigt vers l'est.

William ne l'entendait pas, mû par le besoin irrépressible d'atteindre le refuge et de s'y mettre à l'abri. Bien sûr, il n'y serait pas resté caché bien longtemps : n'importe quel chien de chasse digne de ce nom l'aurait dépisté en un rien de temps. Cependant, il n'avait pas les idées claires, et lorsqu'il leva enfin les yeux et qu'il vit la direction qu'Olly montrait du doigt, il changea brusquement de cap, bondit par-dessus les quelques mètres d'herbes hautes restants, et se jeta littéralement dans la petite cabane qu'ils avaient construite.

Oliver, déconcerté, avait commencé à suivre son ami, quand un grondement devant lui l'arrêta net. Les différents bouts de bois qu'ils avaient rassemblés et si méticuleusement attachés ensemble tremblèrent dangereusement, puis ils s'écroulèrent en cascade. Des planches, des branches, d'énormes rondins s'effondrèrent sur le sol, jusqu'à ce que la moitié de la cabane ne soit plus qu'une pile de bois, sous laquelle se trouvait William.

—Oh, mon Dieu ! murmura Oliver en s'élançant vers le tas de bois.

Il appela à l'aide, criant à tue-tête. Il empoigna la planche la plus proche et essaya de la déplacer, mais elle était solidement coincée sous d'autres bouts de bois trop lourds.

—À l'aide ! cria-t-il à nouveau, d'une voix mal assurée, au bord des larmes.

Quelques secondes plus tard, l'un des hommes qui travaillaient au Jardin italien arrivait en courant dans sa direction, accompagné de Davy, un autre jardinier, solidement charpenté. Derrière eux couraient Joe Lacey and Aiden, qui avait à la main le théodolite qu'il était en train de déplacer.

—Nous avons un problème, ici, dit l'un des hommes, s'arrêtant, tout essoufflé, à côté d'Oliver. Le jeune maître est coincé là-dessus. Comment allons-nous faire pour le libérer sans le blesser encore plus ?

—Nous allons devoir déplacer les planches l'une après l'autre, répondit Aiden, et faire très attention. La structure tout entière risquerait de s'effondrer, sinon. Je crois qu'il faut commencer par ce bout de bois, là…

Retirant précautionneusement morceau de bois après morceau de bois, ils finirent par arriver à bout de la pile, et ils aperçurent enfin les jambes de William. Il s'était réfugié tout au fond de la cabane, là où le toit était encore intact, mais il paraissait horriblement immobile. Les hommes se mirent à travailler encore plus lentement, et ils retinrent tous leur souffle lorsqu'ils retirèrent le dernier bout de bois, énorme, et qu'ils le mirent de côté. Davy et Joe Lacey attrapèrent ensuite William par les chaussures et, tirant d'un coup sec, ils le dégagèrent de la construction vacillante. Olly se jeta aussitôt par terre pour prendre son ami dans ses bras.

—Laisse-moi regarder, dit Aiden en se baissant, écartant Oliver avec douceur. Il respire, mais sa pâleur ne me dit rien qui vaille. Est-ce que vous pouvez improviser une civière, Messieurs ?

Quelques minutes plus tard, les hommes avaient attaché trois des planches de bois les unes aux autres, et ils déposèrent William avec délicatesse sur la surface dure. Le mouvement réveilla le garçon à demi conscient, qui ouvrit les yeux.

—Je suis désolé, dit-il, hébété.

—N'essaie pas de parler, mon grand, lui conseilla Davy. Nous allons te porter jusqu'à la maison.

Les hommes soulevèrent la civière, et ils s'apprêtaient à se diriger vers le sentier quand William essaya de se redresser.

—Il faut que tu restes immobile, parfaitement immobile, dit Aiden. Le docteur va t'examiner mais, avec un peu de chance, tu n'as rien de cassé.

—Le message, murmura le garçon.

—Tenez, dit Olly en prenant le papier froissé dans la poche de son ami et en le glissant dans la main d'Aiden. C'est pour vous.

—On peut y aller, maintenant, monsieur Kellaway ? demanda Davy.

—Oui, allez-y, répondit Aiden d'un air hésitant.

Les hommes partirent en direction du sentier et Aiden resta planté là, au milieu de la Jungle, le morceau de papier serré dans la paume.

—C'était intentionnel. Je suis sûr que c'était intentionnel.

William était allongé sur son lit. Le docteur Daniels était venu et reparti, et il avait déclaré qu'il était indemne en dehors de quelques coupures et ecchymoses, et d'un pouls qui n'était pas parfaitement régulier. Il se sentait très fatigué, maintenant, et vaguement perplexe.

—Comment ça, *intentionnel* ?

Oliver était assis par terre, en tailleur, et il levait vers son ami des yeux brillants et interrogateurs.

—Nous avons attaché le bois aussi solidement que possible. La cabane n'a pas pu s'écrouler comme ça.

—Les cordes n'étaient peut-être pas aussi bien serrées que nous le pensions.

—J'ai fait mes nœuds les plus solides sur chaque bout de bois. Des nœuds de cabestan.

—N'empêche.

William tripotait nerveusement le couvre-lit. Il aurait voulu qu'Olly arrête de jouer les détectives, mais son souhait ne fut pas exaucé.

—Regarde ! s'exclama son ami en sortant vivement un morceau de corde de sa poche. J'ai ramassé ça quand ils t'ont emmené sur la civière. Regarde bien…

William s'exécuta. La corde semblait avoir été coupée net, mais ses extrémités étaient légèrement effilochées.

—Tu vois ? Je te parie tout ce que tu veux qu'elle a été coupée avec un couteau. Et si je retournais à la cabane, je suis sûr que je trouverais d'autres coupures dans la corde que nous avons utilisée.

—La corde a pu s'user en frottant contre le bois, protesta-t-il faiblement.

Il avait très mal à la tête, et son cœur continuait à avoir des à-coups.

—Cela aurait pu arriver avec un nœud, peut-être même deux, mais tous ? Tu te jettes dans la cabane, tu frôles les parois, et tout à coup, *bam !* tout s'effondre… Ça m'étonnerait.

—Mais qui aurait bien pu faire une chose pareille, même pour plaisanter ? N'importe qui aurait su que c'était dangereux de couper ces cordes.

—Quelqu'un qui ne nous aime pas ?

—Mais qui ?

—Je n'en sais rien. Les jardiniers, peut-être. Ils en ont marre de nous. Ils n'arrêtent pas de se plaindre que nous sommes dans leurs jambes. Et le jardinier en chef – Harris, c'est ça ? – m'a passé un savon hier, parce que j'avais cueilli des pommes qui n'étaient pas encore mûres.

—Harris ne ferait jamais une chose pareille. Il me connaît depuis que je suis bébé. Aucun d'entre eux n'aurait fait ça. Ils sont venus à ma rescousse, tu te souviens ?

—Alors, qui d'autre ?

—Tu te trompes peut-être.

—Non ! maintint Oliver, catégorique. Il y a quelqu'un qui a fait ça, et qui l'a fait pour nous faire du mal, ou pour te faire du mal.

William était plus déconcerté que jamais, et plus las que jamais. Il ferma les yeux et enfonça la tête dans l'oreiller.

—Personne ne voudrait me faire du mal, dit-il doucement.

De toute évidence, Oliver était sûr d'avoir raison, mais il ne contredit pas son ami. Au lieu de cela, il dit d'un ton enjoué :

—Ça va être chouette, la kermesse, demain.

—Sauf que je n'en verrai rien.

—Pourquoi ça ? Tu iras beaucoup mieux, demain matin.

—Le docteur a dit que je devais me reposer pendant deux ou trois jours. Mon cœur a eu un choc, et j'ai besoin d'un calme absolu. Maman veillera à ce que je reste dans cette chambre.

—Mais la kermesse…

—Vas-y, *toi*, Olly ! s'empressa de dire William, rouvrant les yeux. Il n'y a aucune raison pour que tu manques ça.

Oliver avait l'air tiraillé.

—Je préférerais rester ici, avec toi… Ce ne sera pas drôle, tout seul.

—Bien sûr que si ! Il y aura plein de choses à acheter, et des stands où tu pourras tenter ta chance. Nous devions gagner une noix de coco, n'est-ce pas ? Tu le feras pour moi.

Le garçon s'égaya.

—Pourquoi pas, après tout ? Je pourrais y aller une heure et revenir avec une noix de coco. Nous pourrions faire un festin ici. Du moment que ta mère te laisse en manger.

—Bonne idée, dit William en refermant les yeux.

En l'espace de quelques minutes, il s'endormit.

12

Alice vit son frère bien avant que Joshua ne l'aperçoive. Il était encore assez loin d'eux, mais il avançait sans se presser entre les stands, sa femme élégamment vêtue de crêpe bleu à son bras. La journée promettait d'être encore plus chaude que les précédentes. Le thermomètre avait indiqué une température élevée dès le matin, de bonne heure, et à midi, la plupart des marchands qui tenaient un stand et une grande partie des visiteurs cherchaient le moindre coin d'ombre. Cependant, Henry, vêtu d'un costume en serge et arborant un gilet de soie grise, paraissait insensible à la chaleur. Il n'était pas du genre à tamponner en vain un front moite à l'aide d'un mouchoir froissé. Alice songea qu'il se comportait en grand seigneur, s'inclinant ici devant quelqu'un, saluant là quelqu'un d'autre en l'appelant par son nom, s'arrêtant de temps à autre à un stand pour acheter un petit quelque chose à un marchand ravi. On aurait dit que c'était la fête d'Henry, et d'une certaine façon, c'était le cas. Le lieu avait changé, mais pas le propriétaire. Les allégeances locales étaient trop fortes pour cela.

Du coin de l'œil, elle vit la silhouette massive de son mari approcher. Il était arrivé pendant qu'elle observait leurs visiteurs venus d'Amberley, et elle était sûre qu'il pensait la même chose qu'elle. L'événement était un succès à tous égards ; mais elle connaissait Joshua : il devait bouillir intérieurement, ne sachant pas exactement à qui revenait ce succès. Elle sentit sa bouche devenir toute sèche et ses doigts se mettre à trembloter. Elle ne s'était pas attendue à être aussi nerveuse. Si seulement les deux hommes pouvaient se rencontrer dans un esprit de conciliation ! Hélas, c'était pratiquement impossible. L'avenir d'Elizabeth était l'unique lien entre eux, et son seul espoir était qu'il naisse de cela une paix au moins provisoire.

—Bonjour, Alice, lui dit son frère en soulevant son chapeau pour la saluer. Belle journée… et belle assemblée !

—Beau cadre, aussi, ne put s'empêcher d'ajouter Joshua.

—En effet… dit Louisa d'une voix douce.

Pour une fois, Alice lui fut reconnaissante.

—… et il y a tant de choses intéressantes à faire. C'est vraiment dommage que William ne puisse pas en profiter. Nous avons appris qu'il était souffrant… J'espère qu'il se rétablira au plus vite.

Alice s'immobilisa totalement et prit un moment pour répondre.

—Merci. C'est très gentil de ta part. William est encore un peu indisposé, mais je vous assure que ce n'est pas grave. Son ami est à son chevet.

—Ah, les garçons, hein ! fit Henry. Toujours en train de faire les quatre cents coups.

Sa tentative de jovialité inattendue sonnait faux et, cette fois encore, Louisa intervint pour dissiper la tension.

—Nous sommes tombés sur des attractions épatantes en nous promenant, et la fanfare du village a l'air d'être en pleine forme, mais il fait bien trop chaud pour continuer à flâner, et je sais que vous souhaitez que nous parlions d'Elizabeth avant que nous ne regagnions Amberley.

Joshua se renfrogna, mais Alice se montra encourageante. Elle était désireuse de parler d'autre chose que de la santé de William.

—Excellente idée ! dit-elle.

—De plus, il semble que la question soit pressante.

Sa belle-sœur indiqua d'un geste vague un espace libre à côté du grand chapiteau. La foule s'était passagèrement dispersée, et deux silhouettes se découpaient clairement sur la toile du chapiteau, leurs ombres se fondant l'une dans l'autre et s'étendant sur l'herbe.

Ils regardèrent tous les quatre dans la direction qu'elle avait indiquée. Henry fut le premier à se reprendre.

—Qui diable est ce garçon ?

L'air renfrogné de Joshua s'intensifia au point d'envahir tout son visage, et lorsqu'il prit la parole, sa voix était si parfaitement maîtrisée que ses lèvres semblèrent à peine bouger.

—Il travaille pour mon architecte paysagiste. Un certain Kennedy, Kendall, ou quelque chose comme cela.

—C'est Kellaway, intervint Alice.

—Son nom importe peu, dit Henry d'un ton désapprobateur. Ce qui importe, c'est *qui* il est, et s'il travaille pour ton architecte paysagiste – Simmonds, c'est bien cela ? –, ce n'est qu'un apprenti.

—Je crois que oui, murmura sa sœur, désespérée.

—En d'autres termes, c'est un homme sans argent et sans avenir.

—Il a peut-être de l'avenir.

L'intervention de Joshua surprit ses interlocuteurs, mais Alice aurait pourtant pu la prédire. Son mari n'aurait jamais laissé passer sans la contester une remarque sous-entendant qu'un homme qui travaillait n'avait pas d'avenir. Sa propre ascension lui ayant permis de se sortir de la pauvreté était trop profondément ancrée en lui.

—Pas de *véritable* avenir, Joshua, dit sa belle-sœur d'un ton enjôleur, jetant un coup d'œil inquiet à Henry. Il n'y a aucune raison de supposer que M. Kendall ne réussira pas dans son domaine, mais est-ce ce que vous voulez pour cette chère Elizabeth ?

Comme Joshua et Alice ne répondaient pas, elle poursuivit :

—Bien sûr que non. Vous voulez beaucoup plus, et comment pourrait-il en être autrement ? Elizabeth *vaut* tellement plus !

—Il ne va pas tarder à partir, dit Joshua d'un ton sec. J'ai dit à Simmonds de l'envoyer promener dès qu'il n'aurait plus besoin de lui.

—C'est très bien, tant mieux, mais en attendant…

—En attendant, nous allons trouver de quoi occuper Elizabeth.

—Comme aujourd'hui, remarqua sournoisement Henry.

—Ne disons rien d'inconsidéré, dit Louisa. Henry, il faut que tu leur expliques notre plan et, si Alice le permet, je mettrai un terme à ce tête-à-tête déplacé.

Avant qu'Alice n'ait pu donner sa permission, sa belle-sœur avait lâché le bras de son mari et avait commencé à se frayer un chemin à travers la foule, en direction de l'endroit où Elizabeth et Aiden se trouvaient, en grande conversation.

Elizabeth avait quitté la maison pour se rendre à la kermesse une demi-heure plus tôt. Elle était nerveuse. C'était la première occasion qu'elle avait de parler à Aiden depuis des jours entiers, et elle ne savait pas du tout s'il viendrait. Elle ne savait pas s'il avait lu son message, et n'était même pas sûre que William ait pu le lui remettre avant l'accident. Toutefois, elle était là, et elle attendait, à la vue de tous. Elle avait fait en sorte qu'on la vît flâner entre les stands, goûter aux sucreries, tenter sa chance au jeu du palet, et elle avait pris soin de parler à toutes les personnes qu'elle connaissait. Elle était en train de se détourner, après avoir salué la receveuse des postes, quand elle le vit.

Elle eut un curieux petit pincement au cœur. Il s'attardait devant le grand chapiteau, attendant manifestement quelqu'un, et elle espérait que les gens ne l'avaient pas remarqué. Elle regarda autour d'elle. Summerhayes était transformé, ce jour-là, la foule en effervescence passait d'un stand à l'autre, l'air résonnait des cris et des rires des visiteurs, et partout se faisait entendre le bourdonnement sourd des gens qui s'amusaient. Assurément, personne ne ferait attention à elle, au milieu de toute cette agitation conviviale.

Une étrange énergie la traversa. Elle le rejoignit d'un pas rapide, mais à peine fut-elle arrivée à sa hauteur qu'un sentiment de gêne la submergea. C'était une situation des plus embarrassantes, et c'était elle qui l'avait créée. Elle avait donné rendez-vous à un homme qu'elle connaissait à peine. Où avait-elle la tête ? Elle ne lui avait fourni aucune explication, dans son petit mot, elle s'était contentée de lui dire qu'elle voulait le voir. Il devait la trouver délurée. Peut-être l'était-elle, peut-être devenait-elle le garçon manqué que sa mère avait prédit qu'elle deviendrait. Elle se sentit rougir de la tête aux pieds et chercha désespérément quelque chose à dire.

—La fête est un succès.

—On dirait bien !

Il lui adressa son sourire en coin habituel et son cœur se serra de nouveau. Elle se força à détourner les yeux, indiquant d'un geste ample du bras les nombreux stands, devant lesquels se bousculait plein de monde.

—Mon père est très satisfait de la tournure des événements, ajouta-t-elle, désespérée.

—J'imagine.

Il ne l'aidait pas. Il se tenait si près d'elle qu'elle voyait les rides aux coins de ses yeux, si près qu'elle sentait la fraîcheur de sa peau.

—Je suis contente que vous soyez venu.

Ces mots lui avaient échappé, et elle les regretta aussitôt. L'audace dont elle avait fait preuve en lui faisant parvenir un message la tourmentait, mais il n'en fit pas mention. Au lieu de cela, il se contenta de continuer à la regarder, l'air pensif, fixement, son sourire en coin ne quittant pas ses lèvres.

—Comment aurais-je pu ne pas venir ?

Il présentait leur rendez-vous comme la chose la plus naturelle du monde. Il se baissa pour ramasser le mouchoir qu'elle avait fait tomber, dans l'herbe piétinée. Comme il faisait ce mouvement, une mèche ondulée de cheveux châtain clair tomba sur son front, et elle dut résister à l'envie de tendre la main vers son visage pour la remettre en place.

—Comment va votre frère, aujourd'hui ? demanda-t-il en lui tendant le petit carré de tissu. Il nous a fait très peur.

La question lui sauvait la mise. Au prix d'un effort, elle parvint à prendre une voix égale.

—À nous aussi. Il n'a rien de cassé, Dieu merci, mais son pouls est un peu irrégulier. Le médecin pense qu'il vaut mieux qu'il se repose pendant quelques jours. Il est très déçu de ne pas pouvoir être ici.

Elle n'avait pas la moindre idée de la gravité de la malformation cardiaque de son frère. Leur mère avait toujours eu une attitude très protectrice envers lui, tandis que leur père ignorait le problème, tout comme il ignorait William d'une manière générale. D'après Elizabeth, il était aveugle à la sensibilité de son fils, et aveugle à la vraie nature de William. Elle se demandait si leur mère l'était aussi.

—Pauvre William ! dit Aiden. C'était l'une des pires choses qui pouvaient arriver.

—C'est vrai, mais je dois vous remercier d'être allé à sa rescousse. Si vous n'aviez pas été là, il aurait pu être grièvement blessé.

Elle se sentait plus à l'aise, maintenant.

Aiden secoua la tête.

—Ce sont les jardiniers qu'il faut remercier. Ce sont eux qui ont fait le plus dur… C'était une chance qu'ils soient en train de travailler à proximité.

—Le nouveau jardin est-il terminé ?

—Presque, mais cette chaleur rend le travail difficile pour les hommes.

Elle songea qu'il allait peut-être lui proposer de revenir voir le temple dans toute sa splendeur, mais il ne le fit pas et elle en fut soulagée.

C'était agréable d'être là, avec lui, au grand air, par cette belle journée ensoleillée. Le Jardin italien était beau, cela ne faisait pas l'ombre d'un doute, mais il y avait quelque chose qui clochait. Elle supposait que c'était son imagination débordante qui lui jouait des tours, mais elle ne s'y était jamais sentie totalement à l'aise.

—Tout va bien, Elizabeth ?

Elle s'arracha à ses pensées et, voyant l'expression soucieuse d'Aiden, se rendit compte qu'elle fronçait farouchement les sourcils.

—Oui. Ce n'est rien… Juste une idée farfelue.

C'était la deuxième fois qu'il l'appelait par son prénom, et cela lui avait semblé aussi naturel que tout le reste entre eux. Elle éprouva à nouveau l'envie de tendre la main vers lui et de le toucher, comme pour cimenter le lien qu'elle sentait, mais cela aurait été stupide.

—Avez-vous eu le temps de vous promener et de jeter un coup d'œil aux stands ? demanda-t-elle d'un ton enjoué.

—C'est vous que je suis venu voir, pas les stands.

Dans un geste qui lui sembla se faire au ralenti, il tendit le bras vers elle pour prendre sa main dans la sienne.

Puis, soudain, une voix s'éleva derrière elle, une voix qui vint s'interposer entre eux.

—Elizabeth, ma chérie, te voilà ! Je t'ai cherchée partout.

Tante Louisa. En un éclair, Aiden s'était écarté d'elle et, du coin de l'œil, elle le vit se diriger vers la sortie qui conduisait au village. Elle n'avait pas eu assez de temps avec lui, n'avait pas eu le temps de discuter avec lui, de découvrir ce qu'elle avait dans le cœur. Elle n'avait eu que quelques mots murmurés en guise d'adieu.

Sa tante rajusta le magnifique chapeau qu'elle portait.

—Merveilleuse journée, n'est-ce pas ? Ton père nous a fait honneur.

Elizabeth était trop occupée à s'efforcer de mettre de l'ordre dans ses pensées pour répondre. Pourquoi Louisa était-elle ici ? Ainsi donc les Fitzroy étaient venus à la fête !

Gilbert apparut alors et, tirant sur la jupe de sa mère, il lui demanda des sous.

—Demande à ton père, Gilbert. J'ai très peu d'argent sur moi.

Il jeta un coup d'œil apeuré en direction d'Henry.

—S'il te plaît, Maman… Papa est occupé.

Louisa émit un *tss-tss* impatient.

—Oh, très bien ! mais c'est tout ce que j'ai.

Elle plongea une main gantée dans son porte-monnaie en mailles argentées et en sortit quelques pièces, qu'elle mit entre les petites mains collantes de Gilbert.

—Dépense-les judicieusement, ordonna-t-elle.

Apparemment, les Fitzroy avaient surmonté leur colère pour assister à l'événement, mais Elizabeth ne savait absolument pas comment ni pourquoi ils s'étaient rabibochés avec ses parents. Tout cela était très déconcertant. Sa tante la gratifia de quelques platitudes supplémentaires, auxquelles elle répondit à peine, puis elle s'en alla et Elizabeth se retrouva de nouveau seule. Elle la regarda s'éloigner en zigzag à travers la foule, dans la direction qu'Aiden avait prise. De toute évidence, sa tante non plus n'avait pas le désir de rester à la fête.

13

— Je présume que Simmonds sait que tu t'inquiètes au sujet de l'homme qu'il emploie ?

Henry n'avait pas arrêté de poser des questions depuis que Louisa était partie, et Alice craignait qu'il n'agace Joshua au point que celui-ci s'en aille. Son mari répondit assurément d'un ton hargneux.

—Il sait que je ne veux pas de ce garçon sur mon domaine une minute de plus que nécessaire. De toute façon, Kellaway ne va pas tarder à partir de son propre chef.

L'expression d'Henry trahit son incrédulité.

—Cela m'étonnerait. S'il faisait cela, il ignorerait son avantage le plus évident… et, de la part d'un homme dans sa situation, ce serait inattendu.

—Il est irlandais, du moins c'est ce que m'a dit Simmonds.

—Alors…

Alice vit Joshua se détendre. Elle savait qu'il s'était senti en position de faiblesse tout au long de cet échange, mais il affichait maintenant un sourire suffisant.

—Tu ne lis pas les journaux ? demanda-t-il d'une voix traînante. Les Irlandais sont en proie aux troubles qui se préparent. L'Irlande est une vraie poudrière. Tu n'as qu'à penser à Curragh… Une mutinerie ! Des officiers britanniques ont menacé de démissionner plutôt que de se soumettre à une rébellion contre le *Home Rule* ! C'était il y a à peine trois mois. Il va y avoir une guerre civile en Irlande, dans les semaines qui viennent. Le gouvernement parle déjà d'une sorte de division. Le pays va être plongé dans la tourmente, et Kellaway va s'empresser de rentrer chez lui.

—C'est possible, concéda Henry, mais ce n'est pas du tout sûr. Ce qui est sûr, en revanche, c'est la solution que je propose. Je pense que vous la trouverez tous les deux satisfaisante.

—Tu as trouvé quelqu'un, dit aussitôt Alice.

—Je n'ai pas *trouvé quelqu'un*, Alice, répliqua Henry avec irritation, j'ai parlé à un homme que nous connaissons tous les deux. Giles Audley. Si tu te souviens bien, c'est notre cousin issu de germains.

—Je m'en souviens. Évidemment que je m'en souviens… mais il est veuf.

—Et où est le problème là-dedans, je te prie ?

—Il est un peu plus âgé qu'Elizabeth, répondit-elle d'une voix hésitante.

—Il n'en sera que plus apte à la maîtriser… et, apparemment, elle a besoin d'être maîtrisée.

—Je n'ai pas vu Giles depuis des années.

—Moi non plus, mais je suis très content de ce que j'ai appris à son sujet. Il est allé à l'étranger après la mort de sa femme, mais il habite de nouveau dans le Sussex, maintenant. C'est un homme admirable. C'est le neveu du comte de Pevensey, déclara-t-il d'un air satisfait.

—Et il souhaite se remarier ?

—Naturellement, sans quoi nous ne serions pas en train d'avoir cette conversation. Je lui ai parlé d'Elizabeth, et ce que j'ai eu à lui dire lui a plu. Je crois qu'ils devraient se rencontrer le plus tôt possible. Louisa et moi en avons discuté, et nous nous sommes dit qu'une réunion informelle serait sûrement le mieux pour une première rencontre – un thé, peut-être. Ce serait suffisamment long pour qu'ils puissent discuter agréablement, mais assez court pour qu'aucun malaise ne s'installe.

—Je trouve que c'est une idée fantastique !

Elle ne s'était pas attendue à ce que son frère fasse preuve d'une telle subtilité, mais peut-être n'aurait-elle pas dû être surprise. Après tout, Henry était un véritable caméléon.

—Joshua ?

Elle regarda son mari avec nervosité.

À contrecœur, il donna son assentiment d'un signe de tête. Il était assez malin, elle le savait, pour voir clair dans le petit jeu de son frère et déceler sa manipulation, mais l'attrait du mariage d'Elizabeth et d'un parent du comte de Pevensey suffisait à faire taire ses soupçons. De l'argent, des terres, un titre : c'étaient là les symboles de la légitimité.

—Très bien. Dans ce cas, Louisa n'a plus qu'à fixer un jour propice. Où est-elle ?

Henry balaya du regard la pelouse, sur laquelle se pressaient toujours les paroissiens désireux de dépenser leurs sous. Aiden Kellaway et Elizabeth avaient disparu, mais Louisa aussi, semblait-il.

—Où diable est-elle passée ? demanda-t-il encore.

—Elle est peut-être retournée à l'attelage, suggéra Alice avec délicatesse, ayant bien une idée de l'endroit où Louisa pouvait se trouver. La chaleur est devenue accablante.

Henry n'avait pas l'air convaincu.

—Il faut que je la retrouve. Je vous dis au revoir.

Lorsqu'il se fut éloigné, elle dit d'un ton émerveillé :

—Le thé à Amberley…

Joshua souffla.

—Il n'y a rien de si extraordinaire à cela !

Cependant, elle savait qu'il était ravi. C'était la toute première invitation à Amberley qu'il eût jamais reçue. La première fois depuis leur mariage qu'elle retournerait dans sa maison d'enfance. Cette pensée lui faisait chaud au cœur.

—Amberley importe peu, dit-elle posément. Tout ce qui importe, c'est Elizabeth. Je me souviens de Giles Audley comme d'un jeune garçon très aimable. Très doux.

—Il aura tout intérêt à être beaucoup moins doux s'il épouse notre fille.

La fierté perceptible dans la voix de Joshua contredisait son propos.

Son regard se porta, derrière sa femme, sur Ripley, qui se dirigeait vers eux, avec un plateau en argent dans les mains.

—Je dois admettre que quand Henry a prononcé ce nom, je me suis inquiétée, au début, dit-elle, ses paroles restant comme en suspens dans l'air, ignorées. Giles doit avoir quarante ans bien tassés… mais je suis sûre qu'il plaira à Elizabeth, et son âge lui permettra de la guider plutôt que de la dominer.

Son mari avait pris le journal plié posé sur le plateau et il survolait la première page, les sourcils froncés.

—Si tu le dis, répondit-il distraitement. Mais nous allons peut-être avoir des problèmes plus urgents que celui d'Elizabeth. Regarde ceci…

Il lui tendit le journal, pointant le doigt sur un titre en caractères gras : « ASSASSINAT DE L'ARCHIDUC ».

Alice le lut à haute voix, puis elle regarda son mari d'un air perplexe.

—Pourquoi t'inquiètes-tu à ce point ? C'est très triste, mais quel rapport cela a-t-il avec nous ?

—C'est exactement ce que la plupart des gens vont dire à travers tout le pays, mais je ne suis pas comme la plupart des gens. Continue à lire un peu…

—« L'archiduc François-Ferdinand, héritier du trône austro-hongrois, et son épouse, Sophie, ont été abattus aujourd'hui, à Sarajevo, par un étudiant serbe de Bosnie. » Où se trouve Sarajevo ?

—Je présume que nous n'allons pas tarder à le découvrir, et que nous allons le regretter, répondit-il d'un ton grave.

Plus loin dans le jardin, Oliver flânait d'un stand à l'autre. Il s'arrêta à chacun d'entre eux, regarda avec envie les merveilleux étalages de sucreries, mais il n'acheta rien. Cela ne lui semblait pas correct de se goinfrer de gâteaux alors que son ami était alité, à l'étage. À vrai dire, cela ne lui semblait pas correct d'être là sans lui. Il restait convaincu que les cordes de leur cabane avaient été délibérément sectionnées, mais il avait bien vu que la suggestion angoissait William, et Mme Summer lui avait bien fait comprendre qu'il devait éviter de dire ou de faire quoi que ce soit qui pût perturber encore davantage le patient. Il avait donc gardé son opinion pour lui, mais il était très contrarié de ne pas pouvoir aider William à se rétablir, et de ne pas pouvoir retrouver la trace de celui qui avait commis cette mauvaise action. Il ne pouvait même pas acheter un gâteau pour William : Alice avait décrété que son fils devait suivre un régime des plus fades jusqu'à ce qu'il soit de nouveau sur pied, et Oliver n'était pas sûr de pouvoir atteindre leur chambre tout en cachant une grosse part de gâteau. Quant aux noix de coco qu'on leur avait fait miroiter, il n'en voyait sur aucun stand. Peut-être y avait-il une pénurie de noix de coco dans le Sussex. Il avait quand même envie de rapporter quelque chose à William ; un prix quelconque.

Il fit de nouveau le tour des stands et décida de tenter sa chance au jeu du lancer d'anneaux. Il lança trois fois et perdit trois fois. Il était persuadé que les petits anneaux en caoutchouc avaient, d'une manière ou d'une autre, été trafiqués pour tomber à côté de leur cible. Au stand d'à côté, il joua à un autre jeu. Lorsqu'il arriva à nouveau au bout de la pelouse, il n'avait presque plus d'argent et se sentait découragé. Il aperçut alors un stand à demi caché derrière un sorbier. Sa dernière chance : un stand de tir. Tout excité, il se dit qu'il savait tirer. Son père l'avait emmené plusieurs fois dans la campagne, quand ils étaient en vacances, et il lui avait appris à manier un fusil.

Il y avait un seul homme devant le stand. Il tirait rapidement sur la vaisselle en porcelaine qui défilait, comme s'il estimait qu'il finirait forcément par toucher une tasse, une assiette ou une soucoupe s'il tirait assez vite. Oliver tendit sa pièce au forain, prit le fusil et le soupesa. Il était un peu trop lourd, mais il ferait de son mieux. Il avait repéré, tout en haut de l'étagère sur laquelle étaient exposés les prix, une boîte aux couleurs vives. Un puzzle. Il se mit sur la pointe des pieds et plissa les yeux pour essayer de voir ce que représentait son illustration. C'était une scène de bataille navale. La bataille de Trafalgar, peut-être. William aimait bien les puzzles, même si Oliver lui-même n'en voyait pas l'intérêt. *Chacun ses goûts !* pensa-t-il, songeant que cela ferait plaisir à son ami.

L'homme à ses côtés donna encore une pièce au forain et se remit à tirer comme un forcené. Oliver visa avec soin mais manqua son premier tir. Le deuxième également. Avant qu'il ne lève à nouveau son fusil, l'homme à côté de lui poussa un cri de joie et se mit à sauter sur place. Il avait atteint sa cible. Le forain lui demanda ce qu'il voulait, et l'homme montra du doigt un gros ours en peluche, au fond du stand. Quand le forain lui dit que l'ours n'était pas un prix mais qu'il appartenait à sa fillette, l'homme fit la moue et haussa les épaules.

—Je vais prendre ça, alors, dit-il en montrant le puzzle.

Non ! eut envie de crier Oliver. *C'est à moi !*

Hélas, l'homme à la mine renfrognée s'en alla avec le puzzle, et Oliver se demanda s'il devait ou non continuer à jouer. Aucun des prix qui restaient ne semblait être le genre de choses qui plairaient à William.

Lorsqu'il tira pour la troisième fois, son œil était plus exercé et il réussit à atteindre une assiette au motif particulièrement tape-à-l'œil, qui se fracassa en mille morceaux. Le forain s'approcha de lui d'un pas traînant, l'air contrit. Il lui dit que tout ce qu'il pouvait lui offrir en guise de récompense, c'était un torchon à vaisselle, une photographie du port de Shoreham ou une grande poupée de chiffon très laide.

—Elle s'appelle Beatrice, lui dit le forain. Beatty, c'est comme ça que ma fille l'appelle. Elle la voulait, mais je lui ai dit que l'ours en peluche était tout ce qu'elle aurait.

—Donnez-moi Beatty, alors, répondit Oliver d'un ton lugubre.

Quand Oliver entra dans la chambre sans faire de bruit, une demi-heure plus tard, après avoir fini par succomber à la tentation et mangé du plum-cake, William était assis dans son lit, soutenu par trois ou quatre oreillers, et il tournait paresseusement les pages d'un livre.

Il leva les yeux en entendant la porte s'ouvrir et son visage s'éclaira.

—Ça alors ! Je suis content de te voir, Olly. J'ai passé la journée la plus ennuyeuse de ma vie, et ce livre est le livre le plus ennuyeux que j'aie jamais lu !

—Je suis désolé d'avoir tardé. Qu'est-ce que c'est, comme livre ? demanda Oliver en s'asseyant sur le bord du lit.

—Une sorte de livre pour mon édification. Maman pensait qu'il me plairait.

Oliver eut une grimace qui voulait dire : *Qu'est-ce que tu croyais ?*

—Enfin, mieux vaut ne pas te plaindre trop vivement… Je t'ai rapporté quelque chose d'encore pire.

—Quoi ? demanda William, dont la curiosité était piquée.

—Je te présente Beatrice… On l'appelle aussi Beatty.

Oliver sortit la grande poupée de derrière son dos et agita ses jambes rembourrées, toutes molles, devant son ami.

William éclata de rire.

—Où as-tu dégotté cette horreur ?

—Chut, voyons ! Tu vas lui faire de la peine. Je l'ai gagnée, à la loyale.

Il sauta du lit et fit une révérence théâtrale.

—Tu as devant toi le tireur de l'année !

—Tu l'as gagnée… Waouh, bravo !

Oliver alla se rasseoir sur le lit.

—Je suis désolé, Wills, il n'y avait plus grand-chose quand je suis arrivé au stand.

—Ne sois pas désolé. Elle est parfaite. Et tu l'as gagnée pour moi.

Oliver se pencha en avant et déposa un baiser sur la joue de son ami.

—Oui, William. Je l'ai gagnée pour toi.

14

Elizabeth tendit l'oreille. La maison était silencieuse, on n'entendait pas un grincement dans l'escalier, pas un pas impatient, pas une toux lointaine. Elle sortit de son lit et s'habilla aussi vite que le lui permettaient ses doigts tremblants de nervosité. Elle jeta un coup d'œil à la pendulette, sur la table de chevet – il était près de minuit. C'était l'heure d'y aller. Si Aiden avait entendu ce qu'elle lui avait murmuré lors de leurs adieux, il serait au rendez-vous. L'après-midi même, ses yeux, son visage, sa main tendue vers elle lui avaient dit tout ce qu'elle avait besoin de savoir. Il serait là pour elle.

Et maintenant, cela avait un caractère d'urgence. Il ne savait rien du thé qui avait été prévu, et elle devait lui en parler. Elle n'en savait rien elle-même avant que sa mère ne lui annonce la nouvelle pendant le dîner, plus tôt dans la soirée. Elle n'avait tout d'abord pas compris le sens de ses paroles. Puis, elle s'était sentie en colère et acculée, comme si on lui arrachait sa vie des mains. C'était cela qui avait été le sujet des pourparlers dans le cimetière de l'église. C'était pour cela que les Fitzroy avaient ravalé leur colère pour venir à Summerhayes, le jour même. Il n'y avait rien d'étonnant à ce qu'on l'ait congédiée sommairement à deux reprises : sinon, comment auraient-ils fait pour planifier son avenir de façon aussi pratique ?

Elle avait eu besoin de quelques heures seule dans sa chambre pour retrouver un semblant de calme et se rendre compte qu'une opposition pure et simple n'aurait fait qu'attiser les puissances qui étaient contre elle. Elle s'était assise devant sa coiffeuse ornée de volants à fleurs, avait pris une profonde inspiration, et avait pris une décision. Pour le moment, elle ferait mine de ne pas s'opposer aux souhaits de ses parents. Elle jouerait le rôle de la fille obéissante et essayerait de gagner du temps, jusqu'à ce qu'ils se lassent, espérait-elle, de leur projet. Ou jusqu'à ce qu'oncle Henry s'en lasse. Ou Giles Audley lui-même.

Elle rencontrerait Audley juste une fois et, avec un peu de chance, elle ne lui plairait pas. Elle n'était pas une beauté extraordinaire, si c'était ce qu'il recherchait ; mais elle était passable, plus que passable, si elle en croyait Ivy. Sa femme de chambre ne tarissait pas d'éloges sur sa chevelure cuivrée qui brillait et sur ses yeux marron foncé qui pétillaient. Cependant, Ivy était de parti pris, et peut-être M. Audley – à moins que ce ne fût sir Giles – ne la trouverait-il pas si séduisante que cela. Peut-être préférait-il les blondes, ou détestait-il les jeunes femmes grandes et minces. Il n'en aimerait sûrement pas du tout une qui semblait farouche et indomptable. Peut-être pourrait-elle citer un passage de l'un des discours de Mme Pankhurst, ou parler de la vague de grèves que le syndicalisme déclenchait dans le pays. Les hommes détestaient les femmes qui parlaient politique. Il prendrait la fuite en entendant cela, elle en était sûre.

Cependant, elle devait dire à Aiden ce qui se passait. Elle était galvanisée par le besoin de le lui expliquer, de s'excuser, même, même si elle ne savait absolument pas pourquoi elle éprouvait une telle nécessité. C'était comme cela. Elle ne voulait pas que la nouvelle de leur visite à Amberley s'ébruite avant qu'elle n'ait pu le prévenir. Or, cela ne tarderait pas à être de notoriété publique, car personne à Summerhayes n'y était allé en visite depuis aussi longtemps qu'on se souvînt.

Elizabeth entrouvrit la fenêtre avec une grande précaution et jeta une paire de chaussures de marche souples sur le gravier, en contrebas. Elles atterrirent avec un bruit mat étonnamment sonore et, l'espace de quelques secondes, elle retint son souffle ; mais la maison et ses habitants ne furent pas perturbés. Elle souleva alors sa jupe aussi haut que le permettait la coupe étroite, et se hissa péniblement sur le rebord de la fenêtre, puis elle passa une jambe par la fenêtre et posa le pied sur le marronnier d'Inde, dont les branches venaient presque effleurer la maison. Elle se pencha en avant, empoigna une branche et grimpa entièrement dans l'arbre. De là, il ne lui fallut que quelques minutes pour descendre jusque par terre, branche par branche.

Elle contourna le gravier sur la pointe des pieds pour rejoindre l'herbe sur laquelle ses pas ne résonneraient pas, et se dirigea d'un pas rapide vers l'arrière de la maison. Là, elle vit que la plupart des attractions de la kermesse avaient déjà été démontées et remportées au village. M. Harris et son équipe avaient également retiré le grand chapiteau et enlevé une grande partie des détritus laissés par les visiteurs, même s'il y avait encore quelques traces des festivités de la journée éparpillées sur la pelouse. Elle avança avec précaution entre les objets perdus, les affiches mises au rebut et les boîtes qui attendaient que l'on vienne les ramasser. L'événement avait été animé et Summerhayes aurait besoin d'un certain temps pour retrouver sa calme perfection.

Elle accéléra le pas, sentant que les minutes s'écoulaient bien trop vite. Il ne fallait surtout pas qu'Aiden croie qu'elle lui faisait faux bond. *Minuit*, avait-elle murmuré dans un souffle, en tout et pour tout, et l'heure du rendez-vous était bientôt arrivée. Elle n'avait pas eu le temps d'en dire davantage, de convenir d'un lieu de rendez-vous.

Toutefois, s'il venait, il serait au Jardin italien, elle le savait. Elle s'adjura intérieurement d'être courageuse ; elle n'avait rien à craindre lorsqu'il était à ses côtés. Elle passa en toute hâte sous les roses qui grimpaient sur la pergola, maintenant en pleine floraison, qui embaumaient la douceur de l'air nocturne de leur parfum capiteux, et traversa le jardin potager, où le parfum des pois de senteur évinçait celui des fleurs. Pour toutes sortes de raisons, c'était une nuit à savourer. Elle continua à avancer, consciente du silence qui n'était jamais total. Il y avait toujours un léger bruissement de feuilles, le bruit des pas rapides de petites créatures, le battement d'ailes d'un oiseau tourmenté. Néanmoins, l'affairement de la journée était terminé, et le monde lui appartenait, à elle et à une seule autre personne.

Aiden l'attendait sous l'arche de lauriers. Ensemble, ils se dirigèrent vers le pavillon d'été et s'assirent sur le banc qui donnait sur le bassin. De l'autre côté de l'eau se dressait le temple, grandiose et majestueux, son marbre immaculé à la clarté de la lune.

—Vous êtes venu, dit-elle.

—Pensiez-vous que je ne le ferais pas ?

—Je ne savais pas si vous m'aviez entendue. Ou comprise.

Il ne répondit pas mais tendit le bras vers elle et, cette fois, prit sa main dans la sienne. Elle sentit son cœur faire l'un de ces petits bonds auxquels elle commençait à s'habituer. Elle se trouvait à la dérive dans un monde d'émotions auquel elle n'avait encore jamais été confrontée, ses sens tellement affûtés qu'elle percevait le moindre son, le moindre parfum, la moindre sensation, même fugace. Elle aurait pu jurer qu'elle venait justement d'entendre le plus discret craquement de branches, comme si les arbres de l'autre côté du bassin étaient intrigués par les intrus et qu'ils avaient décidé de faire leur petite enquête. Bien sûr, c'était ridicule.

—Je suis désolée que ma tante nous ait interrompus aussi grossièrement, dit-elle, laissant sa main dans la sienne. Elle n'a pas dû se rendre compte que nous étions amis.

—Au contraire, elle ne s'en est que trop bien rendu compte… Elle n'a pas du tout envie que nous soyons amis. Elle est résolue à vous épargner un sort tragique !

Son ton était léger, mais elle ne savait pas trop si elle devait ou non sourire.

—Cela semble quelque peu insensé.

—Pas du tout ! Au contraire, c'est très sensé. Elle ne veut pas que vous deveniez trop proche d'un homme qui pourrait s'avérer être le pire prétendant possible – ou presque le pire. Je ne viens pas d'une bonne famille, je n'ai pas d'argent, et j'exerce une profession.

—Vous avez un métier tout à fait honorable ! protesta-t-elle, consciente qu'elle ne contestait pas l'idée selon laquelle il était son prétendant.

—Peut-être, mais aux yeux de votre tante, aux yeux de votre famille, je suis aussi suspect que n'importe quel homme qui donnerait des coups de marteau dans des clous ou manierait une faux. Et, pire encore, je suis irlandais. Les Irlandais sont des fauteurs de troubles, ou du moins, c'est ce que pensent les Anglais.

Pas plus tard que la semaine précédente, Elizabeth avait entendu son père exprimer une opinion analogue, et elle ne perdit donc pas de temps à argumenter. Ses pensées étaient occupées par cette nouvelle et merveilleuse possibilité : c'était déconcertant de voir Aiden comme un soupirant, mais exaltant, aussi. C'était très différent de tout ce qu'elle aurait pu imaginer. Elle lui lança un coup d'œil furtif, à la dérobée. Les yeux plissés, il regardait fixement le temple, de l'autre côté de l'eau, et son ombre argentée qui flottait sereinement à la surface du bassin.

—C'est bizarre, ce qui s'est passé hier, finit-il par dire.

La remarque était inattendue, et elle hésita un peu avant de demander :

—Comment cela ?

—Eh bien, j'y ai repensé, et je ne comprends pas comment la cabane des garçons a pu s'effondrer, comme ça.

—Je doute qu'il y ait quoi que ce soit de mystérieux là-dedans. C'étaient William et Oliver qui l'avaient construite, plaisanta-t-elle.

Il secoua la tête et la lueur argentée de la lune se prit dans une mèche de ses cheveux châtain clair.

—Oui, mais elle était solide. Je me rappelle être aller vérifier, l'autre jour, quand j'ai traversé la Jungle. Je m'étais dit tout à coup que cela pouvait être dangereux s'ils n'avaient pas bien attaché les bouts de bois… mais ils l'avaient très bien fait, je serais prêt à le jurer.

—Dans ce cas, elle a dû s'effondrer parce que William s'est jeté dedans comme il l'a fait. Il m'a dit qu'il avait eu une peur bleue en entendant des chiens et que, dans son affolement, il s'était rué dans la cabane pour se mettre à l'abri. Elle ne devait pas être assez solide.

—Elle aurait dû tenir le coup, insista Aiden, qui demeurait sceptique. Et que faisaient ces chiens en liberté ?

Elle eut un air ébahi.

—Je pensais qu'il les avait imaginés, mais je ne voulais pas le bouleverser encore davantage en lui disant cela. Nous n'avons pas de chiens, voyez-vous. Nous n'en avons pas eu depuis le jour où un chien a mordu William, quand il était bébé. C'était un chien d'arrêt que nous avions ramené de Birmingham, et je crois que le déménagement l'avait perturbé. Mon père avait envie de le remplacer par un labrador… Il disait que c'était une race plus docile, mais je crois qu'en réalité, il considérait les labradors comme les chiens appropriés à un gentleman de la campagne. Quoi qu'il en soit, Maman n'a rien voulu entendre, et pour une fois, c'est elle qui a obtenu gain de cause.

—Les chiens qui ont fait peur à William étaient bien réels. Ils venaient d'Amberley, c'étaient deux des chiens de chasse de votre oncle. Ils se sont échappés et ont fait irruption dans le jardin. Les hommes les ont attrapés assez rapidement, et ils ont bouché le trou qu'ils avaient fait dans la haie. William ne courait aucun danger.

—Il ne pouvait pas le savoir.

—Non, en effet, répondit Aiden d'un air pensif. Cela ne me plaît pas de penser qu'il puisse avoir aussi peur.

—Il a toujours été un peu délicat.

—Contrairement à sa sœur, alors.

Elle lui adressa un sourire malicieux.

—Vous ne me voyez pas comme la plus délicate des fleurs ?

—Comme une fleur, si, je vous l'accorde… mais délicate ?

Plus sérieusement, il ajouta :

—Avez-vous eu des ennuis parce que vous m'aviez parlé, à la kermesse ?

—Papa m'a fait des réprimandes rituelles pendant le dîner, puis cela a été le tour de Maman, quand nous nous sommes retirés au salon, mais je m'y attendais. Je m'attends aussi à ce que mon père redouble de vigilance, dorénavant. Il va veiller à ce que je sois occupée à chaque instant de la journée… Cela va être absolument épuisant, pour lui.

—À moins qu'il ait l'impression que je ne représente plus une menace. Il va peut-être insister pour que je parte.

La suggestion lui fit l'effet d'un coup de poing dans le ventre, et elle le regarda avec inquiétude.

—M. Simmonds a-t-il menacé de vous renvoyer ?

—Pas exactement, mais je sais qu'on lui a fait comprendre de façon très claire que je devrais m'en aller dès qu'il n'aurait plus besoin de moi.

—Ils estiment bel et bien que vous représentez une menace, hein ? dit-elle avec une désinvolture feinte.

—N'est-ce pas le cas, alors ?

Il sourit et, à la clarté de la lune, elle vit dans ses yeux une lueur douce et rêveuse.

Il représentait indéniablement une menace, mais elle ne pouvait se résoudre à le lui dire. Elle croisa les chevilles, puis les décroisa. Elle avait envie d'être honnête, mais n'était pas tout à fait sûre de ce que son cœur lui disait.

—Ils veulent que je rencontre un parent de ma mère – un cousin issu de germains.

Elle sentit qu'il se crispait, à côté d'elle.

—Et pourquoi donc ?

Elle esquiva la question.

—Il s'appelle Giles Audley. Il est parent avec les Fitzroy, et il a des relations. Cela plaît à Papa.

À cette pensée, elle tordit ses lèvres, agacée.

—Et pourquoi est-ce important que vous le rencontriez ?

—Il cherche une épouse, répondit-elle franchement.

Elle ne voyait pas l'intérêt de tourner autour du pot.

—Et c'est vous qui allez l'épouser ?

La voix d'Aiden était maintenant empreinte d'amertume.

—Je crois que c'est ce qu'ils espèrent.

—Et vous, vous l'espérez aussi ?

—Il est veuf et il a vingt ans de plus que moi.

—Cela ne répond pas à ma question.

Elle percevait son hostilité mais refusait de réagir.

—On m'a demandé d'aller prendre le thé à Amberley pour le rencontrer. J'ai presque pitié de ce pauvre homme. Il s'attendra sûrement à une jeune femme très différente de celle qu'il va rencontrer !

—Mais vous avez accepté ?

Il s'était très légèrement écarté d'elle, et l'infime distance entre eux lui paraissait soudain aussi immense que la vallée du Devil's Dyke.

—Je vais y aller, puisque mes parents y tiennent tellement. Cela ne fera de mal à personne que je le rencontre. Cela ne voudra rien dire du tout.

Elle essayait de combler le gouffre qui s'était creusé entre eux, de retrouver un peu de leur joie antérieure.

Il se leva et secoua les épaules, comme pour se décharger de pensées désagréables.

—Cela veut tout dire, Elizabeth. C'est votre avenir qui est en train de se décider.

—C'est n'importe quoi ! C'est moi qui décide de mon avenir, dit-elle avec aplomb, souhaitant que ce soit vrai.

Il baissa les yeux vers elle avec une expression moqueuse bien visible dans la clarté de la lune.

—Je ne crois pas. Peut-être que vous vous faites des illusions et que c'est ce dont vous voulez vous persuader, mais la réalité est très différente.

Elle se leva d'un bond, piquée au vif par l'accusation.

—Vous êtes méchant !

—Je suis honnête.

—Dans ce cas, je préfère me faire des illusions.

Elle tourna brusquement les talons, le bas de sa robe longue balayant les dalles dans un bruissement de tissu.

—Elizabeth…

Mais elle était déjà partie, s'éloignant d'un pas rapide et agile sur le sentier et passant sous l'arche de lauriers.

15

Juillet 1914

— Vous devriez mettre la robe de crêpe rose, Mademoiselle.

Ivy se tenait dans l'embrasure de la porte, avec une moue désapprobatrice.

Elizabeth n'avait pas entendu sa femme de chambre frapper. Elle était trop occupée à regarder par la fenêtre, les yeux perdus dans le vague, et à penser au fait qu'elle préférerait de beaucoup être en train de se promener dans le jardin. Qu'elle aimerait s'échapper et partir à la recherche d'Aiden. Elle avait terriblement envie de lui parler à nouveau. Elle en avait eu envie dès l'instant où ils s'étaient querellés.

Il s'était trompé sur son compte, avait mal évalué sa détermination, mais elle n'aurait pas dû s'en aller comme elle l'avait fait.

Elle se détourna de la fenêtre avec un petit soupir.

—Je la réserve pour une occasion particulière, répondit-elle à Ivy.

Celle-ci émit un *tss-tss* réprobateur.

—Que pourrait-il bien y avoir de plus important que cet après-midi ?

Sa femme de chambre était autant une amie qu'une domestique, une confidente en laquelle Elizabeth avait confiance depuis l'enfance. Ivy savait pertinemment quel était le but de cette visite à Amberley et, manifestement, elle était bien décidée à ce que sa maîtresse fasse forte impression. Elle s'affaira à mettre de l'ordre sur la coiffeuse, entrechoquant les boîtes, les pots et les pinceaux avec une force excessive.

—Je mettrai la robe de crêpe rose pour votre mariage, dit Elizabeth d'une voix apaisante. Ça, c'est ce que j'appelle une occasion particulière. En attendant, la robe vert russe fera l'affaire, cette fois encore.

—Vous êtes trop gentille, Mademoiselle, la gronda la jeune femme. Vous devriez vous inquiéter de votre mariage, pas du mien.

Ivy lui tendit une pochette ornée de perles.

—Je ne sais pas quand vous pourrez porter la robe rose… Nous avons avancé le mariage, comme je vous l'avais dit – Eddie ne voyait pas l'intérêt d'attendre le mois de septembre – mais maintenant, Joe Lacey a très mal à la main… et c'est notre témoin.

—Qu'est-ce qu'il a ? Sa mère ne nous en a pas parlé.

—Elle ne veut pas faire d'histoires, mais elle est tellement inquiète qu'elle ne tient pas en place, et May n'a pratiquement pas touché à ses livres de la semaine tant elle se fait du souci pour son frère. Joe s'est fait mordre par un de ces sales chiens féroces. Le jour de l'accident de monsieur William. Joe est allé aider les autres à reconduire les chiens à Amberley, et l'un d'eux s'en est pris à lui. Sa main a beaucoup gonflé… mais le docteur Daniels va venir l'examiner, cet après-midi, alors il va peut-être arranger les choses.

—Les chiens ne s'étaient encore jamais échappés, et je ne vois vraiment pas comment ils ont pu se retrouver dans le jardin. Je sais qu'ils ont provoqué des dégâts considérables. Je voudrais que mon oncle s'en débarrasse, mais j'imagine qu'il n'y a aucune chance. Il aime bien trop la chasse.

—Il aime tuer des êtres vivants, surtout, dit Ivy, agitant les sourcils d'un air entendu. Demandez-leur, à Amberley…

Elizabeth la regarda d'un air perplexe, mais l'heure tournait et elle n'avait pas le temps de lui demander de l'éclairer.

—Je ferais mieux d'y aller ou mon père va user la semelle de ses bottes à force de faire les cent pas dans l'entrée. Le thé est à 16 heures, c'est presque l'heure.

—J'espère que cela va bien se passer, dit Ivy avec circonspection.

Elizabeth l'espérait aussi, même si « bien se passer » était sujet à interprétation. Ce qu'elle entendait par là était très différent de ce que ses parents comprenaient. Ou de ce que l'inconnu Giles Audley pouvait imaginer. Il n'avait pas la moindre idée de ce qui l'attendait. Il croyait être sur le point de prendre le thé avec une jeune fille agréable, alors que la jeune fille agréable en question était bien décidée à l'effrayer au point de le faire fuir. Aiden avait sous-entendu qu'elle n'était qu'une marionnette et que d'autres tiraient les ficelles ; elle allait lui prouver qu'il avait tort. Elle allait le leur prouver, à tous. Cet après-midi, ce serait *elle* qui tirerait les ficelles.

Comme Miller faisait franchir à la voiture le portail du domaine des Fitzroy, Alice éprouva un mélange confus d'émotions. Pour la première fois depuis de très nombreuses années, elle rentrait à la maison. Le décor délabré d'Amberley, ses meubles démodés, sa plomberie qui n'avait jamais vraiment bien fonctionné, demeuraient chers à son cœur. Louisa déplorait peut-être le mélange dépassé de bâtiments, et peut-être enviait-elle à sa belle-sœur le confort moderne dont elle jouissait, mais pour Alice, Amberley resterait toujours son vrai chez-elle.

Elle se laissa aller en arrière sur le cuir neuf au rembourrage confortable, tandis que la voiture prenait en douceur virage après virage, jusqu'à ce qu'elle s'arrête devant le porche à tourelles qu'elle connaissait si bien. Elle regarda avidement à travers la vitre de la voiture. Les fenêtres à meneaux sommeillaient dans le soleil de l'après-midi, des colombes blanches étaient perchées sur un toit de tuiles rouges abîmé et, de chaque côté de la porte en chêne cloutée, les griffons trônaient sur leurs piédestaux, insensibles au passage des ans.

Elle avait profondément aimé cette maison, et pourtant, à l'époque où elle y habitait, elle ne l'avait pas appréciée à sa juste valeur. C'était une bizarrerie de la nature humaine de ne jamais vraiment apprécier ce que l'on avait. Comme le faisait Louisa à Amberley, par exemple, ou elle à Summerhayes. Cependant, si elle avait su à quoi cette transaction, conclue à huis clos plus qu'un quart de siècle plus tôt, allait aboutir, elle aurait peut-être agi différemment. Elle se serait peut-être battue pour rester. Aucun d'entre eux n'aurait pu prévoir ce qui se passerait, bien entendu. Pas réellement. Toutes les personnes concernées avaient perdu autant qu'elles avaient gagné. Henry haïssait l'existence même de Summerhayes, et pourtant, sans ce domaine,

Amberley ne lui aurait pas appartenu. Joshua n'avait pas été accepté dans la haute société, dont il rêvait de faire partie, mais il était devenu le maître d'un domaine paradisiaque.

C'était pour elle que les retombées avaient été les plus cruelles. Après Thomas, elle ne s'était pas autorisée à réfléchir trop en profondeur à ce qui aurait pu être. Elle avait accepté un sort qu'elle n'avait pas eu le pouvoir de changer. À l'époque, Joshua avait assez d'argent pour que les Fitzroy trouvent son offre attrayante. Ironiquement, il s'avérait qu'il était venu dans le Sussex sur les conseils d'un membre éloigné de la famille Audley, l'un de ses clients, pour lequel il avait fabriqué des boutons finement ouvragés pour un smoking. L'homme en question, dont elle n'avait jamais su le nom, connaissait l'ambition de Joshua, et avait également connaissance des difficultés financières des Fitzroy. C'était donc lui qui avait conseillé à Joshua de faire le trajet jusqu'au Sussex quand il irait à Londres pour affaires, pour rencontrer la fille de la maison, qui était célibataire. Alice n'avait pas eu son mot à dire. Elle avait abdiqué le peu de pouvoir qu'elle avait jamais eu lorsqu'elle s'était avérée incapable d'attirer par elle-même un mari riche. Sa famille lui en avait donc trouvé un, et avait considéré qu'il était de son devoir d'épouser cet inconnu afin de sauver Amberley pour son frère cadet.

Ce même frère les attendait maintenant dans le salon. Alice jeta un coup d'œil autour d'elle quand ils entrèrent dans la pièce, et fut surprise de constater que le docteur Daniels était présent. Elle le croyait à Summerhayes, pour examiner le fils de Mme Lacey, mais il était pourtant là, confortablement installé dans le vieux canapé Chesterfield à haut dossier, en grande conversation avec Louisa.

—Quel plaisir de vous voir !

Henry s'avança vers eux pour les accueillir, la bonhomie incarnée.

Comme il pouvait se montrer aimable quand il en avait décidé ainsi ! Hélas, c'était rarement le cas. À cause des nombreuses fausses couches de leur mère, il avait sept ans de moins qu'Alice, et quand il était né – le fils et héritier tant attendu –, il avait été encensé et gâté par toute la maisonnée, alors qu'elle-même était en grande partie ignorée. Son rôle avait été celui d'une subalterne, à la disposition d'un petit frère exigeant. Elle n'avait pas protesté, mais elle s'était simplement repliée sur elle-même, acquérant ainsi la réputation d'être falote et indécise. Pour elle, c'était plutôt qu'elle était dans son petit monde. Le monde réel l'avait profondément déçue, et elle avait éprouvé le besoin de trouver un autre endroit dans lequel exister.

Un homme de grande taille et au visage avenant s'était levé du fauteuil qu'il occupait, à côté de Louisa, et il s'avança vers eux. Henry le prit par le bras et, avec un sourire parfaitement étudié, fit les présentations.

—Je vous présente Giles Audley. Giles, voici ma sœur, Alice – vous vous souvenez sûrement d'elle –, son mari, et leur fille, Elizabeth.

—Je suis ravi de vous rencontrer.

La voix de Giles Audley était mélodieuse et, à la différence de son hôte, il semblait sincère.

Le cœur d'Alice s'allégea. Elle ne se souvenait de lui que vaguement, pour l'avoir vu lors de réunions familiales de nombreuses années plus tôt. Il n'était guère plus qu'un jeune garçon, à l'époque. En revanche, l'homme qui se tenait maintenant devant elle était assurément un homme auquel Elizabeth ne trouverait pas grand-chose à redire. Il était extrêmement important pour elle que sa fille soit heureuse. Elle avait eu peur de lui infliger le même traitement que celui qu'elle avait subi ; mais de toute évidence, à en juger par ses manières et par sa voix, Giles Audley était un gentleman, un prétendant digne. Elle pouvait se détendre. Elle avait pris la bonne décision.

Elle s'assit dans le fauteuil voltaire que Louisa lui avait indiqué. Son velours rouge rubis était neuf, mais le coussin en tapisserie qu'elle avait dans le dos était aussi vieux qu'elle. C'était sa mère qui l'avait fait. Elle la voyait encore, assise dans cette même pièce, la tête baissée sur le canevas, travaillant dans la lumière déclinante. On allumait les lampes à pétrole de bonne heure, le soir, mais sa mère ne s'interrompait pas, enchaînant les points de croix. En tout, elle avait dû faire une douzaine de ces housses de coussins, et celui-là devait être le seul rescapé, celui dont Louisa n'avait pas encore réussi à se débarrasser. Il y avait d'ailleurs d'autres vestiges du règne de ses parents. L'imposant buffet de l'époque victorienne se dressait contre l'un des murs, et au-dessus de ses portes sculptées trônait un énorme vase hideux que son père affectionnait, dont le fond jaune fadasse était orné de grandes roses.

La bonne, qui s'était affairée autour du chariot à thé, s'approcha d'Alice et lui tendit une tasse. Au moins, le service à thé était neuf. C'était de la porcelaine coûteuse. Royal Worcester. Certainement pas ce qu'aurait choisi son économe de mère.

—Alors, quelles nouvelles ? demanda Henry, prenant place dans le fauteuil à côté d'elle.

Elle cligna des yeux, nerveuse.

—Quelles nouvelles ?

—D'Europe ? J'ai entendu des choses inquiétantes que je n'arrive pas vraiment à croire. Ton mari est en contact avec des gens en Europe continentale, n'est-ce pas ? Que dit-il ?

Elle regarda dans la direction des hautes fenêtres qui donnaient sur la terrasse, à l'autre bout de la pièce. Debout, les jambes écartées et les mains jointes derrière son dos, Joshua regardait au-dehors, les yeux perdus dans le vague.

—Il en parle rarement, et je ne sais rien de l'Europe, avoua-t-elle, consciente qu'elle se rendait coupable de l'imprécision qu'Henry détestait. Tu vas devoir lui demander toi-même.

Joshua avait dû l'entendre, car il se retourna brusquement et, refusant d'un geste le thé que la servante lui offrait, s'assit dans un fauteuil capitonné à quelques mètres d'eux.

—Vous demandez quelles sont les nouvelles d'Europe, Henry. Je crois que plusieurs pays ont mobilisé leur armée de réserve. Un ou deux ont peut-être fermé leurs frontières.

Son ton était maîtrisé, dépourvu de sa grandiloquence habituelle. Alice se dit qu'il avançait avec prudence, bien décidé à ne pas donner à son beau-frère de raisons de se plaindre de ses manières au cours des quelques heures qu'ils passeraient à Amberley.

—Mais, tout de même, cela n'ira pas jusqu'à la guerre.

Le docteur, qui était occupé à prendre la tasse vide de Louisa ainsi que la sienne, s'était tourné vers Joshua en entendant ses paroles.

—Je lisais l'autre jour à peine que les liens entre l'Allemagne et la Grande-Bretagne étaient plus solides que jamais.

—Si on parle affaires, certainement, répondit Joshua. La Grande-Bretagne est le meilleur client de l'Allemagne et, derrière l'Inde, l'Allemagne est notre deuxième meilleur marché.

—Et si l'on ne parle pas affaires ? demanda Louisa.

—Dans ce cas, c'est impossible à dire, on peut tout imaginer. Je crois que nous ferions mieux de nous attendre au pire.

Un nuage gris semblait flotter au-dessus de la petite assemblée, mais Henry ne se laissait pas abattre si facilement et il rassembla ses forces.

—Je ne crois pas qu'il faille écouter les oiseaux de mauvais augure, dit-il, regardant ostensiblement Joshua. Je suis sûre que l'Allemagne ne sera pas une source d'inquiétude pour nous. Il est bien plus probable que nous intervenions en Irlande.

—Cette histoire de *Home Rule* ! intervint avec vivacité le docteur, manifestement désireux d'être accepté au sein du groupe. Les journaux ne parlent que de cela. J'ai lu que les protestants et les catholiques avaient constitué leurs propres unités militaires et qu'ils importaient de grandes quantités d'armes…

—Un trafic d'armes à grande échelle. Oui, nous le savons, le coupa Henry d'un ton cinglant, écrasant de supériorité. Ils sont à l'exercice et s'entraînent au tir très ouvertement.

Joshua émit un grognement dédaigneux.

—Espérons que tu aies raison et que cet entraînement au tir soit limité à l'Irlande. Une guerre européenne serait une autre paire de manches.

Sa voix s'était durcie. C'était un homme intelligent, un homme savant, Alice en avait conscience, et il ne reconsidérerait pas ses convictions, pas même dans ce lieu sacré d'Amberley.

—Vous n'avez pas amené William, intervint Louisa d'un ton enjoué, s'attirant cette fois encore la gratitude d'Alice. Il doit être de nouveau sur pied, maintenant.

—Il va beaucoup mieux, merci, mais nous nous sommes dit qu'il valait mieux qu'il reste à la maison, aujourd'hui. Nous accueillons son ami, en ce moment – je crois t'en avoir parlé… Quand ils sont ensemble, ils sont parfois un peu turbulents.

—C'est le garçon juif, n'est-ce pas ?

Henry n'avait pas aimé la rebuffade de son beau-frère, et il était prêt à passer à l'attaque.

La critique sous-entendue crispa Joshua.

—Je crois que sa famille est juive.

Henry l'ignora et se tourna vers sa sœur.

—Cela ne t'honore pas, Alice, tu sais. D'être intime avec une telle famille.

—Nous ne sommes pas intimes avec les Amos. Nous avons simplement accueilli leur fils chez nous pour les vacances d'été, afin qu'il tienne compagnie à William.

Et je le regrette amèrement, pensa-t-elle avec ferveur. Oliver exerçait une mauvaise influence sur William, même si le fait qu'il était juif n'avait pas grand-chose à voir là-dedans. C'était la proximité des deux garçons qu'elle n'aimait pas. Elle avait quelque chose de malsain.

Son frère était maintenant acharné au combat.

—Cela revient au même. Parents ou enfant. Vous hébergez un étranger.

—C'est un peu fort, protesta le docteur Daniels.

—Je ne pense pas vous avoir demandé votre avis, Docteur. Le fait est que les immigrés juifs venus des pogroms russes continuent à affluer ici. Ces gens-là ne partagent ni notre culture, ni nos valeurs. Et une loi votée par le Parlement n'était-elle pas censée endiguer l'afflux d'étrangers indésirables ?

—Qu'y a-t-il de si indésirable chez les immigrés juifs, mon oncle ?

Elizabeth avait gardé le silence jusque-là, en apparence absorbée par le cours de la conversation, mais Alice soupçonnait qu'elle était en réalité résolue à ignorer Giles Audley.

La question resta en suspens dans l'air, mais avant qu'Henry n'ait pu daigner y répondre, Elizabeth ajouta :

—Je sais bien qu'une aversion pour les étrangers est inhérente à la condition d'insulaire, à l'identité britannique, mais ces étrangers dont vous parlez sont un peuple très cultivé. Leur civilisation est bien plus ancienne que la nôtre.

Elle s'interrompit juste assez longtemps pour avoir l'attention de tout le monde.

—Mais peut-être est-ce précisément pour cette raison que vous les trouvez à ce point indésirables ? Parce que leur civilisation vous donne un sentiment d'infériorité.

Le silence qui se fit dans la pièce était si intense qu'on aurait entendu voler une mouche, comme le disait l'expression. Henry foudroya sa nièce du regard tandis que Louisa tripotait nerveusement les plis de sa robe.

Giles Audley, évaluant manifestement la situation, se leva de son fauteuil et s'avança vers Elizabeth.

—Il fait un temps très agréable, aujourd'hui, mademoiselle Summer, et je me demandais si vous voudriez avoir l'obligeance de m'accompagner au jardin ?

Tout en prononçant ses mots, il lui offrit son bras, et elle n'eut pas d'autre solution que de se lever pour le prendre.

Alice put à nouveau respirer normalement. M. Audley était bien le gentleman qu'elle avait imaginé.

16

— Voulez-vous que nous nous promenions sous la tonnelle de roses ? demanda Giles Audley comme Elizabeth et lui franchissaient les portes-fenêtres.

—Cela m'est égal.

—Ce n'est pas à cette période de l'année que les roses sont les plus belles, bien sûr, mais leur parfum persiste dans l'air… et il devrait faire plus frais que sur la terrasse.

—Cela ne me dérange pas d'aller où vous voulez.

Elle savait qu'elle était désobligeante et, l'espace d'un instant, elle s'en voulut. L'après-midi avait déjà été assez difficile comme cela, et elle venait de lancer une grenade dans cette assemblée distinguée. Non qu'elle se fît reproche de cela : cette assemblée était peut-être distinguée, mais elle était aussi totalement artificielle. Cependant, maintenant, elle se montrait grincheuse avec cet homme tout à fait agréable, dont le seul crime était d'essayer de calmer le jeu. Il devait trouver la situation aussi pénible qu'elle.

Elle le regarda du coin de l'œil, remarqua ses tempes grisonnantes, les petites rides autour de sa bouche. Elle se demanda quel passé il avait, quel genre de vie il avait mené. Elle ne pouvait pas le lui demander. Cela l'aurait obligée à lui poser des questions sur sa défunte épouse, une ingérence aussi indélicate que grossière. Quant à lui, il ne pouvait pas lui demander ce qu'il devait avoir envie de savoir : pourquoi elle avait été disposée à envisager d'épouser un veuf, mais semblait maintenant être résolument opposée à une telle union. La politesse les tenait dans sa main de fer.

—Allez-vous souvent à Londres ? demanda-t-elle enfin, incapable de maintenir sa *froideur*[1].

—Très peu, ces temps-ci. Mon épouse adorait le tourbillon des mondanités, mais depuis son décès, je n'y suis retourné que très peu de fois. J'ai préféré me plonger dans la gestion de mon domaine. Il a beau être petit, il nécessite une attention constante.

Le sujet était sur le tapis, en fin de compte.

—Vous ne partagiez pas l'engouement de votre femme pour Londres ?

—Je l'y accompagnais de bon cœur quand elle avait envie d'y aller. Ce qui rendait Lavinia heureux me rendait heureux aussi.

Soudain, comme s'il sentait qu'il avait peut-être été maladroit, il ajouta :

—Mais vous, mademoiselle Summer, vous devez aller souvent à Londres !

—Je n'y suis allée qu'une seule fois. L'année dernière. J'ai été présentée à la Cour.

—Un rare privilège. Comment avez-vous trouvé l'expérience ?

Ils étaient arrivés à la roseraie, et il s'écarta pour la laisser passer sous l'arche de pierre. Une fois dessous, elle s'arrêta net, regardant fixement ce qu'elle avait sous les yeux. Le jardin était à l'abandon.

1 En français dans le texte.

Les mauvaises herbes foisonnaient entre les buissons, et les roses elles-mêmes paraissaient vieilles et fatiguées, leurs pétales légèrement déchiquetés, comme si elles en avaient eu assez d'attendre un contact humain.

Dès qu'ils furent de nouveau côte à côte, sur l'allée qui passait sous la tonnelle, elle répondit à sa question.

Elle décida d'être honnête. Qu'avait-elle à perdre ?

—J'ai trouvé Londres trop agitée et la présentation, fastidieuse.

À son grand étonnement, il rit aux éclats.

—Si vous avez trouvé la présentation à la Cour fastidieuse, que pensez-vous d'aujourd'hui ?

—Les réunions familiales sont rarement palpitantes, n'est-ce pas ?

Elle avait éludé la question, mais il n'avait pas l'intention d'abandonner le sujet. De toute évidence, il voulait discuter de ce qui les avait tous les deux amenés à Amberley par cet après-midi ensoleillé.

—J'ai bien peur que ce soit très gênant, pour vous – cette rencontre avec moi.

Elle rougit très légèrement.

—Cela l'est tout autant pour vous.

—Je suis aguerri. Il n'y a plus grand-chose qui me déroute… mais *vous*, vous êtes encore très jeune, au début de votre vie. Tout à l'heure, dit-il avec un signe de tête en direction de la maison, je craignais que vous n'ayez été amenée là comme l'agneau sacrificiel.

Ce fut son tour à elle de rire aux éclats.

—Je ne crois pas avoir jamais eu quoi que ce soit d'un agneau sacrificiel. À vrai dire, je me vois plutôt dans la position de la personne brandissant le couteau.

Ils s'étaient arrêtés à côté d'un splendide rosier de Damas, dont le parfum capiteux entêtant flottait dans l'air, tout autour d'eux.

—Et que comptez-vous faire avec ce couteau, à part attaquer votre oncle ?

—Ça, ce n'était rien ! Je n'ai pas encore décidé de ce que j'allais faire, je ne fais que commencer.

—Bonté divine ! Cela seul suffit à me faire trembler de peur.

Elle leva les yeux vers lui et vit qu'il retenait un sourire.

—Je sais bien que non… mais cela vous pousse peut-être à réexaminer les projets que vous aviez en tête en venant ici.

—Réexaminer mes projets ? Vous voulez dire, m'enfuir pendant qu'il en est encore temps.

Elle l'aimait bien. Il était honnête et franc.

—Je pourrais vous donner un aperçu de ce à quoi vous avez échappé, proposa-t-elle.

—Je suis intrigué.

—Eh bien, je pourrais vous citer Emmeline Pankhurst : « S'il est juste que les hommes se battent pour leur liberté, et Dieu sait ce que serait la race humaine aujourd'hui s'ils ne l'avaient pas fait, alors il est juste que les femmes se battent pour leur liberté et pour la liberté des enfants qu'elles portent. »

—Impressionnant. Vous êtes donc une suffragette ?

—Par la pensée seulement.

—Mieux vaut peut-être que vous vous en teniez à cela. Je crois que même les jeunes femmes de bonne famille finissent en prison, ces temps-ci.

—Ce n'est pas ce qui m'inquiète. Je n'approuve pas certaines de leurs actions, dit-elle de manière pondérée. Essayer de pénétrer dans le palais de Buckingham pour organiser une manifestation me paraît sensé, mais pourquoi lacérer la *Vénus à son miroir* ?

—Ou mourir piétinée sous les sabots d'un cheval ?

—Exactement. Cela n'infirme toutefois pas leurs exigences.

—À savoir, le droit de vote. Mais en voulez-vous ? Beaucoup de femmes n'en veulent pas, vous savez.

—Je veux l'égalité, et le droit de vote en fait partie. Je veux être libre de décider de ma propre vie, comme vous le faites et comme le font la plupart des hommes.

—C'est un noble but, mais je crains qu'il ne faille un certain temps pour l'atteindre.

Elle fronça les sourcils.

—Je n'en suis pas sûre. Les suffragettes intensifient sans cesse leurs actions. Il va bien falloir finir par céder.

—Oui, je sais. Elles placent des bombes et brûlent des églises… mais des événements plus importants vont probablement prendre le pas là-dessus. Les conflits en Europe vont les évincer. Le gouvernement va être trop occupé à nous protéger de ce tourbillon pour accorder beaucoup de temps au droit de votes pour les femmes.

—Vous êtes d'accord avec mon père, alors ? Vous pensez que la Grande-Bretagne va prendre part à ce qui se trame ?

—Pas si Asquith a son mot à dire là-dessus, mais notre pays s'est engagé par traité à intervenir si la Belgique est attaquée, et on ne peut pas savoir comment vont tourner les conflits actuels en Europe.

Elle eut la sensation qu'une ombre la saisissait, sans vraiment se l'expliquer. Au cours des quelques dernières heures, la menace sinistre de la guerre semblait s'être rapprochée, comme un étrange écho à la tristesse de sa famille et à la noirceur de son propre avenir.

—Elizabeth…

La voix de sa mère s'éleva au loin et sa silhouette apparut sous l'arche de pierre. Elle tournait la tête d'un côté et de l'autre, cherchant sa fille des yeux.

—Je suis là, Maman.

Sa mère remonta l'allée dans leur direction, l'air encore plus agitée que lorsqu'ils avaient quitté le salon.

—J'espère que vous voudrez bien nous excuser, monsieur Audley, mais mon mari souhaite que nous partions.

—Appelez-moi Giles, je vous en prie. Nous sommes cousins, après tout, n'est-ce pas ? Et puis, vous avez dû me connaître quand j'étais petit garçon.

—C'est vrai… Giles… très brièvement. Et maintenant que nous avons renoué, j'espère que nous vous reverrons très souvent.

Elle le regarda, s'abritant les yeux de la main pour se protéger du soleil de cette fin d'après-midi.

—Peut-être aimeriez-vous nous rendre visite, à Summerhayes ?

Elizabeth remarqua que sa mère évitait soigneusement de croiser son regard.

—Il faut que vous veniez dîner à la maison !

—J'en serais ravi, répondit Giles Audley avec un grand sourire.

17

Le lendemain matin, Elizabeth sortit de la salle du petit déjeuner pour assister à une altercation. En soi, cela n'avait rien d'inhabituel, mais cette fois, c'était sa mère qui s'était laissée entraîner dans une dispute avec le jardinier en chef. M. Harris n'était pas d'humeur à écouter les plaintes d'Alice au sujet des bouquets de la maison, qui n'avaient pas été changés depuis trois jours entiers. Cela lui prenait toujours tout son temps de réparer les dégâts que son cher Summerhayes avait subis lors de la récente kermesse.

La voix de sa mère commençait à trembler dangereusement, et Elizabeth se dit qu'il était temps d'intervenir.

—Je suis sûre que M. Harris à mille choses en tête, Maman. Et si je coupais les fleurs pour toi ?

—Ce n'est pas à toi de le faire, Elizabeth, et de toute façon, il commence déjà à faire chaud, et il vaut mieux que tu n'ailles pas dehors. Pense à ton teint.

—Je n'en aurai pas pour longtemps, et je ne suis pas fragile au point de ne pas pouvoir supporter un peu de soleil. M. Harris est très occupé, aujourd'hui, et je n'ai rien à faire d'autre qu'étaler un peu de peinture sur une toile.

Cette désinvolture feinte était un affront à son travail artistique, mais c'était le prix à payer pour faire régner la paix.

M. Harris souleva légèrement sa casquette.

—Merci, mademoiselle Elizabeth. Je vous serais très reconnaissant. Un vase d'arums dans l'entrée serait superbe, Madame. Ils sont magnifiques, en ce moment.

Maintenant qu'il se savait dégagé de la tâche triviale, il était désireux d'apaiser sa maîtresse.

Elizabeth trouva son chapeau de soleil aplati derrière plusieurs vieilles vestes, dans l'armoire de l'entrée. Elle se dirigea d'un pas rapide vers la cabane à outils et choisit le sécateur qui avait l'air d'être le plus tranchant. Il y avait une petite chance pour qu'elle croise Aiden en chemin. Hélas, elle traversa des allées entières de dahlias, de delphiniums et de glaïeuls sans voir personne, et elle en conclut que les hommes travaillaient au bord du bassin, ou dans les serres, à l'est.

Elle était arrivée devant les arums et elle se penchait pour se mettre à l'ouvrage quand des voix lui parvinrent. Même d'aussi loin, l'une d'elles avait une consonance familière. Elle se redressa, plissa les yeux, éblouie par la lumière du soleil, et distingua deux silhouettes floues qui passaient sous l'arche de la Jungle et pénétraient dans le jardin clos. Comme elles approchaient, elle vit que l'une des deux personnes était Giles Audley. Elle ne s'était pas trompée au sujet de la voix ; mais que pouvait-il bien faire là, de si bonne heure, et si inopinément ?

Il serra la main de son compagnon et se détourna pour remonter l'une des allées gravillonnées qui divisaient le jardin clos. Il se dirigeait manifestement vers la maison, mais quand il la vit qui l'observait, il s'arrêta, puis s'avança vers elle. Elle trouvait qu'il avait l'air un peu penaud, comme s'il avait été surpris en train de faire une petite bêtise.

—Bonjour, mademoiselle Summer. Vous vous mettez au travail de bonne heure, à ce que je vois.

—Vous aussi, monsieur Audley. Quelle surprise ! Je n'ai pas entendu le heurtoir, sans quoi je serais venue vous dire bonjour et je vous aurais accompagné au jardin.

—Je n'ai pas frappé. J'ai bien peur d'être en quelque sorte un intrus, dit-il d'un air coupable. J'arrive d'Amberley, par l'entrée de derrière.

Elle était perplexe.

—L'entrée de derrière ?

—Il y a un vieux sentier… Vous l'ignoriez ? Il est un peu envahi par la végétation, aujourd'hui, mais il est encore praticable. Il conduit à une entrée abandonnée qui donne dans le bas de ce domaine. Je crois qu'elle était murée, à un moment donné, mais la maçonnerie s'est effondrée, par endroits. Le sentier débouche juste derrière le bassin, au beau milieu des arbres, à vrai dire.

Elle prit un moment pour assimiler cette information. Elle ne savait absolument pas qu'il y avait un moyen de pénétrer dans Summerhayes par le bas du domaine, et elle était à peu près sûre que personne de sa famille ne le savait non plus. Qu'en était-il d'Harris et de ses hommes ? Le savaient-ils ? Plusieurs fois, au cours de l'été, elle avait éprouvé une inquiétude qu'elle ne s'expliquait pas, et ce sentiment l'envahit de plus belle.

—Je suis désolé, je vois bien que je vous ai surprise. Je n'ai pas pour habitude de rendre visite aux gens que je connais de cette façon incongrue. J'espère que vous pardonnerez mon intrusion.

—Vous m'avez surprise, c'est vrai, mais pourquoi passer par ce chemin ?

—Je voulais intercepter Simmonds avant qu'il ne parte pour ses rendez-vous du jour, et je savais qu'il serait en train de travailler ici.

—Vous avez besoin des services de M. Simmonds ? Vous avez besoin d'un architecte paysagiste ? Vous faites construire un temple, vous aussi ?

Il eut un rire un peu gêné.

—Pas du tout. Le moment me semble simplement venu de rénover Wych Hall – ma maison – et votre père m'a recommandé Simmonds. J'ai pensé que ce serait une bonne idée de profiter de mon séjour ici pour lui parler.

—Qu'est-ce qui ne va pas à Wych Hall ?

Elle se rendait bien compte qu'elle avait l'air soupçonneuse, mais elle ne pouvait pas s'en empêcher.

—Rien, répondit-il. La maison est juste un peu défraîchie, je suppose. Cela fait dix ans que mon épouse est morte et, pour être honnête, je n'y ai pas changé grand-chose depuis tout ce temps. Je l'ai louée pendant que j'étais à l'étranger, à des locataires assez négligents, et depuis que je suis revenu dans le Sussex, je consacre toute mon énergie à remettre le domaine d'aplomb.

—Alors, qu'est-ce qui est à l'origine de ce soudain tourbillon d'entretien domestique ?

Ses soupçons grandissaient. Le désir d'Audley de rénover sa maison n'était peut-être qu'un coup de tête ; mais peut-être était-ce autre chose. Avant le thé à Amberley, elle espérait ne pas lui plaire, mais elle lui avait plu, et leur aisance dans la roseraie avait pu lui faire croire à tort qu'elle était disposée à songer au mariage, en dépit de ses propos audacieux sur la liberté des femmes. Pour couronner le tout, il y avait le dîner que sa mère avait promis. En l'espace de quelques heures, l'espace dans lequel Elizabeth évoluait semblait avoir rétréci et elle se sentait oppressée. Aiden avait-il raison quand il lui avait dit que son avenir était déjà tout tracé et qu'elle n'aurait pas vraiment son mot à dire ?

Cependant, rien dans l'expression d'Audley n'indiquait un subterfuge.

—C'est simple, répondit-il, cela a été le fait de voir d'autres maisons et de me rendre compte à quel point j'avais laissé la mienne se délabrer. Après tout, j'ai l'argent pour en faire un endroit beaucoup plus confortable, alors pourquoi diable ne pas le faire ?

Si c'était en voyant Amberley qu'il avait eu cette prise de conscience, Wych Hall devait en effet être délabrée. Et était-ce une allusion au fait qu'elle ne manquerait pas d'argent si elle l'épousait ? Comme s'il lisait dans ses pensées, il ajouta :

—Amberley est un peu démodée, mais très agréable, et votre père tient à me montrer ce qu'il a fait de Summerhayes. J'ai cru comprendre que votre maison était très moderne.

—Très, et Papa sera ravi de vous faire faire la visite guidée. Prenez soin de vous extasier devant les vitraux… Il y en a partout, mais il est particulièrement fier de ceux de la salle à manger. Ils représentent les saisons, et ils sont vraiment magnifiques. Oh ! et la cheminée du salon… Les carreaux sont de William De Morgan. Mais ne vous répandez pas trop en louanges devant ma mère. Elle préfère sa vieille maison de famille, mais elle s'efforce de le cacher.

—J'ai bien vu, hier, à quel point elle aime Amberley. Son regard était toujours en mouvement. D'après ce que j'ai compris, elle n'était pas revenue dans cette maison depuis qu'elle l'avait quittée pour se marier.

Il avait du tact, il fallait le reconnaître à sa décharge.

—Les choses sont un peu compliquées entre les deux familles, répondit-elle, s'essayant à son tour à la diplomatie.

—Oui, dit-il d'un air pensif. Votre oncle a une forte personnalité.

—Mon père aussi. Cela ne favorise pas la paix. J'espère néanmoins que vous ne laisserez pas oncle Henry vous intimider.

—Il n'y a aucune chance que cela se produise. Personne ne peut me persuader de faire quelque chose que je n'ai pas envie de faire.

Était-ce un message qui lui était destiné ? L'épouser était-il ce qu'il voulait ? Elle espérait lui avoir bien fait comprendre son désintérêt, mais le sourire chaleureux qu'il affichait suggérait le contraire. Les choses allaient trop vite, et plus tôt il quitterait la région, mieux cela vaudrait.

—Comptez-vous rester longtemps à Amberley ?

—J'avais prévu de ne rester que quelques jours, mais je songe maintenant à prolonger mon séjour. Votre tante et votre oncle n'y voient pas d'inconvénient, et cela me laissera le temps de m'entretenir tout à loisir avec M. Simmonds. Voulez-vous que nous marchions jusqu'à la maison ensemble ?

—Il faut que vous m'excusiez, pour le moment. Je dois aller cueillir des fleurs pour Maman.

—Dans ce cas, j'espère que nous nous verrons plus tard.

Il lui sourit pour lui dire au revoir, et prit la direction de la pergola. Elle le regarda s'éloigner puis disparaître. Les choses allaient décidément bien trop vite à son goût.

Ce soir-là, Elizabeth s'éclipsa de la maison aussi tôt qu'elle osa le faire. Elle avait réussi à persuader William de transmettre un autre message, et elle traversait maintenant le jardin, furtivement, comme une ombre. Les paons perchés pour la nuit dans les arbres qui longeaient la pelouse criaillaient avec emportement. Elle n'arrivait vraiment pas à comprendre pourquoi son père tenait tant à avoir des oiseaux qui avaient aussi mauvais caractère. Cela ne pouvait être que pour donner à Summerhayes des airs aristocratiques. Elle passa devant eux aussi vite que possible, espérant qu'ils ne se mettraient pas à pousser de grands cris.

La tension contractait tous ses muscles. Aiden serait-il au rendez-vous ? Elle n'en était pas sûre. Elle avait appris, en discutant avec Joe, qu'il s'était rendu à l'atelier du sculpteur, l'après-midi même, pour l'aider à charger les reliefs qui orneraient les murs intérieurs du temple. C'était un travail épuisant, et il avait peut-être choisi de revenir aux talents culinaires médiocres de Mme Boxall plutôt que de retourner à Summerhayes.

Il n'aurait plus de pitié pour elle, après qu'elle l'eut abandonné avec colère, la fois dernière. Elle regrettait plus que jamais de l'avoir fait. Il lui avait dit ce qu'il estimait être la vérité, et depuis sa rencontre avec Giles Audley, le matin même, elle commençait à partager sa vision des choses. Elle n'aurait pas dû s'offenser aussi facilement. En fait, elle s'était sentie anxieuse, redoutant la contrainte qu'elle subirait à Amberley. En dépit de toutes ses belles paroles, elle avait peur de ne pas être assez forte pour résister à la pression que sa famille exercerait sur elle.

La visite d'Audley le jour même avait fait croître cette peur. C'était un homme aimable, avec lequel elle pouvait parler aisément et honnêtement. Ce n'était pas un homme qui la maltraiterait ou la harcèlerait pour lui imposer quelque chose dont elle ne voulait pas. Il avait fait preuve d'une franchise charmante au sujet de sa défunte épouse. Il était évident qu'il l'avait aimée tendrement et c'était peut-être grâce à elle qu'il souhaitait se remarier, et parce qu'il n'y avait pas d'enfants à prendre en considération. Il avait été heureux en ménage et espérait manifestement retrouver ce bonheur. Néanmoins, ce ne serait pas avec elle. Ce n'était pas qu'il était repoussant ; c'était un homme distingué. Ce n'était pas non plus qu'elle ne l'avait pas trouvé sympathique – bien au contraire. Toutefois, rien de tout cela n'avait d'importance, car son cœur battait pour quelqu'un d'autre.

Aiden était assis sur le banc du pavillon d'été et regardait le bassin. Il dut entendre le bruissement de sa robe sur les dalles car il se leva d'un bond et s'empressa de venir à sa rencontre.

—Je suis désolé, dit-il en prenant sa main dans la sienne.

—N'est-ce pas moi qui devrais m'excuser ? Je me suis enfuie avec indignation comme une collégienne stupide.

—Eh bien, oui…

Il afficha un large sourire.

—… mais vous êtes ravissante quand vous êtes indignée.

La tenant toujours par la main, il l'emmena s'asseoir sur le banc en bois. Pendant quelques minutes, ils restèrent ainsi côte à côte, sans mot dire. Une très légère brise nocturne faisait des vaguelettes à la surface, et il y avait un bruissement dans les arbres. Maintenant qu'elle savait qu'il y avait une entrée cachée non loin de là, son sentiment d'inquiétude s'était intensifié. Il fallait qu'elle prenne Cornford à part dès que possible pour lui demander de l'obstruer. Elle allait devoir faire preuve de discrétion : si elle criait la nouvelle sur les toits, Giles Audley serait honteux d'avoir emprunté cette entrée.

Quand Aiden brisa le silence, son ton était grave.

—J'espère que vous me croyez quand je vous dis que ce n'était pas mon intention de vous offenser, Elizabeth.

—Oui, je vous crois. Et vous aviez raison. Je crois que je le savais, et que c'est pour cette raison que je me suis mal comportée. J'avais peur d'être sur le point de tomber dans un piège.

Il serra plus étroitement sa main dans la sienne.

—J'aurais dû être plus compréhensif. Je sais ce que c'est que de se sentir pris au piège.

Elle s'écarta de lui pour le regarder, surprise.

—Vous ? Mais vous êtes un homme, vous pouvez vous marier avec qui vous voulez !

—Le mariage n'est pas la seule prison, vous savez.

—Je sais bien, mais pourquoi vous sentiriez-vous pris au piège ?

—Ce n'était peut-être pas la bonne expression. Disons que mes choix ont été limités.

—Par quoi ?

Il se montrait mystérieux, et cela ne lui plaisait pas.

—Par ma famille. Je ne suis pas retourné en Irlande parce que ma famille a rendu cela impossible.

Déconcertée, elle resta silencieuse.

—Un jour, reprit-il, vous m'avez posé une question au sujet de mes frères, et cette fois-là, je n'ai pas eu envie de parler d'eux… mais je veux vous dire la vérité. Vous le méritez.

—Si vous en êtes sûr…

Elle n'était, quant à elle, pas sûre de vouloir connaître la vérité. Aiden était parfait ; voulait-elle vraiment être au fait des détails douteux de son passé ?

—Oui, j'en suis sûr. Je n'ai pas vu mes frères depuis que j'ai quitté l'Irlande, mais cela ne signifie pas pour autant que je n'ai pas entendu parler d'eux ou de leurs agissements. Ils font partie d'un mouvement nationaliste, l'Irish Republican Brotherhood. Son but est d'obtenir le *Home Rule* pour l'Irlande.

Depuis qu'elle avait rencontré Aiden, Elizabeth avait pris soin de lire toutes les nouvelles en provenance de ce pays. Il lui semblait juste que l'Irlande soit autonome : à ses yeux, son combat pour obtenir l'indépendance était comparable à la lutte des femmes pour obtenir la même chose. Elle avait eu à ce sujet plusieurs discussions passionnées avec son père, qui n'éprouvait que du dégoût pour les « vipères irlandaises », comme il les appelait.

—J'ai entendu parler de ce mouvement, dit-elle avec circonspection.

—C'est une société secrète, mais tout le monde sait qui en fait partie et quelle est sa mission. Les membres se déclarent prêts à faire usage de la force pour servir la cause, et un petit groupe d'entre eux l'a déjà fait – avec des attentats à la bombe et des fusillades, principalement. Mes frères font partie de ce groupe.

Le souffle coupé, elle plaqua instinctivement une main contre sa bouche. Puis elle regarda Aiden : son expression était figée et son visage était très pâle dans la lueur de la demi-lune.

—Je suis désolé. Je croyais pouvoir ne pas vous en parler, mais je me suis rendu compte que cela m'était impossible de vous le cacher. Je ne veux pas avoir de secrets pour vous.

L'aveu l'avait choquée, mais il souffrait et avait besoin d'être rassuré.

—Vous avez bien fait de me le dire. Les secrets ne font que se gangrener et tout détruire.

Elle pensa à ses parents, à son oncle et à la famille de celui-ci, et aux accords secrets qu'ils avaient conclus et qui n'avaient apporté que le malheur.

—Vous comprenez, maintenant, pourquoi je ne suis plus en contact avec eux ?

Elle hocha machinalement la tête, essayant encore d'assimiler ce qu'il venait de lui révéler.

—C'est mieux ainsi, continua-t-il. Je comprends ce qu'ils ressentent, mais je ne peux pas cautionner leurs actes. Quant à eux, ils ne me pardonneront jamais de ne pas être retourné en Irlande une fois adulte, dès que j'en ai eu l'occasion. Ils me méprisent et me considèrent comme un vendu qui est passé à l'ennemi.

—Vivre en Angleterre ne fait pas de vous l'ennemi, protesta-t-elle.

—Ce n'est pas comme cela qu'ils voient les choses. Pour eux, on est une chose ou son contraire, noir ou blanc.

Il n'y avait pas grand-chose à ajouter, et elle était perdue dans ses pensées lorsqu'elle entendit de nouveau un bruissement dans les arbres. Légèrement plus fort, cette fois.

—Qu'est-ce que c'était ?

—Le vent ? Il se lève… Cela ne m'étonnerait pas qu'il y ait de l'orage, cette nuit.

Bien sûr, ce devait être le vent. Pourtant, elle n'aimait pas ce jardin. On aurait dit que son emplacement, loin de la maison, dans cet espace clos et isolé, avait attiré à lui tous les secrets, toutes les sombres pulsions de Summerhayes, pour les enfermer dans cet endroit oppressant.

—Vous ne m'avez toujours pas dit comment s'était passé votre thé, dit Aiden d'un ton interrogateur.

Elle dut faire un effort pour mettre de côté son sentiment de malaise, mais elle se lança malgré tout vaillamment dans son récit.

—Vous auriez été fier de moi ! J'ai refusé de me laisser manipuler. C'était une sacrée assemblée : il y avait mes parents, mon oncle Henry et ma tante Louisa, et même le docteur. Je ne sais pas pourquoi ils l'avaient invité… Peut-être qu'ils s'attendaient à ce que je défaille à la vue de Giles Audley et à ce que l'on ait besoin des services du docteur Daniels.

—Et en a-t-on eu besoin ?

—Non ! M. Audley s'est avéré être tout à fait courtois, et il n'a pas cherché à exercer de pression sur moi. Il n'a pas non plus l'air d'être le genre de personne que l'on pourrait forcer à faire quoi que ce soit.

Elle attendit qu'Aiden réagisse, puisqu'il lui avait demandé de lui raconter ce qui s'était passé, mais il resta muet. Les secondes s'égrenèrent. Une chouette ulula, quelque part dans les arbres, derrière eux, et une autre lui répondit. Leurs chants lugubres transpercèrent le long silence. Elle était décontenancée, ne sachant comment rompre ce silence, qui devenait pesant.

En fin de compte, ce fut Aiden qui le brisa.

—À vous entendre, on dirait que vous avez passé un agréable moment, dit-il d'une voix monocorde. J'imagine que vous allez le revoir.

Elle aurait pu lui dire qu'Audley était un homme épouvantable et qu'elle aurait préféré mourir plutôt qu'accepter de le revoir, mais elle avait voulu être honnête. Ils s'étaient mis d'accord pour ne pas avoir de secrets l'un pour l'autre. Cependant, elle se demandait maintenant si elle avait eu tort.

—Ma mère l'a invité à dîner à Summerhayes. Je ne sais pas si Papa a accepté, et si le reste de l'assemblée a été invité… mais, quoi qu'il en soit, quand je reverrai Giles Audley, cela ne signifiera rien, tout comme hier.

—Et pourquoi donc ?

—Parce que je choisis que cela ne signifie rien.

Il était soudain très important pour elle de le convaincre et, sans réfléchir, elle lui prit la main et la frotta contre sa joue. Il se dégagea de son étreinte mais s'approcha d'elle, de sorte qu'elle sentit la chaleur qui émanait de son corps à travers la soie fine de sa robe.

—Alors, y a-t-il quelqu'un à qui vous accordez plus d'importance ?

La question était terriblement provocante.

Elle le regarda droit dans les yeux, avec un sourire également provocant.

—Je ne peux vraiment pas vous le dire.

—Dans ce cas, il vaut mieux que nous ne parlions pas.

Il glissa ses mains dans ses cheveux, entortillant ses boucles cuivrées autour de ses doigts, puis il attira son visage vers le sien. Elle vit les contours de son visage s'estomper comme sa bouche s'approchait d'elle, et il posa ses lèvres, fermes et chaudes, sur les siennes. L'espace d'un instant, elle résista, mais l'espace d'un instant, seulement. Enfin, elle se laissa aller entre ses bras, contre son torse. Il déposa des baisers sur ses cheveux, sur ses joues, sur ses paupières closes, puis il revint poser ses lèvres sur les siennes. Elle lui rendit ses baisers, encore et encore, offerte.

—Que faisons-nous ? demanda-t-elle dans un souffle, entre deux baisers.

—Quoi que ce soit, c'est très agréable, répondit-il avant de l'embrasser de plus belle.

18

La brise qui, tard dans la soirée, avait soufflé sur le Jardin italien, s'était changée pendant la nuit en un vent violent, accompagné d'une pluie diluvienne qui martelait les vitres des fenêtres et formait des flaques sur les dalles de la terrasse.

William s'assit sur la banquette devant la fenêtre et regarda au-dehors, le nez pressé contre le carreau. Le magnifique jardin d'été tel qu'ils l'avaient connu avait disparu, pour laisser la place à un paysage froid et humide.

—Aucune chance de pouvoir sortir aujourd'hui, dit-il d'un air lugubre, contemplant la végétation ballottée par le vent et la pluie qui tombait presque verticalement.

Il était énervé et de mauvaise humeur. Olly avait suggéré de construire une autre cabane, dans la maison, cette fois, par exemple dans l'un des greniers oubliés, mais l'idée n'avait pas tenté William. Il n'avait plus envie de construire de cabane, plus jamais.

—Alors, qu'allons-nous faire, ce matin ? demanda Oliver.

—Qu'est-ce que j'en sais ?

William quitta la banquette et se mit à parcourir la pile de magazines à côté de son lit.

—Tu n'aimes pas les puzzles. Tu ne veux pas lire un livre, ni m'aider à étiqueter mes spécimens.

—Nous pourrions jouer au ballon.

—Et où, exactement ? Dans le salon ?

—Allez, Wills… Ne sois pas si ronchon ! Nous pourrions jouer au ballon au dernier étage. Nous ne dérangerions personne, là-haut.

Un sentiment de culpabilité l'envahit. Ce n'était pas la faute d'Olly si quelque chose avait changé pour lui, si des émotions inhabituelles cherchaient à s'exprimer. À certains moments, comme aujourd'hui, par exemple, il lui était difficile, et même douloureux, de les tenir emprisonnées. Il était tombé un peu plus profondément chaque jour sous le charme de son ami, semblait-il, et tout ce dont il avait envie ou besoin, maintenant, c'était d'entendre la voix d'Olly, de l'imiter, le suivre dans ses aventures – et le toucher. Cependant, c'était une chose à laquelle il ne devait pas penser. Cela ne se faisait pas. Vraiment pas. Il avait entendu dire des choses, bien sûr, mais ce n'était que des histoires que l'on racontait. Il devait arrêter de ressentir ce qu'il ressentait. Ce n'était pas la faute d'Olly si le mauvais temps les empêchait d'aller pêcher, jouer ou faire les quatre cents coups dans la Jungle ; ce n'était pas la faute d'Olly si l'énergie qu'il avait retrouvée cherchait maintenant un nouveau défouloir.

Sans regarder son ami, il dit :

—Nous ne pouvons pas aller au grenier, ma sœur y est.

—En ce moment ? Il est très tôt !

—Elle ne dort pas très tard. La plupart du temps, elle se lève avant moi. Ensuite, elle va à son atelier. Depuis qu'elle est allée prendre le thé à Amberley, elle peint tous les jours.

—Tu crois que cela signifie quelque chose ?

Il n'avait pas envie de penser que cela signifiait quelque chose ; il ne voulait pas penser à ce qui était peut-être en train d'arriver à Elizabeth.

Oliver se laissa tomber sur le tapis et s'étendit de tout son long à côté de lui.

—Elle t'a demandé de transmettre un autre message, hier, n'est-ce pas ? Est-ce que c'était parce qu'elle voulait donner un autre rendez-vous à l'architecte paysagiste ?

William se mordit la lèvre. Il avait porté le message en question la veille au matin, le lendemain de la visite à Amberley, et il espérait que c'était le dernier message. Il savait que ses parents auraient désapprouvé ; en fait, ils auraient même été furieux et l'auraient sévèrement puni. Cependant, c'était pour Elizabeth qu'il s'inquiétait. Il l'aimait tant. Elle avait cinq ans de plus que lui, mais elle avait été son amie et son alliée toute sa vie. Il ne voulait pas qu'elle ait des ennuis, et quelque chose lui disait qu'Aiden Kellaway, même s'il avait l'air gentil, risquait de lui en attirer de gros.

—Allons la voir, dit-il soudain.

Les paroles d'Oliver avaient éveillé en lui une profonde inquiétude. Qu'avait-il bien pu se passer si sa sœur avait retrouvé Kellaway la veille au soir ?

—Cela ne la dérangera pas qu'on fasse irruption dans son atelier ? demanda Oliver. Avec le tempérament d'artiste, et tout ça…

—Elle n'est pas si affectée… mais elle peint très bien. Du moins, je trouve. Je trouve qu'elle est assez douée pour devenir professionnelle.

—Tu veux dire, pour vendre ses toiles pour de l'argent ?

—C'est ce que veut dire *professionnelle*, andouille !

William ébouriffa les cheveux de son ami dans un geste affectueux. En retour, Olly en fit autant, et pendant quelques instants, ils se serrèrent étroitement dans les bras l'un de l'autre.

Elizabeth travaillait d'arrache-pied à une marine. C'était une vue de la côte à East Head, les dunes à l'entrée du port de Chichester. La famille était allée sur cette plage l'été précédent, et même si l'expérience n'avait pas été particulièrement heureuse, la lumière sur la mer et le sable ondoyant des dunes étaient restés gravés dans sa mémoire et avaient besoin d'être exprimés.

Surtout maintenant. Cela l'empêchait de penser à d'autres choses, à des choses dangereuses. Elle avait embrassé Aiden, la veille au soir, et il l'avait embrassée, passionnément. Elle n'était pas ignorante. Elle avait lu des choses au sujet du désir, mais ce n'étaient que des mots, quelque chose qui arrivait à d'autres, aux personnages d'un livre, peut-être, mais pas aux filles comme elle. Elle savait maintenant qu'elle s'était trompée. La nuit dernière, elle avait été submergée par un désir sans pareil, le désir d'étreindre cet homme, de le toucher, de le caresser. C'était la sensation la plus merveilleuse et la plus terrifiante à la fois.

Elle n'avait jamais souhaité mener le même genre de vie que sa mère, qui se pliait aux exigences de quelqu'un d'autre. Elle avait opposé une résistance farouche à l'idée même, bien qu'elle savait que, pour une fille comme elle, il n'y avait pas grand-chose d'autre à faire que se marier. Puis, à Londres, au beau milieu des réjouissances d'une Saison en délire, une petite possibilité d'échappatoire lui était apparue. Elle s'était prise à rêver de devenir un jour peintre professionnelle. Laura Knight l'avait bien fait, elle. Elle avait gagné sa vie pendant neuf ans avant de se marier ; alors, pourquoi pas elle ? Elle avait l'imagination, la créativité nécessaire. Si elle pouvait suivre une formation reconnue, si elle pouvait se perfectionner… Hélas, les obstacles lui avaient paru insurmontables, et la flamme qui l'animait et brûlait d'un vif éclat s'était peu à peu affaiblie.

Enfin, cet été, elle avait rencontré un homme qui lui avait fait envisager les choses différemment. Il lui avait redonné l'envie de se battre pour se bâtir une vie bien à elle. Il lui avait donné le sentiment que tout était possible ; et elle avait cessé de lutter, de résister, pour commencer à aimer. C'était ce que son cœur lui disait depuis quelques semaines : elle était tombée amoureuse.

Elle fut arrachée à sa rêverie par l'arrivée de William et d'Oliver, qui entrèrent dans la pièce en traînant les pieds et s'appuyèrent au chambranle de la porte, chacun d'un côté, reprenant leur souffle après avoir monté l'escalier raide aux marches étroites.

—Que pouvez-vous bien vouloir, tous les deux ? leur demanda-t-elle d'une voix amusée.

Ils avaient l'air vaguement abattus, comme si, pour le moment, ils étaient désemparés. Pendant des semaines, ils avaient couru librement à travers des hectares de jardin, et ils se retrouvaient maintenant coincés et matés entre quatre murs.

—Nous nous sommes dit que nous allions venir t'aider, déclara Oliver, grand seigneur.

Elle haussa un sourcil.

—Alors comme ça, tu peins ?

La suggestion sembla l'horrifier.

—Mon Dieu, non… mais nous pourrions peut-être faire un peu de rangement.

Il indiqua d'un geste vague le bric-à-brac de vieux meubles, la pile de vieux rideaux qui moisissaient tranquillement, le tapis d'escalier mis au rebut dans un coin de la pièce.

—Du rangement ? À en juger par l'état de votre chambre, cela m'étonnerait !

Ils eurent l'air encore plus abattus et elle les prit en pitié.

—Je suppose que vous pourriez mélanger un peu de peinture pour moi, si vous voulez vous rendre utiles. J'ai l'intention d'utiliser ce bleu céruléen pour le ciel, mais il me faut un bleu légèrement plus soutenu pour la mer.

William adorait mélanger les peintures, même si ses efforts n'étaient pas toujours couronnés de succès. Avec le temps, toutefois, il s'était amélioré, et quand c'était un désastre, elle réussissait à se débarrasser discrètement du résultat.

Elle avait toujours été une amie pour lui, elle avait joué à des jeux pour le distraire, l'avait protégé de la colère de leur père, l'avait aidé à faire les devoirs qu'il trouvait si difficiles… Elle était devenue très bonne en grec, ce qui avait surpris et scandalisé sa chère préceptrice, Mlle Tremloe, quand celle-ci avait trouvé son élève plongée dans l'*Odyssée*. « L'étude des classiques n'est pas destinée aux filles », avait-elle décrété. C'était un enseignement réservé aux garçons, et il ne fallait surtout pas s'en mêler. La cuisine, la couture, l'économie domestique, voilà les sujets qui étaient importants. Cependant, les sujets d'ordre domestique ennuyaient Elizabeth au plus haut point. Elle avait hérité de la vivacité d'esprit de son père, et de son énergie, aussi, mais n'avait d'exutoire ni pour l'une, ni pour l'autre. Le grec ancien avait comblé ce vide ; et grâce à ses traductions appliquées, les devoirs de son frère avaient toujours été considérés comme satisfaisants par M. Binks – un nom amusant pour un jeune homme très sérieux – même si, après trois années d'études, William lui-même ne comprenait guère plus cette langue que lorsqu'il avait commencé. Binks n'était pas le précepteur le plus patient du monde, un peu trop prompt à manier la règle, dans son souvenir, et son frère avait assurément eu besoin de son aide.

Cependant, quand William avait été envoyé au pensionnat, l'étude du grec ancien était partie avec lui, et elle avait dû trouver un autre moyen de calmer son agitation et de canaliser une passion qu'elle comprenait à peine. À partir de ce moment-là, elle avait mis toute son énergie dans sa peinture. Elle avait toujours adoré dessiner et peindre, mais maintenant, elle était devenue une passionnée fervente, maniant ses pinceaux avec une ardeur fraîchement découverte ; et ce qui était merveilleux, c'était qu'elle n'avait pas à s'en excuser, car la peinture était considérée comme une activité parfaitement appropriée à une jeune fille. C'était un centre d'intérêt que même Mlle Tremloe, qui les avait quittés depuis longtemps, maintenant, n'aurait pas pu désapprouver.

—Prenez le bleu céruléen comme base, et ensuite, faites des expériences. Il y a plusieurs autres bleus que vous pouvez essayer, et du blanc de zinc. Il y a une palette de rechange derrière vous, et vous pouvez vous servir d'huile de lin comme diluant.

Elle leur tendit une petite tasse du liquide.

Les garçons retroussèrent leurs manches et, tête baissée, sélectionnèrent soigneusement les tubes de couleurs. Cinq, puis dix minutes s'écoulèrent dans une grande concentration.

—Que penses-tu de ceci ? lui demanda enfin William en lui présentant un bleu éclatant.

—Tu pourrais peut-être l'atténuer un peu, répondit-elle avec tact. Tu te souviens de la couleur du ciel, quand nous sommes allés à la plage d'East Head ?

—Quand Papa s'est mis en colère contre les garçons qui jouaient au cricket ?

Elle soupira.

—Oui, quand Papa s'est mis en colère.

—Je m'en souviens à peu près… Il était plus cotonneux que réellement bleu, je crois. Nous pouvons atténuer cette couleur, n'est-ce pas, Olly ?

—Absolument.

Ils penchèrent à nouveau avec zèle la tête sur la palette qu'ils partageaient et, encore dix minutes plus tard, ils avaient produit un bleu clair tout à fait acceptable.

—Ce n'est pas mal du tout ! les complimenta Elizabeth. Si vous voulez tenter de faire un blond beige pour le sable…

Mais Oliver ne l'écoutait plus. Il avait grimpé sur un vieux coffre placé contre l'un des murs et, en équilibre sur la pointe des pieds, regardait au-dehors par la grande lucarne.

—Il s'est enfin arrêté de pleuvoir ! dit-il, tout excité. Nous pouvons aller dehors !

Elle leva les yeux vers la fenêtre. Des feuilles, arrachées aux arbres environnants, étaient collées contre la vitre.

—Le vent souffle encore fort, dit-elle d'un ton d'avertissement, et tout est détrempé…

—Le vent ne nous dérange pas, répondit Oliver, enjoué, et regardez, le soleil pointe son nez !

C'était plus un espoir qu'une réalité mais, tout à coup, comme pour donner tort à Elizabeth, un rayon de soleil éclatant filtra à travers la lucarne et tomba sur les lattes du plancher, à l'autre extrémité de la pièce.

—Tu vois, le soleil revient !

William était déjà à la porte.

—Si vous tenez absolument à sortir, n'allez pas dans la Jungle. Restez sur la pelouse, ou vos habits seront trempés.

—Mais il n'y a rien à faire sur la pelouse ! On va s'ennuyer.

Elle aperçut plusieurs piquets qui dépassaient de l'une des nombreuses caisses contenant les reliques de leur vie de famille.

—Que diriez-vous d'une partie de croquet ? Nous y jouions, autrefois.

—Oui, c'est vrai…

Le visage de William s'éclaira d'une expression trahissant son enthousiasme.

—Il y a peut-être trop de vent, mais cela vaut la peine d'essayer, dit-elle en montrant la caisse du doigt. Je ne sais pas du tout si le jeu est toujours complet.

Les garçons fouillaient déjà dans la caisse avant même qu'elle n'ait fini sa phrase, en sortant des maillets, un ensemble d'arceaux, et enfin des boules de couleurs différentes, une rouge, une bleue, une noire et une jaune.

—Je crois que tout est là, dit son frère, sauf peut-être les drapeaux. Comment installe-t-on tout ça ?

—Je vais le faire pour vous… à condition que j'arrive à m'en souvenir ! Ne vous en faites pas pour les drapeaux.

Elle mit son pinceau à tremper dans un bocal d'essence de térébenthine.

—J'ai besoin d'un peu d'air frais… Allons-y !

19

Il fallut à Elizabeth un certain temps pour se rappeler la disposition exacte du jeu de croquet, mais une fois le dernier arceau en place, le terrain était aussi soigné que possible, et elle recula pour admirer son œuvre. Leur père avait acheté ce jeu de plein air lorsqu'ils étaient arrivés à Summerhayes. Le vieux manoir appartenant aux Fitzroy avait été démoli, et la demeure seigneuriale qui devait lui succéder n'était pas encore tout à fait achevée.

À l'époque, ils habitaient dans un petit appartement, à l'arrière du bâtiment, mais le manque d'espace semblait n'avoir aucune importance. Les pièces étaient confortables, et ils passaient le plus clair de leur temps ensemble, leur père allant et venant, plein de projets, plein d'idées nouvelles et plus extravagantes que jamais. Elle songea que c'était l'époque où ils s'étaient le plus rapprochés d'une famille heureuse. Leur mère était ravie d'avoir retrouvé la campagne qu'elle aimait tant, et elle passait le plus clair de son temps à l'écart avec son bébé, loin du bruit des gros engins qui lui faisaient peur, pendant qu'Elizabeth suivait son père à travers le domaine, l'écoutant attentivement tandis qu'il mettait au point les plans d'un jardin qui éclipserait tous les autres. Il était alors à l'apogée de sa puissance. Après des années de travail éprouvant et de soucis, il avait vendu ses usines de Birmingham pour une somme colossale, et avait obtenu ce qu'il désirait plus que tout au monde : une famille parfaite, un domaine à la campagne qu'il pouvait façonner à sa convenance, et une demeure moderne construite selon son cahier des charges.

Hélas, par la suite, tout était allé de travers. Pas d'un seul coup, certes ; mais à mesure que le temps avait passé, l'isolement de la famille était devenu évident. Ils étaient coupés de toute forme de vie sociale, trop aristocrates pour le village mais pas assez pour Amberley. Ils avaient été contraints de se replier sur eux-mêmes, et cela avait eu des conséquences désastreuses. L'exubérance de son père avait sonné de plus en plus creux comme, au fil des mois, il s'était rendu compte qu'il était exclu du club auquel il avait décidé d'adhérer, tandis que sa mère avait cessé de partager quoi que ce soit avec lui, protégeant le petit garçon qu'elle adorait du mécontentement grandissant de Joshua face à un héritier qui le décevait.

L'humidité s'infiltrait à travers les semelles fines de ses chaussures, et Elizabeth se hâta de rassembler les boules de couleurs différentes, cherchant dans sa mémoire les règles dont elle estimait qu'elles étaient les plus importantes. Les garçons prirent chacun un maillet et se mirent à frapper au hasard dans toutes les boules, l'une après l'autre. Elle eut un petit rire.

—Ce n'est pas si facile, hein ?

Après quelques coups d'essai, Oliver jeta son maillet par terre, rentra dans la maison en courant et réapparut quelques minutes plus tard avec Beatrice dans les bras.

—Il nous faut un arbitre, et le voilà ! déclara-t-il en installant la grande poupée en haut des marches de la terrasse, où elle s'avachit de manière disgracieuse.

La partie commença, et il ne tarda pas à devenir évident que les deux garçons jouaient pour gagner, s'attaquant au jeu avec fougue. Au bout du premier parcours, Oliver était légèrement en tête. Fier comme Artaban, il se mit à exécuter une danse de la victoire sur la pelouse, mais pendant qu'il regardait ailleurs, William égalisa.

—Hé ! Tu n'as pas le droit de faire ça, cria Oliver. Ce n'était pas ton tour !

Il monta les marches de la terrasse d'un pas vif et s'adressa à la poupée.

—Est-ce que c'est fair-play, Beatty ? Allons, ma vieille, tu es censée arbitrer !

Cependant, William commençait à son tour à danser en tous sens sur la pelouse. En le voyant, Olly rit aux éclats, puis il le rejoignit pour célébrer sa victoire avec lui. Il le serra étroitement dans ses bras, et ils se mirent à tournoyer ensemble, entre les arceaux. Elle remarqua le visage d'Oliver comme ils dansaient. L'amour s'y lisait si clairement qu'elle eut peur pour eux deux.

Quand ils revinrent pour faire un deuxième parcours, elle se dit qu'elle allait les laisser se débrouiller. Elle avait maintenant les pieds trempés et les bras glacés. Elle se détourna pour se diriger vers la maison, mais à peine eut-elle fait un pas que ce fut le chaos. Soudain, une boule de poils marron passa comme une flèche à côté d'elle, puis un chien apparut, fonçant sur eux à toute allure. Et non seulement un chien, mais des chiens, des dizaines de chiens, semblait-il. Hurlant et grondant, furieux parce que leur proie avait mystérieusement disparu. Ils étaient dans tous leurs états, bondissaient les uns par-dessus les autres en tous sens, tout en poussant des grognements de colère.

Dès qu'il avait entendu les chiens de chasse, William était resté cloué sur place. Il se tenait là, paralysé, son maillet en l'air comme s'il s'apprêtait à frapper dans une boule. On aurait dit que le jeune garçon et le maillet étaient gravés dans la pierre. Les chiens, s'assemblant en une meute déchaînée, aperçurent le maillet et, en l'absence d'un autre ennemi, décidèrent de s'y attaquer. Comme ils bondissaient, sautant sur le corps de William, celui-ci émit un hurlement aigu qui fendit l'air. L'étrangeté angoissante de ce cri poussa Oliver à agir. Il courut d'un côté de la pelouse, agitant les bras pour faire fuir les chiens, tandis qu'Elizabeth fonçait sur eux de l'autre côté. Cependant, aucune gesticulation n'allait disperser la meute. Les chiens continuaient à sauter et à gronder férocement, cherchant à attraper le maillet en bois, griffant les jambes de William, ses bras, tout son corps.

—*Lâche le maillet !* hurla Olly, éperdu.

Mais William ne le pouvait pas. Il n'était même pas certain qu'il entendît son ami. Il était comme pétrifié, dans un état second, blême, sa poitrine se soulevant et s'abaissant rapidement. Elizabeth était terrifiée à l'idée que son cœur explose. *Un cœur peut-il exploser ?* se demanda-t-elle, frénétique. Elle essaya de se frayer un chemin entre les chiens de chasse haletants pour lui prendre le maillet et le lancer plus loin, mais la meute formait une barrière compacte, et elle fut repoussée.

Du coin de l'œil, elle vit Oliver s'élancer comme une flèche vers les marches de la terrasse. Il prit la poupée de chiffon et revint en courant sur la pelouse, l'agitant furieusement au-dessus de sa tête.

—Par ici… Par ici ! cria-t-il. Regardez ce que j'ai pour vous !

Quelque chose dans le timbre de sa voix fit dresser l'oreille aux chiens. Quelques-uns d'entre eux, en bordure de la meute, tournèrent la tête dans sa direction. L'espace d'un instant, ils le regardèrent fixement, puis ils s'élancèrent vers lui. Oliver lança la poupée au milieu de la mêlée et battit en retraite. Le reste de la meute, voyant leurs congénères s'acharner sur quelque chose qui ressemblait incroyablement à une proie, courut les rejoindre. Grondant et faisant claquer leurs mâchoires, les chiens mirent la poupée en pièces, jusqu'à ce qu'elle soit réduite en charpie.

Elizabeth contourna les chiens satisfaits pour aller aux côtés de son frère, et elle venait à peine d'arriver à sa hauteur quand une équipe de jardiniers, qui travaillaient au potager, apparut au bout de la pelouse. Aiden se trouvait juste derrière eux, M. Harris sur les talons.

Aiden courut auprès d'elle.

—Laissez-moi le prendre, dit-il d'un ton pressant, attrapant William par le bras.

Le jeune garçon resta cloué sur place.

—Qu'est-ce qui lui arrive ? sanglota-t-elle.

Aiden passa son bras autour d'elle et la serra un court instant contre lui. C'était le plus bref des gestes tendres, et pourtant, en cet instant terrifiant, elle eut la certitude de vouloir passer le restant de ses jours avec cet homme à ses côtés.

—Il va s'en sortir, dit Aiden. Il est en état de choc, c'est tout. C'est l'instinct de conservation, j'imagine, mais nous devons l'emmener dans la maison.

Il souleva William et le mit à moitié sur son épaule.

Elle courut en avant, monta les marches de pierre pour ouvrir les portes vitrées qui donnaient sur le salon et faillit heurter de plein fouet son oncle, qui sortait sur la terrasse. Alice était juste derrière lui, blême.

—Nous avons entendu le bruit, dit-il.

Et vu cette étreinte, songea Elizabeth avec inquiétude.

—William, mon pauvre garçon chéri ! cria sa mère comme Aiden apparaissait en haut des marches, Oliver sur les talons.

Alice se jeta sur le corps prostré de son fils, lui caressant les cheveux et le couvrant de baisers avec frénésie. William n'était pas très lourd, mais Aiden commençait à chanceler sous la charge.

—Voulez-vous que je l'emmène dans sa chambre ? parvint-il à demander, tout essoufflé.

—Oui, oui, s'il vous plaît, monsieur Kellaway… mais je reste avec lui.

Elle franchit précipitamment les portes-fenêtres, le suivant de près, mais elle se retourna presque aussitôt pour s'adresser à sa fille.

—Elizabeth, appelle le docteur Daniels, s'il te plaît, et demande-lui de venir immédiatement !

—Reste calme, dit Henry d'une voix forte. Les hommes ont la situation bien en main.

Elizabeth tourna la tête et vit qu'à eux tous, les jardiniers avaient réussi à regrouper les chiens et qu'ils les reconduisaient par où ils étaient venus.

Alice les regardait aussi.

—Mais, comment… ? commença-t-elle.

—Aucune idée, dit son frère. À moins que vos clôtures ne soient pas en bon état.

—C'est la deuxième fois que tes chiens arrivent à entrer dans le jardin.

—Dans ce cas, je te suggère d'envoyer ton charpentier en mission de reconnaissance. Ne te mets pas dans tous tes états, Alice, il n'y a pas de mal... à part une poupée en lambeaux.

—Mais William...

—Il va s'en remettre. Tu le couves trop. Sur ce point, au moins, Joshua a raison.

Plusieurs heures plus tard, Elizabeth sortait sur la pointe des pieds de la chambre de sa mère. Cette dernière dormait profondément, grâce au calmant administré par le docteur Daniels. William aussi. Elle monta d'un pas traînant l'escalier qui menait à son atelier. Quelle matinée vraiment épouvantable ! Il fallait qu'elle range ses peintures, car elle n'arriverait absolument pas à se remettre au travail. Elle était emplie d'un étrange malaise, et elle avait besoin de temps pour réfléchir. Son cœur battait plus vite que d'ordinaire, ce qu'elle attribuait au choc qu'elle avait subi ; mais ce n'était pas la seule explication. Il y avait des choses qu'elle ne comprenait pas, et pourtant, elle hésitait à creuser plus profondément. Néanmoins, les questions continuaient à se bousculer dans sa tête. Comment se faisait-il que ces chiens se soient échappés pour la deuxième fois ? Son oncle prétendait que les clôtures de Summerhayes étaient défectueuses, mais après leur première intrusion, Cornford avait sûrement vérifié qu'elles étaient en bon état.

Et pourquoi Henry était-il venu parler à sa mère ? Cela avait un rapport avec Giles Audley. Elle en était sûre. Il ne pouvait y avoir d'autre explication, car, à sa connaissance, son oncle n'avait jamais franchi le seuil de Summerhayes auparavant. Il était venu interroger Alice au sujet de l'invitation à dîner, elle en était persuadée. Il voulait s'assurer qu'elle tenait toujours et que les préparatifs étaient déjà en train, même si le dîner en question ne devait avoir lieu que dans plusieurs semaines. Son oncle devait être impatient de conclure les accords qu'il avait dû passer avec Audley. Il redoublerait sûrement d'impatience maintenant qu'il avait vu Aiden, et qu'il avait été témoin de la façon dont le jeune homme l'avait instinctivement réconfortée. Henry serait scandalisé, et bien décidé à mener à bien l'alliance qu'il avait négociée – de manière satisfaisante pour *lui*.

Elle rangea les derniers tubes de peinture et s'assit sur le vieux rocking-chair en bois courbé. Que pouvait-elle faire ? Quelle attitude devait-elle adopter maintenant que l'étau se resserrait ? Cependant, rien n'était inéluctable. Une délivrance était possible. Plus qu'une délivrance, un avenir différent – un avenir d'aventures, de nouveaux horizons, d'incertitude, si elle trouvait le courage de tendre la main, de se cramponner et de braver la tempête.

Elle ferma les yeux, essayant de se détendre, mais elle les rouvrit presque aussitôt, en entendant un petit grattement. Des souris ? Il y en avait parfois, dans les greniers. Il y avait assez de vieux meubles, de fauteuils rembourrés abandonnés pour que des familles de souris y fassent un nid confortable, et elles parvenaient toujours à y trouver à manger. Le grattement se fit plus fort. À contrecœur, elle se leva de son fauteuil et s'avança dans la direction d'où il provenait. Le grincement des lattes du plancher sous ses pas sembla être source d'inquiétude, car le petit bruit cessa aussitôt. Elle s'arrêta devant une console mise au rebut – elle se souvenait qu'ils s'en servaient quand ils étaient arrivés à Summerhayes, à l'époque où ils ne vivaient que dans une dizaine de pièces. Une épaisse couverture recouvrait la table et, se baissant, elle en souleva précautionneusement un coin et jeta un coup d'œil en dessous. Deux yeux brillants lui rendirent fixement son regard. Ce n'était pas une souris. Elle tendit les bras et attrapa le petit corps brun.

Un lapin. La petite créature resta dans ses bras, haletant de peur. Elle caressa sa fourrure avec des mouvements réguliers, caressa aussi ses longues oreilles de temps en temps, tout doucement, tout en lui parlant d'une voix douce. Bientôt, le petit cœur se mit à battre un peu moins vite. C'était lui que les chiens pourchassaient, l'éclair de fourrure brune qu'elle avait entraperçu alors qu'il tentait de se sauver. Dans sa terreur, il avait bondi par la fenêtre ouverte et avait couru aussi loin que possible dans la maison. Cependant, ce lapin soulevait une autre question dans son esprit. Il était apprivoisé, habitué aux humains, sans quoi il ne l'aurait jamais laissée le câliner comme elle le câlinait. Alors comment avait-il bien pu s'échapper de son clapier, et comment les chiens de chasse avaient-ils trouvé sa piste ?

Elle renonça à élucider ce mystère et se concentra plutôt sur ce qu'elle allait faire. Elle pourrait sans doute retrouver le propriétaire du lapin, mais cela serait difficile. En attendant, elle devait lui trouver un endroit où vivre. Cornford pourrait peut-être lui fabriquer un clapier ? William adorerait ce petit animal, qui l'aiderait peut-être même à se rétablir plus vite. Quand sa mère se réveillerait, elle lui demanderait s'ils pouvaient garder le lapin, ne serait-ce que jusqu'à ce qu'ils retrouvent son véritable propriétaire. Dans un premier temps, elle l'emmènerait dans la chambre de William. Oliver prendrait soin de lui en attendant que William se réveille. Cela lui ferait très plaisir et l'empêcherait de ressasser les horribles événements de la journée.

Quand elle entra dans la chambre, William dormait encore et Oliver était allongé à côté de lui, sur le même lit. Il leva la tête en entendant la porte s'ouvrir et posa un doigt sur ses lèvres. Elle hocha la tête. Elle n'avait pas l'intention de réveiller son frère.

—Je vous apporte un cadeau, chuchota-t-elle en montrant le lapin à Olly.

—Qu'il est beau ! dit Oliver en prenant le petit animal dans ses bras et en le caressant avec douceur.

—Je vais demander à Maman si nous pouvons le garder. Je crois que William sera ravi de s'occuper de lui, jusqu'à ce qu'il retourne au collège, en tout cas.

—Oui, c'est sûr, répondit Oliver en lui adressant un sourire rayonnant. Cela va l'aider. Il va avoir besoin d'aide, tu sais…

Là-dessus, il se tourna vers son ami et, de sa main libre, lui caressa la joue.

20

— La blessure de Joe va guérir, Dieu merci, dit Ivy, même s'il va devoir rester alité pendant quelque temps à cause d'une mauvaise fièvre.

Elle rangeait dans la commode des piles soignées de linge propre.

—En tout cas, il pourra être notre témoin, comme prévu, dans un peu plus d'une semaine, et venir à la fête, après la cérémonie.

—Vous voulez vraiment vous marier si tôt ?

Elizabeth s'était posé des questions au sujet de cet empressement, mais le changement de programme semblait laisser la jeune femme imperturbable.

—Bien sûr, Mademoiselle ! Le plus tôt sera le mieux. Nous aurons du temps ensemble, vous savez…

Ses joues rosirent.

—… avant qu'Eddie s'en aille, s'il doit y aller.

Elizabeth la regarda, ébahie.

—Aller où ?

—Ce sont tous ces bruits qui courent… Pas au village, personne ne sait rien, ici… mais quand Eddie est allé à Worthing, l'autre jour, il a entendu les gens dire qu'il allait y avoir une guerre. Je ne sais pas qui se bat contre qui. Du moment que ce n'est pas nous ! Mais s'il y a la guerre ici, Eddie dit qu'il devra y aller.

Les paroles d'Ivy firent un choc à Elizabeth. Elle ne s'était pas plus intéressée aux nouvelles que les villageois, mais elle n'avait pas leur excuse. À la table du petit déjeuner, le matin même, son père, caché derrière le *Daily Telegraph*, avait grommelé les mauvaises nouvelles les unes après les autres. D'après ce qu'elle avait compris, quelques jours plus tôt, l'Allemagne avait offert son soutien à l'Autriche-Hongrie et menaçait maintenant de déclarer la guerre à la Russie. La situation en Europe était très grave, elle s'en rendait bien compte. Toutefois, quoique grave, elle lui paraissait aussi irréelle. Quel rapport tout cela pouvait-il bien avoir avec les gens ordinaires ?

Pratiquement aucun, semblait-il. Les gens ordinaires n'étaient pas inquiets parce que la Bourse de Londres avait fermé le matin même, ou parce qu'une vague de panique s'était répandue sur le monde des affaires. L'aristocratie ne s'inquiétait pas vraiment non plus. Pour ses membres, la vie suivait son cours comme d'habitude. Cet été était comme tous les autres étés anglais : le Derby d'Epsom avait eu lieu, le meeting Royal d'Ascot aussi, l'Exposition florale de Chelsea avait été admirée, le tournoi de Wimbledon avait été applaudi, et la régate royale de Henley, organisée dans toute sa splendeur. Pour pratiquement tout le monde en Angleterre, la belligérance en Europe semblait lointaine et sans importance, et pourtant, Ivy avançait maintenant son mariage au cas où son futur mari devrait aller se battre.

Elle leva les yeux du livre dont elle avait essayé de reprendre la lecture et vit que sa femme de chambre n'avait pas quitté la pièce ; elle se tenait au milieu du tapis, l'air gênée, et tripotait nerveusement son tablier amidonné.

—Vouliez-vous me parler d'autre chose, Ivy ?

—Je sais que vous n'allez pas aimer que je dise ça, mais il le faut…

Elizabeth redoutait ce qui se préparait.

—Je veux vous dire merci, dit précipitamment Ivy. Je sais que c'est vous qui avez convaincu Monsieur de nous donner un cadeau, à Eddie et à moi… De l'argent, ajouta-t-elle.

Elizabeth se leva d'un bond de son fauteuil et prit les mains de la jeune femme dans les siennes.

—Je suis tellement contente que mon père se soit décidé à faire quelque chose ! J'espère qu'il a été généreux.

—Plus que généreux, mademoiselle Elizabeth ! Nous avons de quoi faire une très belle fête, et acheter quelques meubles dont nous avons besoin. Nous irons au Horse and Groom tout de suite après la cérémonie. Vous viendrez, n'est-ce pas ?

—Je ne manquerai cela pour rien au monde. Je vous l'ai dit : j'ai réservé la robe de crêpe rose pour l'occasion.

—Et moi, j'ai réservé la robe ravissante que vous m'avez donnée il y a des mois. Ce sera ma robe de mariée.

—La robe de velours bleu ?

Ce choix risquait de s'avérer délicat par une chaleur accablante, mais Elizabeth garda ses scrupules pour elle.

—Eddie ne l'a jamais vue, dit joyeusement sa femme de chambre, et je veillerai à ce qu'il ne la voie pas avant le grand jour !

—Et que va porter Eddie ? Pas son uniforme de chauffeur, j'espère, la taquina-t-elle.

Ivy fit la grimace.

—À vrai dire, ça nous a posé un peu problème. Le cadeau de votre papa était très généreux, mais nous nous sommes dit qu'après avoir acheté assez de bière, à manger et le nouveau lit, il ne nous resterait pas grand-chose pour le costume d'Eddie… mais sa mère lui a fait un pantalon neuf – elle était couturière, vous savez. Il est noir et très élégant. Et votre jeune homme lui a donné sa plus belle veste.

Ce fut au tour d'Elizabeth de rougir.

—Mon jeune homme ?

—Monsieur Kellaway. Il a été tellement gentil ! Il s'était fait faire une veste neuve pour le jour où il obtiendrait son diplôme et deviendrait architecte paysagiste pour de bon. Il y a une sorte de cérémonie, je crois. C'est une veste vraiment très chic, et elle va à merveille à Eddie. Alors il la lui a donnée pour le mariage. Comme ça ! Eddie la lui rendra, bien sûr… mais n'est-ce pas adorable ?

—Si, répondit faiblement Elizabeth. Vraiment.

Après le départ d'Ivy, elle se dirigea vers la fenêtre et se tint là, regardant au-dehors, dans l'espoir que la beauté sereine du jardin l'aiderait à retrouver son calme. Le temps s'était remis au beau, et les nuages blancs floconneux, haut dans le ciel, indiquaient une autre belle journée, mais elle trouva peu de réconfort dans le paysage ensoleillé. Les derniers mots d'Ivy l'avaient profondément ébranlée. Ses sentiments pour Aiden étaient-ils donc si évidents ? Ils devaient l'être, pour que sa femme de chambre en ait connaissance.

Eddie devait être au courant aussi, ainsi que le reste des domestiques qui travaillaient dans la maison. Et qu'en était-il des jardiniers ? Elle était horrifiée. Comment le savaient-ils ? Comment l'avaient-ils deviné ?

Ivy partageait la vie de sa maîtresse depuis de nombreuses années, mais Elizabeth ne lui aurait jamais avoué ses sentiments. Elle n'en avait parlé à personne. Au fond de son cœur, elle savait qu'elle caressait l'espoir d'un avenir qui, s'il se réalisait, la couperait de sa famille et de Summerhayes. Comment aurait-elle pu envisager une chose pareille ?

Elle avait dû se trahir – par des regards, par des gestes. L'étreinte d'Aiden, une simple étreinte, avait été lourde de sens ; et si elle l'avait été pour elle, pourquoi ne l'aurait-elle pas été pour ceux qui en avaient été témoins ?

Soudain, on frappa à la porte de sa chambre, l'arrachant aux pensées qui se bousculaient dans sa tête. Oliver se tenait sur le seuil.

—Comment va William ? lui demanda-t-elle aussitôt.

Depuis l'attaque, elle n'avait rendu qu'une brève visite à son frère, afin de ne pas le déranger. Plus il dormirait, plus vite il se rétablirait. Elle avait bien vu sa mère tous les matins à la table du petit déjeuner, mais elle n'avait pu se résoudre à lui demander des nouvelles de William. Alice s'était suffisamment remise pour manger une tartine de pain du bout des dents, mais il était évident qu'elle demeurait profondément ébranlée, et elle était restée plongée dans ses pensées tout au long de chaque repas. On n'avait pas fait allusion aux événements du samedi, et comme Joshua choisissait d'ignorer l'incident, sa femme et sa fille étaient obligées d'en faire autant.

—Il va mieux, répondit joyeusement Oliver, beaucoup mieux, même ! Je crois que le lapin a fait des merveilles. Il a passé une heure à s'en occuper, ce matin.

Elle sourit.

—J'espère que cela ne dérange pas le lapin.

—Pas du tout. M. Cornford va lui fabriquer un clapier, mais en attendant, il est très content d'être avec nous. Il adore recevoir toute cette attention ! Ou peut-être devrais-je dire *elle* ?

Elle le regarda d'un air interrogateur.

—Nous n'arrivons pas à savoir si c'est un mâle ou une femelle, avoua-t-il, mais nous l'avons appelé Beatrice, alors il faut que ce soit une lapine !

—Beatrice… Comme la poupée ?

—Exactement. Elles nous ont toutes les deux sauvé la vie.

Oliver s'avança dans la pièce et se dirigea vers la fenêtre.

—Tu as une vue épatante d'ici, n'est-ce pas ?

—Oui, répondit-elle, regardant comme lui les hectares de pelouse ondoyante.

Elle distinguait, au loin, le vieux figuier qui poussait contre une courbe chaude du mur exposé au sud. Des abricotiers et des poiriers, des cerisiers et des pruniers poussaient également là à profusion, certains portant déjà des fruits, d'autres non.

—Les jardins sont splendides… et le temps, parfait. Tu crois que William s'aventurera dehors, aujourd'hui ?

—Je vais l'y encourager. Il vaut peut-être mieux que nous évitions la pelouse. Nous pourrions rester sur la terrasse, ou dans le jardin clos. Il devrait y être à l'aise.

Il retourna à la porte de la chambre, mais resta là un moment, à tripoter nerveusement la poignée. Elle se demanda pourquoi il ne partait pas et s'apprêter à l'envoyer faire une commission lorsqu'il dit brusquement :

—Je suis déjà allé dehors, ce matin, tu sais. Je n'arrivais plus à dormir… Je me sens encore un peu mal, après ce qui s'est passé. Enfin, bref, William dormait paisiblement, alors je suis sorti à pas de loup et j'ai traversé les jardins, jusqu'au bout.

—Oui ?

Elle se demandait où il voulait en venir.

—M. Kellaway était là. M. Simmonds aussi. Ils mettent la touche finale au temple.

Cette fois encore, elle sentit le rouge lui monter aux joues. C'était ridicule, devant un garçon de quatorze ans !

—En fait, M. Kellaway m'a donné un petit mot…

Ses joues s'empourprèrent tout à fait.

—C'est pour toi, ajouta Oliver.

Il glissa une main dans la poche de son short et en sortit un bout de papier froissé.

—Merci, Olly, parvint-elle à dire, même si sa voix était un peu tendue et affectée. C'est gentil de ta part de me l'avoir apporté.

—Je ne l'ai montré à personne d'autre, lui assura-t-il.

Elle se dit qu'elle devait être devenue cramoisie et elle s'empressa de le faire sortir.

—C'est très gentil de ta part, dit-elle encore alors qu'il s'éloignait.

Cette matinée était décidément pleine de surprises. Elle retourna à la fenêtre avec le petit mot et le défroissa.

Il faut que je vous voie, lut-elle dans sa tête. *Ce soir, après le dîner. Je vais travailler tard.*

Son ventre se noua. Qu'avait-il bien pu se passer pour qu'Aiden la convoque, de cette façon ? Il devait bien mesurer à quel point il lui était difficile de s'éclipser, et pourtant, il lui avait écrit ce message laconique, lapidaire, pour exiger qu'elle le fasse. *Il faut que je vous voie.* Il devait s'agir de quelque chose de grave, de quelque chose de menaçant. Une autre mauvaise surprise.

Le dîner, ce soir-là, fut morose et interminable : cinq plats servis par Ripley avec une lenteur extrême. Les garçons avaient déjà dîné dans la cuisine. Plus tôt dans la journée, ils étaient allés faire une courte excursion dans le jardin, mais William avait été trop fatigué pour rester longtemps dehors. Son cœur avait subi un stress considérable, et il allait lui falloir un certain temps pour recouvrer tout à fait la santé. Quand elle l'avait vu revenir de la Jungle pâle et essoufflé, cela avait suffi à Alice pour décréter qu'il avait besoin de se reposer davantage.

Son état offrait le prétexte idéal pour débarrasser Summerhayes de son invité indésirable, et Elizabeth était surprise que sa mère n'ait pas suggéré de mettre un terme au séjour d'Oliver. Cependant, si Alice avait été tentée de le faire, elle s'était manifestement ravisée.

Ces temps-ci, William ne s'égayait vraiment que lorsqu'il était en compagnie de son ami, et elle devait en avoir pleinement conscience. Toutefois, aller se coucher de bonne heure était le prix qu'ils devaient payer, d'où leur repas au milieu du brouhaha des domestiques. Elizabeth songea que les garçons avaient dû être très contents, préférant l'atmosphère chaleureuse et décontractée de la cuisine au supplice d'un dîner prolongé en grande partie dans le silence.

Le repas se termina enfin, et sa mère suggéra qu'elles se retirent dans le salon en attendant qu'on leur serve le thé, à 22 heures. Ce serait une soirée, comme tant d'autres, de conversation décousue et de broderie détestée, et Elizabeth avait des choses plus pressantes en tête.

—J'ai un début de migraine, Maman.

Elle porta une main à son front dans ce qu'elle espérait être un geste convaincant.

—Je crois que je vais monter dans ma chambre, si cela ne te dérange pas. Je vais peut-être même me coucher tout de suite… Je n'ai pas très bien dormi, la nuit dernière.

—Je comprends…

Sa mère avait dû avoir un sommeil tout aussi agité, peuplé de cauchemars dans lesquels des chiens et des jeunes garçons traversaient Summerhayes en courant, laissant dans leur sillage une traînée de sang et des os brisés.

—… et si tu montes te coucher de bonne heure, Elizabeth, je vais en faire autant. Nous nous sentirons sûrement toutes les deux mieux demain matin.

Alice s'arrêta au pied de l'escalier.

—Cette histoire de chiens est tellement… épouvantable, et… vraiment très bizarre. Et maintenant, il y a ce dîner ! Je suis morte d'inquiétude.

Elizabeth n'aurait pas su dire si c'était au sujet des chiens ou du dîner que sa mère s'inquiétait le plus, mais cette dernière ajouta alors :

—Mme Lacey est très efficace, je n'ai rien à lui reprocher, et je sais que la cuisinière se chargera de tout le travail supplémentaire à merveille, mais je sens qu'il faudra que je vérifie tout moi-même, deux ou trois fois de suite.

—Tout va bien se passer, Maman, répondit Elizabeth d'un ton rassurant.

Les rides qui sillonnaient le visage de sa mère s'étaient creusées de façon perceptible et elle semblait sur le point de sombrer de fatigue.

—Et toi, est-ce que ça va aller ? lui demanda sa mère avec inquiétude. Le dîner se passera bien, cela ne te dérange pas de revoir M. Audley ?

Elizabeth la serra brièvement dans ses bras.

—Ne t'inquiète pas. Tout va bien se passer, promit-elle encore.

Mais comment ? Après l'euphorie de ces baisers nocturnes, la peur s'était emparée d'elle. Une véritable peur, la peur que sa vie ne soit en train de lui échapper et qu'elle n'en ait perdu le contrôle. Jusqu'à ce que l'étreinte d'Aiden lui ait donné l'impression de tout simplifier de nouveau. Tandis qu'elle se cramponnait à son frère pétrifié, il avait passé un bras autour d'elle, avec douceur, tout naturellement, dans un geste qui semblait vouloir dire : *Tu es déjà mienne* ; et si tel était le cas, cela signifiait qu'elle se tenait au bord d'un très dangereux précipice. Tout cela n'avait rien de simple.

Elle tira un fauteuil à côté de la fenêtre et s'assit pour regarder le cercle d'or du soleil estival disparaître à l'horizon. À sa place apparut une légère brume, flottant à quelques centimètres au-dessus du sol et rendant l'air translucide et flou. Elle resta assise là, à regarder le monde devenir de plus en plus gris. À son oreille, un tapotement avait commencé à se faire entendre. C'était un bruit extrêmement agaçant, et elle regarda autour d'elle pour le faire cesser. Elle s'aperçut alors que c'étaient ses propres doigts qui faisaient ce bruit, tapotant contre le rebord de la fenêtre. Elle était tellement absorbée dans ses pensées, tellement crispée, qu'elle ne s'en était pas rendu compte. Quelque chose n'allait pas, pas du tout, elle en était sûre ; sinon, Aiden ne se serait jamais risqué à lui faire parvenir un message. Elle avait besoin de savoir de quoi il s'agissait, et l'attente la rendait terriblement nerveuse.

Cependant, elle n'osait pas sortir, pas encore. Sa mère dormait peut-être – c'était presque sûr, à en juger par l'air épuisé qu'elle avait quand elles s'étaient séparées –, mais son père devait être dans son fumoir, un cigare aux lèvres et son habituel verre de cognac à la main. Il soutenait que le thé détraquait l'estomac, et à moins qu'il soit en compagnie de dames, il en buvait rarement. Ripley ne servirait pas de thé ce soir.

Soudain, elle entendit un craquement, derrière la porte de sa chambre. Apparemment, son père aussi avait décidé d'aller se coucher de bonne heure. Fumer des cigares et boire du cognac tout seul ne devait pas être très amusant ; mais c'était ce que faisaient les hommes qui possédaient un domaine à la campagne, et il voulait se plier à ces habitudes pour faire partie de leur monde.

Elle prit sur elle pour attendre encore plus longtemps, mais après vingt minutes, n'entendant plus aucun bruit en dehors des craquements et grincements des lambris comme la maison s'endormait, elle décida de se risquer à sortir. Elle tint ses chaussures d'une main et ouvrit tout doucement sa fenêtre. Tandis qu'elle descendait, elle remercia le merveilleux marronnier d'Inde. On aurait dit qu'il avait atteint cette taille et poussé si idéalement près de la maison pour elle seule.

21

Aiden se trouvait au milieu du sentier qui traversait la Jungle quand Elizabeth le vit, comme s'il était venu à sa rencontre pour hâter l'annonce de la nouvelle qu'il lui réservait.

—Je suis désolée…

Elle avait le souffle court. Elle avait fait près d'un mile de route depuis la maison, et elle avait marché d'un pas précipité tout du long.

—J'ai dû attendre que tout le monde soit endormi.

—Ce n'est rien. Vous êtes là, maintenant.

Il posa par terre un sac qui contenait des livres et des outils et, avant qu'elle n'ait pu protester, la prit dans ses bras. Elle sentit qu'elle devenait encore plus haletante et comprit qu'elle devait se dégager de son étreinte, et vite.

—Je ne savais pas si Oliver vous donnerait mon message, dit-il lorsqu'elle se fut écartée de lui. Il aurait pu le perdre… ou vous auriez pu choisir de l'ignorer.

Rien n'aurait pu l'empêcher d'aller le retrouver, ce soir, mais elle garda cette pensée pour elle.

—Comme vous pouvez le constater, il fait un excellent messager. William l'a bien formé.

—Comment se porte William ? J'ai l'impression de ne pas arrêter de vous poser cette question…

—Il se rétablit, mais je crois qu'il va lui falloir un certain temps pour être de nouveau dans son état normal. Enfin, ce n'est pas pour cela que je suis ici… Que vouliez-vous me dire ?

—Allons nous asseoir quelque part, d'abord.

Il se détourna pour se frayer un chemin entre les allées de fougères arborescentes, en direction du Jardin italien, mais il n'avait fait que quelques pas lorsqu'elle tendit la main pour le retenir.

—Pourrions-nous discuter ailleurs ?

Une palme lui chatouilla la tête et elle la repoussa d'un geste. Les palmiers ne lui faisaient pas peur, c'était l'extrémité du jardin qu'elle trouvait menaçante.

—Le bassin est magnifique, ce soir, dit-il pour la tenter. Pourquoi n'irions-nous pas là-bas ?

—Je suis sûr qu'il est très beau, mais je préférerais que nous discutions ailleurs – dans le jardin clos, par exemple ?

Dans la pénombre, elle vit que son manque d'enthousiasme pour leur lieu de rendez-vous habituel le laissait perplexe.

—Bien sûr, si cet endroit vous inquiète… mais pourquoi ?

Cela la mettait mal à l'aise d'essayer de lui expliquer ce qu'elle ressentait. Dit à haute voix, cela paraissait ridicule.

—C'est comme si… les arbres nous écoutaient.

Elle balbutia un peu en prononçant ces mots.

Il s'arrêta et la regarda, son sourire en coin réapparaissant.

—Et les fruits et légumes ne nous écouteront pas, eux ?

Elle ne releva pas la taquinerie. Elle la méritait. Présentées comme cela, ses peurs semblaient stupides ; mais chaque fois qu'ils s'étaient retrouvés dans le Jardin italien, elle y avait senti une présence, et il ne s'agissait pas d'une présence bienveillante.

Marchant l'un derrière l'autre, ils quittèrent la Jungle et pénétrèrent dans le potager, remontant le sentier gravillonné et passant devant des rangées de pommes de terre, de haricots, de carottes, d'oignons – de tous les légumes que l'on pouvait planter, ou presque. M. Harris et son équipe faisaient des miracles, nourrissant non seulement la famille mais tous les hommes et femmes employés à Summerhayes.

Au-delà de cette abondance, le vieux mur de brique montait la garde. On distinguait nettement ses contours même dans la pénombre, et il traçait une ligne horizontale sur le ciel partiellement nuageux. Il était couvert d'espaliers chargés de fruits. En s'approchant encore, elle sentit la chaleur du soleil de la journée qui en émanait. Un banc en bois avait été installé dans une niche, à l'endroit où le mur s'incurvait, et elle l'emmena s'y asseoir.

Un parfum d'abricots mûrs flottait autour d'eux. Aiden allongea les jambes.

—C'est encore une belle soirée, remarqua-t-il.

Il semblait presque trop détendu. À son message, elle avait cru qu'il avait des nouvelles urgentes, mais si tel était le cas, il n'avait pas l'air d'être pressé de lui en faire part.

—Les haies ont été taillées, dit-il simplement, et M. Cornford a demandé à une équipe de dresser une barrière solide tout du long de la limite avec Amberley.

Ils vont en avoir pour un bon moment, mais cela devrait rassurer William.

—Du moment que cela évite une autre invasion. Il ne peut pas se permettre une autre frayeur.

—Dans ce cas, nous devons espérer que cela fonctionnera.

—Vous n'avez pas l'air convaincu.

—Eh bien, pour être franc, je ne le suis pas. Il est possible de contourner n'importe quelle barrière.

La tension dans sa voix la décontenança.

—Que voulez-vous dire ?

—J'ai bien réfléchi… La première fois que les chiens de chasse se sont échappés, j'ai trouvé cela bizarre. Cela ne leur était encore jamais arrivé. Il n'y en avait que deux ou trois. Cette fois-ci, c'était toute cette satanée meute. Vous ne trouvez pas cela étrange ?

Elle avait en effet trouvé cela étrange, mais elle n'avait pas voulu l'admettre. Les conjectures pouvaient conduire à de sinistres conclusions.

—Je suppose qu'il est possible que les mêmes deux ou trois chiens aient réussi à revenir à Summerhayes et qu'ils aient entraîné le reste de la meute avec eux, cette fois. Le trou qui existait dans la haie a dû être agrandi par leur nombre.

C'était là ce qu'elle s'était raconté.

—Je suis d'accord, mais il fallait que les chiens soient en liberté pour faire cela. Je ne suis pas un homme de la campagne, mais je suis sûr que les chiens de chasse sont maintenus dans une sorte d'enclos. Ils n'ont pas le droit de vagabonder, n'est-ce pas ? Et vous ne croyez pas qu'après le premier incident, les personnes responsables de ces chiens auraient veillé à ce qu'ils soient bien enfermés ?

Elizabeth éprouva une pointe d'impatience. Était-ce là la nouvelle pour laquelle elle était venue le retrouver en courant ? Sûrement pas. Il faisait presque nuit mais, assise si près de lui, elle pouvait voir que l'exaltation faisait briller ses yeux verts.

—Où voulez-vous en venir ? se força-t-elle à demander.

—J'essaie de dire que quelqu'un a délibérément lâché ces chiens. Cette personne les a peut-être même encouragés à aller dans le jardin de Summerhayes.

La suggestion la surprit, mais seulement un court instant. Elle l'avait toujours eue dans un coin de la tête, mais jusque-là, elle avait refusé d'envisager une telle possibilité.

—Je travaillais à l'intérieur du temple à ce moment-là, et je n'ai rien vu, continua-t-il, mais j'ai entendu les cris des hommes et je suis sorti pour voir ce qui se passait. J'ai vu deux des chiens disparaître, au loin. On aurait dit qu'il pourchassait quelque chose.

Ce qu'Aiden ignorait ne pouvait qu'ajouter du poids à quelque chose qu'elle avait jusque-là considéré comme impensable ; mais elle devait être honnête.

—En effet, ils pourchassaient un animal, dit-elle. Un lapin.

—Cela n'a rien d'anormal, commenta-t-il d'un air songeur. C'est ce que font les chiens. Je suppose qu'il est possible qu'ils aient dépisté le lapin du côté d'Amberley et qu'ils lui aient couru après jusqu'ici… mais cela signifie tout de même qu'ils étaient en liberté.

—C'était un lapin apprivoisé.

Mieux valait avouer le pire.

—Apprivoisé ! Alors c'était bel et bien un acte délibéré, dit-il avec une expression indiquant une totale conviction. Quelqu'un a lâché un lapin apprivoisé et a laissé les chiens le pourchasser.

—C'est atroce ! Il aurait pu être écharpé.

—Mais il ne l'a pas été ? En tout cas, je n'ai vu aucun signe de massacre sur la pelouse, seulement des lambeaux de chiffons.

—C'est ce qu'il restait de Beatrice, une poupée qu'Olly avait gagnée à la kermesse.

Aiden eut un sourire ironique.

—Pauvre Beatrice !

—Ne vous en faites pas, elle est ressuscitée : le lapin est maintenant devenu Beatrice.

—Vous avez trouvé la pauvre bête, alors ?

—Oui. Elle avait monté deux escaliers entiers en courant en quête d'un refuge, qu'elle a trouvé dans mon atelier. Je l'ai confiée à William, alors il a un nouvel amour dans sa vie. M. Cornford a été bien occupé à lui fabriquer un clapier.

Elle espérait qu'ils allaient changer de sujet, mais Aiden semblait résolu à parler d'Amberley. Elle n'en avait pas du tout envie, n'avait pas le désir de creuser plus avant. Mais il semblait s'être donné pour mission de dévoiler la malveillance qu'il soupçonnait.

—Quelqu'un a fait cela, Elizabeth, mais qui, et pourquoi ?

Elle écarta les mains dans un geste d'impuissance.

—Vous ne soupçonnez personne ?

Comme elle ne répondait pas, il ajouta :

—Je crois bien que si… et c'est très probablement la même personne que moi. Mais pourquoi votre oncle aurait-il lâché les chiens et leur aurait-il donné une proie à pourchasser ?

Parce qu'il aime tuer des êtres vivants. Les paroles d'Ivy lui revinrent en mémoire, mais elle les chassa de son esprit.

—Il n'aurait aucune raison de faire une chose pareille, répondit-elle catégoriquement, et c'est pour cela que je refuse d'y croire. Le conflit entre Amberley et Summerhayes à propos de l'eau du bassin a été réglé, peut-être pas en faveur de mon oncle, mais il a été réglé. Et il n'y a pas d'autre raison d'avoir une mauvaise opinion de lui. L'idée qu'il puisse lâcher volontairement ses chiens de chasse n'a aucun sens.

—À moins qu'il ait cherché à faire peur à William.

—Quoi !

—C'est bien ce qui s'est produit à deux reprises, n'est-ce pas ? Votre frère a été terrorisé. Votre oncle sait-il à quel point les chiens le terrifient ?

Elle n'en avait pas la moindre idée, mais elle fit non de la tête, comme dans l'espoir de chasser de ses pensées cette possibilité.

—Et n'oubliez pas la cabane que les garçons avaient construite, poursuivit-il implacablement, qui ne s'est pas effondrée toute seule. Les cordes qui lui permettaient de tenir debout ont très probablement été coupées.

Il se leva d'un bond du siège qu'ils partageaient et se mit à faire les cent pas devant elle, faisant crisser le gravier sous ses pas. Il semblait ne pas se soucier du bruit qu'il faisait.

—Alors William était la cible. C'était forcément lui. Et cela a bien fonctionné, n'est-ce pas ? Il a passé des jours et des jours alité, ou à se reposer. Sa constitution a été affaiblie, et c'est ce que cherchait votre oncle.

—C'est complètement insensé.

—Oui. Complètement. Mais bien sûr, Henry Fitzroy n'est pas quelqu'un de très équilibré, n'est-ce pas ? Quand nous nous sommes rencontrés, vous m'avez parlé de l'hostilité entre Amberley et Summerhayes. Vous m'avez dit que votre oncle faisait tout ce qu'il pouvait pour contrarier votre père. Au cours de ces trois derniers mois, j'ai entendu beaucoup de gens dire la même chose. M. Fitzroy, tout le monde le sait, est un homme en colère et jaloux.

—Mais quel rapport cela a-t-il avec mon frère ? William ne représente pas une menace, pour lui. Il a son propre fils, Gilbert.

—Ce n'est pas William en lui-même, le problème. C'est l'avenir qu'il représente. C'est lui l'héritier de Summerhayes.

—Vous accusez mon oncle Henry d'essayer de nuire à William parce qu'il héritera un jour de Summerhayes ?

—Votre frère a le cœur fragile. Il y a quelques minutes à peine, vous disiez vous-même qu'il ne devait pas subir d'autre frayeur. Cela ne vous fait pas réfléchir ?

Elle se surprit à se tordre les mains, si fort que cela lui fit mal.

—C'est choquant de dire cela, et je refuse de le croire. Quoi qu'il en soit, si William n'héritait pas, ce serait moi. Mon père a deux enfants… mais peut-être l'avez-vous oublié ?

Il arrêta de faire les cent pas et vint se rasseoir à côté d'elle. Elle s'était crispée des pieds à la tête tant elle était en colère de l'entendre suggérer que son oncle pût être coupable d'une telle malveillance ; mais il tendit alors une main vers elle pour lui caresser les cheveux, et fit glisser lentement ses doigts sur sa joue.

—Comment pourrais-je vous oublier ? murmura-t-il. Mais…

Il y eut un long silence, et lorsqu'il reprit la parole, sa voix avait perdu sa douceur.

—Votre oncle vous cherche un mari, n'est-ce pas ? Un mariage avec l'un de ses parents, ce qui vous fera tomber entre les griffes des Fitzroy et vous ancrera solidement dans leur famille. S'il devait arriver malheur à votre frère, vous vous trouveriez sous leur joug. Pieds et poings liés.

Elle s'écarta de lui d'un mouvement brusque.

—Je ne peux écouter un mot de plus, Aiden. Je suis venue vous retrouver ici ce soir parce que je croyais que vous aviez besoin de me voir de manière urgente, mais si c'était pour cela, eh bien, je ne suis pas prête à en entendre davantage. Toute cette théorie n'est que pure folie.

Il serra les lèvres.

—Je comprends votre loyauté, mais je pense que vous faites erreur. Toutefois, je n'ajouterai rien sur le sujet. Je vais plutôt vous dire pourquoi je vous ai demandé de venir… Ce n'était pas pour vous parler des méfaits de votre oncle, mais pour quelque chose de plus important, peut-être, du moins pour nous.

Il avait donc bien quelque chose d'urgent à lui dire, après tout. Elle lui posa une main sur le bras pour l'attirer un peu vers elle, l'encourageant à parler. Il sembla avoir besoin d'un moment pour trouver les mots, mais ils finirent par franchir ses lèvres, simples et bouleversants.

—Je quitterai Summerhayes la semaine prochaine.

—Vous quitterez Summerhayes ?

Elle se sentit soudain extrêmement fragile.

—Vous voulez dire que votre travail ici est terminé ?

—Pas tout à fait, mais presque. Je dois encore terminer l'intérieur du temple… Jonathan a été autorisé à me garder jusqu'à mercredi prochain, mais ensuite, il faudra que je parte. Votre père est son client, Jonathan n'a pas son mot à dire sur le sujet.

C'était son père qui avait décidé de cela ? Ou était-ce son oncle qui s'était assuré qu'Aiden serait renvoyé avant la fin de son contrat ? Si tel était le cas, c'était sûrement à cause de l'étreinte dont Henry avait été témoin. Se pouvait-il qu'Aiden ait raison, en fin de compte ? Henry ne voudrait pas d'un intrus sur les lieux, alors qu'il espérait marier sa nièce à Giles Audley. *Non*, se dit-elle avec véhémence. Il devait y avoir une autre explication.

—Qu'allez-vous faire ? demanda-t-elle d'une voix sourde.

Elle se sentait vide.

—Je vais pouvoir rester un petit moment chez Mme Boxall. J'ai de quoi payer le loyer pendant quelques semaines, mais ensuite, il faudra que je trouve du travail.

—À Londres ?

Elle avait le tout petit espoir qu'il retournerait à Londres : il ne serait alors qu'à quelques heures de route.

—Au Canada.

Elle le savait, elle savait que c'était ce qu'il allait répondre. Le sentiment de vacuité qu'elle éprouvait s'intensifia encore.

Il se tourna vers elle, son visage tout proche du sien, et parla d'une voix douce et persuasive.

—Je vous ai parlé de mon cousin, il y a quelque temps. Vous vous souvenez ? J'ai reçu une autre lettre de lui, dans laquelle il me conseille de réserver ma traversée pour New York. Il est convaincu qu'il y a d'excellentes opportunités à Toronto pour quelqu'un ayant mes compétences. La ville se développe rapidement et a besoin d'hommes exerçant des professions libérales.

Elle était trop abasourdie pour répondre. Se débrouiller pour retrouver Aiden avait été difficile, mais une fois qu'il quitterait Summerhayes, cela serait tout simplement impossible. Après le mercredi suivant, peut-être ne le reverrait-elle jamais plus. Elle en prenait lentement conscience. Cependant, à quoi s'était-elle attendue ? Ses étreintes, ses baisers, les rêves qu'elle s'était laissée aller à contempler, au cours de ces quelques dernières semaines, que valaient-ils vraiment ? Au fond, elle avait toujours su qu'ils étaient destinés à prendre des chemins différents, et pourtant, elle avait refusé de l'accepter. Elle avait continué à rêver, d'un avenir dans lequel Aiden Kellaway ferait partie de sa vie. *Serait* sa vie.

—Vous savez que la guerre menace d'éclater. Ne voulez-vous pas rester pour vous battre ?

C'était une question sournoise, mais elle se battait quant à elle pour son bonheur. Si cela pouvait le faire rester près d'elle un peu plus longtemps…

Il la regarda d'un drôle d'air.

—La guerre va peut-être éclater, mais pour qui me battrais-je ? dit-il posément. Ce n'est pas mon pays, rappelez-vous.

—L'Angleterre n'est peut-être pas votre pays, mais vous êtes tout de même britannique. Vous pourriez combattre dans l'armée britannique.

—Non, Elizabeth. Si ce pays entre en guerre, et je prie Dieu pour que cela n'arrive pas, d'autres Irlandais se battront pour la Grande-Bretagne, c'est certain, mais pas moi.

—Parce que vous détestez les Anglais, dit-elle amèrement.

—Non, comment le pourrais-je ? J'ai passé la moitié de ma vie parmi eux. La haine, si haine il y a, sera dans l'autre camp. Si la guerre est déclarée, je serai probablement interné. Il n'y aura pas de combat pour moi, seulement une cellule de prison.

—Je ne comprends pas.

Tout ce qu'elle comprenait, c'était qu'elle était plus malheureuse qu'elle ne l'avait jamais été au cours de sa vie.

—Je serai considéré comme un ennemi, comme quelqu'un susceptible d'aider les Républicains dans leurs conspirations contre ce pays.

—Mais vous ne voyez plus vos frères, vous ne leur parlez pas, vous ne leur écrivez même pas ! Vous n'avez rien à voir avec eux.

Sa voix et son visage trahissaient sa stupéfaction, et il lui passa un bras autour de la taille pour la blottir contre lui.

—Les choses changent, en temps de guerre. La justice devient dure et sommaire. Tout homme représentant le moindre risque pour l'État sera considéré comme suspect. Pas tout de suite, certes, mais avec le temps. Et si les combats tournent mal, cela arrivera bien plus vite.

—Mais comment qui que ce soit pourrait-il savoir qui vous êtes ou où vous vous trouvez ?

Elle ne savait plus à quoi se raccrocher.

—Tout le monde devra se faire recenser. Il n'y aura aucune chance d'y échapper, et mon nom et mon lieu de naissance seront comme un drapeau rouge. Les autorités ne mettront pas longtemps à établir un lien entre moi et les troubles de l'autre côté de la mer.

—Et le Canada est la solution.

—Oui.

Il la serra étroitement contre lui, et la chaleur de cette étreinte lui fit plus mal qu'elle l'aurait cru possible.

—J'y ai bien réfléchi. Le Canada est la solution, et à plus de choses qu'une éventuelle guerre. Après tout, le conflit ne s'étendra peut-être pas. Il restera peut-être en Europe continentale. Mais je trouve exaltante l'idée de prendre un nouveau départ dans un pays qui est jeune, énergique et en pleine croissance. Un pays où cela n'aura aucune importance que je sois anglais, irlandais ou quoi que ce soit d'autre, du moment que je travaille dur pour bâtir un bel avenir.

—Et votre cousin va vous aider ?

—Il a une chambre d'amis et cela ne le dérange pas que je loge chez lui jusqu'à ce que j'aie de quoi me payer mon propre logement. Et il a des relations. Il est cheminot et rencontre beaucoup de gens, des clients potentiels. Il va me les présenter. Et avec l'expérience que j'ai acquise, mes certificats professionnels et la lettre de recommandation de Jonathan, je suis sûr de trouver du travail.

—Quand partirez-vous ? se força-t-elle à lui demander, le cœur serré.

Il ne répondit pas, et lorsqu'il parla enfin, ce fut pour lui demander :

—Le grand dîner ne doit-il pas avoir lieu très bientôt ? Joe Lacey m'a dit que votre mère rendait la sienne à moitié folle. Apparemment, tout – la maison aussi bien que le repas – doit être parfait pour cet Audley.

Cette soudaine évocation d'un dîner qu'elle avait presque oublié l'obligea à mettre de côté son abattement et à faire preuve de toute l'impassibilité dont elle était capable. Son cœur venait d'être réduit en miettes, mais elle ne le montrerait pas.

—D'après ce que je sais de M. Audley, cela m'étonnerait qu'il veuille de tout cette attention.

—Eh bien, en tout cas, il va l'avoir, semble-t-il. Et vous ?

—Je ne veux pas non plus de tout cette attention. Je ne veux pas de ce dîner. Cela va être une soirée épouvantable.

Pour la première fois, alors même qu'elle prononçait ses mots, elle mesurait à quel point cette soirée allait être épouvantable.

—Pourquoi ? Je croyais que vous l'aimiez bien ?

Elle ne pouvait pas lui dire ce qu'elle ressentait vraiment. Que le pire se produirait très bientôt. Aiden venait déjà de brosser un tableau très sombre. Sa mère et son père, sa tante et son oncle s'opposeraient à elle, pleins d'attentes, feraient pression sur elle. Très bientôt, elle serait face à un ultimatum. Et elle devrait dire non.

—Je l'apprécie, mais…

—Mais peut-être pas tout à fait assez, finit-il pour elle.

Il se leva, l'entraînant avec lui, et lui prit le visage au creux des mains. Il la regarda intensément, et elle se dit qu'il cherchait à sonder son cœur. Puis il inclina la tête pour l'embrasser sur les lèvres. Un grand flot d'émotions, jusque-là endigué, se trouva libéré. Elle lui passa les bras autour du cou et lui rendit son baiser. Pendant ce qui lui sembla être des minutes entières, ils s'embrassèrent comme si leur vie même en dépendait.

Lorsqu'ils s'écartèrent enfin l'un de l'autre, Aiden dit :

—Épousez-moi.

22

Août 1914

Alice était tendue. Elle regardait fixement le petit mot venu d'Amberley, sans vraiment savoir si elle devait être inquiète ou offensée. Comment se faisait-il que l'on s'attende à ce qu'elle invite le docteur à manger avec eux le soir même ? Ce devait être là une idée d'Henry, une façon de la décontenancer, ou, plus vraisemblablement, pensa-t-elle, réprobatrice, une idée de Louisa. Ils devaient pourtant savoir l'un comme l'autre que c'était inadmissible. On pouvait inviter un médecin ou un notaire à prendre le thé, mais les seules personnes exerçant une profession libérale que l'on pouvait inviter à déjeuner ou à dîner étaient les officiers, les ecclésiastiques et les diplomates. Arrivant à la conclusion qu'elle se sentait insultée, elle déchira le petit mot en mille morceaux et les jeta dans la corbeille à papiers.

Il y avait plein d'autres papiers sur le bureau : des listes et des listes destinées à s'assurer que le dîner de ce soir-là soit absolument parfait. Cela faisait une heure qu'elle était tentée de les parcourir pour la vingtième fois. Décider de ce que l'on mangerait avait été facile, du moins au début – Joshua avait engagé une excellente cuisinière, après tout – mais les doutes l'avaient ensuite assaillie. Le repas qu'elle avait choisi était-il assez élégant pour être servi à un petit groupe de personnes si importantes, lors d'une occasion si importante ?

Elle avait passé le menu en revue encore et encore, jusqu'à ce que les mérites relatifs des divers potages et fruits de mer, gibier et garnitures, ne lui inspirent plus qu'une lamentable confusion. La cuisinière avait fini par lui prendre le menu des mains et par lui dire, sévèrement : « Madame Summer, je vais préparer un repas pour vos invités dont vous serez fière. » Là-dessus, elle s'était plantée devant la nouvelle cuisinière à gaz, les poings solidement fixés sur ses larges hanches, et avait attendu qu'elle quitte la cuisine. Alice avait donc dû abandonner cette liste-là.

Mais il y en avait d'autres. Que devait-elle faire au sujet du vin ? Joshua ne manifestait pas le moindre intérêt pour le vin, préférant de beaucoup la bière ou un petit verre de cognac, le soir. Elle devait demander de l'aide à Ripley, mais pouvait-elle compter sur lui pour choisir le bon vin pour le bon plat ? Le sherry allait avec la soupe, elle le savait, mais quand servait-on du vin du Rhin ou du vin de Bourgogne ? C'était une question qu'elle ne s'était encore jamais posée. Quand elle était jeune fille, elle n'avait eu aucune responsabilité au sein du foyer, et depuis qu'elle était mariée, elle n'avait jamais reçu cérémonieusement. Les quelques personnes qu'ils avaient invitées au cours de leurs premières années à Summerhayes avaient décliné, certaines avec une excuse polie, mais d'autres sans un mot. Ils avaient donc mis un terme à leurs invitations, et elle avait cessé de prétendre à être une bonne hôtesse. En fin de compte, Ripley avait pris les choses en main et il avait commandé des vins dont il lui avait assuré qu'ils étaient tout à fait acceptables.

À peine la question de la nourriture et du vin avait-elle été réglée qu'elle s'était retrouvée plongée dans une conversation animée avec M. Harris au sujet des fleurs. Il s'était emporté et lui avait dit qu'il ne faisait pas pousser des fleurs depuis une bonne trentaine d'années sans savoir exactement ce qui convenait à un dîner. Il y aurait des vases dans l'entrée et dans le salon, pleins de godetias, de cosmos et de zinnias, accompagnés de délicats nuages de gypsophile. La cheminée du salon accueillerait un immense panier de roses fraîchement cueillies. Il imaginait déjà le résultat, qui serait tout simplement parfait. Elle était sortie de ce démêlé avec les joues rouges et légèrement décoiffée, tout cela pour se lancer dans une dispute avec Mme Lacey – la dernière d'une longue série, semblait-il.

Quand elle s'était risquée à s'aventurer dans les quartiers de la gouvernante, celle-ci s'était montrée encore moins indulgente que M. Harris et, aux yeux d'Alice, elle avait frisé l'impolitesse.

—J'ai l'intention d'utiliser cette nappe, Madame, lui avait dit Mme Lacey quand elle avait vu le visage anxieux d'Alice qui se tenait dans l'embrasure de la porte.

Elle lui avait montré une nappe blanche damassée bordée de dentelle et ornée d'ouvrage à jours, immaculée, pliée et posée sur le plan de travail parfaitement ciré.

—En dessous, nous aurons un molleton, et cette doublure en soie.

—Ne vaudrait-il pas mieux que tout soit blanc ? avait timidement suggéré Alice.

—Non, Madame. Il vaut mieux que l'on voie un peu de couleur à travers. Et la teinte de la doublure est très délicate. Il y a des serviettes de table assorties, voyez-vous, et nous mettrons ces napperons de fine dentelle en dessous des assiettes de présentation.

—Ils sont un peu petits, n'avait-elle pu s'empêcher de remarquer. N'en avons-nous pas de plus grands ?

—Si, Madame, mais ils ont un motif différent.

Le ton de Mme Lacey indiquait clairement qu'elle commençait à perdre patience.

—Ceux-ci laisseront assez de place à une assiette à pain, une assiette creuse et une cuillère. Le reste de l'argenterie sera disposé au fur et à mesure que l'on en aura besoin.

—Et où est l'argenterie ? avait demandé Alice, son audace la surprenant elle-même.

Seule l'angoisse que lui inspirait la soirée à venir avait pu la pousser à poser cette question.

—Ripley s'en occupe, avait répondu la gouvernante avec brusquerie. Il a astiqué des cuillères à soupe, des fourchettes pour les fruits de mer et pour la crème glacée, des couteaux et des fourchettes pour les plats de viande et, avant que vous ne me le demandiez, Madame, il a prévu les verres droits et les verres à vin et la carafe pour l'eau fraîche.

Là-dessus, Alice avait tourné les talons et fui.

Toutefois, il lui restait encore une liste, la seule, en fin de compte, dont elle était entièrement responsable. C'était celle qui représentait, et de loin, la plus grande difficulté : le plan de table. Elle devait décider qui faire asseoir à côté de qui, et comment placer, exactement, les convives autour de la table. Elle supposait que Joshua et Henry devaient être chacun à une extrémité de la table ; à moins qu'elle ne soit censée s'asseoir en bout de table ? Sinon, devait-elle être assise à côté de son frère ou à côté de son mari ? Elizabeth devait-elle être assise en face de Giles Audley ou à côté de lui ? Où devait-elle donc faire asseoir Louisa et le docteur Daniels ? Quant à William et Oliver, elle avait été prise de panique à l'idée qu'ils puissent être inclus, et avait décidé de les cantonner cette fois encore dans la cuisine. D'ailleurs, quand elle le leur avait dit, cela ne les avait pas du tout dérangés.

Oliver l'avait regardée avec son sourire effronté et lui avait dit : « Ça va aller, madame Summer. William et moi serons très bien ensemble. »

Ensemble. C'était bien là le problème. Ils ne se quittaient jamais, et depuis la maladie de William, leur proximité était devenue encore plus intense, si une telle chose était seulement possible. Pendant un très court moment, elle avait envisagé d'écrire à M. Amos – la famille n'avait apparemment pas de téléphone – pour lui demander de venir chercher son fils dès que possible. Elle ne pouvait pas lui dire la vérité, qu'elle avait le sentiment que l'amitié des deux garçons avait quelque chose d'inconvenant. Elle serait obligée d'inventer une excuse. Elle aurait pu lui dire qu'ils avaient une urgence familiale et qu'elle était contrainte de s'absenter. Cependant, il ne lui avait fallu que quelques minutes pour se rendre compte que ce plan n'était pas réalisable. Dès que M. Amos arriverait à Summerhayes, il constaterait qu'il n'y avait aucune urgence et qu'Oliver était renvoyé. Il supposerait peut-être même que c'était parce qu'ils étaient juifs et parce que les Summer cédaient à la pression exercée par leurs voisins. Cette pensée l'avait glacée.

Pendant un court laps de temps, quand William était tombé malade, elle avait espéré qu'Oliver se lasserait d'un ami qui n'avait plus assez de forces pour s'adonner aux activités turbulentes qu'ils avaient jusque-là, et qu'il demanderait de lui-même à rentrer chez lui ; mais il était resté, réduisant à néant ses idées préconçues. Il était resté, et il avait passé des heures avec William dans la chambre qu'ils partageaient, à l'aider à organiser son herbier, à lire des livres avec lui, et même à faire des puzzles, alors qu'il n'aimait pas du tout cela. Elle était en partie heureuse qu'il n'ait pas abandonné William, mais cela la mettait mal à l'aise qu'un garçon ayant une telle énergie et un sens de l'humour aussi malicieux soit aussi prévenant, aussi gentil, aussi affectueux.

Quand les deux garçons s'aventuraient bel et bien dehors, c'était pour se promener assez tranquillement sur la terrasse ou au bord de la pelouse, car il était impossible de persuader William d'aller bien au-delà des dépendances. Un jour, elle les avait trouvés dans la cabane à outils et avait surpris William en train d'expliquer à son ami à quoi servait chaque outil. Elle ne s'était pas rendu compte qu'il savait tant de choses. Elle aurait voulu que son père surprenne cette conversation : il aurait alors été obligé de voir William comme autre chose qu'un héritier décevant.

Bien sûr, Joshua n'avait rien remarqué de l'amitié inattendue qui s'épanouissait sous ses yeux. Il était aveugle à la subtilité. À ses yeux, William était égal à lui-même. C'était un enfant fragile, un fils décevant, un fils à maman. Il ne s'était apparemment pas rendu compte que son fils passait maintenant le plus clair de son temps loin d'elle. Il était bien trop préoccupé par ce qui se passait en Europe pour prêter véritablement attention à sa famille. Chaque jour apportait son lot de mauvaises nouvelles, et celui-là ne faisait pas exception.

Elle leva les yeux vers lui comme il entrait dans la pièce avec fracas, agitant le journal du matin.

—Le pays est fichu. L'Allemagne a déclaré la guerre à la France et envahi la Belgique.

Il s'assit lourdement sur une chaise d'appoint, débordant de son assise en vannerie et menaçant ses pieds grêles de se briser.

—Et Woodrow Wilson a annoncé très clairement que les États-Unis resteraient neutres. Aucune aide ne viendra de ce côté-là.

La morosité de son mari envahissait la pièce.

—Mais avons-nous besoin d'aide ? se risqua-t-elle à demander.

Il la considéra comme s'il était un savant qui venait juste de découvrir un étrange spécimen dans son laboratoire.

—As-tu la moindre idée des difficultés auxquelles nous allons faire face ?

Elle n'en avait pas la moindre idée, et tout cela lui paraissait très lointain. Elle regarda par la fenêtre. C'était encore une magnifique journée ensoleillée, une brise légère soufflait, et de gros nuages blancs cotonneux passaient dans le ciel. Depuis des semaines, l'Angleterre jouissait d'un soleil éclatant, et la campagne environnante resplendissait. L'automne promettait d'être de toute beauté, et elle savait, pour l'avoir entendu dire par les domestiques, que les paysans du coin escomptaient une moisson prolifique. L'idée d'une guerre semblait inconcevable.

Elle tenta sans conviction de tenir le monde à distance.

—Mais c'est la Belgique qui a été envahie, non ? La Manche nous sépare.

Il se pencha vers elle avec une expression trahissant son impatience.

—Nous avons signé un traité garantissant la neutralité belge. Et, dimanche dernier, nous avons envoyé une lettre à l'ambassadeur de France pour nous engager à soutenir la France si elle était attaquée par l'Allemagne.

—Mais pourquoi ? Pourquoi devons-nous nous en mêler ?

Il lui semblait que la ligne de conduite la plus judicieuse serait de laisser les Européens du continent se débrouiller tout seuls. S'ils voulaient se quereller, ce n'étaient vraiment pas les affaires de l'Angleterre.

—C'est à cela que servent les traités, Alice, répondit lentement Joshua, comme s'il expliquait la situation à un enfant en bas âge. Nous avons pris des engagements. Nous ne pouvons pas échapper aux ennuis. Ne lis-tu jamais les journaux ? Les Britanniques qui habitent en Europe continentale fuient par milliers. Ils abandonnent leurs entreprises pour rentrer au pays le plus tôt possible. Il en arrive des trains entiers à la gare de Charing Cross et à la gare Victoria. Regarde ce qui est écrit ici…

Il pointa le doigt sur la première page du journal.

—Ils ont voyagé pendant des heures et ils parlent de harcèlement et dans certains cas d'hostilité ouverte. C'est évident qu'ils ont été témoins d'horreurs, aussi. Crois-moi, dans quelques jours, nous serons dans le feu de l'action.

—J’espère que Summerhayes ne sera pas affecté.

Pour elle, ce serait toujours son univers qui importerait le plus, dans la vie, et les petites gens comme elle, qui étaient emportés par des courants qu’ils ne contrôlaient pas et qui étaient ballottés de-ci, de-là.

—Nous allons tous être affectés. Tu ne peux pas te mettre ça dans la tête ?

Il haussa les épaules, l’air désespéré.

—Tu sembles ne pas plus te rendre compte de ce vers quoi nous nous dirigeons que la foule sur la plage de Brighton par un jour férié. Les gens sont peut-être un peu plus maussades que d’habitude, mais ils ne comprennent pas réellement ce qui se prépare.

La réprimande la fit réfléchir, mais elle l’effraya, aussi. En voyant son expression, il ajouta avec un humour lourd :

—Console-toi en te disant que nous avons maintenant un ennemi commun, les boches. Les suffragettes ont déposé leurs petites hachettes, et les responsables syndicaux ne parlent plus de grèves.

Elle l’entendit à peine ; la peur de l’avenir s’était emparée d’elle. Elle esquissa un mouvement pour se lever de son fauteuil mais se rassit brusquement.

—Nous devons réfléchir à ce qu’il vaut mieux faire. Nous sommes si proches de la côte, ici, que nous pourrions courir un réel danger. Les Allemands pourraient débarquer sur nos plages en un rien de temps. Il y a des réfugiés à Steyning. Mme Lacey les a vus et s’est dit que ce devait être des Belges. Ils parlaient une drôle de langue.

—Si les Allemands nous envahissent bel et bien, il est beaucoup plus probable qu’ils atterrissent sur la côte est. À Yarmouth ou à Cromer.

—Ils arriveront peut-être par le sud, dit-elle craintivement.

Toutes sortes de nouvelles angoisses s'étaient abattues sur elle en l'espace de quelques minutes, et le dîner avait été chassé de ses pensées.

—Nous devrions peut-être aller nous installer ailleurs. Pour quelque temps, au moins.

—Qu'est-ce que tu racontes ? Où diable irions-nous ? Nous retournerions à Birmingham ?

—Quelque part dans la campagne, s'empressa-t-elle de répondre, songeant que même les Allemands seraient peut-être préférables à un retour à Birmingham. Au nord de Londres, par exemple.

—Nous n'irons nulle part, dit-il fermement. S'ils nous envahissent, nous resterons et nous nous battrons.

—Mais, Joshua…

—Pas un mot de plus. Tu n'as donc aucun cran ? Pense aux hommes courageux à bord du Titanic. Ça, c'était l'esprit de l'Empire à l'œuvre ! Et la façon dont le capitaine Scott et son équipage ont trouvé la mort…

Elle pensa à tous ces hommes, mais cela ne la rasséréna pas du tout.

—Les enfants… William, Elizabeth…

—Elizabeth sera bientôt mariée, et Audley la protégera. Quant à William, il sera à des kilomètres d'ici, au pensionnat.

Elle se garda de lui faire remarquer qu'avoir un fils à des kilomètres de soi en plein état d'urgence n'était guère réconfortant. L'évocation du nom de Giles Audley lui avait rappelé encore une autre source d'inquiétude, qu'elle avait jusque-là réussi à contenir, dans l'effervescence des préparatifs de la soirée.

—À propos du mariage d'Elizabeth… commença-t-elle. Penses-tu que ce soit vraiment une bonne idée, en ce moment ?

L'expression sidérée de Joshua semblait indiquer que le spécimen de laboratoire était sorti du tube à essai et qu'il s'était soudain mis à parler.

—Qu'est-ce qui t'arrive, aujourd'hui ? Pour l'amour du ciel, tu donnes un dîner pour cet homme ce soir même ! Tu l'organises pour que nous puissions fixer le mariage !

—Je sais, répondit-elle d'un ton malheureux, mais je ne suis pas sûre que ce soit ce qu'Elizabeth veut.

—Elizabeth ne sait pas ce qu'elle veut. Et puis, ce qu'elle croit vouloir n'a rien à voir là-dedans. C'est un bon mariage. Elle ne tardera pas à s'y faire.

Il se leva péniblement de la chaise trop fragile pour lui et se dirigea vers la porte à pas lourds.

Alice se retrouva seule, livrée à ses angoisses. Son mari semblait croire que l'union était une affaire conclue et que le but du dîner était simplement de fêter cela. L'attrait de relations avec un membre de l'aristocratie brouillait sa vision, mais *elle* voyait les choses telles qu'elles étaient. Leur fille était imprévisible, et Alice savait que l'alliance était loin d'être conclue. Elizabeth lui avait donné l'impression qu'elle appréciait Giles Audley. Quand elle les avait rejoints dans la roseraie à l'abandon d'Amberley, ils étaient en grande conversation, comme de vieux amis, et les voir ainsi lui avait fait chaud au cœur ; mais depuis ce jour-là, elle n'avait pas réussi à arracher un mot à Elizabeth sur le sujet. Celle-ci demeurait résolument muette. Chaque fois qu'Alice avait essayé d'aborder le sujet d'un mariage à venir, sa fille avait souri gentiment, puis elle avait disparu presque imperceptiblement. C'était comme essayer d'attraper un feu follet. Elle n'avait pas refusé catégoriquement d'envisager Audley comme mari, mais elle n'avait pas non plus manifesté l'enthousiasme d'une future mariée.

Par ailleurs, les inquiétudes d'Alice avaient été décuplées quand elle avait vu le jeune Kellaway passer un bras autour de sa fille, et vu Elizabeth se laisser aller contre lui pour être réconfortée. Ce moment avait fait resurgir des souvenirs de Thomas. Des souvenirs fâcheux : ceux de la même attirance, du même désastre potentiel. Cela l'avait profondément inquiétée et l'inquiétait toujours. Elle revoyait encore la scène dont elle avait été témoin. Il y avait aussi cette effroyable histoire de chiens. Elle s'était efforcée de la chasser de son esprit, mais elle sentait que quelque chose de mauvais se tramait. Henry avait tourné la chose en dérision. Il le faisait toujours. Dès son plus jeune âge, il avait tourné en dérision toutes les choses horribles qui se produisaient autour de lui. Il avait tourné les accusations en ridicule, détourné les soupçons.

Elle abandonna le plan de table. Tout comme le repas, les fleurs et le vin, ce n'était qu'un dérivatif à des problèmes plus importants. Si Elizabeth refusait d'épouser Giles Audley, qu'adviendrait-il d'elle ? Serait-elle tentée par le jeune homme qui travaillait à Summerhayes, tentée de rejeter tout ce à quoi on lui avait appris à accorder de la valeur ? Ou rejetterait-elle l'idée même du mariage ? Elle l'avait déjà fait une fois par le passé, Alice ne s'en souvenait que trop bien. Maintenant, le spectre émergeait de nouveau de l'ombre. Elizabeth recommençait-elle à parler de s'établir en tant que peintre, de subvenir à ses propres besoins ? Mieux valait ne pas y penser. Et puis, il y avait Henry. Si Elizabeth refusait Giles Audley, comment le frère d'Alice réagirait-il ? Que dirait-il ? Que ferait-il ? C'était sans doute la question la plus terrifiante de toutes.

23

Tandis que sa mère se débattait avec les derniers préparatifs de la soirée, Elizabeth passa la journée dans sa chambre. C'était là qu'elle risquait le moins d'être dérangée. L'atelier était bien trop ouvert aux visiteurs importuns, et quelque chose lui disait qu'elle n'aurait pas été capable de peindre quoi que ce soit ce matin-là. Une grande agitation régnait dans toute la maison, et l'affectait profondément. Elle avait entendu la nouvelle annoncée par son père, susceptible de déterminer l'avenir de leur pays, et tout le monde l'avait entendue. Ils attendaient tous que le couperet tombe.

Elle avait une raison précise pour se cacher. Elle n'avait pas du tout envie de croiser sa mère et d'être soumise à un interrogatoire avant le dîner qui devait avoir lieu le soir même. Depuis des jours entiers, elle esquivait toute conversation avec sa mère. Elle n'avait vu Aiden qu'une seule fois depuis qu'il avait quitté Summerhayes, mais cela ne changeait rien. Elle ne pouvait pas épouser Giles Audley. Elle aurait dû renoncer à cette idée insensée des jours plus tôt, mais elle s'était cramponnée à l'espoir qu'elle mourrait naturellement. Elle savait que lorsqu'elle le refuserait, elle se heurterait à un mur de résistance et devrait subir pendant des heures des tentatives de persuasion qui finiraient par laisser la place à de l'hostilité puis à de la colère, parce qu'elle aurait refusé un homme tout à fait convenable alors qu'elle n'avait aucune autre perspective.

Elle avait eu des projets, autrefois, mais ceux-ci s'étaient évanouis au cours des jours et des mois qui avaient suivi son retour à Summerhayes. Elle n'avait pas eu envie d'aller à Londres, mais son père avait insisté. Il voulait que le monde entier sache qu'un homme né dans une famille extrêmement pauvre et élevé dans les bas-fonds de Birmingham avait une fille assez importante pour être présentée à la Cour. La Saison d'Elizabeth devait être un coup de maître pour eux deux. Cependant, quand elle était revenue à la maison sans le moindre regret d'avoir refusé deux excellentes demandes en mariage, il avait été furieux. Elle avait été tout autant en colère, et avait déclaré qu'elle ne se marierait jamais, qu'elle ne serait jamais dépendante d'un homme ; et quand son père s'était moqué d'elle et qu'il lui avait demandé de quoi elle comptait vivre, dans ce cas, elle lui avait répondu qu'elle serait une femme indépendante et, dans la bataille, avait avancé l'idée qui avait pris de plus en plus d'importance pour elle au cours de ces longs mois ennuyeux de la Saison.

C'était une sorte de défi lancé à ses parents, et leur réaction avait été tellement hostile qu'elle n'avait plus jamais osé en parler. L'idée que leur fille pût travailler pour subvenir à ses besoins avait d'abord semblé les laisser perplexes, puis, quand ils s'étaient rendu compte qu'elle avait l'intention de gagner sa vie en tant que peintre, ils étaient restés ébahis. Quand ils avaient fini par trouver les mots pour condamner son projet, ils ne lui avaient laissé aucun doute quant à ce que serait son avenir si elle quittait un jour le foyer familial pour essayer d'être indépendante. Elle se retrouverait sans le sou ; elle avait tout intérêt, lui avait dit son père, à en avoir conscience.

Dans ces conditions, comment aurait-elle seulement pu se lancer ? Elle n'avait pas d'argent et ne savait absolument pas comment vendre ses œuvres afin de collecter une somme suffisante pour payer le loyer d'une simple chambre. Des mois passés à se gronder pour son manque de courage – renoncer à son rêve avait été lâche – n'avaient rien changé.

Jusqu'à ce qu'Aiden Kellaway fasse irruption dans sa vie. Elle avait éprouvé de l'attirance pour lui dès le tout début, mais elle n'aurait jamais pu envisager un avenir avec lui. Pendant des semaines, elle n'avait pu que deviner ses sentiments pour elle, mais maintenant, elle savait qu'il l'aimait, qu'il voulait d'elle à ses côtés, qu'il voulait qu'elle soit sa femme ; et elle brûlait de l'épouser. C'était une évidence. L'amour d'Aiden avait transformé sa vision de l'avenir. Pourtant, était-ce seulement possible ? On ne l'autoriserait pas à l'épouser. Elle n'était pas majeure, et son père refuserait de lui donner son consentement. Et s'ils se mariaient sans son accord, avec dispense, alors ?

Aiden était un architecte paysagiste compétent. Il était énergique, enthousiaste, prêt à bâtir une bonne vie ; mais il était au début de sa carrière et il lui faudrait du temps pour construire un avenir sûr. Même si cet avenir avait eu Londres pour toile de fond, leur mariage aurait été un saut dans l'inconnu pour eux deux. Or, Aiden n'allait pas à Londres, il allait au Canada. Elle comprenait bien ses motivations, mais le Canada ! Une terre inconnue, un pays de pionniers, à des milliers de kilomètres de chez elle, de sa famille. À des milliers de kilomètres de Summerhayes.

Elle l'avait cru quand il lui avait dit, pour la rassurer :

—Je trouverai du travail. J'en trouverai assez pour que nous gardions le moral. Vous ne vivrez pas aussi luxueusement qu'ici, mais je veillerai à ce que vous ayez tout le confort que je pourrai vous donner.

Ses paroles lui avaient déchiré le cœur.

—Je serais un fardeau, avait-elle protesté, un boulet. Je ne pourrais rien apporter, en dehors de quelques toiles que personne ne voudra acheter. Ce serait risible si ce n'était pas si triste.

Il l'avait prise par les épaules et l'avait secouée doucement.

—Ne vous avisez pas de parler de fardeau. Nous formerons une équipe. Je ferai les plans des bâtiments et vous peindrez les tableaux à accrocher à leurs murs.

Il avait alors porté ses mains à ses lèvres, puis sa bouche avait à nouveau trouvé la sienne.

—Et ce n'est pas juste un rêve, avait-il murmuré lorsqu'ils avaient fini par s'écarter l'un de l'autre. Vous arriverez à vendre vos toiles, cela ne fait pas l'ombre d'un doute. Je les ai vues, elles sont bonnes. Elles sont très bonnes.

Quoi qu'il pût en dire, c'était bel et bien un rêve, la vision tentante d'une vie partagée, passée à s'aimer profondément, à travailler ensemble pour bâtir un avenir. L'essence même des rêves.

—Je pars pour Southampton le lendemain de mon dernier jour ici. Il faut que je réserve la première traversée disponible pour New York. Ensuite, de New York, je prendrai les dispositions nécessaires pour aller dans l'Ontario.

Le rêve était mort. Il partait. Il partait, mais pas elle. Les liens qui l'unissaient à sa famille, à Summerhayes, étaient trop forts.

—Je ne peux pas m'en aller, avait-elle murmuré d'une voix brisée. Je ne peux pas quitter ma famille.

Même en temps normal, cela lui aurait paru impossible, mais maintenant que William était malade et que la guerre était à leur porte, comment aurait-elle pu les abandonner ?

Le silence s'était fait. Aiden s'était alors laissé glisser du banc pour venir s'agenouiller sur le gravier, auprès d'elle. Son expression était grave mais ses yeux étaient emplis d'amour. Il avait pris ses mains dans les siennes et les avait tenues fermement.

—Je comprends que ce que je vous demande est considérable. Je le comprends très bien. Mais vous, vous devez comprendre que je ne peux pas rester ici, sinon ma vie sera finie.

Ils étaient restés comme cela, mains jointes, Aiden à genoux à côté d'elle, pendant de longues minutes. Quand il avait enfin repris la parole, sa voix était empreinte d'une sincérité farouche.

—Si vous m'épousez, Elizabeth, je vous honorerai. Je prendrai soin de vous. Je vous aimerai plus que je ne peux l'exprimer avec des mots. Mais je ne peux pas rester.

Depuis, ses paroles hantaient Elizabeth. Elles s'insinuaient dans chacune de ses pensées, tantôt pour la tourmenter avec la promesse du bonheur, tantôt pour la railler avec la réalité.

Le soleil inondait encore sa chambre et l'air frais et pur du soir entrait par les fenêtres ouvertes quand, à

18 heures précises, Ivy apparut dans l'embrasure de la porte. Son arrivée indiquait qu'il était temps pour Elizabeth de s'habiller pour le dîner le plus pénible de sa vie. Elle ne pouvait s'en prendre qu'à elle-même si elle se trouvait dans cette situation fâcheuse. Elle aurait dû être plus intrépide et plus courageuse, et mettre un terme à ces simagrées des jours plus tôt.

Une heure plus tôt, elle avait jeté un coup d'œil au plan de table de sa mère et vu qu'elle avait été placée en face de Giles Audley. Elle serait tenue de lui parler depuis l'autre côté de la table, de parler à ses voisins de table d'un côté et de l'autre, de tout et de rien, de sourire et de rire comme s'il n'y avait guère plus en jeu qu'un bon dîner et qu'un verre de vin. Cependant, tout au long du repas, elle aurait conscience qu'à un moment ou à un autre, il lui faudrait trouver les mots pour éconduire l'homme sympathique assis en face d'elle ; et tout au long de la soirée, une douleur bien plus grande, vibrante et sombre, l'accablerait aussi : la certitude qu'elle était en train de perdre l'homme qu'elle aimait. L'homme qu'elle ne pouvait pas épouser.

Ivy était d'humeur exubérante.

—Cela aura lieu samedi, mademoiselle Elizabeth, dit-elle, légèrement haletante. Nous venons à l'instant de tout mettre au point avec le pasteur.

Elizabeth la regarda, ébahie.

—Le mariage, précisa Ivy.

—Ce samedi ? Vous avez encore avancé la date ?

—Nous avons été obligés…

Une ombre passa sur son visage.

—… mais le pasteur a été très gentil. Il dit qu'étant donné les circonstances, ça ne le dérange pas de nous marier au pied levé. Et Eddie a vérifié auprès du Horse and Groom, cela ne les dérange pas non plus.

—Mais pourquoi cet empressement ?

—Vous n'êtes pas au courant, alors ? Votre papa ne parle que de ça.

—Les nouvelles de Belgique, vous voulez dire ?

Elizabeth ne voyait pas en quoi cela poussait Ivy et Eddie à se marier si précipitamment.

—Il y a eu un ultimatum. Je crois que c'est comme ça que ça s'appelle. Si l'Allemagne n'y répond pas d'ici minuit, nous serons en guerre.

—Et Eddie veut aller se battre ? Il n'est pas obligé, n'est-ce pas ?

—Non, il n'est pas obligé, mais il ne trouvera pas le repos tant qu'il ne se sera pas enrôlé. Il vient d'une famille de soldats, dit-elle avec tristesse, comme si c'était là une explication suffisante.

Elizabeth était sidérée. Depuis que son père avait annoncé, de bonne heure le matin même, que la Belgique avait été envahie, elle était restée cloîtrée dans sa chambre et n'avait rien entendu de plus sur cette sinistre nouvelle.

—Et les autres hommes ? demanda-t-elle.

—Ils en parlent tous. Ils ne vont pas tarder à aller au bureau de recrutement, vous verrez… Je vous ai fait couler un bain, Mademoiselle, se rappela soudain Ivy.

Elizabeth s'approcha d'elle et la serra dans ses bras.

—Ne désespérez pas ! L'ultimatum sera peut-être suivi d'effet, et Eddie ne sera alors pas obligé de partir.

Elle avait besoin qu'il soit suivi d'effet autant qu'Ivy. Si la guerre n'avait pas lieu, peut-être réussirait-elle à persuader Aiden de rester. Ils pourraient s'éclipser, obtenir une dispense et se marier – à Londres, peut-être. Ils loueraient une chambre, Aiden trouverait du travail et elle vendrait peut-être quelques tableaux. Sa famille finirait par se rendre compte qu'elle s'était trouvé un excellent mari et par accepter son mariage. Ses parents seraient heureux pour elle, et tout le monde se réconcilierait.

Cependant, elle savait qu'elle prenait ses désirs pour des réalités.

Quand elle sortit de la salle de bains, les joues toutes roses, elle vit qu'Ivy avait préparé la robe de soie crème que son père lui avait achetée pour la Saison londonienne, ainsi qu'une paire de sandales légères, couleur crème elles aussi.

—La robe est un peu trop habillée pour Summerhayes, lui fit-elle remarquer. Je crois que nous allons devoir en trouver une autre.

Ivy secoua la tête.

—C'est impossible. Votre maman veut que vous soyez sur votre trente-et-un. Elle dit que cette soirée est une grande occasion pour vous.

—C'est plutôt pour ma mère que c'est une grande occasion. C'est la première soirée qu'elle donne depuis que nous sommes à Summerhayes.

—Madame est dans tous ses états, ça, c'est sûr… mais il faut tout de même que vous paraissiez sous votre meilleur jour.

Elizabeth capitula.

—Va pour la robe de soie crème, alors !

Ivy lui fit enfiler des sous-vêtements couche après couche, dans un silence résigné : d'abord un corset pour comprimer sa taille et ses hanches, puis un caraco à encolure carrée, et une culotte à froufrous boutonnée à la taille. Ensuite, des bas de soie accompagnés de leurs jarretelles, et pour finir un jupon long. Enfin, Elizabeth était prête à enfiler la robe.

—Ce n'est pas beau, ça ? dit la jeune femme en s'écartant pour admirer, avec un soupir de satisfaction, le tableau achevé. Et si nous utilisions le peigne d'or incrusté de diamants ?

—Si vous voulez, répondit Elizabeth avec indifférence.

Elle s'approcha de la fenêtre pour regarder le paysage qu'elle aimait tant. L'air était peut-être doux, mais la végétation avait en grande partie disparu sous un soleil accablant, et la pelouse, habituellement verdoyante, était maintenant sèche et décolorée.

Elle retourna lentement à sa coiffeuse. Sa femme de chambre lui brossa les cheveux jusqu'à ce qu'ils soient bien brillants, puis elle les lui releva sur la tête et les attacha en une torsade souple à l'aide du peigne merveilleusement orné. Sa mère ne pourrait pas se plaindre de son apparence, ce soir. On voulait qu'elle donne l'impression de s'être apprêtée, et le peigne, la coiffure, la robe de soie fluide avec son corsage garni d'une ruche de dentelle et ornementé de perles prouvaient bien ses efforts.

Elle ne s'était pas souciée du résultat, mais quand elle se regarda dans le miroir, elle fut satisfaite de ce qu'elle vit. Bien que sa silhouette fût svelte, la robe crème mettait en valeur ses formes, et son décolleté était plus suggestif que provocant. Elle aurait voulu que ce soit Aiden qui la voie, ce soir.

Sa femme de chambre attacha autour de son cou le collier d'or et de diamants assorti au peigne, et Elizabeth fut enfin prête.

Elle prit sa pochette ornée de perles et déposa un baiser sur la joue de la jeune femme.

—La prochaine fois, il faudra que vous me laissiez travailler aussi dur. C'est moi qui vous habillerai pour votre mariage, et je ferai de vous la mariée de l'année.

—Je ne pourrais jamais vous laisser faire une chose pareille, Mademoiselle ! protesta Ivy, scandalisée.

—Bien sûr que si, et c'est ce que vous ferez samedi !

À ce moment-là, un gong retentit à l'étage du dessous et, avec un petit soupir, Elizabeth se hâta de quitter la pièce, laissant derrière elle Ivy, qui secouait la tête mais affichait un sourire ravi.

Joshua attendait dans le couloir, toujours aussi impatient, tapant bruyamment du pied sur le carrelage noir et blanc et tambourinant du bout des doigts sur une console. La lumière du crépuscule entrait à flots par la porte d'entrée, illuminant les arabesques de son vitrail et éclaboussant l'entrée de flaques de couleurs vives. Il ne remarquait pas cette beauté. Il était tendu, elle le voyait bien, en dépit de l'indifférence qu'il avait affectée chaque fois que cette soirée avait été évoquée.

—Bonsoir, Papa, dit-elle d'un ton guindé.

Il se retourna en entendant sa voix, et la regarda fixement, comme s'il ne l'avait encore jamais vue.

—Tu es très belle, Elizabeth, dit-il enfin.

—Ne le suis-je pas toujours ? le taquina-t-elle.

—Eh bien, si, mais…

Il s'éclaircit la voix, semblant un instant être submergé par l'émotion.

Elle espérait qu'il n'en était rien. Elle devait jouer un rôle, ce soir, mais elle n'avait aucune envie de faire espérer à qui que ce soit que c'était bien réel. Avant qu'elle ait pu dire quoi que ce soit pour refroidir l'enthousiasme de son père, sa mère avait descendu l'escalier jusqu'à eux. La regardant à peine, elle continua son chemin en direction de la salle à manger, le visage crispé par l'anxiété.

Elizabeth la suivit et la vit faire le tour de la table, d'abord dans un sens, puis dans l'autre, tripotant ici un couteau, là une cuillère, renforçant le pli des serviettes amidonnées, remettant bien droites des chaises qui l'étaient déjà.

—C'est magnifique, Maman.

C'était vrai. L'argenterie reluisait sur la nappe blanche damassée empesée, les verres en cristal scintillaient et reflétaient l'éclat du soleil bas sur l'horizon, et les petites roses en pots aux couleurs vives de M. Harris fleurissaient au centre de la table. Elle respira leur parfum capiteux et délicat à la fois et le trouva divin.

—Viens dans le salon, dit-elle à sa mère d'un ton enjôleur. Un petit verre de sherry t'aidera peut-être à te détendre ?

Sa mère avait en fait l'air d'avoir besoin d'une bouteille entière de sherry, mais elle ne voulut rien entendre.

—Le sherry va avec la soupe, Elizabeth, répondit-elle.

Elle se laissa tout de même entraîner dans le salon, où elle s'assit tout au bord du canapé, prête à s'enfuir.

24

La sonnette retentit et Alice se leva d'un bond, comme un diable surgissant de sa boîte. On entendit Ripley se diriger à pas lourds vers la porte, mais la mère d'Elizabeth arriva dans l'entrée avant lui et elle accueillit son frère et sa belle-sœur avec effusion. Le docteur Daniels les suivait de près. Elizabeth remarqua que Louisa portait une robe très décolletée, et que son parfum fort était intensifié par la chaleur du soleil qui filtrait à travers le vitrail. Ce parfum concurrencerait sérieusement celui des roses.

Quand Giles Audley arriva, il salua Elizabeth comme un vieil ami ; mais son regard, chaleureux et plein d'admiration, n'était pas celui d'un ami, et elle sentit ses craintes s'accroître considérablement. Pendant un court moment, le petit groupe resta dans le salon, mal à l'aise, chacun d'entre eux ne sachant vraiment que dire ou faire en pareilles circonstances. Quand le gong sonna, à 19 heures précises – on sonnait les heures des repas, à Summerhayes –, un murmure de soulagement presque audible parcourut la pièce. On put alors escorter les invités jusque dans la fraîcheur de la salle à manger, à l'autre bout du couloir.

Ripley, qui ne se ressemblait pas dans sa queue-de-pie, avec son nœud papillon, servit tout de suite le premier plat, et une fois que les assiettes de soupe de cresson et les verres de sherry furent sur la table, une conversation guindée put commencer. Inévitablement, elle tourna autour de la situation terrifiante de l'autre côté de la Manche, et il semblait probable que le sujet les occuperait un certain temps. Elizabeth en était profondément soulagée. Avec un peu de chance, on n'aborderait pas le sujet du mariage.

—Personne ne s'y attendait, voyez-vous, dit son oncle entre deux cuillerées de soupe de cresson. On parlait de guerre depuis des années, on en prédisait même une, mais elle a quand même réussi à prendre les gens par surprise.

—Ce n'est guère étonnant, n'est-ce pas ? dit Louisa en regardant son mari avec un sourire mièvre. Puisque Lloyd George a pris grand soin d'affirmer que nos relations avec l'Allemagne étaient meilleures qu'elles ne l'avaient été depuis des années. Comme il nous a induits en erreur ! Ce matin, les gens ouvrent leur journal, et soudain, la guerre menace d'éclater – non pas à cause de l'Irlande comme on aurait pu s'y attendre, mais en Europe.

Elizabeth remarqua que son père, qui avait été le premier à annoncer un cataclysme, gardait les lèvres pincées.

—Nous supposons que nous allons entrer en guerre, intervint le docteur de sa voix aiguë et tendue, mais nous pourrions très bien nous tromper. Il n'est pas trop tard pour que nous évitions la catastrophe, n'est-ce pas ?

Louisa lui lança un coup d'œil approbateur, tandis que les autres l'ignoraient et penchaient la tête sur ce qui leur restait de soupe.

Ripley, accompagné de deux valets de pied engagés pour l'occasion, ôta les assiettes creuses et les emporta en cuisine, mais ils ne tardèrent pas à revenir avec des plats d'aspic de crevettes roses, de poisson cuit au four, et avec un plat contenant un édifice vacillant qui s'avéra être une mousse de crevettes grises. Des bouteilles de vin du Rhin vinrent remplacer celle de sherry.

—Le docteur Daniels à raison, dit Alice. Il ne s'est rien produit d'irrévocable. Nous pouvons encore éviter un désastre.

Maintenant qu'ils étaient arrivés au deuxième plat sans incident malheureux, la mère d'Elizabeth paraissait un peu moins tendue, et elle avait manifestement pitié du médecin, dont la tentative de conversation avait été si ouvertement dédaignée.

—Vous savez, des prières toutes particulières ont été dites, dimanche, continua-t-elle d'un ton enjoué. Peut-être seront-elles exaucées.

—Nous avons été pris au dépourvu, cela ne fait aucun doute, reprit Henry, ignorant sa sœur.

Il but une longue gorgée de vin frais.

—Nous aurions dû le voir venir quand l'Autriche a envoyé un ultimatum à la Serbie et essayé de l'humilier… mais nous n'en avons tenu aucun compte. Nous avons préféré rester des spectateurs passifs.

Elizabeth aurait pu faire remarquer à son oncle qu'il s'était montré méprisant quand son père avait formulé ces mêmes craintes, mais elle ne dit rien. Ne pas contrarier Henry Fitzroy était le principal, ce soir.

—On aurait tout de même pu s'attendre à ce que nous comprenions ce qui se passait, pérora-t-il encore. Avec cet ultimatum, la Russie allait devoir défendre la Serbie, et évidemment, ensuite, l'Allemagne et la

France allaient forcément prendre parti pour un camp ou pour l'autre.

—Comme un volcan endormi entrant en éruption de façon inattendue, dit inutilement le docteur.

Le père d'Elizabeth prenait sur lui pour garder le silence, mais en présence d'une ignorance aussi manifeste, l'effort le faisait rougir de manière alarmante. Elle jeta un coup d'œil à Giles, assis en face d'elle. Il esquissa un sourire discret, mais reporta presque aussitôt son attention sur les ris de veau et les côtelettes que Ripley venait juste de servir. Son appétit semblait n'être pas affecté par les tensions qui bouillonnaient juste sous la surface. Elle et lui n'avaient pas échangé un mot depuis le début du repas, mais cela ne la dérangeait pas. Tout report de la conversation difficile qu'ils devaient avoir était bon à prendre. Elle espérait qu'ils continueraient à parler de la guerre le plus longtemps possible, tant que le caractère de son père pourrait le supporter.

Le vin n'allait certainement pas améliorer son humeur. Il en buvait rarement et, quand il le faisait, il avait tendance à devenir plus belliqueux que jamais. Ce soir, il avait dû endurer des remarques qui auraient fait honte à un enfant, des remarques d'une ignorance palpable et d'une platitude désolante, et sur un sujet sur lequel il estimait porter un jugement éclairé. Cependant, d'autres affronts l'attendaient, et ceux-ci arrivèrent sans prévenir.

Ripley découpait le rôti de bœuf tandis que les deux valets de pied proposaient à chaque invité une succession sans fin de plats de légumes, quand Elizabeth vit qu'Henry, assis à la droite de son père, remarquait soudain les domestiques employés en extra. Le visage de son oncle trahissait le plus grand mépris. Elle espérait que son père ne l'avait pas remarqué. Pour Henry, l'absence de personnel était totalement prévisible. Summerhayes se débrouillait avec la moitié des domestiques que l'on trouvait généralement dans un domaine aussi grand ; son expression semblait indiquer que l'on ne pouvait pas s'attendre à autre chose de la part d'un fabricant de boutons.

Par ailleurs, le vin de Bourgogne ne lui rendait pas service.

—Nous ne devrions pas désespérer, déclara-t-il. Même s'il y a la guerre, elle sera assurément de courte durée. Rude, mais de courte durée. Tout sera terminé avant Noël, vous verrez. Ce pays n'a pas été battu depuis des années. Nos jeunes gens vont brûler d'impatience d'être aux prises avec l'ennemi. Et vous pouvez être sûrs que l'aristocratie sera à leur tête, menant la charge.

—Des ânes menant d'autres ânes au carnage, marmonna son père, ayant finalement décidé, semblait-il, de renoncer à la neutralité.

En réaction, Henry posa violemment son verre de vin sur la table, et une tache cramoisie s'étala sur la nappe blanche damassée.

—C'est sacrément peu patriotique, fulmina-t-il.

—Chut… se risqua à murmurer Louisa, posant une main sur le bras de son mari pour le faire taire.

La tentative était vaine.

—Évidemment, ça ne m'étonne pas, continua Henry. Les gens comme toi, dit-il, crachant presque ces mots, laisseraient le Kaiser nous piétiner à condition qu'il les laisse faire leurs bénéfices.

La colère de Joshua était devenue glaciale et sa voix reflétait bien cela.

—Tu ne sais pas ce que tu avances, Henry. La Royal Navy règne peut-être encore sur les mers avec ses cuirassés et ses croiseurs, mais notre ingénierie est très en retard sur celle de l'Allemagne, et notre armée le prouve. Elle est trop petite et largement débordée par les bataillons allemands. N'importe quelle personne sensée peut se rendre compte qu'elle n'est pas équipée pour mener une guerre terrestre moderne, et encore moins pour vaincre un ennemi deux fois plus puissant en l'espace de quelques mois.

Henry prit un air menaçant, mais cela ne découragea pas son beau-frère.

—Les gens comme moi, comme tu dis, sont loin d'être antipatriotiques… mais ils ont la tête sur les épaules, et ils savent pertinemment qu'une guerre insensée ne fera que plonger ce pays dans le chaos financier.

—Insensée ! rugit Henry, faisant sursauter Alice. Tu trouves que tenir tête au Kaiser est insensé ? Ce sont là les propos d'un socialiste !

—Et les tiens sont ceux d'un homme qui ne sait rien.

Aucun des deux hommes ne cherchait plus à cacher le mépris qu'il nourrissait pour l'autre.

—Je suppose que tu étais à Trafalgar Square il y a deux jours ? le railla Henry. À brandir des pancartes avec les autres socialistes…

—Je n'y étais pas, mais j'aurais été heureux d'y être. Ils ont toutes les raisons de manifester, et ils représentent l'état d'esprit d'un grand nombre de personnes dans le pays – l'état d'esprit des gens qui sont à mille lieues de la bulle dans laquelle tu vis. Je ne suis pas socialiste, bon sang, comment pourrais-je l'être, mais quinze mille personnes ont manifesté contre la guerre. Le gouvernement devrait en tenir compte. *Tu* devrais en tenir compte, mais bien sûr, ce chiffre ne signifie rien, pour toi. Ce ne sont que des ouvriers, n'est-ce pas, des gens qui gagnent leur vie en travaillant de leurs mains ?

—Comme tu l'as fait, dit Henry avec mépris.

—Et j'en suis fier. J'ai travaillé jour et nuit pour devenir un homme en mesure d'acheter une usine. Puis une autre, et encore une autre. Un homme auquel on faisait suffisamment confiance pour qu'il fasse de l'argent pour les autres. Qu'as-tu jamais fait, toi, à part tendre la main ?

En bout de table, Alice jetait des coups d'œil apeurés de l'un à l'autre, ses mains tremblant de manière incontrôlable. Elle avait l'air d'être au bord des larmes. Elizabeth s'apprêtait à se lever pour aller auprès d'elle quand Ripley et ses sous-fifres apparurent avec le plat de gibier et s'affairèrent autour de chaque convive, ignorant scrupuleusement l'hostilité entre les deux hommes.

Pendant que son père et son oncle se querellaient, elle avait remarqué que Louisa resserrait sa prise sur ses couverts à chaque fois que la fureur d'Henry montait d'un cran. Elle avait gardé les yeux rivés sur le carré de nappe blanche juste en dessous de son assiette, sans jamais dévier d'un centimètre ; mais maintenant, dans le silence tendu qui suivait l'altercation, elle semblait libérée du sort dont elle avait été victime, et elle en profitait pour chuchoter quelque chose à l'oreille du docteur. Quoi qu'elle pût lui dire, cela eut l'air de lui faire plaisir.

Elizabeth songea que ce devait être le seul invité content. C'était le dîner le plus lamentable de toute sa vie : le bruit et la fureur de la dispute étaient désespérants, et l'idée de faire semblant qu'il s'agissait d'une agréable réunion familiale également. C'était la guerre, purement et simplement. Elle mangea du bout des dents les petites tranches de canard que Ripley leur avait servies, et quelques-uns des morceaux de gibier qui les accompagnaient. Elle avait depuis longtemps perdu l'appétit, et elle avait l'impression que sa tête allait exploser.

Elle avait remarqué que sa mère avait mangé encore moins qu'elle. Elle avait réussi à maîtriser le tremblement de ses mains, mais était assise dans une position qui n'était pas naturelle, toute raide et très droite. Quand Ripley réapparut, elle tourna la tête sur le côté comme un automate, et elle suivit des yeux chacun de ses mouvements. Apparemment, elle ne pouvait garder son calme qu'en vérifiant et revérifiant les moindres détails du dîner : la table avait-elle été convenablement débarrassée, le service était-il irréprochable ? Le vin liquoreux que Ripley servit en même temps que la crème de pistache et le granité de citron semblait l'inquiéter tout particulièrement. *C'est bientôt fini, Maman*, pensa Elizabeth.

Les hostilités s'étaient temporairement calmées, les deux participants étant trop épuisés ou, plus vraisemblablement, trop repus pour continuer. Elle s'était attendue à ce que Giles Audley intervienne entre les feux croisés et tente de mettre fin à la bataille, mais il n'avait rien dit. Pour une raison ou pour une autre, elle imaginait que c'était un homme d'action plus qu'un homme qui accordait de l'importance aux paroles. Elle se demandait s'il se porterait volontaire pour aller se battre, s'il y avait la guerre. Peut-être serait-il considéré comme trop vieux pour le champ de bataille.

Il avait dû deviner ses pensées, ou sentir son regard posé sur lui, car il leva les yeux vers elle et lui demanda :

—Toutes ces histoires de guerre vous bouleversent-elles, Elizabeth ?

—Pas autant qu'elles le feront si elles deviennent réalité.

—Votre père semble tout à fait convaincu que ce sera le cas.

—Il fait encore des affaires en Europe continentale. Les gens qu'il y connaît l'ont averti du danger il y a des mois de cela.

Elle parla à voix basse pour ne pas attirer l'attention. Les autres convives mangeaient leur dessert du bout des dents, et la conversation était devenue molle mais sans danger.

—M. Summer dirige ses propres usines, alors ?

—Plus maintenant. Il les a vendues il y a des années, mais les propriétaires actuels se reposent volontiers sur ses connaissances de l'Europe. Et il a l'air heureux de conserver un petit lien avec Birmingham et la vie qu'il avait là-bas.

—Celle d'un gentleman de la campagne est assurément très différente. Quel changement !

Il semblait s'émerveiller de la métamorphose de Joshua.

—Il aura vu le monde de deux points de vue très différents.

Elle n'avait jamais pensé à cela.

—Oui, sans doute… Je sais qu'il redoute ce que la guerre fera aux ouvriers qu'il connaît.

Audley se laissa aller en arrière sur sa chaise, repoussant le sorbet à moitié mangé.

—À eux, mais pas seulement. Si nous entrons en guerre, tout le monde sera touché.

—Nos jeunes gens qui iront se battre, vous voulez dire ?

—Les jeunes gens de tous les milieux. Il n'y aura pas que la vaillante cavalerie qui ira à la rescousse au galop. S'il y a la guerre, les valets de pied, les jardiniers, les charpentiers, tout le monde, en fait, y sera mêlé. Et probablement aussi le domaine lui-même.

Depuis des semaines, elle sentait quelque chose de sombre gagner du terrain. Non seulement sur un plan personnel, mais à plus grande échelle, une peur, une ombre qui s'était étendue sur les journées ensoleillées et avait lentement pris forme. Elle avait chatoyé en toile de fond, d'abord à peine perceptible, puis elle avait gagné en intensité, peu à peu ; et maintenant, elle planait au-dessus du domaine de Summerhayes lui-même.

—S'il y a la guerre, qu'arrivera-t-il aux domaines à la campagne, comme celui-ci ?

—Dieu seul le sait. Nombreux sont ceux qui peinent déjà à payer les droits de succession, et une guerre pourrait être le coup de grâce. Si un père meurt et que son héritier est tué, le domaine sera doublement frappé. Ceux qui resteront – des fils, des petits-fils, des cousins éloignés – n'auront pas l'argent pour continuer. Ils seront obligés de vendre les biens familiaux petit à petit, puis les terres qui font du domaine ce qu'il est.

—Alors le monde tel que nous le connaissons va disparaître ?

—Peut-être pas complètement, répondit-il pour la rassurer. Peut-être y aura-t-il simplement moins de domaines, et aussi moins d'argent et moins de domestiques pour les entretenir.

Le père d'Elizabeth avait l'argent, mais s'il n'y avait plus personne pour s'occuper de Summerhayes, son rêve serait terminé. Il avait choisi d'adopter un mode de vie alors qu'il était déjà trop tard pour le faire, semblait-il. Chacun à sa manière, lui et Henry appartenait à un passé qui disparaissait sous leurs yeux. C'étaient des hommes comme Aiden qui incarnaient l'avenir.

—Quoi qu'il en soit, poursuivit Giles Audley, il ne restera peut-être pas grand-chose d'un domaine à entretenir si l'armée s'en mêle.

Elle le regarda, les sourcils froncés. Cette remarque était-elle censée être rassurante ?

—Les militaires réquisitionneront des terres pour leurs camps d'entraînement, et les communes les champs inutilisés pour la production alimentaire. Il y a aussi le bétail… Ils le réquisitionneront aussi, et ils abattront des arbres dans les bois.

—Vous êtes bien documenté !

—J'ai été soldat, quand j'étais jeune. Cela donne une idée de ce qui se fait en temps de guerre.

—Et une maison comme celle-ci serait réquisitionnée ?

Les mots tremblèrent sur ses lèvres. C'était une perspective accablante.

—C'est difficile à dire. Les maisons de campagne devraient sûrement fournir des chambres pour le secteur hospitalier et l'entraînement militaire, mais avec un peu de chance, Summerhayes serait épargné.

—Je l'espère. Cela tuerait mon père de perdre le domaine.

—Essayez de ne pas vous inquiéter, dit-il chaleureusement. Ce n'est pas encore sûr qu'il y aura la guerre, et les choses vont suivre leur cours normal – pendant un certain temps, tout au moins.

—L'un de nos hommes, Eddie Miller – c'est notre chauffeur – parle déjà de s'enrôler. Pauvre Ivy ! Elle doit l'épouser samedi.

—Je suis sûr qu'il restera dans les parages encore un moment. La conscription sera sûrement différée. Il y a dans ce pays une hostilité profondément enracinée à son égard.

—Il a l'intention de s'engager comme volontaire.

—Vraiment ? Un brave homme. C'est le genre d'état d'esprit dont nous aurons besoin si nous entrons bel et bien en guerre.

Elle se pencha vers lui, par-dessus la nappe blanche amidonnée.

—Dites-moi la vérité. Vous pensez qu'il va effectivement y avoir la guerre, n'est-ce pas ?

—Je ne cacherai pas le fait que la situation semble très grave. On ne lance pas un ultimatum à moins d'avoir l'intention de le faire respecter.

—Le gouvernement n'aurait peut-être pas dû en lancer un. Il aurait peut-être mieux valu attendre.

—Ils n'avaient pas vraiment d'autre possibilité. En tant que nation, nous sommes tenus par traité d'apporter notre soutien aux pays que l'Allemagne envahit.

—Et si nous ne tenions pas nos engagements ? Il y a plein de raisons pour lesquelles la Grande-Bretagne devrait ne pas intervenir. Nous sommes une île et ce n'est pas notre conflit.

—Un traité est un document juridique, lui fit-il remarquer avec douceur.

—D'accord, mais là n'est pas la question, n'est-ce pas ? Ce n'est pas tant une affaire de loi qu'une affaire d'honneur. Il s'agit de ne pas perdre la face. C'est un concept typiquement masculin !

Le rouge lui montait aux joues. Cette conversation la mettait en colère et lui donnait un sentiment d'impuissance.

—Êtes-vous en train de dire que les femmes n'ont pas le sens de l'honneur ?

—Je dis que, dans une situation délicate, elles sont prêtes à arriver à un compromis.

Il secoua la tête.

—Face à une puissance comme celle du Kaiser, il n'y a aucun compromis possible.

Elizabeth se rendit soudain compte que plus personne d'autre ne parlait autour de la table, et que leur conversation était suivie et entérinée par une phalange de sourires. Même le docteur échangea avec Louisa un regard entendu. C'était extrêmement embarrassant.

Ripley n'aurait pas pu refaire son apparition à un moment plus opportun. Les fruits et les fruits à coque arrivèrent, ainsi que le porto ; il était temps pour les dames de se retirer au salon et d'attendre qu'on vienne leur servir le thé. Les hommes allaient maintenant avoir droit à leurs cigares, mais elle remarqua que son père ne les invitait pas à aller dans son fumoir. Ce réduit n'arborait peut-être pas les poissons empaillés et les massacres que l'on trouvait dans la plupart des fumoirs, mais c'était une pièce totalement masculine et, surtout, c'était le territoire privé de Joshua et il le gardait farouchement.

25

— Giles Audley est un vrai gentleman, tu ne trouves pas ? demanda Louisa au-dessus des tasses de thé.

—Je présume, puisqu'il a un lien de parenté avec les Fitzroy, répondit Elizabeth, se montrant délibérément obtuse.

Qu'est-ce qui faisait que l'on était un gentleman, d'ailleurs ? Était-ce l'éducation, l'argent ou les bonnes manières ? Ou bien un mélange des trois ? Si tel était le cas, ni son père ni oncle Henry ne remplissaient les conditions. En revanche, si la qualité de gentleman résidait dans l'honnêteté, l'intégrité et la bonté, alors le vrai gentleman était Aiden.

—Je veux dire que c'est un gentleman par sa conduite et son allure, expliqua patiemment sa tante. Et il est très beau pour un homme de son âge ! C'est un excellent parti.

Elle caressa pensivement la porcelaine.

—Qui a déjà été marié, ne put s'empêcher de dire Elizabeth.

Sa tante lui prit la main.

—Oh, ma chérie, tu n'as pas à t'en faire pour cela… n'est-ce pas, Alice ? dit-elle, recourant à l'arbitrage de sa belle-sœur. La chère épouse de Giles est morte il y a de nombreuses années et, bien sûr, il n'y a pas d'enfants susceptibles de compliquer les choses.

—Au contraire, intervint la mère d'Elizabeth, cela devrait te donner confiance. De toute évidence, il aimait tendrement sa femme et, au dire de tous, c'était un très bon mari.

Louisa hocha la tête d'un air sage.

—Il vient d'une très bonne famille, et c'est ce que nous te souhaitons, Elizabeth, d'être entre les mains d'un homme bien – à plus forte raison dans un monde aussi troublé que celui-ci.

Elizabeth se hérissa, trouvant de très mauvais goût que l'on fasse si ouvertement pression sur elle. Elle aurait pu répondre à sa tante qu'elle n'avait envie d'être *entre les mains* de personne ; mais ce n'était pas vrai. Bien sûr, pour les Fitzroy, les mains auxquelles elles pensaient seraient les mauvaises.

—Ma femme de chambre s'est choisi un homme bien, dit-elle, tentant de faire dévier la conversation. Elle doit se marier avec lui samedi.

—C'est très bien, dit Louisa avec indifférence, mais ce n'est certainement pas quelque chose dont tu devrais te soucier.

—Au contraire, je m'inquiète pour Ivy. Son avenir à *elle* semble très incertain. Son futur mari a l'intention d'aller se battre si nous entrons en guerre, et je veux veiller à ce que le jour de ses noces soit inoubliable.

Sa tante eut une expression horrifiée et sa mère s'empressa d'intervenir.

—Ivy s'occupe d'Elizabeth depuis des années, tu sais. C'est naturel qu'elle se fasse du souci pour elle.

Louisa prit une profonde inspiration. Elle semblait sur le point de dénoncer cette trahison, mais quand elle prit la parole, ce fut pour aborder un tout autre sujet.

—J'ai été surprise de ne pas voir William, au dîner. C'est une très bonne chose pour un enfant, je trouve, d'apprendre les règles de l'étiquette au sein de sa famille, et William sera bientôt un jeune homme. Gilbert ne va pas tarder à prendre son dîner avec nous, c'est sûr.

—Si tu te souviens bien, répondit Alice, nous accueillons un ami de William, en ce moment.

—Certes, ma chère, mais tout de même, n'auraient-ils pas pu se joindre tous les deux à nous ? J'imagine que cela aurait fait le plus grand bien à cet ami, étant donné le milieu dont il est issu…

Elle marqua un temps d'arrêt, puis ajouta :

—William se porte bien, j'espère ?

—Parfaitement bien.

—Je me posais la question. L'autre jour encore, Henry me disait que sa santé devait être une source d'inquiétude pour vous deux. Ce serait tout à fait affligeant s'il devenait invalide.

Le cœur d'Elizabeth fit un bond dans sa poitrine, mais avant qu'elle ait eu le temps d'analyser cette sensation désagréable, la porte s'ouvrit et les hommes entrèrent, un par un. Finalement, ils n'étaient pas restés longtemps assis à boire leur porto. Elle imaginait mal une conversation entre eux quatre ; l'atmosphère avait dû être encore plus tendue qu'en présence des femmes.

Giles Audley se dirigea vers le fauteuil le plus proche du sien et s'y assit. Elle remarqua de nouveaux regards approbateurs tout autour d'eux. Elle suffoquait sous le poids des attentes de ses proches et brûlait du désir de s'enfuir ; mais il n'y avait pas d'échappatoire possible. Pas encore.

—J'ai repensé à ce que vous avez dit, commença-t-il.

—Vous n'avez pas discuté, alors ?

Il fit la grimace et une lueur amusée brilla dans ses yeux.

—La conversation n'a pas été si facile, dirons-nous.

—Ici non plus. Alors, quel est le fruit de vos réflexions ?

—Rien d'extraordinaire, je le crains. Mais à propos du souci que vous vous faites pour votre chauffeur… Ce n'est peut-être pas si grave. Vous avez entendu ce qu'a dit votre oncle. Il est persuadé que tout conflit sera de courte durée et fini avant Noël. Eddie et ses compatriotes seront rentrés pour passer les fêtes avec vous.

—S'il revient ici, dit-elle, pensive.

Il la regarda d'un air perplexe.

—Je ne veux pas dire qu'il ne reviendrait pas auprès d'Ivy, expliqua-t-elle, mais je me demande s'il sera disposé – si n'importe lequel des domestiques sera disposé – à retrouver le genre de vie qu'ils ont ici.

—Je ne peux pas croire qu'ils envisageraient de ne pas revenir, dit-il d'un ton étonné. Imaginez la dimension affective de la famille, du domaine, pour eux. Elle existe pour tous les domestiques. Bien souvent, vous savez, ils ont le sentiment que la maison leur appartient tout autant qu'à leur maître.

—Oui, mais ils auront vu un monde différent, un monde plus vaste. Une fois qu'ils seront convaincus de pouvoir vendre leurs compétences ailleurs, et plus cher, ils n'auront peut-être plus autant envie de revenir.

Il inclina légèrement la tête, considérant ses propos.

—C'est vrai qu'ils seront utiles à l'armée. Certains d'entre eux sauront tirer, et la plupart savent se servir d'outils… et il y aura aussi ceux qui savent diriger un cheval ou conduire des véhicules automobiles ; mais je pense tout de même que vous verriez revenir vos hommes. Ils retrouveraient leurs emplois et, à n'en pas douter, leurs salaires augmenteraient à leur retour. On parle déjà de paysans qui offrent des salaires plus élevés à leurs ouvriers agricoles pour les garder. Et n'oubliez pas que le travail de domestique est un travail stable. Il ne faut jamais sous-estimer l'attrait de la sécurité dans un monde impitoyable.

—Mais leur monde est déjà un monde impitoyable, non ? Je ne suis pas sûre qu'ils auront envie de revenir une fois qu'ils auront goûté à la liberté. Nos domestiques viennent principalement du village, mais ils gagneraient plus d'argent s'ils travaillaient dans une usine. Et quand le lien avec les traditions sera rompu, ce sera pour de bon.

—Je crois que vous êtes excessivement pessimiste. Vos parents sont de bons employeurs. Un poste à Summerhayes n'est pas quelque chose que l'on abandonnerait à la légère.

Elle prit un moment avant de répondre.

—Nous traitons nos domestiques aussi bien que n'importe qui d'autre, mais on ne peut pas nier le fait qu'ils ont la vie dure. Ils travaillent du matin au soir. Nous avons l'électricité, le téléphone, une automobile, mais même dans une maison moderne comme Summerhayes, les tâches ménagères sont sans fin. Être domestique ne vaut guère mieux qu'être une bête de somme.

—Ce sont là des paroles de révolutionnaire, Elizabeth. Je me demande si c'est là l'influence de

Mme Pankhurst ? Je sais qu'elle a déclaré que le droit de vote des femmes pourrait mettre en place un gouvernement qui aiderait les ouvriers comme ils les aideraient, *elles*.

Elizabeth avait lu ce discours, et il l'avait encouragée, mais en réalité, c'était sa rencontre avec Aiden qui lui avait ouvert les yeux sur la vie des prolétaires. Auparavant, leur existence – même celle d'Ivy – était une chose qu'elle considérait comme allant de soi.

Elle ignora la question de Giles Audley et lui demanda :

—Seriez-vous disposé à vous battre ?

Il eut un drôle de petit rire.

—Disposé, oui, mais reste à savoir si l'on voudrait de moi. Je ne serais pas appelé, ça, c'est certain – je suis trop vieux –, mais je pourrais toujours m'engager comme volontaire. J'ai fait partie de la cavalerie, par le passé, comme la plupart des jeunes gens que je connaissais à l'époque, et si je devais m'engager comme volontaire un jour, ce serait pour intégrer un régiment de cavalerie.

—Cette guerre, si elle a lieu, ne sera pas une guerre pour les chevaux.

La voix tonitruante de Joshua interrompit leur conversation.

—Et vous ne vous engageriez tout de même pas comme volontaire, dit Alice, s'y joignant à son tour. Pas maintenant, justement…

Elizabeth avait été absorbée par sa conversation avec Giles Audley et elle ne s'était pas rendu compte que le silence s'était fait, autour d'eux. Elle s'apercevait maintenant que tout ce qu'ils s'étaient dit avait été entendu. C'était comme si l'assemblée les encourageait silencieusement, leur donnait un coup de pouce, les incitait à nouer des liens en parlant de la guerre. C'était ridicule. Et pourtant, sa mère interrogeait maintenant Giles Audley au sujet de ce qu'il avait l'intention de faire.

—Selon toute vraisemblance, Mme Summer, je ne m'engagerai pas comme volontaire, répondit-il avec placidité.

—Certainement pas ! Tu auras des choses bien plus importantes en tête, n'est-ce pas, Giles ?

L'oncle d'Elizabeth avait retrouvé ses bonnes manières depuis qu'ils avaient quitté la salle à manger, mais son vernis habituel était empreint d'une cordialité qui sonnait horriblement faux.

—Cela dépendra, répondit Giles Audley avec aisance, sans préciser de quoi, au juste.

L'attention de chaque personne présente dans le salon était fixée sur elle, comme si elle était une icône à contempler avec émerveillement. Même Giles Audley s'aperçut de l'extraordinaire attention dont ils faisaient tous deux l'objet et, l'espace d'un instant, il perdit contenance. Il se racla la gorge.

—J'espérais vous rendre visite, demain, Mlle Summer, parvint-il à dire.

—Il va venir demain, dit Joshua d'un ton satisfait, plus tard dans la soirée. Tant mieux ! Voilà une chose que nous pourrons régler, à défaut d'autre chose.

Chose très rare, il était venu voir Alice dans sa chambre avant d'aller se coucher. Sa vieille femme de chambre était encore en train d'enlever les épingles de ses cheveux, mais elle s'était empressée de la congédier.

—Pour quand crois-tu que nous devrions prévoir le mariage ? s'aventura-t-elle à demander à son mari, pivotant sur son tabouret, devant la coiffeuse, pour lui faire face.

Ce soir, Elizabeth avait semblé s'intéresser à son prétendant et être heureuse de discuter avec lui, mais les doutes d'Alice quant à l'avenir de sa fille ne s'étaient pas totalement dissipés. Avec Elizabeth, on ne pouvait jamais savoir. Tout ce qu'Alice pouvait faire, c'était se cramponner à un espoir. Ce dîner avait été l'une des pires épreuves de sa vie, et elle priait pour que ce moment effroyable ait valu la peine.

—Le plus tôt possible, répondit Joshua d'un ton péremptoire. Cela ne sert à rien d'attendre, et même au pied levé nous pouvons organiser une magnifique réception.

Elle voyait bien qu'il imaginait déjà tout Summerhayes orné de guirlandes.

—Tu demanderas à Mme Lacey de t'aider. Ensemble, vous vous en sortirez très bien. Ce dîner était une réussite, Alice, bravo !

Ce compliment inattendu la fit rougir de plaisir.

—Ce n'était pas l'expérience la plus agréable, se hasarda-t-elle à dire.

—Seulement parce que ton frère est snob, arrogant, et obstiné, par-dessus le marché.

—Je ne crois pas qu'il comprenne la situation comme tu la comprends, dit-elle pour l'apaiser, bien qu'elle n'y comprît elle-même pas grand-chose, en réalité.

L'idée de la menace d'une guerre lui paraissait encore irréelle.

Elle vit son mari regarder la petite pendule, sur la coiffeuse. Il était 11 heures moins 10.

—Nous connaîtrons tous le pire très bientôt, dit-il. C'est à minuit, heure de Berlin, que l'ultimatum expire. La plupart d'entre nous savons déjà ce qu'il en est –

personne ne s'attend à ce que l'Allemagne quitte la Belgique. Et en dépit de ce qu'en dit Henry, le pays sent que quelque chose de mauvais se prépare. Il y aura du monde sur le Mall[1] ce soir, tu verras. Il fait doux, et les gens vont converger vers Big Ben pour chanter *God save the King*.

Au bout du couloir, le carillon de l'horloge frappa onze coups.

—Ça y est. Les dés sont jetés, dit-il solennellement. En ce moment même, des télégrammes sont envoyés dans le monde entier pour dire à nos navires de déclencher les hostilités contre l'Allemagne. Tu imagines cela ?

Non, elle ne l'imaginait pas. Ses pensées étaient loin des navires ou même de la foule à Londres. Cette fois encore, c'était l'individuel qui trouvait un écho en elle.

—J'espère vraiment que Giles ne va pas songer à s'engager dans la cavalerie.

—Il serait fou de le faire. Ils vont être réduits en bouillie, dit crûment Joshua.

Elle eut une expression alarmée, et il déversa sur elle son agacement.

—Ne te mets pas dans tous tes états, Alice ! Audley a été très clair. Il n'ira pas se battre s'il se marie. Un mariage lui fera renoncer à toute idée absurde d'enrôlement. Nous l'organiserons pour dans quelques semaines – tu devrais pouvoir y arriver – et ils seront alors bien ancrés ici, tous les deux. Ils pourront vivre à Summerhayes. Inutile qu'ils aillent s'installer ailleurs.

Il commença à se diriger vers la porte, mais s'arrêta soudain, comme une pensée agréable lui venait à l'esprit.

1 Large avenue londonienne.

—Nous allons forcément perdre des hommes du domaine, même si ton ignorant de frère a raison et que le conflit se termine en quelques mois. Je vais avoir besoin d'aide pour gérer Summerhayes, et Audley est l'homme de la situation. Il est issu d'une vieille famille rurale, il connaîtra les ficelles. L'avoir comme beau-fils sera exactement ce qu'il nous faut !

—J'espère que c'est aussi l'avis d'Elizabeth, se risqua-t-elle à répondre.

Elle en fut aussitôt punie.

—Tu dis vraiment n'importe quoi, parfois ! Bien sûr que c'est aussi son avis. Tu vois bien que cette union l'enchante. Ils n'ont pas arrêté de parler de toute la soirée, tous les deux.

Alice ne répondit pas. Elle n'osait pas lui dire ce qu'elle pensait, qu'une longue conversation n'était pas nécessairement la garantie d'un engagement pour la vie entière. À bien des égards, c'était précisément le contraire. Elle avait observé l'expression d'Elizabeth pendant qu'elle discutait avec Giles : son visage était ouvert et avenant, elle s'intéressait à ce qu'il lui disait, mais il n'y avait pas une once d'amour dans ses yeux.

—Ils vont se marier, décréta Joshua d'un ton ne tolérant aucune contestation. Et très bientôt.

—Bien sûr, acquiesça-t-elle.

Mais son mari avait quitté la pièce d'un pas pesant, sans l'entendre, sans percevoir le doute qui faisait trembler sa voix.

26

Les garçons s'étaient amusés toute la soirée à regarder Ripley et ses hommes entrer dans la cuisine et en ressortir précipitamment, les bras chargés de plateaux en équilibre instable, affichant une expression neutre étudiée comme ils se préparaient à retourner dans la salle à manger.

—C'est toute une histoire, là-haut, annonça Ripley en posant négligemment les restes du rôti de bœuf sur le plan de travail en bois. Vous devriez les entendre se disputer comme des chiffonniers !

Son visage sérieux s'éclaira de l'ombre d'un sourire.

—Peu importe, ce n'est pas le moment…

La cuisinière, rouge et essoufflée, donnait ses instructions.

—Prenez ce plat de canard, monsieur Ripley, et vous – Jim, c'est ça ? – suivez-le avec le gibier.

William, confortablement installé à la table à tréteaux, était bien content que la prise de bec de la salle à manger lui fût épargnée. Sa pauvre sœur n'y avait pas échappé, elle, et il osait à peine imaginer l'état dans lequel devait se trouver sa mère.

Ce n'était pas quelque chose qui inquiétait Oliver. La bouche encore pleine, celui-ci tendit le bras pour prendre une dernière cuillerée de purée de pommes de terre, pour accompagner sa dernière part de tourte au bœuf et aux rognons.

—Cette purée est délicieuse, dit-il d'une voix étouffée.

—On dirait bien, monsieur Oliver, dit la cuisinière d'un ton railleur. Vous avez réussi à manger presque tout notre dîner aussi.

Oliver, l'air décontenancé, commença à s'excuser, mais elle lui donna une tape affectueuse sur l'épaule.

—Ne vous inquiétez pas, mon garçon. Apparemment, il va y avoir plein de restes de la salle à manger. Avec tout ce chahut, Madame ne va rien manger. Après tout le mal que je me suis donné !

Elle eut un soupir las et commença à empiler les assiettes qu'ils avaient vidées entièrement.

—Vous savez que nous vous sommes reconnaissants du mal que vous vous donnez, n'est-ce pas ? demanda Oliver.

—Oui, je le sais, et je vous ai préparé à tous les deux une génoise au citron pour vous le prouver.

—Ça alors ! Merci !

William se leva d'un bond et la serra dans ses bras. Il apporta le gâteau à table et en coupa deux grosses parts, puis il remplit précautionneusement leurs verres de boisson gazeuse au gingembre.

—Oui, merci, marmonna Oliver, la bouche à nouveau pleine.

—Les dames sont passées au salon, annonça Ripley quelques minutes plus tard, refermant d'un coup de pied derrière lui la porte de la cuisine. Dès que les hommes auront bu leur porto, nous débarrasserons la table. Ils n'en auront pas pour longtemps. Ils arrivent à peine à échanger un mot.

—Dans ce cas, il est temps que vous filiez, tous les deux ! dit la cuisinière à William et à Oliver en les chassant d'un signe de tête. Nous avons encore du pain sur la planche pour remettre cet endroit en ordre.

À ce moment-là, il y eut un grand fracas métallique à l'autre bout de la cuisine.

—Qu'est-ce que tu fabriques ? cria-t-elle à une fille de cuisine qui avait fait tomber dans l'évier un grand plat en aluminium.

—Il est temps d'y aller, Wills !

Olly fit un clin d'œil à William et recula sa chaise, dont les pieds raclèrent le sol.

—Passons par l'escalier de service, dit William.

Il n'avait aucune envie de croiser ses parents ou les invités de ses parents. Il fallait à tout prix les éviter.

Dès qu'ils arrivèrent dans la chambre, il fouilla dans le vieux coffre à jouets et en sortit une boîte cabossée.

—Regarde ce que j'ai retrouvé, l'autre jour, quand Maman m'a obligé à rester dans la maison.

—Un ludo ?

Olly eut un air dédaigneux, mais son esprit de compétition prit le dessus.

—Je parie que je peux te battre !

Ils s'installèrent par terre et, peu après, fidèle à sa parole, Oliver remporta la partie.

—Nous allons jouer aux dames, maintenant, décida-t-il. Cela devrait te laisser une chance. Tu es doué pour les dames, et tu as besoin de gagner, de temps en temps.

William lui sourit et Olly lui sourit en retour, chaleureusement, secrètement, comme s'ils participaient tous deux à une conspiration. Cependant, Oliver s'avéra aussi bon aux dames qu'au ludo et, en désespoir de cause, il sortit la boîte de dames chinoises de dessous le lit.

—C'est ton heure de gloire, William. Aux dames chinoises, tu vas gagner.

La partie qui s'ensuivit fut acharnée, et William put enfin crier un « Hourra ! » triomphal.

—Est-ce que tu m'as laissé gagner ? demanda-t-il, soupçonneux, à son ami.

Olly tendit la main et lui caressa la joue, puis il lui donna un petit coup de poing dans l'épaule.

—Peut-être un peu. Ce soir, c'est moi le super-champion, mais demain, tu prendras ta revanche.

Il se mit debout tant bien que mal, prit son pyjama et sa brosse à dents, et se dirigea vers la salle de bains.

William rangea lentement le jeu de dames chinoises. Il avait commencé à sentir la fatigue le gagner : la partie avait été intense. Il enfila son pyjama, grimpa sur son lit et y resta allongé, sans bouger, à regarder la porte en attendant le retour d'Olly. C'était vraiment le meilleur ami qu'il eût jamais eu.

C'était plus qu'un ami, en fait. Ce devait être une réalité, ou il n'aurait pas été en proie à un désir dont il n'arrivait pas à se défaire, un désir qui lui donnait le sentiment d'être vide et d'aller à la dérive. Il savait qu'il n'aurait pas dû ressentir cela. Ce n'était pas ce que ressentaient des amis, n'est-ce pas ? Des amis n'avaient pas envie de s'embrasser. À cette pensée, il se crispa. Il avait toujours refusé de se dire ce mot dans sa tête, mais il venait de le faire, et il se sentait tout tremblant. Il devait arrêter d'avoir ces pensées, arrêter d'imaginer ce qui pourrait être. Cela ne pouvait pas être.

L'effort qu'il dut faire pour juguler son imagination acheva de l'épuiser, et il était presque endormi quand Oliver revint de la salle de bains. La fatigue s'était abattue sur lui, et il se rendit à peine compte des allées et venues de son ami dans la pièce, jusqu'à ce qu'il vienne auprès de lui et s'agenouille à son chevet. William ouvrit les yeux. Y avait-il quelque chose qui n'allait pas ?

—Tout va bien, Wills, chuchota Oliver.

Puis il se pencha vers lui et lui effleura le visage des lèvres. L'épuisement de William se dissipa d'un seul coup, comme par magie, et il n'eut plus qu'une seule idée en tête : prendre son ami dans ses bras. Il en mourait d'envie, et il se disait que, peut-être, Olly en avait envie aussi ; mais cela aurait dépassé les bornes. Les garçons ne faisaient pas ce genre de choses, du moins pas les garçons qu'il connaissait. Qu'aurait dit son père ? Qu'aurait dit le père d'Olly ?

Cependant, Oliver était intrépide, lui. Il se pencha à nouveau et, cette fois, lui déposa un baiser, non pas sur la joue, mais sur les lèvres. Tout le corps de William frémit. Il avait l'impression que, cette fois, son cœur allait véritablement exploser. Il s'en moquait. Il leva la tête, prit le visage d'Olly au creux de ses mains et lui rendit son baiser. Sur les lèvres.

Un mince rai de lumière s'était faufilé dans un interstice entre les rideaux tirés, passait à côté de l'oreiller sur lequel William avait la tête posée, remontait sur le papier peint orné de volées de merlebleus, et tombait enfin sur la corniche de bois foncé, au-dessus. William se tourna de l'autre côté et vit qu'Oliver était déjà levé. Son ami était un lève-tôt, et le beau temps avait dû lui donner envie de sortir. Il devait être en train de marcher, de courir, de bondir, selon toute vraisemblance, à travers les jardins. William aurait aimé avoir la même énergie. Il aurait aimé être dehors, avec Olly, mais il était fatigué. Même maintenant, allongé dans son lit, il avait la sensation que des poids pesaient sur ses bras et ses jambes. Il lui fallut faire un effort pour repousser les couvertures et se lever. Il ne devait pas être faible ; il ne devait pas décevoir Olly.

Il ne s'habilla pas tout de suite mais alla s'asseoir sur la banquette devant la fenêtre et regarda au-dehors, admirant cette parfaite journée ensoleillée. Toutefois, ses pensées étaient tournées vers autre chose : il savourait encore et encore le plus beau moment de sa vie. La veille au soir, Oliver et lui s'étaient embrassés, véritablement embrassés, et il s'était aussitôt rendu compte que c'était ce dont il avait envie depuis des semaines. À ce moment-là, toutes les pièces irrégulières de son univers s'étaient emboîtées pour former un tout splendide.

Pourtant, ce matin, tout était différent. Le souvenir de ce baiser était encore magique, mais il se sentait encore plus incertain. Ce n'était pas parce qu'il avait tant désiré ce baiser, parce que cela avait été la sensation la plus agréable de sa vie, que c'était bien. Et qu'allait-il se passer, maintenant ? Qu'étaient-ils censés faire ? Il était plongé dans ces réflexions quand la porte s'ouvrit à toute volée et qu'Oliver entra en trombe dans la pièce.

—Devine quoi ?

Son ami dansait presque, tant il était excité.

—Tu es allé au bassin.

Olly s'arrêta, momentanément distrait. Il dut réfléchir quelques instants.

—Oui, j'y suis allé. M. Harris surveille les poissons. Enfin, pas les poissons, évidemment, mais les hommes qui mettent les poissons dans le bassin. Des perches et crapets.

—Ils vont autoriser la pêche ? Mais qui va pêcher ? Papa ne reconnaîtrait pas une extrémité d'une canne à pêche de l'autre !

—Je n'en ai pas la moindre idée, répondit Oliver avec impatience. Ce n'est pas important. Voilà ce qui l'est : nous sommes en guerre.

Il avait les yeux écarquillés et pétillants d'excitation, et quand il vit William rester bouche bée, il ajouta :

—Oui, vraiment, Wills ! Une histoire de délai écoulé… On ne parle que de ça dans le journal. Je suis allé à la cuisine – je me disais qu'il restait peut-être une part de génoise au citron – et Ripley était en train de repasser le journal de ton père. Il m'a laissé y jeter un coup d'œil. C'était en page 7. C'était écrit : « L'ALLEMAGNE DÉFIE L'ANGLETERRE », et, juste en dessous, « L'ANGLETERRE DÉCLARE LA GUERRE À L'ALLEMAGNE ! ».

—Ça alors ! s'exclama William. Que va-t-il se passer, maintenant ?

—C'était écrit que le roi avait fait passer un message à la Flotte pour dire qu'elle était le bouclier de la Grande-Bretagne.

—Ça alors ! répéta William.

Oliver grimpa sur la banquette et s'installa à côté de son ami.

—Remarque, d'après ce que j'ai lu, la Flotte n'a pas beaucoup aidé le mouilleur de mines… Il a été coulé hier par les navires du Kaiser. Et ne dis pas *Ça alors !* une troisième fois !

Il lui ébouriffa les cheveux.

—Il faut que tu t'habilles. Il se prépare des trucs passionnants !

—Mais nous n'y prendrons pas part. Nous sommes trop jeunes pour nous engager. C'est dommage.

—Ce serait marrant, acquiesça Oliver. D'un autre côté, on risquerait de nous faire sauter la tête.

—Mais nous serions ensemble.

William le regarda timidement, se demandant s'il se souvenait de la veille au soir.

—Nous pouvons être ensemble de toute façon, répondit Olly en le serrant étroitement dans ses bras.

Il s'en était souvenu, et il avait raison : ils pouvaient être ensemble sans risquer leur vie au combat. Au collège, néanmoins, ils ne pouvaient pas être *vraiment* ensemble. Il y avait trop de regards méchants, trop de paroles méchantes. Mais c'était mieux, beaucoup mieux, que de ne pas avoir Olly du tout. C'était uniquement grâce à lui que le collège était supportable. Avec Olly à ses côtés, William pouvait endurer le dédain, le mépris qu'on avait pour lui parce que son père était dans les affaires.

—Allez ! tu es en train de tout rater, dit Oliver pour l'encourager à se dépêcher. Il se passe aussi des trucs passionnants à Summerhayes…

William ne savait pas à quoi il faisait allusion, mais quelque chose lui disait qu'il aurait dû.

—Et si je te disais que ta sœur se marie ?

—Je te répondrais que tu racontes n'importe quoi. Elizabeth ne veut pas se marier. Elle l'a encore dit il y a à peine quelques jours.

—Eh bien, dans ce cas, elle a dû changer d'avis, j'imagine. Où va-t-elle habiter, à ton avis ?

Il ignora la question. Olly se montrait volontairement provocant, mais en son for intérieur, William était terrifié à l'idée qu'il pût y avoir un fond de vérité à ses taquineries.

—Qui pourrait-elle bien épouser, de toute façon ? demanda-t-il avec humeur.

Il y eut un silence, au cours duquel son ami le défia du regard.

—Pas Aiden Kellaway ?

—Mais non, andouille ! L'homme qui est ici en ce moment même, et qui parle à ton père. Ripley dit qu'il s'appelle Audley. Tu le connais ? D'après Ripley, c'est un parent de ta mère.

—De mon oncle, plutôt, répliqua instinctivement William.

Cependant, comment aurait-il pu y avoir un homme, quel qu'il soit, voulant épouser Elizabeth ? Il n'avait rien entendu dire à ce sujet, ni par les domestiques, ni par sa mère, ni par Elizabeth elle-même. Si Oliver avait raison, il s'était passé des choses dont il n'avait rien soupçonné. Cela étant, que devait-il penser des messages que sa sœur lui avait demandé de faire passer. Que penser de l'architecte paysagiste ?

—Le nom d'Audley me dit quelque chose, se contenta-t-il de dire à haute voix, mais je crois ne l'avoir jamais rencontré.

—Il est en bas en ce moment même, alors profitons de l'occasion.

—Nous ne pouvons pas faire irruption, comme ça…

—Non, mais nous pouvons écouter aux portes. Le balcon a des chantournages très sophistiqués… et très pratiques, aussi : nous pourrons entendre et voir sans nous faire remarquer. À l'heure qu'il est, il est probablement en train de mettre un genou à terre et de supplier ta sœur de lui accorder sa main.

Oliver fit un grand geste du bras de manière théâtrale et porta la main à son cœur.

—Descendons sans faire de bruit, ajouta-t-il d'un ton pressant, et allons voir ce qui se passe !

27

Lorsque Ivy, tout essoufflée, fit irruption dans sa chambre, ce matin-là, Elizabeth comprit tout de suite que Giles Audley était dans la maison. Quand sa femme de chambre frappa à la porte, elle était en train de troquer une robe de coton pour un sarrau éclaboussé de peinture. Elle avait l'intention d'aller dans son atelier, bien décidé à se changer les idées. Elle détestait traiter son travail de cette façon, comme une distraction – il méritait tellement plus ! – mais se plonger dans la peinture était son seul refuge.

Elle savait ce qui l'attendait. Elle ne pouvait pas prétendre le contraire. Pourtant, avec une volonté qui la surprenait elle-même, elle avait chassé cette pensée de son esprit. C'étaient les mots d'Aiden qui emplissaient sa tête et son cœur : *Épousez-moi.* Des mots d'espoir, de joies, des mots qui tantôt la grisaient au plus haut point, tantôt la plongeaient dans l'abattement le plus profond. Passer sa vie avec lui était ce qu'elle désirait par-dessus tout, mais c'était impossible. Elle ne pouvait pas quitter sa famille, sa maison, son pays, pour voyager vers l'inconnu. Elle n'avait pas le courage nécessaire pour se libérer. Ou, pour le formuler plus gentiment, elle n'avait pas la cruauté nécessaire pour abandonner ceux qu'elle aimait.

Elle leva les yeux vers Ivy et vit que celle-ci s'agitait nerveusement, dans l'embrasure de la porte.

—Je suis contente que vous soyez là, lui dit-elle. Vous allez pouvoir m'aider à enfiler ce sarrau. Il s'attache dans le dos, et je n'arrive jamais à le boutonner.

La jeune femme s'éclaircit la voix.

—Je crois que vous feriez peut-être mieux de remettre la robe.

—Pourquoi cela ?

Elizabeth posa cette question alors même qu'elle connaissait la réponse. Elle avait bien entendu Giles Audley dire qu'il lui rendrait visite, aujourd'hui ; et maintenant, elle était sûre qu'il était là, prêt à faire part à son père de sa situation financière et à lui demander sa bénédiction.

—C'est M. Audley, mademoiselle Elizabeth, répondit Ivy d'une voix douce. Il est en bas et il souhaite s'entretenir avec vous. Tenez, laissez-moi vous aider à vous rhabiller…

Le moment fatidique était enfin arrivé. Elizabeth devait trouver la force de faire face à ce qui l'attendait : les tentatives acharnées de persuasion, les regards courroucés, les voix furieuses. On allait la pousser dans ses derniers retranchements, et elle devrait défendre sa décision ; mais elle tiendrait bon. Elle ne se marierait pas avec un homme qu'elle n'aimait pas.

Elle descendit l'escalier de chêne doré et traversa l'entrée, se préparant à annoncer à Giles une nouvelle qu'il n'aurait pas envie d'entendre. Mais, après tout – elle se raccrochait à cette pensée – peut-être aurait-il envie de l'entendre. Peut-être serait-il soulagé. Peut-être avait-il, lui aussi, été poussé dans cette voie. Elle imaginait la façon dont son oncle avait dû diriger le cours des choses, amener son jeune parent à force de cajoleries, l'exhorter, peut-être même le contraindre, à accepter un mariage qu'il n'avait jusque-là jamais envisagé. La promesse que Giles Audley avait faite à son père la veille au soir, de lui rendre visite, n'était peut-être que sa façon à lui de gagner du temps. Si tel était le cas, cela ne lui avait permis de grappiller que quelques heures.

Ripley l'avait fait attendre dans une pièce que l'on appelait, de manière assez grandiloquente, la bibliothèque : on y trouvait bien les étagères et, dessus, les livres requis, mais en dehors de cela, de quelques exemplaires anciens de *Punch* et de la série encyclopédique *Badminton Library*, très abîmée, expliquant les subtilités de différents sports, il n'y avait pas grand-chose.

Les quelques fauteuils qui avaient atterri là étaient horriblement inconfortables. La pièce était exposée au nord et on y voyait rarement le soleil. C'était un endroit sobre et sombre, qui se prêterait parfaitement à la scène qu'ils étaient sur le point d'y jouer.

—Elizabeth…

Giles Audley s'avança vers elle à grandes enjambées pour lui prendre la main.

—Comment vous portez-vous ?

—Tu l'as éconduit !

Elizabeth se tenait d'un côté du bureau et essayait de retrouver la résolution qui l'avait provisoirement abandonnée. Son père, le visage empourpré, la peau flasque de ses bajoues tremblotant visiblement, s'était à demi levé de son fauteuil. Il fit un brusque mouvement vers l'avant, comme s'il allait l'empoigner de ses grosses mains et la traîner avec colère sur la surface en bois du bureau. Elle garda les yeux rivés sur le manteau de la cheminée, au-dessus de sa tête, et déglutit avec difficulté. La pendule décorative, incrustée dans un carreau en faïence de Delft, indiquait qu'il n'était pas encore tout à fait midi.

—Je ne l'ai pas exactement éconduit, dit-elle calmement. Je ne l'ai pas laissé me faire sa demande.

Au moins avait-elle épargné à Giles cette humiliation ; mais si elle avait cru que cela apaiserait la colère de son père, elle s'était trompée.

—Tu l'as éconduit avant même qu'il ait pu te faire sa demande ! rugit son père. Mais qu'est-ce qui ne va pas, chez toi ?

Elle ne chercha pas à répondre. Quel que soit ce qui n'allait pas chez elle, ce n'était pas quelque chose que son père pouvait arranger. Il continua à hurler dans le silence.

—Tu avais devant toi un homme bien, un homme honnête, qui aurait pu faire un bon mari, et tu as refusé de seulement l'écouter !

Un homme bien qui t'aurait facilité l'entrée dans le milieu social que tu convoites tant, se dit-elle. Cependant, cette façon de penser était injuste : quel que soit le plan de défense pour lequel elle opterait, il faudrait que ce soit le sien. Le visage de son père restait déformé par la colère, effrayant. Elle fixa à nouveau son attention sur la pendule bleue et blanche.

—Je n'aime pas Giles Audley, Papa, et je ne peux pas l'épouser.

—Tu ne l'aimes pas ! Qu'est-ce que l'amour a à voir là-dedans ?

Il abandonna sa posture intimidante et repoussa le fauteuil à dossier à traverses pour contourner le bureau.

Instinctivement, elle fit plusieurs pas en arrière, mais quand il reprit la parole, sa voix était plus calme, son visage était un peu moins rouge, et elle poussa un petit soupir de soulagement.

—Tu dois te défaire de ces fantasmes romantiques ridicules, Elizabeth. Ils sont indignes de toi. Tu n'es plus une enfant, tu es une adulte, et il faut que tu commences à te conduire de manière responsable.

—Alors ce serait me conduire de manière responsable que d'épouser un homme pour lequel je n'ai aucun sentiment ?

Maintenant qu'elle n'était plus sous le choc de l'agressivité de son père, elle-même était pleine de colère.

—Tu mens. Tu as des sentiments pour lui, ne prétends pas le contraire. Tu l'aimes bien. Je vous ai vus bavarder sans discontinuer, tous les deux.

C'était ce que Giles Audley lui-même lui avait dit, à peine une demi-heure plus tôt. *Je suis très déçu. Très déconcerté, aussi. Je croyais que nous nous entendions à merveille.* Toutefois, apprécier un homme, aimer sa compagnie, n'avait rien à voir avec l'aimer d'une passion pouvant à peine être contenue. Son père ne comprendrait jamais cela : il n'aurait jamais pu éprouver de tels sentiments. Il se tenait maintenant près d'elle, suffisamment pour qu'elle puisse voir l'inquiétude qui se lisait dans ses yeux.

—Je l'apprécie beaucoup, Papa, concéda-t-elle, mais pas assez pour passer ma vie entière avec lui.

Son père sembla ignorer ses scrupules.

—Est-ce que c'est parce qu'il est veuf ?

Il tendit le bras vers elle et lui caressa la main avec une douceur qui contredisait la fureur qu'il venait de manifester.

—Si c'est le cas, ma chérie, tu devrais ne pas en tenir compte. Et ne tiens pas compte non plus de la différence d'âge entre vous. Avec l'âge viennent le bon sens et la raison. Et comme il a déjà été marié, il saura tout ce qu'exige un mariage. Il n'en sera sûrement qu'un meilleur mari.

« Je peux comprendre votre réticence, avait dit Giles d'un ton désabusé. Je suis beaucoup plus âgé que vous, et je suis veuf, par surcroît. L'idée de se marier avec moi n'est pas particulièrement attrayante, n'est-ce pas ? Avant de vous rencontrer, je n'avais pas envisagé sérieusement de me remarier... mais votre compagnie m'a rendu heureux. Suffisamment pour que je me dise que nous pourrions avoir un bel avenir, ensemble. Que je pourrais vous rendre heureuse, moi aussi. »

— Ce n'est pas parce qu'il est veuf ou parce qu'il est beaucoup plus âgé que moi que je l'ai éconduit.

Sa voix se brisa. Elle avait bien du mal à maîtriser sa frustration. Son père avait fait un mariage sans amour, un mariage de convenance, et il refusait de comprendre que qui que ce soit renonce à en faire autant. Pour lui, c'était très simple : son avenir serait assuré si elle épousait un homme comme Audley.

—Alors si ce n'est pas cela, quel est le problème ? Que veux-tu de plus ? C'est un homme bien, il a sa propre fortune, il t'admire et apprécie ta compagnie. Assurément, cela devrait suffire !

Comme elle ne répondait pas, il lui lâcha la main et retourna se tenir derrière son bureau. *Un obstacle*, pensa-t-elle. *Ce bureau est un obstacle à toute réelle compréhension entre nous.*

—On ne peut pas toujours avoir exactement ce que l'on veut, dans la vie, reprit-il. C'est une leçon qu'il te faut apprendre.

—Que voulais-tu, *toi*, Papa ? se risqua-t-elle à lui demander.

—Quoi ?!

Son exaspération reparaissait.

—Quand tu t'es marié avec Maman, que voulais-tu ? Quoi qu'il en soit, cela n'est pas arrivé, n'est-ce pas ?

Le visage de son père était dépourvu d'expression.

—Tu vas parler de tes parents avec plus de respect. Nous vous avons offert une belle vie, à toi et à ton frère. Vous n'avez jamais manqué de rien.

—Hormis d'un foyer heureux.

—Tu dis des sottises et des mièvreries, maintenant. Un foyer heureux ! Combien en connais-tu qui le sont ? Cela n'existe pas. Ce qui est bien réel, c'est un toit, de la nourriture, des vêtements. Je n'avais aucune de ces choses, en grandissant, mais toi, tu n'as jamais eu à t'en passer. Pendant des années, j'ai travaillé tous les jours que le bon Dieu a fait, et c'est toi qui en as bénéficié. On t'a toujours donné tout ce dont tu avais besoin. L'année dernière, j'ai dépensé des centaines de livres dans une Saison londonienne, et qu'en as-tu fait ?

—J'ai refusé deux demandes en mariage, répondit-elle d'un air de défi.

—Et maintenant, tu peux en ajouter une troisième. Tu peux être fière de toi ! Mais ne t'imagine pas qu'il y a un autre jeune homme qui attend son heure et qui te plaira davantage. Tu as eu ta chance, et tu n'en auras pas d'autre. Prépare-toi à devenir une vieille fille.

Il jouait son dernier atout, elle le voyait bien, mais elle reçut la menace avec calme.

—S'il le faut, c'est ce que je ferai.

—Tu ne sais pas de quoi tu parles. Une femme qui reste célibataire est vouée au malheur. Tu ne tarderas pas à le découvrir. Elle est méprisée de tous, ma chère – des hommes, et des autres femmes, aussi.

—Mais pas d'elle-même. Et c'est tout ce qui importe, du moins à mes yeux.

À ces paroles, elle se sentit grandie.

—Je me dois de faire ce qui me semble bien.

Si elle ne pouvait pas épouser l'homme de son choix, il fallait qu'elle se débrouille pour être une femme indépendante. Après une courte pause, elle lança son défi.

—Le sort que tu prophétises, Papa, n'est pas inéluctable. Je peux y échapper, et j'y échapperai. En tant qu'artiste respectée, je serai peut-être célébrée plutôt que méprisée.

—Tu as perdu la raison, grommela-t-il.

Elle fit un pas vers lui, levant le menton d'un air de défi.

—Tu trouves que je ne peins pas bien ?

—Tu peins très bien, mais de là à être reconnue par le monde, à vendre tes tableaux… C'est illusoire. Tu ferais mieux d'y réfléchir à deux fois.

Le manque de considération de son père la blessait, mais ce qui lui faisait encore plus mal était de savoir qu'il avait raison. Elle se berçait d'illusions. Elle pourrait peindre autant qu'elle voulait, sans relations, sans mécènes, une femme peintre n'irait pas bien loin. Les mentalités évoluaient, mais lentement, hélas. Un jour viendrait peut-être où les femmes artistes qui n'avaient pas le génie de Laura Knight seraient reconnues ; mais ce jour arriverait trop tard pour elle.

Son père dut percevoir l'abattement dans lequel elle était soudain plongée, car il revint auprès d'elle et prit ses mains dans les siennes.

—Nous tournons en rond, Elizabeth. Il faut que tu reviennes sur ta décision, sinon pour moi, alors pour toi-même. Tu te vois offrir un bel avenir. Si tu épouses Giles Audley, tu seras libre de peindre autant que tu le souhaiteras. Il n'y verra pas d'objection, j'en suis sûr. C'est tout à fait acceptable pour une dame de se livrer à un tel passe-temps. Il trouvera peut-être même un petit marché pour tes œuvres.

Il essayait d'être gentil, mais chacun des mots qu'il prononçait ne faisait qu'attiser sa colère. Tout comme ceux de Giles Audley l'avaient fait. *Ne serait-il pas plus simple d'être peintre si vous étiez mariée ? Je n'ai aucune animosité envers les femmes artistes, et j'ai la pièce idéale, chez moi, dont je vous laisserais bien volontiers vous servir pour que vous y fassiez votre atelier. J'ai également des relations que je pourrais faire jouer, des mécènes influents pourraient passer voir vos toiles si je le leur demandais.*

Giles avait fait de son mieux pour la convaincre, mais si toutefois elle avait hésité, il n'aurait rien pu faire de pire pour la conforter dans sa conviction que lui faire comprendre qu'on lui octroierait un espace dans lequel elle se produirait pour un public dont on avait déjà acheté les louanges. Elle aurait en quelque sorte été un animal de cirque.

—En attendant, disait son père, laisse-moi parler à ton oncle. Quand Audley lui aura annoncé la nouvelle, il ne sera pas dans les meilleures dispositions, mais nous pourrons encore arranger les choses. Quant à Giles lui-même, il comprendra que tu aies changé d'avis. Tu n'es encore qu'une jeune fille, tu cherches encore ta voie.

Apparemment, chacun pouvait l'étiqueter à sa guise : tantôt, elle était une jeune femme adulte, qui devait se montrer sensée et responsable, tantôt elle n'était qu'une fillette écervelée, si capricieuse qu'elle pouvait en un instant changer d'avis et prendre une décision qui impacterait le cours de sa vie tout entière.

Elle se mordit la lèvre inférieure, si fort qu'elle se fit mal.

—J'essaie peut-être de trouver ma voie, mais je suis tout à fait capable de savoir quel chemin je ne souhaite pas emprunter. Et je ne veux pas me marier. Jamais.

Son père haussa les sourcils.

—C'est absurde !

—Certainement pas, et je ne me laisserai pas fléchir. Je m'en tiendrai à ma décision.

Le déconcerter lui apportait une certaine satisfaction.

—Encore des inepties de suffragettes, à n'en pas douter. Bien sûr que tu veux te marier. Toutes les femmes veulent se marier.

—Pas moi.

—Je sais de quoi il s'agit ! dit-il, comme s'il avait une illumination. C'est ce jeune polisson auquel je t'ai vue parler…

Elle ne put se retenir de rougir.

—Voilà, j'ai raison. Si c'est là ton projet, tu peux y renoncer tout de suite. Je ne te donnerai jamais la permission d'épouser un homme comme ça.

Elle bouillait intérieurement, et elle avait envie de lui marteler la poitrine de coups de poing, mais elle prit sur elle et se contenta de se moquer de lui.

—*Un homme comme ça ?* répéta-t-elle d'un ton railleur. Que sais-tu de lui ?

—Je sais qu'il travaille de ses mains, et cela me suffit.

—Il travaille de ses mains et avec son cerveau. C'est un artisan… mais qu'est-ce que cela pourrait bien faire s'il n'était qu'un humble jardinier et qu'il faisait pousser des choux pour gagner sa vie ? Si je l'aimais.

Son père fondit sur elle, la prenant par surprise, la saisit par les bras et la secoua avec force.

—Tu ne te marieras ni avec lui ni avec qui que ce soit dans son genre. Tu m'entends ? Je ne me suis pas démené afin d'arriver où je suis aujourd'hui pour que tu me fasses honte, pas tant que je vivrai pour t'en empêcher ! Et si tu t'avises de ne pas respecter ma volonté, tu n'auras plus un centime. Nous verrons, à ce moment-là, comment ton artisan s'en sort, avec une femme suspendue à son cou et trois fois rien pour vivre.

—Tu avais un métier artisanal, autrefois. Tu travaillais de tes mains, tu fabriquais de belles choses, et tu apprenais à d'autres à en faire autant ; mais ensuite, tu as tourné le dos à ce don et tu l'as gaspillé en poursuivant une chimère. Aiden ne commettra pas la même erreur, tu peux en être sûr.

Le visage de son père s'était empourpré de façon alarmante.

—Il a quitté Summerhayes. Il est parti pour de bon, et ne t'avise pas d'essayer de le retrouver.

Elle en avait assez. Elle tourna les talons, s'apprêtant à s'en aller, mais il lui cria :

—Et que suis-je censé dire à Henry Fitzroy ? Tu as éconduit le prétendant que nous lui avions demandé de te trouver. Il va considérer sa réputation comme ternie. C'est ta faute. Tu l'as dupé, et tu m'as dupé, moi.

À ces mots, elle se retourna.

—Je n'ai dupé personne. Ce mariage était exclusivement ton idée. Je me moque de ce qu'oncle Henry a à dire, et il serait sage de ta part de t'en moquer aussi, Papa. Il serait sage de ta part de ne plus rien à voir avec lui.

Les mises en garde d'Aiden résonnaient haut et fort dans sa tête.

—Et qu'est-ce que cette menace pitoyable est censée vouloir dire ?

—C'est un homme dangereux.

Sa mère était entrée dans la pièce sans qu'ils s'en aperçoivent, et son père l'aperçut à ce moment précis.

—Tu as entendu ça ? lui demanda-t-il d'un ton lugubre. Ton frère est dangereux.

Le silence d'Alice était éloquent mais, choisissant de ne pas en tenir compte, il continua à fulminer.

—J'ai du nouveau pour toi, Alice. Notre fille vient de m'annoncer qu'elle n'épousera pas Giles Audley, en fin de compte. Mieux, encore : si cela ne tient qu'à elle, elle ne se mariera pas du tout.

Sa mère eut une expression douloureuse.

—Elizabeth, réfléchis à…

—Oh, elle ne réfléchira pas ! Elle est bien trop arrogante pour suivre le moindre conseil. Et si tu lui disais, ma chère, ce que ça fait d'être laissée pour compte ?

Alice devint blanche comme un linge et s'agrippa à la poignée de la porte pour ne pas perdre l'équilibre.

—Tu vois la réaction de ta mère ? Ce n'est pas plaisant, n'est-ce pas ? continua-t-il. Tu as intérêt à bien réfléchir. Tu as besoin de temps, ma fille, de temps et de solitude pour bien réfléchir.

Il se dirigea vers la porte avec raideur, outré, puis s'arrêta net.

—Une école, je pense… C'est la solution. L'un de ces établissements dont ta mère me rebat les oreilles. Une école où l'on t'apprendra à éviter les ennuis et, avec un peu de chance, à respecter l'opinion de tes parents.

—Mais tu disais… commença Alice.

—Oui, oui, je sais, l'interrompit-il avec agacement, c'est ce que tu as toujours voulu.

—Mais, Joshua, c'est trop tard, assurément ? L'Europe est dans la tourmente.

—Pas en Europe. Et heureusement que je ne t'ai pas écoutée ! dit-il avec satisfaction. Non, pas en Europe… mais le plus loin possible du Sussex. L'Écosse pourrait être l'endroit idéal. Je suis sûr qu'il y a des institutions où l'on se fait un plaisir de discipliner les jeunes filles et de leur inculquer les bonnes idées.

L'air content d'avoir, pour le moment, le dernier mot, il quitta la pièce majestueusement, laissant Elizabeth et sa mère en tête à tête.

28

— Il faut que je te parle. Reste, s'il te plaît.

Alice s'entendit implorer sa fille.

Elizabeth, qui avait commencé à franchir la porte, revint sur ses pas, traînant les pieds, tout son corps exprimant sa réticence.

—Si c'est au sujet de Giles, il n'y a rien à ajouter. J'ai déjà dit tout ce que j'avais à dire – à Giles lui-même et à Papa.

—Eh bien, alors, tu dois me laisser dire ce que *moi*, j'ai à dire.

Lasse, Alice s'assit lourdement dans un fauteuil de cuir, et sa fille fut obligée de l'imiter.

—Je dois te demander de bien réfléchir, dit-elle du ton le plus assuré possible.

Elle se pencha en avant et prit la main d'Elizabeth dans la sienne.

—Tu as laissé parler ton cœur, mais ton papa a raison. Il arrive un moment, dans la vie, où nous devons tous écouter notre tête.

—Tu essaies de me dire que je devrais m'engager envers un homme pour lequel je n'ai pas d'amour ? J'en suis incapable. Je ne suis pas comme toi.

Le mépris se lisait sur le visage d'Elizabeth.

—Tu ne devrais pas me juger si durement, Elizabeth. Ce que j'ai fait, je l'ai fait par devoir pour les autres.

—Ton *devoir* ? répéta sa fille, s'étranglant presque. Et c'est cela, ton conseil : je devrais me marier par devoir ?

—Il n'y a pas de décision facile à prendre, ma chérie.

Il n'y en avait pas eu pour elle, en tout cas. Alice prit une profonde inspiration. Elle allait lui faire part de quelque chose qu'elle n'aurait jamais cru révéler.

—J'ai eu une vie très différente de celle-ci, par le passé, une vie dont tu ne soupçonnes rien. J'étais amoureuse, très amoureuse, mais j'ai dû accepter que ce n'était pas écrit. Je n'ai pas pu épouser l'homme que je voulais épouser.

Elle vit l'expression stupéfaite d'Elizabeth, et il y eut un long silence avant que celle-ci ne retrouve sa voix.

—Pourquoi ?

—J'étais très jeune, plus jeune que tu ne l'es aujourd'hui. L'homme sur lequel j'avais jeté mon dévolu n'était pas acceptable pour ma famille.

—Alors tu as renoncé à lui ?

—Je n'ai pas pu faire autrement. Je devais accomplir mon devoir.

—Et c'est ce qui t'a valu un mariage malheureux.

Le mépris était de retour, et Alice s'arma de courage pour y faire face.

—Je sais ce que tu penses du mariage que j'ai fait, mais tu ne vois qu'une partie de la réalité.

—Vraiment ? Les choses me paraissent pourtant très claires. Tu t'es mariée pour apporter de l'argent à Amberley. Mais je ne suis pas du tout dans la même situation, n'est-ce pas ? Summerhayes n'a pas besoin d'argent. Le domaine est assez riche.

—La question de l'argent n'était pas la seule en jeu. J'avais besoin d'avoir mon propre foyer, et c'est le cas de toutes les femmes, encore aujourd'hui, alors que les filles ont beaucoup plus de liberté. Je suis convaincue que le foyer que tu fonderais avec Giles Audley serait un foyer heureux. Tu apprécies sa compagnie – je l'ai constaté par moi-même – et il apprécie la tienne. Vous êtes déjà bons amis et, avec le temps, des amis peuvent apprendre à s'aimer. J'ai déjà vu cela se produire.

—Mais cela ne m'arriverait pas, à *moi*. J'apprécie énormément Giles, mais pas d'une manière qui ferait de notre mariage un mariage heureux. Si je ne peux pas me marier avec un homme que j'aime, je vivrai seule.

Le cœur d'Alice sombra. Elle avait espéré qu'Elizabeth avait oublié cette idée folle, mais hélas, ce n'était pas le cas. Le désir d'indépendance de sa fille brûlait encore d'un vif éclat.

—Je te dirai la même chose aujourd'hui que quand tu m'as parlé de cela auparavant, dit-elle le plus fermement possible. À mon avis, tu t'es laissée bien trop influencer par les opinions de personnes dont les vies n'ont rien de commun avec la tienne.

—Mme Pankhurst dit que tant que les femmes consentiront à être injustement assujetties, elles le seront. Je n'y consens pas. Je veux être libre de décider de ma propre vie.

—Mme Pankhurst dit bien des choses, répliqua Alice d'un ton acerbe, dont la plupart sont peu réalistes. Une vie de célibat n'est pas enviable. Tu feras l'objet de mépris et tu seras un fardeau pour les autres. Comment peux-tu souhaiter cela ?

—Je n'ai pas l'intention d'être un fardeau pour qui que ce soit.

Le ton d'Elizabeth était fier et plein de défi, et Alice savait qu'elle devait avancer avec précaution.

—Tu ne fais pas preuve de prudence, ma chérie, la réprimanda-t-elle. Tu dois me croire quand je te dis que je ne vois absolument pas comment tu pourrais subvenir à tes besoins.

—Apparemment, tu n'as pas plus de foi en mon talent que Papa.

—J'ai foi en toi, mais je connais le monde, et je sais que ce que tu envisages – si toutefois tu es sérieuse – est impossible. Tu n'arriverais pas à subvenir à tes besoins uniquement grâce à tes tableaux.

—Dans ce cas, je resterai ici et je deviendrai la vieille fille que Papa a prophétisée.

La voix d'Elizabeth se faisait plus dure chaque fois qu'elle prenait la parole.

—Souhaiterais-tu vraiment être à sa charge ? Et réfléchis : quand nous ne serons plus là et que William héritera, que se passera-t-il alors ? La femme de William voudra-t-elle de toi ici ? Bien sûr que non.

Alice vit une expression de surprise passer sur le visage d'Elizabeth et continua pour enfoncer le clou :

—Il faut que tu aies ta propre maison, et Giles Audley peut t'en donner une. Est-ce que c'est si terrible ? Nous ne te demandons pas de t'engager envers un homme inconséquent ou cruel. Giles sera un bon mari pour toi.

L'écho des paroles de son père suffit à pousser Elizabeth à agir. Elle se leva de son fauteuil et se dirigea droit vers la porte, furieuse.

—Je me moque que ce soit un homme bien, lança-t-elle par-dessus son épaule. Vous ne pouvez donc pas comprendre, tous les deux ? Je ne souhaite pas me marier, ni avec lui, ni avec qui que ce soit d'autre.

Alice se leva d'un bond, elle aussi, et la suivit.

—Ce n'est pourtant pas tout à fait vrai, n'est-ce pas ? lui demanda-t-elle avec douceur.

Elle n'avait pas voulu le mentionner, mais il lui semblait maintenant que c'était nécessaire.

Elizabeth pinçait les lèvres d'un air rebelle, et Alice fut à nouveau obligée de s'exposer à sa colère.

—Ne va pas t'imaginer que nous ignorons ton amitié avec le jeune homme qui travaille pour M. Simmonds, dit-elle, ne pouvant se résoudre à l'appeler par son nom. C'est une amitié qui ne recevra l'approbation de personne dans cette maison, ou n'importe où ailleurs. Tu dois bien en avoir conscience. Il a été congédié, et pas seulement de Summerhayes, si M. Harris ne se trompe pas. On lui a demandé de quitter le village. Tu ne le reverras plus, ma chérie, et tu dois arrêter de penser à lui.

Elizabeth lâcha la poignée de la porte.

—Comment ça, *on lui a demandé de quitter le village* ?

—Je crois qu'on lui a demandé de libérer son logement.

Alice remarqua que sa fille ne cherchait plus à prétendre qu'Aiden Kellaway ne représentait rien pour elle.

—La pension de Mme Boxall ?

—Oui.

—C'est mon oncle qui est le propriétaire de ce cottage, n'est-ce pas ?

Alice ne répondit pas. L'autorité qu'Henry exerçait dans les environs n'était pas sans compensations. Cependant, lorsqu'elle vit le visage de sa fille, son cœur se serra. Elizabeth faisait tout son possible pour garder un air indifférent, alors même qu'elle était en proie à des émotions qui devaient l'anéantir.

—Ma chérie, dit-elle de sa voix la plus douce, c'est tout simplement impossible. Ce jeune homme n'a pas d'argent, et ses perspectives d'avenir sont très incertaines. Dans son intérêt à *lui*, tu ferais mieux de l'oublier.

Il y eut un silence comme elle rassemblait son courage.

—Quand j'ai renoncé à Thomas, reprit-elle à mi-voix, je l'ai fait autant pour lui que pour moi. Il ne pouvait pas se permettre de s'encombrer d'une épouse issue d'un milieu si différent du sien – et ton jeune homme ne le peut pas non plus.

—Et si mon jeune homme voyait les choses différemment ?

La voix d'Elizabeth était légèrement étranglée.

—Dans ce cas, il serait bien sot. Papa ne consentira jamais à votre mariage. Et si tu te dis qu'un jour tu auras vingt et un ans et que tu pourras te marier avec qui bon te semble, je doute que le jeune homme en question attende aussi longtemps. Il épousera une fille de son propre milieu, et cela vaudra bien mieux pour lui.

Ce n'était qu'une amourette, pour l'un comme pour l'autre. Alice songea avec mélancolie que c'était tout à fait compréhensible. Tous deux étaient jeunes et beaux, l'été avait été beau, ils l'avaient passé dans un beau cadre ; mais avec une menace en toile de fond, constante et sans cesse croissante. Il avait forcément été difficile de résister à la tentation de saisir le bonheur qui s'offrait à eux. Néanmoins, elle ne pouvait pas se permettre de montrer le moindre signe de faiblesse : de sa capacité à se montrer ferme dépendait l'avenir d'Elizabeth.

—Si tu te maries contre notre volonté, l'avertit-elle, ton père ne t'apportera plus aucune aide financière. Tu le sais, n'est-ce pas ? Et il s'assurera que tu ne reçoives pas un centime à sa mort. Est-ce que c'est ce que tu veux ?

—L'argent ne signifie rien pour moi.

Elizabeth marqua une très courte pause, puis elle ajouta d'une voix chargée d'émotion :

—Ce qui me peinerait serait de perdre l'amour de Papa, et de perdre ton amour.

—Alors laisse-toi guider par nous. Fais le choix le plus raisonnable et épouse Giles.

Elizabeth ne répondit pas. Elle avait l'air profondément lasse, défaite. Alice détestait voir sa fille si affligée, et elle se raccrochait à l'espoir de voir ses paroles porter leurs fruits.

Elizabeth se dirigea vers la porte et sortit dans le couloir, à peine capable, Alice le voyait bien, de retenir ses larmes.

—Je vais dans ma chambre, Maman, dit-elle pardessus son épaule.

29

— Tu as entendu ça ?

Les garçons s'étaient pliés en deux pour regarder à travers les chantournages de la rampe en chêne, dans l'entrée, mais quand Elizabeth s'en alla, Oliver se redressa énergiquement, galvanisé. De leur poste d'observation, ils avaient pu voir par la porte ouverte du bureau et entendre chaque mot du dialogue très tendu.

—Elizabeth va être envoyée loin d'ici.

William prononça ces mots faiblement, les faisant traîner comme si, avec un peu de chance, l'idée allait disparaître dans l'éther. C'était la seule chose qu'il se rappelait avoir entendue, la seule chose que son esprit se répétait sans cesse. Quand il se redressa à son tour, il fut obligé de s'appuyer à la rampe pour se soutenir. Il était aussi blême que sa mère.

—Eh bien, ça alors ! s'exclama Oliver, toujours aussi surexcité. Ton père se met vraiment en colère facilement. Je trouvais que le mien était soupe au lait, mais…

—Elle va partir. C'est ce que Papa a dit. Pour l'Écosse.

—On dirait bien, mon vieux… mais ne te laisse pas abattre. Je suis là.

Oliver le serra brièvement dans ses bras. William ne parvint qu'à secouer la tête avec tristesse. Quoi que son ami puisse dire, il ne serait pas toujours là. Il n'allait pas tarder à quitter Summerhayes et, si William avait bien interprété les signes, il ne serait pas réinvité. Sa mère ne l'aimait pas, et son père, quant à lui, n'aimait personne – à part Elizabeth. Et maintenant, Elizabeth allait les abandonner. Elle ne serait plus là quand il reviendrait du pensionnat pour les vacances. Elizabeth, son amie et son bouclier.

Pendant des semaines, il serait seul et sans personne pour le défendre à Summerhayes, à part sa mère. Elle et lui auraient bien peu de choses à se dire. C'était différent quand il était petit garçon. Les choses étaient plus simples, à l'époque, mais c'était terminé. Comment pourrait-il un jour faire comprendre à sa mère qui il était devenu ? Il serait vraiment complètement seul, et il sentait son âme se flétrir à cette perspective. Si Olly le quittait aussi… Cédant à une impulsion, il se tourna vers son ami et l'empoigna, se cramponnant à lui comme s'il n'allait plus jamais le lâcher.

Bouleversé et désorienté, il laissa Oliver le prendre par la main pour le guider jusqu'au sous-sol et dans la cuisine. Tout l'été, il s'était passé des choses terribles à Summerhayes. Des accidents inexplicables : l'effondrement de la cabane qu'Olly et lui avaient construite, l'irruption des chiens qui avaient tout saccagé dans le jardin et étaient venus jusqu'à la maison, les rendez-vous entre sa sœur et l'architecte paysagiste – des rendez-vous secrets et interdits –, et maintenant, le bannissement d'Elizabeth. Il se passait aussi des choses épouvantables juste de l'autre côté de la mer. Maintenant que l'Angleterre y était mêlée, ces choses risquaient de se produire ici aussi, dans un endroit où il s'était toujours senti parfaitement en sécurité. Tout allait de travers, cet été. *Enfin, peut-être pas tout*, se dit-il, sentant la main d'Oliver tenant fermement la sienne. Cependant, le monde qu'il avait connu semblait profondément ébranlé.

—Que se passe-t-il, monsieur William ? lui demanda la cuisinière en guise d'accueil. Vous avez perdu dix shillings et trouvé un penny ?

—Il est un peu triste, répondit Oliver à sa place. Il a besoin de se nourrir. Un peu de gâteau au citron ferait l'affaire.

—Ça ferait l'affaire si quelqu'un ne l'avait pas déjà mangé.

La cuisinière le fixa d'un regard accusateur.

William n'avait pas du tout envie de manger, mais il savait que les intentions d'Olly étaient bonnes. Pour son ami, la nourriture arrangeait tout.

La cuisinière se tourna vers lui.

—Je n'ai pas de génoise au citron, mon trésor, mais je pourrais faire un gâteau de Battenberg en un rien de temps…

Il vit le visage de son ami s'éclairer.

—… sauf que je n'ai plus de pâte d'amandes, on dirait, ajouta la cuisinière en fouillant dans un placard. Zut, alors !

—Ce n'est pas grave… commença-t-il à dire.

—Nous pouvons aller au village pour en acheter, si vous voulez, l'interrompit Olly.

—Bonne idée ! Je pourrai préparer le gâteau en deux coups de cuillère à pot une fois que j'aurai de la pâte d'amandes. Et vous aurez la première part, monsieur William !

William n'avait pas envie d'aller au village. Il était trop épuisé, physiquement et mentalement, pour faire ne serait-ce que dix mètres. Oliver pouvait y aller tout seul, pendant que lui restait assis dans cette cuisine confortable, à regarder la cuisinière s'affairer. Elle était en train de préparer le dîner du soir même, et une odeur de rôti d'agneau flottait dans la pièce chaleureuse.

—Nous pourrions prendre les vélos, dit Oliver avec enthousiasme. Nous n'en avons pas fait depuis une éternité, pas vrai, Wills ? Et nous irons plus vite qu'à pied.

—Un bon bol d'air frais, monsieur William, voilà ce qu'il vous faut, décréta la cuisinière, vidant un bocal en verre qui contenait une poignée de pièces de monnaie.

—Tenez, cela devrait suffire… et ne touchez pas à cette assiette, monsieur Oliver. Ces chaussons aux raisins secs sont réservés pour le thé de Monsieur. Allez, ouste ! Allez-y, tous les deux.

Chassé de la cuisine, Oliver passa devant. Ils remontèrent le couloir et sortirent par la porte de service. Eddie était dans la cour, occupé à laver la Wolseley à grande eau.

—Qu'est-ce que vous faites, jeunes galopins ? leur demanda-t-il, levant à peine les yeux de son seau d'eau.

—Nous sommes venus chercher les vélos, répondit Olly.

—Ah oui ? Dans ce cas, vous feriez mieux de vérifier l'état des pneus. Personne ne s'est servi de ces vélos depuis des semaines.

—Ils ont l'air d'être en bon état.

Oliver était entré dans le garage où l'on rangeait les vélos, et il s'était penché pour examiner les deux qui étaient appuyés contre le mur.

—Ils ont l'air bien, n'est-ce pas, William ?

William acquiesça, alors même qu'il leur avait à peine jeté un coup d'œil. Il n'avait pas du tout envie de faire du vélo, ni pour aller au village, ni pour aller où que ce soit d'autre. Toutefois, lorsqu'il poussa le vélo dans la cour, il se rappela à quel point il avait été fier de ce cadeau d'anniversaire, reçu deux ans plus tôt.

—Si vous allez au village, vous feriez mieux de prendre le chemin le plus long, leur conseilla Eddie. Ils ont taillé les haies de la petite route, ce matin, et il y a des branches partout.

Quand ils eurent poussé leurs vélos dans l'allée, Oliver dit :

—C'est une bonne idée qu'a eue Eddie, de nous dire de faire le détour. Il y a une grande côte que nous allons pouvoir dévaler à toute vitesse jusqu'au village. Elle doit faire huit cents mètres de long !

—Et une grande côte que nous allons devoir grimper au retour, marmonna William d'un ton lugubre.

Olly ne l'entendit pas. Il était déjà au milieu de l'allée, et William dut enfourcher son vélo pour le rattraper. Dès qu'il fut sur la route et qu'il put pédaler librement, la tristesse qui semblait s'être insinuée jusque dans ses os commença à se dissiper lentement. Peut-être l'air frais lui faisait-il du bien, comme l'avait suggéré la cuisinière. Ou peut-être était-ce simplement le fait de laisser Summerhayes derrière lui. Le malaise que l'on éprouvait entre ses quatre murs le contrariait énormément, mais il savait que pour rester fort, il devait éviter d'y penser. Il se dit, pour se consoler, que la situation n'était pas désespérée. Elizabeth allait peut-être être envoyée au loin, mais cela ne signifiait pas pour autant qu'elle ne reviendrait pas. Quant aux accidents inexpliqués, il ne lui était rien arrivé de mauvais depuis des jours, et même depuis des semaines. Cet après-midi, le soleil brillait, le ciel était sans nuages, et l'air embaumait le chèvrefeuille. Il allait en profiter.

Même par la route qu'ils avaient prise, le village n'était qu'à un kilomètre et demi, et ils ne tardèrent pas à atteindre le sommet de la côte dont Oliver lui avait parlé.

—Nous y voilà, Wills ! annonça celui-ci. Nous devrions essayer de la descendre en roue libre. Ça va être super ! J'y vais en premier.

—Il faut que tu utilises tes freins, l'avertit William. Au moins à partir de la moitié, sinon, cela devient dangereux. Je le sais, j'ai déjà essayé.

—Nous verrons !

Le sourire espiègle de son ami était inquiétant, mais il était bien obligé de le laisser partir. Oliver était bien trop déterminé, bien trop impétueux pour qu'il tente de le contrôler. Il lui donna une minute d'avance, puis il se lança à son tour.

C'était merveilleux, comme de voguer au gré du vent. Le macadam défilait sous ses roues, et les haies de chaque côté de la chaussée passaient à toute vitesse, comme si elles n'avaient pas une seconde à perdre. Devant lui, la silhouette d'Olly était penchée sur le guidon, et ses cheveux flottaient en tous sens comme il descendait la pente à vive allure. À mi-chemin, William avait atteint la vitesse à laquelle il savait qu'il devait freiner pour éviter de se mettre en difficulté. Il appuya sur la manette métallique de droite, mais il ne se passa rien ; il appuya alors sur la manette de gauche, mais il ne se passa toujours rien. Il appuya sur les deux en même temps, de toutes ses forces, mais il continua à dévaler à une allure effrayante, et il ne cessait de prendre de la vitesse comme la côte descendait en serpentant. Il appuya encore et encore sur les manettes de frein. Il allait avoir un accident, il en était sûr.

Le village était droit devant et, d'une minute à l'autre, maintenant, il allait couper la route perpendiculaire. Il pria pour qu'il n'y ait aucun piéton, aucun cycliste dessus. Il n'y en avait pas. Ce fut une voiture qui apparut de nulle part, juste en face de lui, semblait-il. Renonçant à tenter de maîtriser le vélo, il leva les bras en l'air, en désespoir de cause, s'attendant à sentir le métal dur le percuter d'un instant à l'autre. Au lieu de cela, le vélo dérapa latéralement, buta contre l'accotement herbeux, passa par-dessus, et atterrit, avec lui en dessous, au fond du fossé qui longeait la route.

Il entendit des voix et des pas accourir vers lui. Au moins, il n'avait pas perdu connaissance. Le visage effrayé d'Olly apparut au-dessus de l'accotement.

—Laissez-moi passer !

C'était le docteur Daniels. C'était sa voiture que William avait vu arriver. *Tout va bien se passer*, pensa-t-il stupidement.

Le docteur grimpa tant bien que mal par-dessus l'accotement en s'aidant de ses mains, écarta le vélo et le jeta de côté, puis il se pencha en avant et tendit un bras.

—Peux-tu attraper ma main, William ?

William s'exécuta. Lentement, péniblement, il parvint à se mettre d'abord à genoux, puis debout. Flanqué du docteur d'un côté et d'Olly de l'autre, il fut traîné hors du fossé, par-dessus l'accotement herbeux et jusque sur la chaussée. Il était couvert de feuilles et de brindilles, et Oliver avait entrepris de les faire tomber en frottant ses vêtements, quand le docteur le fit s'écarter.

—Allons ! Je vais t'examiner, jeune homme. Tu as fait une très mauvaise chute.

William n'aurait pas parlé d'une *très mauvaise chute*. Il avait l'impression d'avoir été supplicié sur un chevalet, l'un de ces instruments de torture médiévaux, mais il ne dit rien et laissa le docteur Daniels le palper de la tête aux pieds.

—Tu n'as rien de cassé, je crois, mais il vaut mieux que je t'emmène à mon cabinet pour écouter ton cœur.

—Je me sens bien, très bien, je vous assure.

Il était gêné que l'on fasse tant d'histoires pour lui.

—Dans ce cas, restons-en là pour le moment. Tu auras quelques bleus demain, mais je dirais que tu as eu beaucoup de chance.

Il essaya de sourire mais il savait qu'il devait avoir triste mine.

—Allez ! dit le médecin avec vivacité. Nous allons charger les bicyclettes dans la voiture, et je vais vous reconduire à Summerhayes.

—Mais nous ne sommes pas allés chercher la pâte d'amandes ! protesta Olly, voyant de toute évidence le gâteau de Battenberg lui passer sous le nez.

—Tant pis pour la pâte d'amandes ! Il faut raccompagner William à la maison.

Là-dessus, le docteur prit le vélo d'Oliver et le mit dans le coffre de sa voiture.

—Vous auriez dû vérifier le fonctionnement de vos freins avant de partir, dit-il sévèrement, avant de ramasser le second vélo pour le charger dans le coffre de la même façon.

—Nous avons vérifié l'état des pneus, mais pas les freins, admit Oliver. Mais… attendez une minute ! dit-il d'un ton pressant.

Le médecin, qui tenait le vélo en l'air, le laissa retomber sur la route.

—Quoi, encore ? demanda-t-il avec impatience.

—Regardez !

Oliver montrait du doigt la roue arrière. Un fin câble de métal courait encore jusqu'à l'arrière du vélo, mais le petit étrier de frein qui aurait dû forcer le patin de gomme à presser contre la roue quand on freinait était gauchi.

—Il est abîmé, constata le docteur avec indifférence.

—Il n'est pas seulement abîmé, il est tout déformé... Il a été tordu, dit Oliver, surexcité, et regardez : il y a la même chose à la roue avant... et il n'y a pas que l'étrier de frein, en plus ! Les patins de gomme ont été pratiquement coupés en deux. Pas étonnant que les freins n'aient pas fonctionné !

—Les patins ont dû s'user, répondit le docteur. De toute évidence, ils avaient besoin d'être remplacés.

—C'est impossible, insista Oliver, qui ne craignait jamais de se disputer avec un adulte s'il pensait avoir raison. Le vélo de William est presque neuf.

Le docteur Daniels haussa les épaules et il s'apprêtait à ramasser le vélo quand Oliver ajouta :

—Il a été délibérément endommagé.

—C'est absurde ! s'exclama le docteur. Pourquoi diable quelqu'un aurait-il fait une chose pareille ?

William sentit sa gorge se serrer. Olly avait posé sur lui un regard intense et lourd de sens, mais il garda le silence. Tandis qu'il montait à l'avant de la voiture, à côté d'Oliver et du médecin, il se dit que c'était peut-être un accident. Personne ne dit un mot jusqu'à ce que le docteur Daniels les ait déposés, avec leurs vélos, devant le garage, et soit reparti au volant de sa voiture.

—Eh bien... commença Oliver.

Mais William ne voulait rien entendre. *Trêve de complots, par pitié !* implorait une petite voix dans sa tête. Avant que son ami n'ait pu se lancer dans sa dernière théorie, la cuisinière apparut à la porte de service.

—Désolé, dit-il, nous n'avons pas réussi à rapporter de pâte d'amandes.

—Ce n'est pas grave, mon chéri. Je comprends que vous ayez préféré vous faire déposer quand on vous l'a proposé. La côte à l'entrée du village est sacrément raide. J'ai entendu la voiture et je suis venue te dire que Mme Lumley avait fait porter tes gâteaux préférés…

La nouvelle détourna momentanément l'attention d'Oliver.

—Qui est Mme Lumley ?

—C'est la cuisinière d'Amberley, répondit William. Quand je suis à la maison, elle me prépare quelque chose de spécial toutes les semaines. Je suis sûr que ce sont des macarons !

—Je n'aime pas les macarons, dit son ami, déçu.

—Mais moi, oui !

William eut un rare sourire, entra et remonta le corridor dallé en direction de la cuisine. Étonnamment, il se sentait affamé. Ce devait être tout cet air frais. Et puis, il n'avait pas été grièvement blessé, n'est-ce pas ? Il avait seulement mal partout. Un ou deux macarons le remettraient sur pied.

30

Au beau milieu de la nuit, William se réveilla avec une nausée épouvantable. Il allait vomir. Il se redressa précipitamment et sortit les jambes du lit pour courir à la salle de bains, mais son estomac se souleva et il n'eut pas le temps de poser les pieds par terre. Incapable de se retenir, il eut un haut-le-cœur bruyant et un flot de vomi inonda son pyjama, ses couvertures, et une grande partie de la descente de lit.

—Qu'est-ce qui se passe ?

Oliver se redressa brusquement, clignant des yeux dans la pâle lueur du rayon de lune qui s'était glissé entre les rideaux. S'apercevant tout de suite que son ami n'allait pas bien, il se leva d'un bond et se rua au chevet de William.

—Berk !

Il avait failli marcher dans le vomi.

—Désolé…

Ce fut tout ce que William parvint à balbutier avant d'ajouter :

—Va-t'en ! Je vais encore être malade.

Cette fois, quand son estomac eut fini de se soulever, il se trouva trempé de sueur.

—Il faut que j'aille aux toilettes, marmonna-t-il entre ses dents.

Oliver passa les bras sous les aisselles de son ami et le tira hors du lit, essayant de poser les pieds sur un endroit sec de la descente de lit. Ensemble, ils allèrent jusqu'au palier tant bien que mal, et à peine eurent-ils atteint la salle de bains que William se remit à vomir.

—Je vais chercher ta sœur.

Olly semblait vraiment inquiet.

—Non, hoqueta William. Surtout pas. Elle a déjà des ennuis.

—C'est la meilleure solution. Ta mère va se mettre dans tous ses états et aggraver les choses. Reste ici, je vais chercher ta sœur.

La tête au-dessus de la cuvette des toilettes, William songea qu'il n'avait pas vraiment le choix.

Quand Elizabeth ouvrit la porte de sa chambre, à laquelle on frappait violemment, elle eut un mouvement de recul, surprise.

—Qu'est-ce que… ?

—C'est William, il est malade. Il faut que tu viennes.

Sans chercher à poser de questions, elle attrapa son peignoir, accroché à la patère, et suivit Oliver jusqu'au palier couvert d'un tapis à motif floral. La porte de la salle de bains était ouverte et William était assis sur la lunette des toilettes, la tête pendante, le teint d'une horrible couleur grisâtre dans la lumière crue.

—Il a vomi.

Son nez le lui avait déjà indiqué, mais elle se contenta de hocher la tête.

—Plusieurs fois, reprit Oliver, et il y en a plein la chambre.

—Reste avec William, lui ordonna-t-elle. Je vais m'en occuper.

Oliver n'avait pas exagéré. Les dégâts étaient tels qu'elle ne pouvait absolument pas se débrouiller toute seule. Elle monta en courant à l'étage des domestiques et entra à pas de loup dans la chambre d'Ivy. Comme toujours, sa femme de chambre se montra extrêmement efficace. La jeune femme comprit tout de suite la situation et s'habilla rapidement. Ensemble, elles descendirent en courant au sous-sol pour aller y chercher des seaux d'eau. Il leur fallut près d'une heure pour nettoyer suffisamment la chambre pour que William puisse y retourner, et elles furent malgré tout obligées de jeter la descente de lit tachée par la fenêtre pour s'en occuper au matin. Ivy alla chercher des draps propres et elle refit le lit pendant qu'Elizabeth retournait à la salle de bains. Oliver était assis sur le bord de la baignoire et William se trouvait exactement là où elle l'avait laissé.

—Il n'a plus vomi, annonça joyeusement Oliver.

—Tant mieux. On peut probablement te remettre au lit sans risque, maintenant, dit-elle à William.

Cependant, quand son frère essaya de se lever, il s'avéra tellement faible qu'elle et Oliver durent tous les deux passer un bras autour de lui pour l'empêcher de tomber.

—Courage ! l'exhorta-t-elle. Encore quelques pas sur le palier et nous t'aiderons à t'allonger.

Il avança très lentement, laborieusement, mais il finit par grimper entre ses draps propres. Ivy avait prévu un petit bol d'eau florale de lavande, et Elizabeth s'en servit pour nettoyer le visage de son frère. Le parfum délicat et rafraîchissant de la lavande embauma la pièce, et elle fut soulagée de voir le gris se retirer des joues blafardes de William.

—Ça va mieux ? lui demanda-t-elle au bout d'un moment.

—Bien mieux, répondit-il. Mais tu ne devrais pas être ici…

Elle le regarda d'un air perplexe.

—Pourquoi pas ?

—Ils n'aimeraient peut-être pas que tu me parles.

Elle supposa qu'il parlait de leurs parents.

—C'est ridicule, répondit-elle d'un ton énergique. Bien sûr que nous pouvons nous parler !

—Mais tu vas t'en aller… dans une institution.

La voix de son frère se brisa et elle vit ses yeux s'emplir de larmes.

Elle posa le bol d'eau florale, passa les deux bras autour de lui et le serra étroitement contre elle. Elle remarqua qu'il était très maigre. Il avait perdu du poids au fil des jours, depuis que les chiens l'avaient attaqué.

—Est-ce que c'est parce que tu t'inquiètes pour moi que tu as été malade, comme ça ?

Il secoua la tête.

Oliver se redressa vivement dans le lit voisin. Il était resté exceptionnellement silencieux.

—Je crois que c'étaient ces macarons… Ceux que Mme Lumley avait fait porter.

—C'est impossible, protesta mollement William. Mme Lumley m'en fait presque toutes les semaines quand je suis à la maison.

—C'est la seule chose que tu as mangée et que je n'ai pas mangée, insista Oliver.

—Tu crois que c'est possible qu'il s'agisse des macarons, William ? demanda-t-elle.

Elle se sentait elle-même légèrement nauséeuse. Elle refusait de songer à ce que cela pouvait signifier.

—Ils avaient un goût un peu différent, reconnut-il, mais je suis sûr qu'ils n'étaient pas mauvais.

Elizabeth n'en était pas sûre du tout, elle. Il ne voulait pas faire d'histoires, craignant sans aucun doute d'attirer des ennuis à Mme Lumley, mais ces macarons venaient d'Amberley, et cela seul était de mauvais augure. Ce soir, Ivy lui avait parlé de la bicyclette endommagée – les domestiques étaient tous au courant de ce qui s'était passé –, mais elle avait mis l'incident sur le compte d'un défaut d'entretien. Jusqu'à maintenant.

Elle songea qu'elle devait à tout prix éviter de faire peur à William. Elle s'engagea sur une autre piste.

—Est-ce que tu manges convenablement ? Je ne parle pas de gâteaux, hein… mais d'une nourriture saine qui va te donner des forces.

Il baissa la tête.

—Pour être honnête, je n'ai pas très faim, ces jours-ci.

—Alors qui mange toutes les bonnes choses que la cuisinière te sert en cuisine ? Non, ne me le dis pas… Oliver, je présume.

Les protestations d'Oliver furent étouffées par ses couvertures, mais William eut un sourire timide.

—Je suppose. Une partie, en tout cas. Mais…

—Il n'y a pas de *mais* qui tienne. Tu dois manger. Je ne sais pas s'il y avait quelque chose de mauvais dans ces macarons, probablement pas, mentit-elle, mais il faut que tu manges et que tu prennes des forces. Et il faut que tu arrêtes de t'inquiéter. Tu n'as rien à craindre à Summerhayes. Les chiens ont été maîtrisés et ils ne reviendront pas ici. Les clôtures ont été réparées et le tailleur de pierres a muré la vieille entrée de derrière.

—Tu en es sûre ?

Elle prit ses mains fines dans les siennes.

—J'en suis absolument sûre.

—J'ai fait des cauchemars, avoua-t-il.

—Plus de cauchemars ! Et plus d'inquiétude au sujet de cette histoire de départ et d'institution. C'était juste l'un des accès de colère habituels de Papa.

—Mais il était sérieux.

—Il était sérieux sur le moment, mais tu le connais… Je suis allée à l'encontre de sa volonté, il était furieux, et il a proféré la première menace qui lui a traversé l'esprit.

Elle se leva, s'apprêtant à partir. Elle voyait bien qu'il réfléchissait.

—Maman aussi veut que tu ailles dans une institution, dit-il enfin. J'ai entendu Papa le dire.

—Elle voulait que j'aille dans un établissement en Suisse. Elle souhaitait cela depuis longtemps. Mais maintenant que la guerre fait rage, c'est absolument hors de question.

—Il a parlé d'une institution en Écosse.

William était têtu.

—Et où pourraient-ils bien m'envoyer en Écosse ? C'est grotesque. Je n'imagine pas un seul instant que les Écossais aient leurs propres institutions pour jeunes filles, et toi ?

—C'est vrai que cela m'a paru bizarre, admit-il.

—Parce que ça l'est. Papa cherchait l'endroit le plus éloigné du Sussex qu'il pouvait trouver.

—Alors tu ne vas pas t'en aller ?

Elle ne put s'empêcher d'avoir une seconde d'hésitation avant de répondre.

—Tu ne dois *pas* t'inquiéter pour cela. Je te l'interdis ! Je suis là, et je t'aime. Je t'aimerai toujours.

Elle avait réussi à se dérober à une promesse, mais elle n'aurait pas su dire si William s'en était aperçu.

—Tu vas épouser Giles Audley et vivre à Summerhayes ? lui demanda-t-il avec enthousiasme.

—Je ne peux pas l'épouser, William. Je ne l'aime pas. Mais cela ne changera rien pour nous, je te le promets. Je serai toujours ton amie, mariée ou non.

C'était presque l'aube quand Elizabeth regagna sa chambre. Lasse, elle se glissa dans son lit, mais elle ne parvint pas à trouver le sommeil. La journée avait été pleine de bouleversements, et la nuit également. La veille, elle avait rassemblé son courage pour se préparer à son entretien avec Giles, elle en avait même imaginé les conséquences, consciente que son père chercherait à l'intimider et que sa mère la supplierait, mais la réalité avait été encore bien pire. Toutefois, cela ne l'avait pas fait changer d'avis, pas même après avoir entendu l'extraordinaire aveu de sa mère.

L'espace d'un instant, elle avait été stupéfaite – imaginer sa mère amoureuse était tout à fait nouveau pour elle – mais dès qu'elle s'était remise du choc initial, elle avait su qu'elle n'agirait jamais de la même façon qu'elle. Sa mère avait fait ce qu'elle estimait être de son devoir, mais son devoir à *elle* était très différent : c'était de ne pas commettre les mêmes erreurs que ses parents.

Les remontrances sévères de la veille n'en resteraient pas là. Il lui faudrait endurer encore et encore les semonces, et les endurer seule. Aiden allait partir et il ne pourrait pas l'aider. Après une matinée aussi éprouvante, elle avait eu très envie de le voir, de sentir ses bras autour d'elle, d'entendre sa voix. Ils s'étaient donné un de leurs rares rendez-vous en fin d'après-midi, dès que les hommes auraient rangé leurs outils et qu'ils seraient partis. Il voulait savoir comment s'était passé le dîner, même si cela ne semblait plus valoir la peine d'être raconté. À cette heure-là de la journée, il était difficile pour elle de s'éclipser de la maison sans être vue – il faisait encore grand jour et chacun vaquait encore à ses occupations –, mais elle était arrivée sur leur lieu de rendez-vous sans encombre.

Les minutes s'étaient écoulées lentement, sans qu'elle le vît arriver. Elle avait cru deviner pourquoi. Mme Boxall avait dû le mettre à la porte peu après que Giles avait regagné Amberley et raconté à ses hôtes qu'il avait été éconduit – son oncle avait dû y veiller – et Aiden avait dû être contraint à chercher un endroit où passer la nuit. Au bout d'une heure, elle avait dû partir. Sa mère risquait de frapper à la porte de sa chambre, forte d'arguments supplémentaires pour qu'elle accepte la demande en mariage d'Audley, et elle ne voulait surtout pas qu'on la trouve en train de se promener dans le jardin. Elle avait donc repris la direction de la maison, très abattue.

Toutefois, elle ne l'était alors pas autant que maintenant. Cela semblait impossible à croire, mais William avait de nouveau été une cible de malveillance. La bicyclette défectueuse pouvait encore être un accident, car les garçons s'étaient très peu servi des deux-roues au cours de l'été, et personne ne les utilisait pendant les longues périodes au cours desquelles William était au collège ; néanmoins, même si c'était bien là un accident, Elizabeth ne pouvait croire la même chose des vomissements de son frère.

Elle l'avait vu très brièvement quand il était revenu du village, la veille au soir, et il avait alors l'air en forme ; fatigué et contusionné, certes, mais par ailleurs peu affecté par sa chute. Se pouvait-il qu'il ait attrapé pendant la nuit une maladie épouvantable qui l'aurait fait vomir ? Elle ne le croyait pas. Il avait été si mal !

Ce devait être ce qu'il avait mangé qui était en cause, et puisque les macarons étaient la seule chose qui avait été épargnée par l'appétit glouton d'Oliver, ce devait être eux les coupables. Ils étaient venus d'Amberley, mais Mme Lumley ne pouvait absolument pas être responsable. C'était une bonne amie de leur propre cuisinière, et une bonne amie de la famille. Quelqu'un d'autre avait dû les empoisonner, c'était la seule explication possible.

À force d'essayer de mesurer l'ampleur de ce qui se passait, Elizabeth avait le front brûlant et la tête douloureuse. Son petit frère était méthodiquement persécuté et affaibli. Apparemment, personne à part lui n'avait mangé de macarons, mais si qui que ce soit d'autre l'avait fait et était tombé malade, il se serait rétabli assez vite. Pour William, en revanche, les nausées avaient été éprouvantes ; à elles seules, elles n'auraient pas pu causer de dommages permanents, mais comme il avait le cœur fragile, elles auraient pu avoir de graves conséquences. Si la dose de poison ajoutée aux macarons – elle ne faisait que des suppositions – avait été un peu plus importante, Dieu seul savait ce à quoi ils auraient dû faire face ce matin.

William était en danger, c'était évident, mais comment faire pour le protéger ? Elle aurait pu faire part de ses soupçons à sa mère, et celle-ci l'aurait certainement crue. Alice avait toujours eu peur de son frère, et Elizabeth commençait à comprendre qu'il y avait de bonnes raisons à cela. Son père, en revanche, se serait moqué d'elle, il se serait moqué d'elles deux, et il n'aurait pris aucune mesure. À ses yeux, son héritier était un gringalet, et elles étaient des idiotes qui faisaient des histoires pour rien. Elle l'entendait déjà dire que tout ce dont son fils avait besoin, c'était d'une discipline stricte pendant un certain temps. Cependant, aucune discipline, aucun endurcissement n'aurait pu neutraliser le mal résolu à détruire le jeune garçon.

Aiden avait raison quand il l'avait avertie, des semaines plus tôt. Elle n'avait pas voulu l'écouter, elle l'avait interrompu quand il lui avait dit que la cabane que les garçons avaient construite dans la Jungle s'était effondrée parce qu'elle avait été sabotée, que les chiens d'Amberley avaient été encouragés à envahir leurs jardins.

Elle n'avait pas voulu l'écouter, mais il avait raison depuis le début. Un plan bien arrêté, échafaudé à Amberley, se révélait : elle devait se marier conformément à la volonté des Fitzroy et, dans le même temps, son frère était rendu faible et sans défense. La veille au matin, elle aurait dû accepter la demande en mariage de Giles Audley ; dans l'après-midi, William avait eu un accident de bicyclette et avait été empoisonné. C'était le plan, et il aurait été couronné de succès si elle n'avait pas éconduit Giles Audley. Son refus avait contrecarré ce projet, et si son oncle était véritablement le monstre qu'elle imaginait, comment allait-il réagir ?

Qu'allait-il faire, cette fois ?

31

Alice s'était levée presque aussi tôt que sa fille, ce matin. À 7 heures, elle était assise à son bureau et elle regardait avec désespoir la lettre qu'elle avait commencée une heure plus tôt. Elle s'efforça de se concentrer et, relisant les mots, s'aperçut qu'elle avait écrit deux fois la même phrase deux fois. De ses mains tremblantes, elle déchira la feuille de papier et en prit une autre.

« Cher Henry », écrivit-elle à nouveau ; puis elle s'arrêta, jeta aussi cette feuille-là et regarda fixement le mur couleur pêche et le tableau de Sickert représentant une église vénitienne. Que pouvait-elle bien dire à son frère pour justifier la conduite d'Elizabeth ? Qu'est-ce qui pourrait atténuer un tant soit peu l'offense ? Sa fille avait montré un manque de respect flagrant pour l'opinion de ses aînés, en particulier pour l'opinion d'Henry. Ce n'était pas là une transgression qui pouvait être facilement pardonnée.

Depuis les événements catastrophiques de la veille, ils n'avaient reçu aucune nouvelle d'Amberley ; mais Alice ne se laissait pas abuser par ce calme apparent. Au contraire : ce silence était terrifiant. Elle savait que son frère serait très en colère, qu'il lui en voudrait autant à elle qu'à Elizabeth, et qu'il serait furieux contre Joshua. Ils lui avaient demandé son aide et, par pure gentillesse, estimerait-il, il la leur avait apportée. Il leur avait présenté Giles Audley, le parfait prétendant ; et au lieu de recevoir des remerciements sincères, au lieu de pouvoir se complaire dans une condescendance hautaine, il avait vu son choix rejeté, et par une jeune fille de dix-neuf ans qui ne connaissait rien du monde, comparativement à lui.

Alice avait la nausée à la perspective de la conversation qu'elle serait obligée d'avoir avec son frère, et elle se sentait plus mal encore lorsqu'elle imaginait les représailles qu'il pourrait exercer – car il y aurait des représailles, d'après son expérience.

Petit garçon, il avait déchiqueté sa robe préférée quand elle avait refusé de lui donner la raquette de tennis dont on lui avait fait cadeau pour son anniversaire. Il avait menti à leur père, prétendant qu'elle avait volé de l'argent de la cuisine à Mme Lumley, parce qu'elle avait crié quand l'un de ses infâmes camarades de classe avait essayé de l'embrasser. Et, plus monstrueux encore, il avait tué son chat – elle en était sûre – parce qu'elle avait involontairement cassé la boîte en verre dans laquelle il conservait ses épinoches. Mais tout cela s'était passé quand il était enfant. *C'est un adulte, maintenant, un homme civilisé*, se dit-elle pour se rassurer. Que pourrait-il bien faire d'autre que leur rendre la vie désagréable, par différents moyens sans trop de gravité ? La famille affronterait ce qui l'attendait : les insultes de mauvaise foi, les rumeurs qu'il ferait circuler, les petits agissements mesquins. Après tout, c'était ce qu'ils enduraient depuis des années.

« Cher Henry », écrivit-elle une troisième fois, sur une autre feuille vierge. « Nous sommes vraiment navrés… »

Soudain, elle entendit des pas légers derrière sa porte, et elle se leva d'un bond. *Elizabeth.*

Elle n'avait pas vu sa fille depuis leur déplorable entretien. Le dîner de la veille avait été des plus moroses : Joshua était assis à un bout de la table, elle à l'autre, et tous deux avaient été profondément soulagés quand le repas s'était terminé. Elle n'espérait pas non plus voir Elizabeth au petit déjeuner, mais si seulement elle pouvait lui parler à nouveau, se montrer un peu plus persuasive, peut-être, n'aurait-elle pas besoin d'écrire à Henry. Ou bien elle pourrait lui écrire une lettre tout à fait différente.

Elle ouvrit la porte du petit salon juste à temps pour voir une jupe de coton bleu vif dans l'escalier.

—Elizabeth ! appela-t-elle.

La jupe s'immobilisa, à trois marches du palier, puis, dans un mouvement vif, elle disparut. Alice soupira. Elle devrait donc écrire la lettre, en fin de compte.

Elizabeth n'avait pas été la seule à rater le petit déjeuner. Après les épreuves de la nuit, les garçons avaient fait la grasse matinée, à la grande consternation d'Oliver, mais à midi, Ripley avait remédié à la situation en leur apportant dans leur chambre un déjeuner léger. Quand elle alla voir comment ils allaient, ils venaient de finir de manger. Elle trouva William encore anormalement pâle, mais il lui assura qu'il se sentait bien plus en forme. Le vieux théâtre avait été sorti de sa cachette et divers éléments de décor jonchaient le sol. Oliver et lui s'apprêtaient à passer l'après-midi à travailler à une nouvelle pièce. Elle était soulagée : il ne lui arriverait rien dans sa chambre.

Elle leur dit de bien s'amuser et regagna sa propre chambre. Là, enfin, elle devrait être à l'abri de toute nouvelle tentative de persuasion. Elle s'installa pour lire, mais il lui fallut un moment pour se rendre compte qu'elle avait lu la même page plusieurs fois et qu'elle n'avançait pas. Elle avait l'impression que les caractères dansaient en tous sens sur la page, au rythme de pensées qui ne parvenaient pas à se calmer. Dans un petit moment, elle sortirait discrètement de la maison et irait attendre, une fois de plus, dans le jardin, près de la petite route qui conduisait au village. Aujourd'hui, Aiden viendrait sûrement. Elle avait tellement envie de le serrer dans ses bras, de lui confier ses soucis. Pourtant, le bon sens lui disait que même s'il venait, il ne pourrait rien faire. Et s'il la pressait encore de l'épouser, que pourrait-elle lui répondre ? Elle l'aimait, cela ne faisait pas l'ombre d'un doute dans son esprit ; mais l'idée de quitter la maison qu'elle connaissait, le frère qu'elle aimait, l'emplissait d'effroi, et maintenant qu'elle était convaincue que William était la cible d'attaques, c'était devenu impossible.

Elle posa son livre. La maison était silencieuse. Les domestiques devaient avoir terminé leur travail pour le moment et profiter d'un moment de repos bien mérité. William et Oliver étaient dans leur chambre, sûrement occupés à mettre au point leur prochaine grande œuvre. Ses parents devaient être dans leurs retraites respectives. Elle entendit le carillon de l'horloge de parquet, au bout du couloir. 16 heures. L'heure du thé. Cependant, on n'entendait pas le cliquetis de tasses. Personne n'annonça le thé. C'était comme si la maison tout entière retenait son souffle. Et pour quoi ?

Elle s'était attendue à voir son oncle se présenter sur le pas de la porte dès qu'il aurait appris qu'elle avait éconduit Giles Audley. Giles logeait à Amberley, et son oncle avait dû être immédiatement mis au courant de l'issue de la mission de son protégé. Toutefois, il n'y avait eu aucun signe d'Henry Fitzroy, ni la veille ni le jour même, et, à sa connaissance, aucun message d'Amberley. C'était étrange qu'il ne se manifeste pas. Son père avait crié et avait menacé de l'exiler dans un établissement imaginaire, sa mère avait essayé de la persuader en douceur et lui avait brossé un tableau très sombre de la vie d'une vieille fille. Alors, où se trouvait oncle Henry, dans toute cette histoire ?

Si c'était bel et bien lui qui avait empoisonné William, peut-être estimait-il que c'était un châtiment suffisant, mais quelque chose lui disait qu'il n'en resterait pas là. Ses manigances étaient doubles. Elles l'incluaient, et c'était *elle* qui avait fait échouer ses projets. Il allait encore leur créer des ennuis, elle en était sûre, mais lesquels, et quand ? Une ombre planait au-dessus de Summerhayes, mais pour le moment, elle devait la chasser de son esprit, fuir une nouvelle fois la maison, et espérer qu'Aiden serait au rendez-vous. Quand elle le verrait, elle lui dirait que sa place était ici et qu'il allait devoir voyager seul.

À 17 heures, elle enfila un manteau léger, en lin, qui lui tiendrait suffisamment chaud par cette journée couverte. L'été s'était temporairement retiré, et le temps ajoutait sa propre touche de grisaille à la morosité qui régnait dans la maison. Il faudrait qu'elle fasse vite. Dans une heure, Ivy viendrait frapper à sa porte pour l'habiller pour le dîner, et on ne lui permettrait pas de manquer un autre repas.

Elle descendit l'escalier à pas feutrés. La maison demeurait plongée dans un silence inquiétant et l'entrée était vide, mais la bonne odeur de pain chaud qui s'élevait du sous-sol indiquait que le personnel de cuisine était en plein travail. Se faufilant par la porte de service, elle arriva à temps pour voir les derniers hommes rassembler leurs outils et prendre la route qui conduisait au village. Elle se cacha sous un orme à proximité et attendit qu'ils aient disparu, puis elle passa furtivement devant le cottage et devant le bureau de M. Harris, pour atteindre la cabane à outils qui se trouvait sur le bord de la route.

Elle s'était plus ou moins attendue à y retrouver son amoureux, mais il n'était pas là. Se pouvait-il qu'il ait déjà quitté le Sussex, qu'il soit parti sans lui dire au revoir ? Elle eut un vif pincement de cœur et se gronda intérieurement pour son manque de discernement. Aiden n'aurait jamais fait une chose pareille. Était-il souffrant ou blessé, alors ? Ou bien l'avait-on obligé à partir ? Un sentiment de panique irrationnel l'envahit. Peut-être avait-il été malmené et forcé physiquement à monter dans un train. Il se pouvait qu'il soit déjà à des kilomètres de là… Non, elle se laissait gouverner par son imagination.

Sa peau picotait, à cause du froid autant que de l'inquiétude. Son manteau en lin n'était pas assez chaud pour la fraîcheur de ce début de soirée, et elle décida d'attendre à l'intérieur de la cabane. Cinq minutes s'écoulèrent, puis dix. De plus en plus angoissée, elle regardait au-dehors à travers les toiles d'araignées qui recouvraient les vitres piquées de la fenêtre. De là où elle était, elle voyait le jardin potager, les rangées de choux frisés, de carottes et d'oignons, et les innombrables pyramides de haricots d'Espagne, maintenant en fleurs.

Soudain, elle entendit un bruit et s'accroupit pour se cacher. Si qui que ce soit de la maison la trouvait là, elle aurait de gros ennuis. Son père tirerait les conclusions qui s'imposaient et prendrait des mesures – vraisemblablement pour l'envoyer sans délai chez ses amis, à Birmingham. Il avait beau l'aimer, elle savait qu'il entendait qu'elle lui obéisse, et il n'y avait pas intérêt à lui tenir tête. Cependant, le bruit qu'elle avait entendu était celui des roues d'une bicyclette sur le gravier. Était-ce l'un des jardiniers qui revenait chercher quelque chose qu'il avait oublié, ou était-ce Aiden lui-même ?

Une silhouette apparut dans l'embrasure de la porte et son cœur fit un bond dans sa poitrine – de soulagement et de joie. Il se baissa pour passer sous le linteau bas et elle vit que l'inquiétude plissait son front.

—Vous êtes là ! Comme je suis heureux de vous voir !

—Et moi de vous voir.

Elle s'était dit qu'il vaudrait mieux essayer de maintenir une certaine distance entre elle et lui, mais elle se surprenait maintenant à aller à sa rencontre, comme attirée malgré elle.

—Cela n'a pas été facile.

Il la prit dans ses bras et, comme elle ne protestait pas, l'embrassa passionnément.

—Comment ça ? lui demanda-t-elle tout contre son épaule.

Il s'écarta d'elle pour la regarder.

—Il y avait plusieurs hommes de Summerhayes sur la route et j'ai dû les éviter. J'ai passé un bon moment dans le fossé avec ma bicyclette.

—Je n'avais pas pensé qu'ils seraient sur la route.

—Moi non plus, mais nous n'avons pas l'habitude de conspirer… et nous ne devrions pas avoir à le faire, ajouta-t-il.

L'évocation d'une conspiration la poussa à lui demander :

—Que s'est-il passé, Aiden ? Ma mère m'a dit que Mme Boxall vous avait demandé de partir.

—C'est exact, mais elle s'est répandue en excuses. Elle m'a dit des tas de gentillesses, que j'avais été un pensionnaire modèle, et ainsi de suite, mais que certaines choses avaient été portées à sa connaissance et qu'elle ne pouvait malheureusement pas me permettre de rester. J'imagine que *certaines choses*, comme elle l'a formulé, ont également été portées à la connaissance de votre oncle. C'est son propriétaire.

—Je sais… mais quand est-ce arrivé ?

—Hier après-midi. J'avais fait mes bagages et quitté la pension avant le dîner.

—Mais où sont vos bagages ?

La question le fit rire.

—Vous ne pensiez tout de même pas que j'allais venir vous retrouver avec une valise en équilibre sur le guidon de ma bicyclette ?

—Je n'étais même pas sûre que vous viendriez, dit-elle à voix basse.

Il l'enlaça brusquement, et elle sentit sa chaleur l'envelopper.

—Comment avez-vous pu imaginer que je ne viendrais pas ?

—Je ne savais pas exactement ce qui s'était passé. Je ne savais pas où vous étiez.

—J'ai trouvé une chambre au George, à Kingston.

—Mais c'est à des kilomètres d'ici !

—Un peu plus de trois kilomètres, c'est tout. C'est l'endroit le moins cher que j'aie pu trouver. Heureusement, Jonathan s'est montré généreux quand il m'a renvoyé. Il n'a pas aimé qu'on lui ordonne de m'envoyer promener. Grâce à lui, j'ai assez d'argent pour rester encore quelques jours.

—Et ensuite ? demanda-t-elle, alors même qu'elle savait ce qu'il allait répondre.

—Ensuite, direction le Canada !

Il sortit une petite enveloppe cartonnée de sa poche intérieure.

—Regardez… Deux billets pour une traversée sur le *Mauretania*. C'est un paquebot Cunard qui prend la mer dans quatre jours. Il passe par Queenstown – sur la côte sud de l'Irlande – mais de là, il traverse l'Atlantique tout droit jusqu'à New York. Comme une flèche. Sept jours en tout, et nous serons là-bas.

La tête lui tournait.

—Vous m'avez acheté un billet… Vous vous attendez à ce que je parte ?

—Pourquoi ne m'y attendrais-je pas ? Nous sommes faits l'un pour l'autre. Vous le savez, Elizabeth.

Le petit discours qu'elle avait préparé s'évapora, et elle se retrouva à chercher désespérément quelque chose auquel se raccrocher.

—Mais nous ne sommes pas mariés… Je ne peux pas voyager avec vous alors que je suis une femme célibataire. Et je ne peux pas non plus me marier sans la permission de mon père, et il ne me la donnera pas.

—Bien sûr que non. Je n'ai jamais pensé qu'il le ferait. Mais il est possible d'obtenir une dispense. C'est ce que Niall – mon cousin – nous procurera. Lui et sa femme se porteront garants de nous et, quand nous arriverons à Toronto, nous pourrons nous marier sans les bans.

Elizabeth était trop hébétée pour répondre quoi que ce soit.

—Craignez-vous pour votre vertu ? la taquina-t-il. Ne vous en faites pas. Vous aurez une cabine individuelle sur le bateau. J'ai eu juste assez d'argent pour prendre des billets de deuxième classe… Cela signifie qu'il nous reste peu d'économies, mais ça valait la peine. Ce ne sera ni aussi bondé, ni aussi insalubre que la troisième classe. En troisième classe, on est tout au fond du bateau, où tout le monde a le mal de mer. Et quand nous arrivons dans le port de New York, les passagers de la troisième classe sont emmenés par bateau sur Ellis Island pour une visite médicale. Tandis que nous, ma chérie…

Il lui plaça les mains autour de la taille et la fit tournoyer.

—… serons libres de débarquer !

Il parlait comme si tout était réglé ; mais ce n'était pas le cas. Elle avait l'impression que son cœur se détachait de ses amarres et allait se heurter contre les rochers bruts d'anciennes loyautés. Ses mains crispèrent sur les pans de son manteau. C'était comme si elle avait besoin de quelque chose, n'importe quoi, auquel se raccrocher, et elle tordit le lin dans tous les sens jusqu'à ce qu'il soit marqué de plis profonds.

—Je ne peux pas partir avec vous, dit-elle d'une voix brisée. Je ne peux pas quitter Summerhayes.

Il la considéra un long moment, d'un regard pénétrant. Elle songea qu'il essayait de comprendre ; mais ses yeux verts trahissaient sa perplexité.

—Je sais que je vous en demande beaucoup, mais si vous pensez que nous devrions être ensemble, vous viendrez. Tout est arrangé. Niall s'est démené pour me trouver du travail. Il a déjà plusieurs pistes. Il va aussi nous chercher un appartement. Il sera peut-être petit, mais ce sera un début.

—Pourquoi avez-vous fait tout ça ? demanda-t-elle, désespérée. Pourquoi êtes-vous si sûr de vous ? Je n'ai jamais accepté de vous épouser.

—Vous m'aimez, répondit-il simplement, et je vous aime. C'est tout ce qui importe.

—Mais l'amour ne suffit pas toujours, Aiden, et je ne peux pas partir.

—C'est une décision que vous devez prendre, dit-il d'une voix douce, mélancolique. Le mariage d'Ivy aura lieu après-demain. Je serai à l'église, je suis l'un des invités d'Eddie. Votre père est peut-être en mesure de me chasser de son domaine et votre oncle de me faire mettre à la porte de mon logement, mais ni l'un ni l'autre ne peut m'empêcher d'assister à un mariage. Vous me ferez part de votre décision à ce moment-là. Un seul mot, un murmure, et je serai au portail du domaine à minuit, la nuit suivante, avec un cabriolet.

Il lui caressa la joue du bout de l'index.

—Encore des dispositions que j'ai prises, vous voyez. Avec l'aide d'un fermier, cette fois, Jack Roberts de Hedge End. Je lui ai fait jurer le secret. Nous laisserons le cabriolet à Shoreham et, de là, prendrons le train pour Southampton. N'emportez qu'une petite valise. Nous n'aurons pas la place pour plus.

—Vous suggérez que nous nous enfuyions pour nous marier en cachette.

Quelle réflexion stupide ! Quel autre parti aurait bien pu s'offrir à eux s'ils souhaitaient se marier ? Le *si* inexprimé semblait flotter dans l'air entre eux.

—Oui, répondit-il, et je préférerais qu'il en soit autrement, mais cette fugue est la promesse d'un nouvel avenir. Courage, Elizabeth.

Ce ne fut qu'après son départ qu'elle se rendit compte qu'il n'avait rien dit du dîner ni de la demande en mariage de Giles Audley. C'était comme si l'un et l'autre n'existaient plus. En fait, pour Aiden, ils n'existaient plus. Il était tourné vers l'avenir, un avenir qu'il espérait partager avec elle. Cependant, il n'avait pas la moindre idée de la situation délicate dans laquelle se trouvait sa famille ; c'était là un autre sujet qu'elle avait omis d'aborder. Toutefois, maintenant, elle était contente de n'avoir rien dit, de ne pas avoir fait peser sur lui leurs ennuis. Elle devait le laisser partir, lui laisser la liberté de prendre son envol.

32

Alice s'inquiétait énormément pour son fils. Elle avait appris de sa femme de chambre que William avait été très malade deux nuits plus tôt – les domestiques étaient toujours au courant de tout –, et même si elle avait été tentée de gronder Elizabeth pour ne pas l'avoir réveillée sur le moment, elle s'en était bien gardée. Elle devait faire preuve de prudence, car elle craignait que sa fille, si on la provoquait, ne mette à exécution ses menaces et quitte la maison pour s'établir comme peintre. Alice avait des visions horribles d'une mansarde, quelque part à Brighton.

Elle s'était donc contentée de se mettre calmement au travail, elle avait demandé à la cuisinière de préparer quelques plats spéciaux, et elle avait fait monter les repas des garçons dans leur chambre. Elle n'aurait pas su dire si William avait beaucoup mangé. Il était d'une constitution délicate, et sa soudaine maladie, à la suite des problèmes de la semaine passée, l'avait fortement perturbé. Le jeune garçon, encore en pleine forme quelques semaines plus tôt, n'était plus que l'ombre de lui-même, et elle en avait le cœur brisé.

Le matin même, il était descendu à l'heure du petit-déjeuner, mais il était resté assis devant son assiette vide tandis qu'Oliver s'affairait autour du buffet, remplissant la sienne de bacon, de rognons et de galettes de pommes de terre. Elle avait essayé de le convaincre de manger ne serait-ce qu'un œuf, mais il avait secoué la tête et s'était contenté de prendre une tranche de pain. Il en avait pris une seule bouchée, puis il avait quitté la table en courant, en disant qu'il se sentait mal.

Elle avait aussitôt appelé le médecin, mais il n'avait pas décroché. Comme par hasard, c'était justement ce matin-là qu'Eddie Miller avait pris la voiture pour aller à Shoreham récupérer des colis au train de Londres, et elle en avait donc été réduite à envoyer Joe Lacey à pied au cabinet médical. Depuis, elle errait entre le salon et l'entrée, et l'attente lui paraissait interminable.

Les garçons étaient remontés à l'étage. Elle devait admettre qu'Oliver était un bon ami : il avait tout de suite abandonné son copieux petit déjeuner pour monter avec William dans leur chambre. Quand le heurtoir se fit enfin entendre et que Ripley alla ouvrir la porte de son allure digne, ce fut Louisa qu'elle aperçut par-dessus l'épaule du majordome. Heureusement, le docteur la suivait de près.

—Bonjour, madame Summer.

Il tendit son chapeau et ses gants à Ripley et, sacoche à la main, se dirigea vers l'escalier.

—Je vais aller voir M. William, si vous me le permettez. Je suis sûr qu'il n'a rien de bien grave.

Alice et sa belle-sœur se retrouvèrent seules.

—Nous avons croisé Joe Lacey sur la route, dit Louisa en guise d'explication à sa présence. Le docteur Daniels me raccompagnait à la maison, et nous avons vu le pauvre homme avancer d'un pas lourd en direction du village.

—Merci de vous être arrêtés. C'est une chance qu'il vous ait croisés.

C'était une chance pour William, du moins ; mais que faisait Louisa dans la voiture du médecin, et parée de ses plus beaux atours ? Alice n'était pas sûre de vouloir le savoir.

Les bonnes devaient encore être dans le salon, à faire le ménage, alors elle emmena sa visiteuse dans sa retraite personnelle.

—Puis-je t'offrir un rafraîchissement ? Tu dois avoir soif.

—Je suis assoiffée, ma chère. Après la grisaille d'hier, il fait plus chaud que jamais. Un verre de citronnade serait parfait.

Lorsque Ripley eut pris la direction de la cuisine, Louisa dit d'un ton dégagé :

—Tu dois te demander ce que je faisais dans la voiture du docteur Daniels.

Alice secoua la tête, mais sa belle-sœur semblait tenir à se justifier.

—J'avais quelques courses à faire au village, vois-tu. J'y suis allée à pied d'Amberley, mais la chaleur est devenue si accablante que je n'ai pas pu me résoudre à faire le trajet du retour à pied. J'ai vu le docteur qui se mettait en route pour ses visites, et je l'ai supplié de me déposer.

Avec une douzaine de domestiques à Amberley, il semblait curieux que Louisa fasse ses propres commissions, et la chose était d'autant plus curieuse qu'elle était vêtue d'une robe de soie rose pâle et coiffée d'un chapeau orné de plumes assorties. Alice n'avait encore jamais vu un chapeau aussi grand. Cependant, elle n'en pensait pas grand-chose, toutes ses pensées étant tournées vers son fils, dans la chambre au-dessus.

—Je suis sûre que le docteur a raison et que William n'a rien de très grave, dit-elle, pleine d'espoir. Il a peut-être attrapé froid. Il a fait étonnamment frais, hier, après la canicule que nous avons eue. Cela peut être perturbant pour l'organisme.

—Et l'organisme de William est très facilement perturbé.

À ce moment-là, Ripley entra dans la pièce avec la citronnade sur un plateau et Alice fut obligée de ravaler une riposte cinglante.

—Il va se remettre en un rien de temps, j'en suis sûre, dit-elle posément lorsque le majordome fut reparti.

—Je n'en doute pas, ma chère, mais William a tout de même l'air d'être facilement malade.

—Il est facilement effrayé, si c'est ce que tu veux dire par là.

Cette fois, elle ne put retenir une réponse incisive.

—Les chiens de chasse d'Amberley l'ont terrorisé à deux reprises, ajouta-t-elle.

—Des accidents tout bonnement épouvantables. Je ne peux pas te dire à quel point je suis navrée, mais cela ne se reproduira pas, sois-en sûre. Toutefois, j'aurais cru qu'il serait tout à fait remis du choc, maintenant.

Alice but une gorgée de citronnade avant de répondre.

—Il a presque oublié sa frayeur, je crois, mais c'est un garçon sensible.

—Je sais. Nous le savons tous les deux, Henry et moi. Et cela doit être une grande source d'inquiétude, pour toi… et pour Joshua aussi, bien sûr.

Alice essayait d'interpréter les paroles de Louisa, quand celle-ci reprit :

—Ton mari a construit une maison vraiment magnifique, et les jardins sont superbes. Tous ceux à qui j'en parle disent que le domaine est remarquablement prospère et que la ferme familiale se porte à merveille.

—Joshua a le sens des affaires.

Comme tu te plais toujours à me le rappeler, pensa Alice.

—En effet. Et je suis sûre que William suivra les traces de son père.

Alice n'en était pas du tout convaincue, mais elle ne l'aurait jamais avoué.

—Néanmoins, continua Louisa, je pense, et Henry aussi, qu'il est plus important que jamais qu'Elizabeth fasse un bon mariage. S'il s'avérait que William était trop fragile, dirons-nous, pour s'occuper du domaine, le mari d'Elizabeth jouerait un rôle essentiel dans la gestion de Summerhayes.

Alice se cabra.

—Je suis sûre que, le moment venu, William gérera le domaine de manière très satisfaisante.

—Certainement, ma chère, mais personne ne sait de quoi demain sera fait. C'est vraiment dommage qu'Elizabeth n'ait pas accepté la demande en mariage de Giles. Il serait parfait – pour elle et pour Summerhayes.

Étant donné qu'Alice pensait à peu près la même chose, elle ne trouva rien à répondre à cela.

—Crois-tu qu'elle pourrait changer d'avis ? se risqua à lui demander Louisa.

Alice laissa échapper un petit soupir.

—Elizabeth peut être très têtue, et quand elle a décidé quelque chose, il est presque impossible de la faire changer d'avis.

—La question de son mariage est bien trop importante pour qu'elle s'entête.

Louisa avait prononcé ces mots d'une voix désagréablement stridente, mais elle se radoucit pour ajouter :

—Je pourrais peut-être lui parler… ?

—Oh, non ! répondit spontanément Alice. Je crois que cela n'aiderait pas du tout.

Sa belle-sœur reposa son verre sur la table.

—Je comprends le problème auquel tu es confrontée, vraiment ; mais le jeune homme sur lequel Elizabeth a jeté son dévolu est totalement inacceptable. Tu dois bien t'en rendre compte.

Jusque-là, Alice ne s'était pas rendu compte que tant de monde était au courant de l'amourette de sa fille. Les paroles de Louisa lui firent un choc, mais elle parvint à dire :

—J'ai parfaitement conscience qu'une telle union serait tout à fait inconvenante. Je peux t'assurer que toute amitié qu'Elizabeth a pu entretenir avec cet homme est maintenant terminée.

—En es-tu sûre, ma chère ? Tu sais qu'il est toujours dans la région ?

Alice l'ignorait, et la nouvelle, si elle était véridique, était des plus fâcheuses – d'autant plus qu'elle venait d'Amberley.

—Il ne travaille plus à Summerhayes, protesta-t-elle, et j'ai cru comprendre que Mme Boxall lui avait demandé de libérer sa chambre.

—C'est exact, et aucun autre habitant du village ne l'hébergera, tu peux en être sûre – Henry y veillera ; mais il y a d'autres villages dans la région, où il ne peut exercer une telle influence. Tu devrais surveiller étroitement Elizabeth, ces temps-ci.

Alice sentit ses joues s'empourprer. Elle n'avait pas besoin qu'on lui dise comment être une bonne mère.

—J'espère que tu ne sous-entends pas que je ne m'occupe pas bien de ma propre fille.

—Pas du tout, répondit Louisa d'un ton apaisant, mais l'enjeu est de taille. Le jeune homme en question a beaucoup à gagner à obtenir les bonnes grâces d'Elizabeth et beaucoup à perdre si elle lui dit adieu. Il va faire preuve de persévérance, tu peux en être sûre. Et c'est un homme séduisant. Je l'ai rencontré à la fête paroissiale – tu te souviens ? – et j'ai compris tout de suite pourquoi elle était sous le charme. Les jeunes filles ne sont plus ce qu'elles étaient à notre époque, Alice. Elles ont bien plus de liberté.

—Elles doivent tout de même encore respecter l'opinion de leurs parents.

—Je suis tout à fait d'accord, mais bon nombre d'entre elles ne le font pas. Elizabeth est une jeune femme moderne. Elle est vive, intelligente, et elle a sans aucun doute été encouragée à une grande liberté de pensée.

—Si tel est le cas, ce n'est pas par moi. Les temps ont peut-être changé, mais il reste nécessaire pour les jeunes femmes de faire un mariage satisfaisant.

Ce fut au tour de Louisa de soupirer.

—Tu as raison, bien sûr… mais le désir de suivre sa propre voie, de se choisir un compagnon séduisant, est tout à fait compréhensible, n'est-ce pas ?

Alice la regarda fixement. Elle n'avait encore jamais entendu sa belle-sœur parler ainsi. Visiblement un peu gênée, Louisa rougit légèrement.

—Que ce soit compréhensible ou non, dit-elle d'un ton plus ferme, nous ne pouvons laisser cela se produire. Tant que ce jeune homme vivra non loin d'ici, nous devrons rester sur nos gardes.

Un homme averti en valait deux : Alice parlerait immédiatement à Joshua. Bannir leur fille en Écosse était une idée insensée, mais prévoir un séjour prolongé à Birmingham pourrait leur être salutaire. Ils pourraient envoyer Elizabeth chez les amis de Joshua ; au bout d'un mois ou deux, ce Kellaway aurait disparu de ses pensées – et, assurément, de la région. Il n'aurait plus d'argent et serait obligé d'aller chercher du travail ailleurs.

Un toussotement discret se fit entendre derrière elles, et le docteur apparut dans l'embrasure de la porte.

—Comme je m'y attendais, madame Summer, il n'y a pas grande inquiétude à avoir. Les nerfs de William sont fragiles, et il semble avoir été bouleversé récemment. Je pense que vous constaterez que c'est là la cause de ses vomissements.

C'était ce qu'elle s'était dit. William avait dû entendre la terrible querelle entre Elizabeth et son père, entendre ce dernier menacer d'exiler sa sœur. Cela avait certainement suffi à le plonger dans l'angoisse. Soudain, son visage s'éclaira comme une idée lui apparaissait : William aussi pourrait aller à Birmingham – il lui restait encore quelques semaines de vacances. Oliver rentrerait chez lui, et William accompagnerait sa sœur.

—Gardez-le au calme le plus longtemps possible, disait le médecin. Un jour de repos s'impose, je crois, en prévision de demain. Je sais qu'il voudra assister au mariage. Je vais devoir y aller, maintenant… J'ai une matinée chargée. Madame Fitzroy, êtes-vous prête à partir ?

Louisa se leva aussitôt.

—Êtes-vous sûr que cela ne vous dérange pas de me reconduire à Amberley, Docteur ? demanda-t-elle avec un sourire, levant les yeux vers lui de dessous le large bord de son chapeau. Je ne voudrais surtout pas vous importuner.

—Vous ne m'importunez jamais, madame Fitzroy, répondit-il galamment.

Alice les regarda tous deux s'éloigner en direction de la voiture du docteur. Des images éparses des quelques dernières semaines, mouvantes et floues, lui traversèrent l'esprit. Elle n'aurait pas su dire pourquoi, exactement, mais elles la mirent mal à l'aise.

Elizabeth regarda avec désarroi la voiture du docteur s'éloigner. Elle avait cru son frère rétabli, mais elle supposait qu'il allait vraiment mal s'il n'avait pas réussi à se remettre tout à fait de sa maladie. Toutefois, lorsqu'elle passa la tête dans l'entrebâillement de la porte de sa chambre, quelques minutes plus tard, elle vit qu'il avait repris des couleurs et qu'il avait mangé le déjeuner léger préparé spécialement pour lui par la cuisinière. Elle en fut soulagée. Elle s'en voulait de ne pas l'avoir surveillé de plus près, mais était obnubilée par son rendez-vous de la veille avec Aiden. En fait, il s'était agi d'un adieu à l'homme qu'elle aimait, et la douleur qu'elle éprouvait depuis qu'ils s'étaient séparés était indescriptible. Elle le verrait à l'église, le lendemain, avançant aux côtés d'Eddie, mais ils ne se parleraient pas. Elle ne pourrait pas lui dire les mots qu'il voulait entendre. Sa décision était prise, et elle ne pouvait plus faire machine arrière.

Quelqu'un avait tiré les rideaux de la chambre des garçons, et il faisait une fraîcheur agréable dans la pièce, et les merlebleus qui ornaient le papier peint semblait planer dans la pénombre. Le soleil était revenu, aujourd'hui, plus éclatant que jamais, et une brume de chaleur opaque flottait sur les jardins, mais ni l'un ni l'autre des garçons ne s'aventurerait à l'extérieur. Le médecin avait décrété que William devait impérativement se reposer s'il souhaitait assister au mariage d'Ivy, le lendemain – et il le souhaitait ardemment, elle le savait. Il aimait beaucoup Eddie. Il faisait donc ce qu'on lui avait dit de faire et, par amitié, Oliver en faisait autant.

Olly avait empilé leurs assiettes vides sur le plateau et il s'employait maintenant à fouiller tout au fond de la malle qu'ils avaient rapportée de leur ancienne maison. Il disposa les soldats de plomb qu'il y trouva sur le tapis, et les deux garçons entreprirent de créer des camps opposés, à un bout et à l'autre de la pièce. Elle les regarda faire et, bientôt, ils furent absorbés par leurs stratégies guerrières.

Elle n'était pas sûre que ce soit là une activité particulièrement reposante, mais elle rendait William heureux. Elle les observa, tous les deux, la tête résolument penchée sur des troupes de chevaux de couleurs vives, et elle songea qu'ils semblaient n'être rien de plus que de très jeunes garçons jouant aux petits soldats. Elle savait pourtant qu'à d'autres moments, ils pouvaient être d'une maturité désarmante. Elle avait remarqué les regards qu'il leur arrivait d'échanger quand ils croyaient n'être vus de personne : ils n'avaient rien de puéril. Olly était un ami loyal, un ami aimant, mais c'était bien là le problème : il était trop aimant pour leur bien à tous les deux. Pourquoi la vie était-elle si compliquée ?

33

Pour Ivy, la vie était simple. Elle avait besoin de voir l'homme qu'elle s'apprêtait à épouser ; elle n'aurait pas su dire pourquoi c'était si important, au juste, mais cela l'était. Le dîner des domestiques était prêt, mais avant que la cuisinière les appelle pour passer à table, elle parvint à sortir dans la cour sans se faire remarquer. Eddie apparut au coin du bâtiment quand elle arriva. Il avait les joues un peu rouges, et la veste de son uniforme était déboutonnée.

Elle pointa l'index sur lui.

—Tu n'as pas intérêt à laisser M. Ripley te voir dans cet état… Il serait capable de t'interdire d'assister à ton propre mariage !

Il traversa la cour pavée à grandes enjambées dans sa direction, tout en reboutonnant sa veste.

—J'ai couru, c'est tout, expliqua-t-il, pour aller jusqu'au Horse and Groom et pour en revenir. J'avais quelques minutes devant moi, alors je me suis dit que j'allais aller vérifier que tout était fin prêt pour demain.

—Et c'est bon ?

Elle se pencha légèrement en avant et finit de boutonner sa veste pour lui.

—Oui, Madame ! Tout est organisé, et le patron nous a préparé un bon gueuleton.

—Est-ce qu'il va faire le rôti qu'il avait promis de faire ?

—Oui, et pas n'importe quel rôti : un demi-cochon ! Je l'ai persuadé de faire des folies. Au début, il était un peu réticent, mais quand il a reçu la commande de bière, il a vu les choses différemment.

—J'espère que tu n'en as pas commandé trop… Nous ne voudrions pas de bagarre.

—Ce sera comme dans *Boucle d'Or* : ni trop, ni trop peu, juste ce qu'il faut. Ivy, je ne peux tout de même pas inviter les copains à mon mariage et ne pas leur servir assez de bière, n'est-ce pas ?

—J'imagine que non, répondit-elle, un peu dubitative. Et le repas sera prêt dès que nous sortirons de l'église ?

Il lui prit la main gauche et secoua son annulaire.

—Dès que ce joli petit doigt aura une alliance, nous irons au Horse and Groom pour un vrai festin. Arête de te faire du souci !

—Je ne m'en fais plus, je t'assure… C'est promis ! C'est juste que je suis tellement surexcitée que je ne sais plus bien où j'en suis.

—En plus, il y a quelque chose d'excitant que tu ne sais pas encore. Tu te souviens que je t'avais dit que nous irions peut-être faire un petit tour quelque part ? Eh bien, c'est ce que nous allons faire !

Elle eut un grand sourire.

—Tu as demandé à emprunter la voiture ? C'est vrai ?

—C'est vrai… *et* nous avons deux jours de congé pour en profiter. Le patron veut que je fasse quelques commissions, mais nous aurons assez de temps pour aller à Bracklesham et emmener Maman faire quelques balades en voiture… et tout le temps de faire plein d'autres choses, ajouta-t-il en la regardant avec un sourire malicieux.

—Quel genre de choses ? demanda-t-elle d'un ton faussement innocent.

—Je ne sais pas, la taquina-t-il, mais nous trouverons des idées ensemble.

Elle sentit ses joues s'empourprer et, s'apprêtant à rentrer, commença à s'éloigner.

—En parlant du mariage, Ivy, ma chérie, je ne suis pas sûr de mettre la veste.

Elle s'approcha à nouveau de lui.

—Celle que M. Kellaway t'a prêtée ? Elle est belle, pourtant !

—Je sais bien, et je sais aussi qu'elle lui a coûté beaucoup d'argent, mais quand je l'ai essayée, hier soir, je me suis senti un peu ridicule. Je ne sais pas pourquoi. Peut-être parce que je suis tout le temps en uniforme. Maman m'a envoyé le nouveau pantalon, et je me demandais si tu serais d'accord pour jeter un œil aux deux ? Je veux être beau pour toi.

—Tu seras parfait, dit-elle avec enthousiasme en lui caressant la joue avec douceur, mais si tu veux, je peux venir te retrouver, tout à l'heure, avant d'aller aider Mlle Elizabeth à se préparer pour aller au lit.

Le visage d'Eddie s'éclaira.

—Rendez-vous dans le jardin, alors ! À 21 heures ?

—C'est d'accord. Je serai là.

Là-dessus, après lui avoir déposé un baiser rapide sur les lèvres, elle retourna dans la maison.

Ivy arriva dans la chambre de sa maîtresse afin de l'habiller pour le dîner la tête pleine des projets qu'Eddie et elle avaient faits. Elle parla sans discontinuer tout en préparant les vêtements, et Elizabeth ne l'interrompit pas, contente de ce dérivatif.

—Votre papa a été très généreux. Nous partons pour deux jours entiers, et il a prêté la voiture à Eddie… Oui, vraiment !

Elle hocha énergiquement la tête devant l'expression de surprise de sa maîtresse.

—Nous allons pouvoir emmener la maman d'Eddie se promener. Elle n'a pas l'occasion de se balader en voiture, toute seule.

Elle fit enfiler à Elizabeth la robe de satin bleu toute simple.

—Elle ne marche pas beaucoup, vous savez. Eddie dit que c'est à cause de sa jambe. Elle a fait une mauvaise chute, et maintenant, sa jambe gauche ne fonctionne plus du tout.

—Est-ce qu'elle vit dans le Sussex ?

La jeune femme la regarda d'un air perplexe. Son monde se limitait à la maison et au village.

—Elle habite assez loin d'ici. Du côté de Chichester, je crois. C'est peut-être dans le Sussex.

—Oui, c'est le Sussex, lui assura Elizabeth. Cela va être merveilleux pour Eddie de voir sa mère et de lui présenter sa femme !

Ivy s'engouffra dans l'armoire en citronnier de Ceylan et en sortit une paire d'escarpins brodés.

—Ces chaussures-là, Mademoiselle ?

Elizabeth hocha la tête.

—Alors, plus de linge à trier, de thé à apporter ou de robes à repasser ? Vous allez être libre comme l'air, du moins pendant quelques jours.

La femme de chambre prit la brosse à cheveux et entreprit de démêler un nœud douloureux.

—Vos cheveux sont tout emmêlés, Mademoiselle, la gronda-t-elle. Je vais les brosser lentement, ne vous en faites pas. M. Summer a confié à Eddie quelques commissions du côté de Chichester, mais il n'y en aura pas pour longtemps. Ensuite, nous pourrons faire tout ce que nous voulons.

—C'est merveilleux !

Elizabeth s'efforça de paraître enthousiaste. Le mariage d'Ivy annonçait un énorme changement, dont elle ne se réjouissait pas. Au fil des ans, elles s'étaient confié quelques-uns de leurs sentiments les plus intimes, mais une fois qu'Ivy serait mariée, cela cesserait. Sa femme de chambre emménagerait dans l'appartement au-dessus du garage, aussi moderne que la maison elle-même, et elle prendrait plaisir à en être la maîtresse. Elle deviendrait Mme Miller, épouse en premier et confidente en deuxième. Elles mèneraient des vies différentes, il y aurait des secrets qu'elles ne pourraient pas partager, et leur entente, si elle n'était pas brisée, serait entravée. Le lendemain, Elizabeth irait à l'église St Mary pour assister au mariage d'Ivy, et elle se sentirait plus seule que jamais. Elle irait à l'église St Mary, mais ne prononcerait pas les mots qui auraient permis à ses propres rêves de se réaliser.

Sa femme de chambre mit la touche finale à la torsade cuivrée, puis elle jeta un coup d'œil dans le miroir et vit l'expression sur le visage d'Elizabeth.

—Vous devriez me dire de me taire ! Je n'arrête pas de jacasser, alors que vous devez vous faire un sang d'encre pour M. William…

—Je suis sûre que William ira très bien. Il a juste besoin d'un peu de temps pour se rétablir, mais il sera à l'église, demain. Il ne manquerait pour rien au monde le mariage de son chauffeur préféré.

Ivy eut un sourire rayonnant.

—Ce sera vraiment merveilleux de vous avoir tous là, et d'avoir nos collègues de travail à nos côtés, aussi. Toutes les personnes auxquelles nous tenons. Ce sera peut-être l'une des dernières fois que nous serons tous réunis.

Elle reposa la brosse à cheveux sur la coiffeuse et se tut soudainement.

—Il y aura plein d'autres occasions, dit Elizabeth d'un ton encourageant, et plein de belles choses à venir.

—Je l'espère… mais Eddie n'a pas renoncé à s'enrôler pour aller se battre, et je sais qu'il ne tardera pas à partir pour Worthing. Ils ont ouvert un bureau de recrutement, là-bas.

La nouvelle déconcerta Elizabeth. Elle savait qu'Eddie Miller tenait à faire sa part pour le roi et pour le pays, mais si elle avait réfléchi à la question, elle se serait dit qu'une fois marié, il attendrait un moment avant de s'engager comme volontaire. Toutefois, elle se rappela alors que son père avait remarqué, il y avait des jours de cela, que les volontaires qui se présentaient dans les bureaux de recrutement étaient loin d'être assez nombreux. Si la guerre se poursuivait après Noël, la conscription serait nécessaire.

—Il a toujours l'intention d'aller se battre ?

—Oui.

Ivy regarda ses pieds. Elizabeth voyait ses lèvres trembler.

—Je ne peux pas l'en dissuader. Je n'essayerai pas, d'ailleurs. Il dit qu'on va se battre en France. Nos gars vont dans un endroit qui s'appelle Millhouse… ou peut-être Mulhouse ? Ce n'est qu'un petit détachement, et ça va probablement mal tourner pour eux. L'armée aura ensuite besoin de sang neuf.

La formulation fit frissonner Elizabeth.

—Je présume qu'Eddie ne sera pas le seul à répondre à l'appel, dit-elle.

La remarque se voulait réconfortante, mais elle craignait fort qu'elle ne le fût pas.

—Joe va y aller aussi, ça, c'est sûr. Il va s'engager avec Eddie, même si sa mère y est totalement opposée. Et Eddie dit que les autres hommes voient tous les choses de la même façon.

Giles Audley se présenterait-il dans un bureau de recrutement, lui aussi ? Il avait dit pour plaisanter qu'il était trop vieux pour être appelé, mais maintenant que ses projets de mariage étaient tombés à l'eau, peut-être envisagerait-il de s'engager comme volontaire dans la cavalerie.

—Summerhayes aura une drôle d'allure si tous les hommes décident de s'engager, remarqua-t-elle d'une voix un peu tremblante.

—Pas seulement Summerhayes ! Tout aura une drôle d'allure. La guerre va tout changer.

Ivy avait raison. La guerre allait tout changer. Elizabeth avait été tellement préoccupée par ses propres petites histoires qu'elle s'était à peine rendu compte de ce qui se passait dans le reste du monde. Elle savait que la Grande-Bretagne était en guerre, bien entendu. La déclaration était survenue le soir du dîner fatidique ; mais depuis, elle ne s'était pas intéressée aux gros titres des journaux. La terre avait continué de tourner, des hommes avaient continué de se battre dans des pays qui n'étaient pas si loin de là et ils avaient aussi continué d'y mourir. Elle savait depuis longtemps que la guerre s'étendrait et arriverait jusqu'à eux. Ce moment avait fini par arriver, apparemment, et la vie à Summerhayes allait changer pour eux tous.

—Je dois retrouver Eddie, ce soir, lui confia Ivy, retrouvant un peu d'allant. Il va mettre sa tenue de mariage pour me la montrer. Il veut mon approbation.

—Est-ce vraiment une bonne idée ? N'est-ce pas déconseillé ?

—Pour la mariée. Le marié ne doit pas voir la mariée dans sa robe avant le mariage, mais je crois que c'est différent pour un homme. Vous ne pensez pas que cela va nous porter malheur, n'est-ce pas ? demanda la jeune femme d'un air inquiet.

—Ne vous en faites pas, je suis sûre que je me trompe. C'est adorable de la part d'Eddie de vous demander votre approbation. Et restez avec lui aussi longtemps que vous voulez… Je peux me préparer à me mettre au lit toute seule.

—C'est idiot, en fait. Je suis sûre qu'il sera très beau. Il a la veste de votre… de M. Kellaway, et le pantalon que sa maman lui a expédié, et je lui ai acheté une chemise toute neuve et un faux col avec mes économies.

—Il va être très élégant.

—C'est sûr ! répondit la jeune femme, visiblement enchantée à cette pensée.

Ivy attendait dans la roseraie. Il avait fait très chaud, dans la journée, et les fleurs, encore en pleine floraison, embaumaient l'air de leur parfum entêtant. Le jardin tout entier semblait déposer sa beauté à ses pieds. Elle savait que c'était idiot, mais elle ne pouvait s'empêcher d'avoir le sentiment que le monde était un endroit merveilleux. Elle se surprit à taper du pied, marquant un rythme, incapable d'empêcher son corps de réagir à l'exaltation qui l'animait.

Demain. Le grand jour était enfin arrivé. Cela faisait deux ans qu'Eddie et elle attendaient ce moment, le plus beau de leur vie. Elle ne se projetterait pas au-delà du mariage, au-delà de la lune de miel. Elle s'abandonnerait complètement aux quelques heures à venir et en ferait les heures les plus heureuses qu'elle eût jamais connues.

Elle s'était éclipsée quand les hommes avaient commencé à débarrasser la table du dîner, dès que Ripley lui avait donné le feu vert. Il se montrait exceptionnellement gentil. Tous les membres du personnel étaient emballés à la perspective du mariage, même l'imposant majordome. Elle se retourna pour regarder dans la direction de la pergola. Eddie arriverait d'une minute à l'autre. Quand elle avait quitté la maison, l'horloge de la cuisine indiquait à peine plus de 21 heures. C'était l'heure à laquelle ils s'étaient mis d'accord pour se retrouver, et il aurait dû être déjà là.

Peut-être les nouveaux vêtements lui posaient-ils des problèmes. Ou, plus vraisemblablement, il avait trouvé quelque chose à faire sur la voiture. Il avait travaillé dessus toute la journée par intermittence, pour être sûr qu'elle serait en parfait état pour leur trajet jusqu'à Chichester. Elle imaginait déjà le moment où ils quitteraient le Horse and Groom, avec des rubans et des chaussures attachés au pare-chocs – il n'y aurait pas de boîtes de conserve produisant un fracas métallique, car cela n'aurait pas plu à M. Summer. Elle jetterait son bouquet parmi la foule, et Eddie et elle seraient couverts de confettis.

L'air commençait à se rafraîchir et, vêtue en tout et pour tout de son uniforme léger, elle se mit à faire les cent pas sur l'allée de gravier pour se tenir chaud. Aurait-elle dû aller à l'appartement d'Eddie ? Non, il lui avait dit qu'il voulait la porter dans ses bras pour franchir le seul, et elle ne devait pas tout gâcher. Ce serait un autre beau moment.

Peut-être allait-elle s'avancer un peu dans le jardin. C'était là qu'ils se retrouvaient d'habitude, mais peut-être qu'il était arrivé plus tôt que prévu et qu'il était allé un peu plus loin. Ou peut-être qu'elle s'était trompée, qu'il lui avait donné rendez-vous ailleurs. Avec tout ce qu'elle avait en tête en ce moment, ses pensées étaient tout éparpillées.

Elle passa lentement sous l'arche et entra dans le potager. Il était magnifique. *Il y aurait de quoi nourrir toute une armée*, pensa-t-elle, puis elle prit soin de chasser de son esprit le mot *armée*, et elle continua son chemin. Elle passa devant le mur chargé de fruits, et pénétra dans ce que M. Summer appelait son *Jardin exotique*. Elle s'aventurait rarement aussi loin. L'endroit était trop sauvage à son goût, et il était peu probable qu'Eddie lui ait demandé de le retrouver là. Soudain, elle eut une illumination : il devait être dans le Jardin italien. *Bien sûr !* Il voulait lui montrer le nouveau temple. *Il est superbe*, lui avait-il dit. *Nous devrions nous retrouver là-bas, un jour.*

Elle traversa en courant la végétation dense qui semblait s'étendre à l'infini. Dans la pénombre, elle avait du mal à distinguer le sentier, mais elle continua quand même à courir, impatiente d'atteindre sa destination. Il devait se demander où elle était passée. Elle arriva enfin sous l'arche de lauriers. Là, le jardin était plus sombre, les arbres environnants barrant le peu de lumière qui tombait du ciel très nuageux. Elle entendit un plouf, droit devant elle. Un poisson. Elle savait que M. Harris avait fait mettre des poissons dans le bassin, mais personne n'y avait encore pêché. Le bruit produisit un écho étrange qui ne lui plut pas du tout. Il n'y avait aucun signe d'Eddie, mais elle était maintenant sûre que c'était leur lieu de rendez-vous et qu'il viendrait.

Cependant, les minutes s'écoulèrent et Eddie n'apparut toujours pas. Le vent s'était levé et murmurait dans les arbres. Ils étaient très grands, très sombres, leurs silhouettes imposantes se découpant sur le ciel. Leur murmure ne lui plaisait pas non plus. On aurait dit qu'ils lui disaient quelque chose qu'elle n'avait pas envie d'entendre.

Elle finit par reprendre la direction de la maison. Il ne viendrait pas. D'une manière ou d'une autre, elle avait raté leur rendez-vous, et maintenant, elle devait rentrer ou elle serait enfermée dehors. Ripley fermait les portes à 22 heures précises, et elle risquait de se retrouver coincée dans un jardin qui commençait à lui paraître étrangement menaçant.

Elle revint sur ses pas le plus rapidement possible, et entra précipitamment par la porte de service à l'instant même où Ripley arrivait avec une grosse clé en laiton.

—Ah ! vous, les tourtereaux, la réprimanda-t-il gentiment, vous ne savez jamais quand vous arrêtez de parler… C'était bien ce que vous faisiez, je présume ?

Elle sourit mais ne dit rien. *Tout va bien se passer*, se dit-elle en se dirigeant vers la petite chambre exiguë qu'elle partageait avec l'autre femme de chambre. Eddie avait dû être retardé, ou elle s'était complètement trompée de lieu de rendez-vous. Ou bien il avait changé d'avis, était sorti avec quelques-uns de ses copains pour la soirée, et avait oublié de lui faire passer un message. *Ma dernière soirée de liberté !* l'entendait-elle déjà plaisanter. Tout allait bien se passer. Elle le verrait le lendemain, et il lui expliquerait ce qui s'était passé. Elle le verrait le lendemain, pour le plus beau jour de sa vie.

34

Il était très tôt quand Oliver sortit par la porte de service, le lendemain matin, encore plus tôt que d'habitude. Il n'avait pas réussi à trouver le sommeil et avait passé presque toute la nuit à se tourner et se retourner dans son lit. Il n'aurait pas su dire exactement de quoi il avait peur, mais une inquiétude tenace au sujet de William le tenaillait. Maintenant qu'il était levé et habillé, il se sentait beaucoup mieux.

Il traversa la terrasse en courant et dévala l'escalier jusqu'à la pelouse. Elle était mouillée de rosée et spongieuse, et sa fraîcheur emplissait l'air. Il prit la direction de la roseraie. Il adorait cette heure de la journée, et il adorait ces jardins. Il n'en avait jamais vu de tels. Sa maison et son jardin, à Londres, étaient indéniablement très chics, mais leur froide élégance le laissait de marbre. Les jardins de Summerhayes étaient différents. C'était un monde enchanté, un rêve, loin des rues de Mayfair, et quand il y flânait seul, il pouvait s'imaginer que c'était son propre royaume.

Ce matin, cependant, il n'y était pas seul, bien qu'il fût très tôt. Un jeune garçon sortait lentement du cottage, l'air encore à moitié endormi. Oliver était déjà allé jeter un coup d'œil à l'intérieur du bâtiment de deux étages, curieux de voir comment vivaient les hommes qui s'occupaient de surveiller les jardins, la nuit. À l'étage, il avait trouvé une pièce au plancher nu. Dans un coin, il y avait un lit gigogne avec un matelas en toile de jute garni de paille et, dans l'autre, une lampe-tempête. C'était tout.

En dessous se trouvait une pièce encore plus petite, un espace exigu ; il avait entendu les hommes en parler comme des *commodités*. Son usage lui était apparu quand il avait vu le siège en bois et le seau en dessous. Il avait supposé qu'on le vidait directement dans le jardin pour que son contenu serve d'engrais. Sur le côté, il y avait une pile de mousse et de feuilles de patience, et il lui avait fallu une minute pour comprendre que l'on s'en servait en guise de papier. Il y avait des gribouillages au crayon à papier sur les murs de plâtre : quelqu'un s'était amusé à dessiner tout en faisant ses besoins. L'endroit empestait, et Oliver s'était hâté de retourner à l'air libre, mais il avait ainsi eu un aperçu du monde de ceux qui faisaient et entretenaient le paradis dans lequel il se plaisait tant.

Le jeune jardinier qu'il avait vu sortir avait ouvert la cabane à outils, et il poussait une énorme tondeuse à main en direction de la pelouse. Oliver lui dit bonjour d'un ton enjoué, et continua son chemin d'un pas allègre. Cela allait encore être une journée parfaite. Le soleil commençait juste à poindre à l'horizon et, dans le ciel, le gris pâle de l'aube se changeait peu à peu en un bleu limpide. Le jardin était encore plein de formes sombres et indistinctes. À l'autre bout du potager, des tuteurs croulant sous les haricots d'Espagne projetaient leur ombre en biais, comme des rangs de soldats un peu pompettes. Tandis qu'il passait sous l'arche de brique chaude et pénétrait dans la Jungle, il entendit des voix.

Les jardiniers arrivaient pour entamer leur journée de travail, et ils se presseraient bientôt au jardin potager, entreraient et sortiraient des serres, désireux de finir à temps pour le mariage. Il voulait mettre un peu de distance entre eux et lui. Il voulait être au calme pour réfléchir. Il décida d'aller au Jardin italien.

Il se faisait du souci pour William. Quand il était sorti, son ami dormait encore, mais ce n'était pas cela qui l'inquiétait – William n'était pas un lève-tôt, comme lui. En revanche, son ami semblait passer beaucoup plus de temps à dormir, ces temps-ci. Certes, il avait eu ces épouvantables vomissements, et il était encore fatigué par contrecoup ; mais la veille, quand ils avaient joué aux petits soldats, comme des bébés, il n'avait pas fallu longtemps pour que William n'ait plus envie de jouer, et quand Olly lui avait proposé de travailler à son herbier, à la place, il avait secoué la tête. Il avait pris un livre, mais il l'avait reposé au bout de quelques minutes. Le garçon avec lequel Oliver avait couru dans les jardins au début des vacances avait disparu. Cela lui paraissait maintenant très loin.

Il s'arrêta sur le sentier qui traversait la Jungle et regarda l'étendue de fougères arborescentes, de palmiers et de bambous. Il se dit qu'ils s'étaient bien amusés à construire une cabane ; puis il se rappela qu'elle s'était écroulée. On ne pouvait nier que des choses très désagréables étaient arrivées à William, cet été, et qu'il ne l'avait pas bien supporté. Et maintenant, il s'inquiétait pour sa sœur. Oliver ne comprenait pas vraiment ce qui se passait, mais il savait que son ami avait peur qu'Elizabeth quitte Summerhayes. Quand il avait pris sa main dans la sienne, la nuit précédente, il avait senti la peau rongée autour de ses ongles. Il l'avait serré contre lui, mais il ne l'avait pas embrassé, cette fois, pas sur les lèvres, même s'il en avait eu envie, même s'il avait eu envie de plus. Il se disait que William en avait peut-être envie aussi, mais son ami était tellement mal en point qu'il ne pouvait pas prendre le risque de faire empirer les choses. Il lui semblait peu probable qu'Elizabeth s'en aille, mais il la soupçonnait d'avoir ses propres projets, qui n'incluaient pas William.

Il avait tellement envie de le protéger, de l'aider à redevenir le garçon qu'il était à peine quelques semaines plus tôt, mais il ne savait pas comment s'y prendre ; et, d'ici quelques semaines, ils seraient tous deux de retour à Highfield. Comment pourrait-il le protéger dans cet environnement brutal ? Une bande de garçons faisaient de la vie de William un enfer depuis le jour où il était arrivé au sein de l'établissement, ils le pinçaient et lui donnaient des coups de poing, coupaient ses vêtements, abîmaient ses livres, l'accablaient d'injures abominables. Les professeurs n'intervenaient jamais. Ils semblaient prendre un plaisir sadique à laisser les garçons les plus faibles se débrouiller tout seuls. Sans doute avaient-ils subi les mêmes mauvais traitements par le passé et avaient-ils réussi à s'en sortir. Ou peut-être faisaient-ils cela avec William parce que son père était dans les affaires, et parce que même si son argent était assez bon pour eux, William ne l'était pas. Jusqu'à présent, Olly avait réussi à tenir ces garçons à distance grâce à un bon direct du gauche et à des coups de pied là où il fallait, mais il craignait que cela ne fasse pas toujours l'affaire. Que ferait-il ensuite ? Tout ce qu'il espérait, c'était que leurs tortionnaires finissent par se lasser et par les laisser tranquilles.

Le bassin était magnifique, ce matin. Un rayon de soleil s'était frayé un chemin entre les arbres groupés tout autour et il inondait de lumière le temple. L'ombre de ses colonnes classiques ondoyait à la surface de l'eau. Il trouvait le bâtiment vraiment magnifique. Il alla s'asseoir sur le banc du pavillon d'été et, pendant un long moment, contempla son marbre blanc. Cet homme – Kellaway – avait participé à la conception du temple, mais il avait ensuite disparu. Assez soudainement. Oliver avait cru qu'il avait le béguin pour la sœur de William, mais il était parti sans lui dire un mot – du moins, semblait-il. Cela n'aurait pas dû l'étonner. C'était sans doute lié au fait que c'était une fille. Il ne comprenait pas les filles et n'en avait pas envie.

Cependant, Kellaway était un gars intelligent, cela ne faisait pas l'ombre d'un doute. Oliver pourrait peut-être construire quelque chose d'aussi extraordinaire que lui, un jour. Cela lui plairait, de voir ses dessins au crayon sur des rouleaux de papier donner naissance à un édifice grandiose en marbre parfaitement lisse, et de savoir que c'était lui qui avait créé cela. Il faudrait qu'il reçoive une formation, mais William et lui pourraient peut-être travailler ensemble : lui se chargerait de la construction, et William, des tâches administratives. Son ami était très organisé, et ce ne serait pas un travail trop épuisant physiquement.

Il ferma les yeux et savoura la chaleur du soleil sur son visage, se laissant aller à une rêverie dans laquelle lui et William partageaient une belle maison – au bord d'une rivière, songeait-il – et, quand ils ne s'y trouvaient pas, concevaient des bâtiments sublimes pour des gens très riches.

Il commençait à faire très chaud, et le ciel était maintenant d'un bleu azur éclatant. *Céruléen*, pensa-t-il, se rappelant le matin où ils étaient allés voir Elizabeth dans son atelier. C'était là qu'elle avait trouvé Beatrice cachée. Maintenant, même Beatty la lapine n'arrachait plus à William que l'esquisse d'un sourire, et il laissait des jours s'écouler sans aller lui rendre visite, même si Olly continuait quant à lui à aller ouvrir son clapier tous les matins et à la couvrir de baisers et de câlins. Il irait d'ailleurs la voir sur le chemin du retour, quand il reprendrait la direction de la maison.

La chaleur devenait accablante et il commençait à faire lourd et moite dans cet espace clos. Quand il passa un doigt autour de son col, il sentit que sa peau était collante de sueur. Il était temps de partir.

Il ouvrit les yeux et fut ébloui par le scintillement de l'eau. Puis, soudain, il aperçut une bûche, en plein milieu du bassin. Les jardiniers n'avaient pas dû travailler là récemment, sans quoi ils l'auraient retirée avant que leur maître leur fasse une réflexion. Joshua Summer n'aurait pas apprécié du tout que quoi que ce soit vînt gâcher la beauté de ce lieu, son jardin préféré entre tous.

Cependant, c'était étrange qu'elle fût tombée comme cela, en plein milieu du bassin, alors que les arbres qui entouraient le jardin, quoique très vieux et très grands, ne le surplombaient pas. Oliver commença à éprouver un malaise. Il savait qu'il y avait eu beaucoup de problèmes autour de ce jardin et il se demanda si cela pouvait avoir un rapport ; mais cela signifierait qu'il y avait encore eu une intrusion, or, plus personne ne pouvait pénétrer dans le domaine, n'est-ce pas ?

Il regarda à nouveau la bûche, essayant d'évaluer la difficulté que les jardiniers auraient à la sortir de l'eau. Puis il se leva et s'avança vers le bord du bassin. De plus près, il s'aperçut que ce n'était en fait pas une bûche. C'était un ballot de vêtements qui flottaient. Il se pencha en avant, cherchant à mieux voir ce que c'était. Ce qu'il découvrit lui coupa le souffle et le fit vaciller sur ses jambes. Il y avait un corps dans ses vêtements. Un homme flottait, sur le ventre, à la surface du bassin.

Oliver vit Joe lever les yeux, l'air surpris, quand il courut vers lui en agitant frénétiquement les bras et en criant à tue-tête. Cependant, le jardinier sembla ne pas entendre ce qu'il disait. Hors d'haleine, Oliver s'arrêta devant lui et, plié en deux, reprit juste assez son souffle pour dire d'une voix rauque :

—Un corps… dans le bassin.

Voyant que Joe le regardait d'un air absolument perplexe, il répéta :

—Un corps… dans le bassin.

Joe retira sa casquette et se gratta la tête.

—Je crois que vous avez attrapé une insolation, monsieur Oliver. Il vaudrait mieux que vous rentriez vous allonger.

Oliver se jeta sur Joe et lui empoigna le bras avec force, répétant encore et encore :

—Il y a un corps, il y a un corps !

Quelques-uns des hommes avaient posé leurs outils et s'étaient approchés d'eux d'un pas nonchalant. En réponse à leurs questions, Joe dit :

—Il y a quelque chose dans le bassin qui a mis le petit gars dans tous ses états. Nous ferions mieux d'aller voir !

Les hommes se dirigèrent vers le Jardin italien en file indienne, et Oliver les suivit de près. Maintenant qu'il avait transmis son message, il n'arrivait plus à croire ce qu'il avait vu. Il s'était peut-être trompé, et il voulait s'en assurer. Il se sentirait vraiment idiot si c'était bien une bûche.

Cependant, quand le petit groupe arriva au bord du bassin, il lui apparut clairement qu'il ne s'était pas trompé. Le corps s'était rapproché encore un peu du milieu du bassin, et il cognait contre la statue du dauphin. Le visage était légèrement tourné sur le côté et il était impossible de ne pas le reconnaître.

—C'est Eddie ! Oh mon Dieu, c'est Eddie !

Soudain, tout s'accéléra, tout le monde s'agita autour de lui. Joe et l'un de ses compagnons passèrent par-dessus le rebord du bassin. L'eau ne leur arrivait qu'aux épaules, mais ni l'un ni l'autre ne savait nager, et ils avaient peur. Cependant, le mort était l'un des leurs, et ils mirent donc leur appréhension de côté. Ils avancèrent péniblement jusqu'à la statue, l'un prit Eddie par les épaules, l'autre par les pieds, et, ensemble, ils le ramenèrent au bord du bassin. Un troisième homme l'attrapa dès qu'ils furent à sa portée et, au prix d'un gros effort – les vêtements d'Eddie étaient imbibés d'eau et pesaient très lourd –, ils sortirent leur ami de l'eau et l'étendirent sur les dalles.

—Il vaut mieux aller à la maison et leur dire d'appeler le docteur Daniels, suggéra l'un d'eux.

—Il n'a pas besoin d'un docteur, répondit l'homme qui était resté sur le bord.

Joe contourna le corps inerte, ses chaussures détrempées émettant un bruit de succion, et s'apprêta à le soulever.

—C'est important de faire venir le docteur. Il faut qu'il signe un certificat, dit-il pertinemment. Nous devons quand même l'emmener à la maison et prévenir Monsieur… mais discrètement, surtout. Il ne faut pas qu'Ivy l'apprenne.

—Pas tout de suite, en tout cas, répondit son camarade d'un air lugubre.

35

Elizabeth était debout et habillée quand elle entendit un véritable tohu-bohu : des voix, certaines fortes, lui parvinrent par la fenêtre ouverte de sa chambre. Elle traversa la pièce en courant et tendit le cou au-dehors pour voir ce qui se passait – de là, elle avait une bonne vue de la terrasse et, au-delà, de la pelouse. Plusieurs jardiniers approchaient en formation serrée. Son père, sorti de la maison, alla à leur rencontre, baissa les yeux vers quelque chose et secoua la tête avec une expression indiciblement triste. Que pouvait-il bien se passer ?

Elle sortit de sa chambre en courant, dévala l'escalier de chêne jusque dans l'entrée et traversa le salon, faisant tomber, dans sa hâte, l'imposante biographie que son père lisait ces jours-ci. Enfin, elle franchit les portes-fenêtres et rejoignit le petit groupe sur la terrasse.

—Retourne à l'intérieur, Elizabeth, lui ordonna son père. Il ne faut pas que tu voies ça.

—Mais quoi, ça ?

—Retourne à l'intérieur ! aboya-t-il. Et veille à retenir Ivy dans la maison.

—Ivy ? Mais… ?

Elle s'était approchée, et elle voyait maintenant autour de quoi ils étaient rassemblés : un homme, un homme tout à fait mort, apparemment. Soudain, elle comprit de qui il s'agissait, et l'horreur de la découverte lui apparut pleinement. C'était Eddie. Eddie Miller.

Elle avait le cœur au bord des lèvres, et il battait si fort qu'elle n'arrivait plus à parler. Ce cher, ce gentil Eddie ! Son père avait raison. Ivy ne devait surtout pas le voir. Mais comment Eddie pouvait-il être étendu là, sur la terrasse, mort ? Elle remarqua toute l'eau sous son corps et ses vêtements détrempés.

—Il s'est noyé, Mademoiselle, dit l'un des jardiniers.

—Dans le bassin ?

Elle ne reconnut même pas sa propre voix lorsqu'elle parvint enfin à parler.

—Il est tombé dedans, le pauvre bougre, marmonna un autre homme, s'attirant un regard furibond de Joshua.

Que faisait Eddie au bord du bassin ? Il n'allait presque jamais dans les jardins. Son domaine était le garage, la voiture, tout ce qui l'intéressait. Il passait le plus clair de son temps à s'en occuper, à nettoyer ses sièges en cuir, à épousseter ses chromes, à astiquer sa carrosserie. Il n'était pourtant pas au garage la veille au soir, n'est-ce pas ? Il était allé retrouver Ivy dans les jardins, pour lui montrer sa tenue de mariage.

Elle regarda les vêtements qui dégoulinaient sur les dalles. C'étaient bien ses habits de mariage : la veste neuve d'Aiden et le pantalon que la mère d'Eddie lui avait confectionné. L'ensemble était très chic, ou plutôt, il l'aurait été s'il n'avait pas été imbibé de l'eau du bassin.

La veste d'Aiden. Ces mots résonnaient dans sa tête, encore et encore. *La veste d'Aiden.* Quelque chose la poussa à passer à côté de Joe, qui montait solennellement la garde auprès du corps.

—Reviens ici tout de suite ! cria son père. Fais ce que je te dis et retourne dans la maison !

Cependant, elle s'était déjà penchée au-dessus d'Eddie, allongé sur le dos sur la terrasse, et elle lui tourna tout doucement la tête sur le côté. Il était si jeune, si vulnérable… et il y avait une grande marque rouge sur son crâne.

—Regardez ! dit-elle. Il ne s'est pas noyé. Ou, du moins, il a reçu un coup avant de tomber dans l'eau.

Les hommes se pressèrent autour d'Eddie. Un murmure de colère parcourut le petit groupe.

—Ce n'était pas un accident, dit l'un d'eux. Quelqu'un l'a frappé. C'est un braconnier ou autre qui a fait ça… alors qu'Eddie était sur le point de se marier, en plus. Nous devons appeler la police.

Elle remarqua que son père était devenu blanc comme un linge.

—Ce n'est pas la peine de faire venir la police, dit-il. Nous n'avons besoin que du docteur. Miller a dû se cogner la tête sur le rebord de pierre en tombant.

Les hommes échangèrent des regards. Manifestement, ils n'étaient pas convaincus par cette version des faits, mais le patron avait parlé et sa parole faisait loi.

Elle s'éloigna lentement, retraversa le salon, monta l'escalier et regagna sa chambre. Elle se sentait horriblement mal, mais elle savait qu'elle devait rester forte. Elle devait tenir Ivy à distance, l'empêcher de voir un spectacle aussi épouvantable le jour de son mariage. Elle venait à peine de s'asseoir pour réfléchir à ce qu'elle allait faire quand on frappa à la porte et qu'Ivy elle-même apparut sur le seuil.

—Ça alors ! Vous êtes levée de bonne heure, mademoiselle Elizabeth, dit-elle joyeusement.

—Je n'ai pas réussi à dormir.

—Moi non plus, avoua la femme de chambre. Je suis surexcitée ! Mais nous avons tout le temps de nous préparer. J'ai apporté ma robe… J'espère que cela ne vous dérange pas.

Elizabeth ne répondit pas. Comment était-elle censée annoncer la nouvelle à la jeune femme ?

—Il y a quelque chose qui ne va pas ?

—Oui, Ivy, j'en ai bien peur, répondit Elizabeth d'une voix tremblante. Il y a eu un accident. Eddie…

À peine eut-elle prononcé ces mots qu'Ivy partit en trombe et s'élança dans l'escalier en courant. En un instant, elle avait échappé à Elizabeth, et seulement quelques secondes de plus s'écoulèrent avant que les hurlements plaintifs de la jeune femme lui parviennent. Elle devait aller la retrouver. L'emmener se mettre au lit, rester à ses côtés en attendant l'arrivée du médecin. Il faudrait prévenir Alice au plus vite, ainsi que le pasteur. Il faudrait prévenir tout le village. Elizabeth devait agir. Agir, pour empêcher ses mains de trembler et son esprit de divaguer.

Quand tout fut fait et que la maison fut abandonnée à son chagrin dans la chaleur de cette fin de matinée, Elizabeth s'enferma dans sa chambre et s'effondra dans le vieux rocking-chair, le cœur plein de larmes. Du plus loin qu'elle se souvînt, Eddie avait fait partie de Summerhayes. Il n'était encore qu'un jeune garçon quand il était arrivé, et il travaillait alors comme sous-palefrenier sous les ordres du maître d'écurie terrifiant de l'époque. Avec le temps, il était devenu palefrenier en chef, mais il était resté le même homme bon et doux. Combien de fois avait-il essayé de l'aider à surmonter sa peur des chevaux ? Combien de temps avait-il passé à lui apprendre en cachette à faire de la bicyclette ? Quand il avait abandonné les chevaux pour les automobiles, il était resté le même ami joyeux, et il l'avait conduite où elle voulait, quand elle voulait. C'était un homme bien, un homme honnête, dont on pouvait être fier. Et maintenant, il n'était plus.

Elizabeth avait laissé Ivy endormie – grâce au somnifère que lui avait donné le docteur – dans la chambre de Mme Lacey, et elle avait regardé l'ambulance partir pour la morgue avec son triste chargement. Le docteur avait signé l'acte de décès et indiqué : *mort par noyade*. Il avait conclu à l'accident. Il y aurait une autopsie, mais il avait dit que c'était de toute évidence un accident.

Ce n'en était pourtant pas un, bien sûr ; et son père le savait. C'était pratiquement impossible de se cogner le sommet de la tête en tombant par-dessus le rebord du bassin. Si l'on perdait l'équilibre, on tombait directement dans le bassin, et comme l'eau ne faisait guère plus d'un mètre vingt de profondeur, même si on ne savait pas nager – et Eddie ne savait probablement pas –, on avait pied et on pouvait regagner le bord à pied.

À condition de n'avoir pas perdu connaissance, bien sûr. Si l'on avait reçu un coup sur le crâne et que l'on avait été poussé dans l'eau la tête la première, on se noierait aussi sûrement que le jour suivait la nuit. Quelqu'un avait attaqué Eddie. L'un des jardiniers avait parlé d'un braconnier, un autre d'un vagabond, mais elle avait la certitude que ce n'était pas un parfait inconnu qui s'était introduit par l'ancienne entrée dérobée. C'était quelqu'un qui connaissait l'existence de cette entrée, et qui l'avait suffisamment dégagée pour se faufiler dans les jardins avec l'intention de tuer. Et qui avait réussi.

Mais pourquoi s'en prendre à Eddie ? Quel ennemi aurait-il bien pu avoir qui veuille lui faire une chose pareille ? Elle ne lui en connaissait aucun, et si Ivy avait été en mesure de parler, elle lui aurait dit qu'elle était tout aussi stupéfaite qu'elle à l'idée qu'Eddie pût avoir des ennemis. Mais en fait, ce n'était pas Eddie qui était visé, n'est-ce pas ? Tout au long de cette matinée, tandis qu'Elizabeth avait machinalement conseillé et consolé ses proches, elle s'était efforcée de chasser la vérité le plus loin possible de son esprit ; mais, au fond, elle la connaissait, depuis qu'elle avait vu la veste. *La veste d'Aiden.* C'était *lui* qui était visé, et non Eddie.

Car Aiden avait des ennemis, lui. En tout cas, il en avait un, et il vivait juste à côté. Ils n'avaient reçu aucune nouvelle d'Amberley depuis qu'elle avait éconduit Giles Audley, et maintenant, elle savait pourquoi. Ce silence lui avait bien semblé inquiétant, sinistre, même, mais elle s'était persuadée qu'elle se faisait des idées. En fait, elle avait raison. Summerhayes avait attendu que le couperet tombe, et il était tombé. Son oncle – grand Dieu, *son oncle* ! – ou quelqu'un sous ses ordres avait pénétré dans le jardin, la veille au soir, avec un grand bout de bois, avait vu la veste, et avait frappé.

L'agitation qu'elle avait jusque-là réussi à contenir s'empara d'elle, et elle se mit à faire les cent pas nerveusement, de la porte à la fenêtre et inversement. Comment avaient-ils pu savoir qu'il y aurait quelqu'un dans le jardin ? Ils n'en savaient rien, en réalité. Pour pouvoir en être sûrs, il aurait fallu qu'ils surveillent l'endroit tout le temps. Ils s'étaient simplement attendus à ce qu'Aiden revienne, à ce qu'il retrouve sa petite amie là où les amoureux se retrouvaient habituellement : dans le Jardin italien. Il n'y avait rien d'étonnant à ce qu'elle se soit si souvent sentie observée : elle l'avait été. Et la personne qui les avait épiés auparavant avait monté la garde la veille au soir et avait cru éliminer la seule personne qui faisait obstacle à son union avec Giles Audley.

C'était ce qu'Aiden avait prédit des semaines plus tôt, après la première attaque dont William avait été victime. C'était à ce moment-là que les problèmes avaient commencé, à peu près à la période où Giles Audley avait été suggéré comme mari potentiel. Pendant des années, l'oncle d'Elizabeth avait bouilli de colère, impuissant, tandis qu'une vieille demeure ayant appartenu aux Fitzroy était démolie au profit de la modernité, et que des terres à l'abandon ayant appartenu aux Fitzroy étaient transformées en une ferme lucrative et en une profusion de jardins dont on parlait et que l'on enviait dans toute la région.

Henry avait réussi à couper la famille du monde à Summerhayes, à la priver de toutes les relations dont elle aurait dû jouir étant donné sa situation, mais cela ne lui avait jamais suffi, et il avait précieusement nourri sa rancœur. Cet été, il avait trouvé l'exutoire idéal au ressentiment qui le rongeait de l'intérieur. Il avait dû se dire que c'était sa dernière chance de récupérer ce qui lui revenait de droit, de reprendre le pouvoir auquel sa famille avait renoncé. Elle avait peine à croire qu'Henry pût être prêt à tuer pour arriver à ses fins, mais elle savait maintenant que c'était la réalité.

En tentant de lui trouver un mari, ses parents avaient déclenché un maelström. Une machination aussi glaciale que précise. Elle fit un calcul rapide. Son père était bien plus âgé qu'Henry Fitzroy et, dans l'ordre normal des choses, il mourrait des années avant lui. À l'heure actuelle, il n'était déjà plus tout jeune, et ses humeurs étaient changeantes. Il aurait pu lui arriver n'importe quoi, à tout moment, et son fils aurait alors été la proie des manipulations d'Henry. Cela aurait été très facile, pour lui. Il avait déjà réussi à affaiblir le cœur de William, à entamer sa confiance en lui. Quant à elle, elle serait mariée à quelqu'un qu'Henry pourrait exploiter, peut-être pas pour ses faiblesses, mais grâce aux liens du sang. On aurait fait pression sur elle, encore et encore, jusqu'à ce qu'elle accepte d'épouser un homme choisi par son oncle. Et si Giles Audley avait été trop courtois pour insister, Henry aurait trouvé un autre parent disposé à se marier avec elle.

C'était une prise de conscience ahurissante. La veille au soir, c'était l'homme qu'elle aimait qui était visé par le meurtrier, et tout homme qu'Henry n'aurait pas choisi et qui deviendrait trop proche d'elle connaîtrait le même sort. C'était là l'avertissement implicite dans la mort d'Eddie. Il avait été agressé par erreur, mais en guise de menace, cela était presque aussi efficace.

Elle arrêta d'arpenter la pièce et essaya de mettre de l'ordre dans ses pensées. Il n'y avait rien d'étonnant à ce que sa mère préfère garder ses distances avec Amberley. Henry Fitzroy était un homme mauvais et, cet été, ils l'avaient invité parmi eux et lui avaient permis de leur infliger les dégâts de son choix. C'était le projet de lui faire faire un beau mariage qui avait servi de catalyseur à une cruauté sans nom, qui avait inévitablement conduit à la mort.

La nouvelle de la tragédie atteindrait-elle Kingston ? Aiden apprendrait-il ce qui s'était passé ? Il serait incommensurablement triste lorsqu'il le saurait, mais cela ne le ferait pas changer d'avis. Ce soir, il se rendrait à Southampton, comme prévu. Dans quelques heures, l'homme qu'elle aimait partirait en bateau pour un nouveau monde, tandis qu'elle resterait à Summerhayes pour protéger son frère.

Elle alla à la fenêtre et regarda sans le voir le paysage qu'elle aimait tant. En quoi rester lui permettrait-il de protéger son frère ? La question s'imposa à elle, et elle ne put plus la chasser de son esprit. En quoi cela mettrait-il un terme à la terreur qui s'était abattue sur Summerhayes ?

Cela ne servirait à rien, voilà tout. On continuerait à la menacer d'un mariage dont elle ne voulait pas, et le bien-être de William serait toujours mis en péril. Même si elle se sacrifiait en épousant l'homme qu'Henry Fitzroy lui avait choisi, ce dernier resterait l'ennemi de William. Et si elle se mariait avec l'homme qu'il lui imposait, elle serait à sa merci. Il aurait le pouvoir de tirer les ficelles, de régenter sa vie comme il l'entendait. Elle serait prise au piège, et si elle s'avisait un jour de briser ses chaînes, elle ne pourrait s'attendre à aucune clémence. Son oncle avait bien prouvé qu'il était impitoyable. Peut-être n'avait-il pas tué Eddie Miller de ses propres mains, mais il n'en était pas moins coupable s'il avait engagé un assassin et, ainsi, signé l'arrêt de mort du pauvre homme.

Henry avait trouvé un moyen de contrôler son avenir et, pire encore, celui de son frère. William était un garçon fragile et, même adulte, il ne ferait pas le poids face à un tel homme. Cet été, Oliver l'avait galvanisé, mais il ne serait pas toujours là. Leur père non plus ne serait pas toujours là. Que se passerait-il, alors ? Leur oncle saisirait sa chance et frapperait. Il n'y avait aucune échappatoire. À moins que…

Peu à peu, une pensée prit forme dans son esprit. Peut-être y avait-il une échappatoire, après tout. Et si elle n'était plus là, si elle se mariait loin d'ici et qu'elle avait des enfants hors de la portée d'Henry Fitzroy ? Elle pouvait donner des héritiers à Summerhayes, mais des héritiers sur lesquels son oncle n'aurait aucune emprise. Leur existence garantirait que le domaine ne lui reviendrait jamais, quoi qu'il pût arriver à William. C'était la solution !

Si elle partait, les menaces qui pesaient sur William, sur sa famille, cesseraient forcément. Henry n'aurait pas grand intérêt à prolonger sa vendetta si elle avait un mari et des enfants sur lesquels il n'avait aucun contrôle. L'idée lui coupa le souffle. Pendant des mois, elle s'était dit qu'elle devait rester pour protéger ceux qu'elle aimait ; mais c'était faux. Pour qu'ils soient en sécurité, elle devait au contraire se trouver très loin de là. Pour protéger son mari aussi ; et, surtout, pour protéger William.

Toutefois, aurait-elle le courage de s'en aller ? Était-elle assez audacieuse pour tenter sa chance avec un homme dont elle ne savait que peu de choses, même si elle savait qu'elle l'aimait ? Elle se cramponna à deux mains au rebord de la fenêtre. Il fallait qu'elle ait ce courage. Il ne s'agissait plus seulement d'elle, maintenant, il s'agissait aussi de son frère, de sa famille. Elle aurait voulu pouvoir emmener William avec elle, mais elle savait que c'était impossible, et de toute façon, elle doutait qu'il ait assez de forces pour faire le voyage. Il se porterait bien mieux à la maison, avec leur mère pour prendre soin de lui. Elle devait absolument aller le trouver immédiatement, lui faire comprendre ce qui se passait et pourquoi elle devait partir ; et leur demander un dernier service, à lui et à Oliver.

36

Il ne fallut à William que quelques minutes pour décider de ce qu'il allait faire. Il avait toujours détesté jouer les messagers pour sa sœur, conscient que leurs parents seraient scandalisés s'ils découvraient ce qu'il faisait. Cela lui semblait sournois de s'opposer ainsi à leur volonté. Néanmoins, du jour au lendemain, tout avait changé, et il était maintenant convaincu que l'avenir d'Elizabeth dépendait de l'arrivée d'un unique message à destination. Son propre avenir également. Il pouvait éviter le pire à sa sœur et s'éviter le pire en même temps. Elle était venue le trouver pour lui parler, et il avait parfaitement compris ce qu'elle lui avait expliqué.

Il était encore sous le choc de la mort d'Eddie. La nouvelle l'avait profondément ébranlé : il n'avait tout d'abord pas compris ce que le chauffeur faisait dans les jardins, la veille au soir, ni comment il avait pu tomber dans le bassin et se noyer dans moins de deux mètres d'eau. Eddie était jeune, en bonne santé et en pleine forme. Puis, sa sœur lui avait dit qu'il avait une marque de coup sur le crâne et qu'elle pensait que le jeune homme avait été assassiné, non pas pour qui il était mais parce que, dans la lumière déclinante du crépuscule, quelqu'un l'avait pris pour Aiden. Sa mort prématurée incitait William à parer tout autre acte de cruauté que leur oncle pouvait bien leur réserver.

Il devait remettre le message d'Elizabeth à Aiden Kellaway, car il n'y aurait pas de mariage aujourd'hui et elle ne le verrait donc pas à l'église, comme prévu. Kellaway logeait dans une auberge à Kingston, à plus de trois kilomètres de là, et il n'était pas sûr d'avoir la force de faire l'aller-retour à vélo ; mais il était le seul à pouvoir le faire. Le vélo était le seul moyen d'aller jusqu'au village, et il était essentiel qu'il garde le secret sur sa mission. *Lui* pourrait facilement se rendre au village sans se faire remarquer, tandis qu'une jeune fille parcourant des petites routes de campagne avec difficulté dans sa jupe serrée aurait attiré l'attention malgré elle. Elizabeth lui avait dit qu'Aiden allait partir, et William devait donc arriver à l'auberge avant qu'il ne libère sa chambre.

Il s'était attendu à ce qu'Oliver considère la mission comme une aventure, comme une occasion exceptionnelle de s'amuser, mais son ami se montra étrangement calme lorsqu'il lui en parla, et sa réticence était évidente.

—Tu ne veux pas venir ? lui demanda William.

—Je ne suis pas sûr que ce soit une bonne idée de faire ça.

Il n'avait encore jamais vu Olly aussi hésitant, et il en fut décontenancé.

—Pourquoi ?

Son ami donna un premier coup de pied dans la colonne du lit, puis un autre.

—Tu sais bien ce qui est arrivé à Eddie Miller, il y a à peine quelques heures… Nous risquons de nous mettre en danger.

William n'avait pas envisagé leur commission comme dangereuse, mais même si Olly avait raison, cela ne l'arrêterait pas. C'était bizarre que ce soit *lui* qui semble être le plus courageux, pour une fois.

—Tout va bien se passer, dit-il d'un ton encourageant. Personne ne saura où nous sommes allés. Nous allons juste prendre les vélos pour aller faire un tour, n'est-ce pas ?

Olly arrêta de donner des coups de pied dans le lit et s'assit dessus lourdement.

—Réfléchis, Wills. Il se trame quelque chose de très mauvais. Quelqu'un savait qu'Eddie serait dans le jardin, hier soir… S'il était surveillé, nous le sommes peut-être aussi, dit-il d'un air sombre.

William n'avait pas envie de lui expliquer qu'Eddie avait été pris pour quelqu'un d'autre, mais il voyait bien que la mort du chauffeur avait profondément bouleversé son ami, et il essaya de le rassurer.

—Il ne fait pas nuit. Nous sommes en plein jour. Si quelqu'un nous demande où nous allons, nous répondrons que nous faisons simplement un petit tour pour prendre un peu l'air. Et si quelqu'un essayait bel et bien de nous suivre, nous le saurions.

Son compagnon n'était toujours pas convaincu et il restait réticent. William n'avait pas l'habitude d'être celui qui prenait les décisions, et il commençait à s'impatienter.

—Si tu n'as pas envie de m'accompagner, dis-le-moi. J'irai tout seul.

—Tu ne peux pas faire ça. Tu n'es pas assez en forme. Il y a beaucoup de route… Et si tu étais pris de vertige, tout à coup, ou si tu étais malade en chemin ?

—Il n'y a qu'un peu plus de trois kilomètres, c'est tout, et je te promets de ne pas m'évanouir et de ne pas être malade. Allez, Olly… Sois sympa ! Le vélo fonctionne parfaitement, maintenant. Eddie l'a réparé pour moi.

Il ne put empêcher sa voix de trembler en prononçant ses mots, et cela sembla décider Oliver. Il se laissa entraîner en bas, puis dans la cour où se trouvait l'appartement d'Eddie. Tous deux levèrent les yeux vers le bâtiment.

Les yeux de William s'emplirent de larmes.

—Allons-y, dit-il d'une voix rauque.

Le premier kilomètre fut dur pour lui. Il était à peine sorti de la maison, ces derniers jours, et il peinait chaque fois qu'il y avait une côte, et là où la route était pleine d'ornières, il était obligé de se cramponner à son guidon. Cependant, il se détendit peu à peu, trouva son rythme, et son corps parvint à fournir les efforts qu'il attendait de lui. Le temps lui facilitait assurément la tâche : il faisait beau et chaud, mais pas autant que les jours précédents, et une brise agréable soufflait par-dessus les haies et sur les accotements herbeux, maintenant jonchés de bleuets et de rues des prés. C'était une journée idéale pour être au grand air, profiter de la campagne, une journée idéale pour être loin de la maison. Il sentait une force nouvelle l'envahir. Cette fois encore, fuir Summerhayes le rendait heureux. Son humeur enjouée se poursuivit jusqu'à Kingston et tout au long du trajet du retour, mais pas au-delà. Quand ils arrêtèrent leurs vélos dans la cour, tout s'assombrit à nouveau. Son père sortit dans la cour à grandes enjambées. *Il devait guetter notre retour*, pensa William.

Joshua se tint là avec raideur, les jambes écartées et les bras croisés sur la poitrine, comme s'il contenait une colère qui aurait pu faire voler en éclats la cour et tout ce qu'elle abritait.

—Où étais-tu passé, William ?

Son ton était détaché, mais c'était justement dans son impassibilité que résidait la véritable menace.

—Nous étions juste allés faire un tour à vélo, monsieur Summer, s'empressa de répondre Olly.

Il avait retrouvé un peu de sa jovialité, mais la vue du père de William, grand et imposant, leur barrant le passage, lui donnait manifestement très envie de regagner leur chambre le plus rapidement possible.

—Juste un tour à vélo, hein ? Même un imbécile verrait bien que vous êtes allés faire un tour à vélo, dit Joshua d'une voix qui avait perdu un peu de sa maîtrise. Je vous demande où vous étiez.

Ce fut au tour de William de répondre, la gorge serrée.

—Au village, Papa.

Intérieurement, il priait pour que cette information lui suffise. Hélas, il n'en fut rien.

—Quel village ?

Il aurait pu donner le nom de n'importe quel village du coin, mais, d'une honnêteté incorrigible, il avoua :

—Kingston.

Il eut aussitôt l'impression de voir le visage de son père se durcir sous ses yeux. C'était comme si, d'un seul coup, ses traits s'étaient pétrifiés.

—Suis-moi, ordonna-t-il. Quant à toi, dit-il à Oliver par-dessus son épaule, monte dans ta chambre. Tu partiras demain.

Olly avait l'air effrayé, mais il resta où il était, comme s'il ne pouvait se résoudre à abandonner son ami, jusqu'à ce que Joshua se retourne pour le regarder droit dans les yeux et hurle :

—Déguerpis !

Puis il se détourna à nouveau et rentra dans la maison à grands pas, et William le suivit comme un petit agneau obéissant.

Son père l'emmena dans la bibliothèque. *Il fallait justement qu'il choisisse cette pièce*, pensa William, qui trouvait l'endroit morne, sinistre, sans âme et oppressant. Il s'arrêta sur le pas de la porte, dans l'espoir de pouvoir prendre la fuite assez rapidement. Son père se tenait devant la fenêtre, à l'autre bout de la pièce, et il le foudroyait du regard.

—Alors comme ça, vous êtes allés à Kingston. Et pourquoi cela, jeune homme ?

Il avait retrouvé sa voix glaciale, dénuée d'émotion, et William sentit son courage l'abandonner.

—Nous avions envie d'aller faire un tour à vélo, et nous nous sommes dit que ce serait joli.

Sa propre voix lui parut suraiguë.

—Alors il n'y a pas d'autres villages aussi jolis ?

Son père se moquait de lui, mais il lui répondit comme si la question avait été posée avec sincérité.

—Si, Papa, mais Kingston nous tentait.

—J'imagine… et le George aussi ?

—Je ne comprends pas.

—Oh, je crois bien que si. Réponds-moi, mon garçon.

William prit une profonde inspiration et s'éloigna presque imperceptiblement de la porte. Son père ne s'en rendit même pas compte. Il poursuivait ses accusations.

—Tu es allé au George voir un certain jeune homme, n'est-ce pas ?

William baissa la tête.

—N'est-ce pas ?

Son père s'approcha de lui, le dominant de toute sa hauteur et cachant le peu de lumière qui entrait dans la pièce par la fenêtre à meneaux.

—Oui, murmura-t-il.

—Et tu avais un message, c'est exact ? continua son père, implacable.

—Oui.

Sa voix était maintenant à peine audible.

—Un message de la part de ta sœur ?

Il se contenta de hocher la tête.

—Que disait ce message ? aboya soudain son père, dont la voix résonna dans la pièce sommairement meublée.

Le volume sonore arracha William à l'état quasi catatonique dans lequel il était plongé, réveilla son cerveau engourdi et le poussa à réfléchir le plus vite possible.

—Elle lui demandait seulement comment il allait, bafouilla-t-il.

—Comment il allait ! Ne t'avise pas de te moquer de moi !

Il rassembla tout son courage.

—Je ne me moque pas de toi, Papa, vraiment pas. Elizabeth s'inquiétait, après ce qui est arrivé à Eddie. Elle voulait être sûre que son ami se portait bien.

—Et que vient faire la mort d'Eddie Miller là-dedans ?

—Je ne sais pas, répondit-il, au comble du désespoir, mais elle était bouleversée… Nous l'étions tous. Nous le sommes encore.

Son père se mit à arpenter la pièce. Il semblait avoir le sentiment de n'arriver à rien, et sa frustration était évidente.

—Où est ce message ?

Cette fois encore, William joua la carte de la stupidité.

—Je ne comprends pas.

—*Je ne comprends pas, je ne comprends pas*, le singea son père. Aurais-je engendré un parfait imbécile ? Où est le bout de papier que tu as apporté à cet homme ? Ou le message qu'il t'a confié en échange ?

—Il n'y en a pas, Papa.

Cela, au moins, était vrai.

—Retourne tes poches.

Il s'exécuta docilement, mettant ses poches sur l'envers et posant leur contenu sur la table : quelques bouts de ficelle, une poignée de feuilles de chêne, la coquille d'œuf brisée d'un oiseau, et un unique bonbon à sucer, mais pas de bout de papier.

—Où est-il ? insista son père, dont la colère était palpable.

—Je n'ai pas eu de message à remettre. Je devais juste vérifier qu'il se portait bien, et le dire à Elizabeth, pour qu'elle ne soit pas inquiète.

—Tu t'attends à ce que je gobe ces sornettes ?

—C'est vrai, Papa.

Joshua eut une expression hésitante et William se prit à espérer s'en tirer avec des réprimandes tonitruantes, en tout et pour tout. Puis, un air retors passa sur le visage de son père.

—Était-ce là le premier message que tu transmettais pour Elizabeth ?

Oh, mon Dieu... William allait devoir tout avouer. Il ne pouvait pas. Comme il ne répondait pas, son père tira la conclusion qui s'imposait.

—Ton silence est éloquent. Je ne te demanderai pas combien de messages tu as transmis, ni depuis combien de temps tu dupes tes parents de cette manière impardonnable. Tu es coupable d'un comportement des plus déplorables.

William baissa la tête et marmonna :

—Je sais.

Il était d'accord avec son père. Il avait toujours trouvé que ce n'était pas bien de tromper ses parents.

—Tu as été complice de ta sœur et tu l'as encouragée dans une amitié qui ne peut que lui nuire, déclara son père. Tu t'es délibérément opposé à la volonté de tes parents, et tu as cherché à saper notre autorité. Tu mérites d'être châtié.

Depuis quelques minutes, William savait qu'il ne s'échapperait pas. Il releva légèrement la tête et vit son père se diriger vers le placard fermé à clé qui se trouvait entre les deux immenses bibliothèques. Puis il ferma les yeux. Il n'osait continuer à regarder, mais il entendit distinctement chaque son : ses pas jusqu'au placard, la clé cliquetant au bout de son porte-clés, un bruit de métal contre métal, le grincement discret des gonds du placard, qui n'avait pas été ouvert depuis quelque temps. Chaque bruit le rapprochait de son sort.

—Baisse ton pantalon et penche-toi.

Son père était revenu et William ouvrit juste assez les yeux pour voir le bout d'une sangle de cuir avancer vers lui.

Les mains tremblantes, il fit ce qu'on lui ordonnait. Son père avait déjà levé la sangle, s'apprêtant à donner le premier coup, quand la porte de la pièce s'ouvrit brusquement.

—Arrête ! Tu ne peux pas faire ça !

Son père se retourna, agacé, et William se risqua à se redresser. Sa mère avait saisi le poignet de son mari et elle essayait de lui arracher la sangle des mains.

—Tu ne peux pas faire ça, répéta-t-elle. Tu ne peux pas battre un enfant souffrant. Tu ne peux pas battre un enfant malade.

—Ce n'est pas un enfant, et il n'est pas malade, répliqua Joshua. Il vient d'aller à Kingston à vélo pour porter un message de ta fille à un homme qu'elle n'a pas le droit de voir. Que penses-tu de cela ?

—Est-ce que c'est vrai, William ?

Le visage de sa mère était blanc comme un linge.

—Oui, Maman, répondit-il d'un air malheureux, mais ce n'était qu'un petit message…

Cela aussi était vrai.

—… et il ne voulait rien dire.

Ça, en revanche, c'est un mensonge éhonté, pensa-t-il.

—Tu dois présenter des excuses à ton père pour une telle désobéissance, lui conseilla-t-elle vivement.

—Il ne va pas se contenter de s'excuser, dit son père, qui avait repris le contrôle de la situation et dont la voix était forte. Il va être puni.

—Non, Joshua, il n'est pas apte à supporter un tel châtiment.

—S'il est apte à faire six kilomètres à vélo, il est apte à être châtié. Maintenant, sors.

Il se dirigea vers la porte à grandes enjambées et la tint ouverte pour mettre sa femme dehors. Elle n'avait pas d'autre possibilité qu'obéir.

Il revint ensuite vers William à grands pas.

—Penche-toi, dit-il encore, levant la sangle.

Les hurlements de douleur de William s'entendirent dans toute la maison. Les domestiques interrompirent ce qu'ils étaient en train de faire et regardèrent en direction de la bibliothèque, puis ils baissèrent à nouveau la tête et reportèrent leur attention sur leur travail, le cœur lourd. Elizabeth les entendit de son atelier, et elle serra si fort le pinceau qu'elle avait à la main qu'il se cassa en deux. Elle devina ce qui s'était passé et sut que c'était sa faute ; elle était seule à blâmer. Alice, dans le petit salon, enfouit son visage dans un mouchoir déjà détrempé. Oliver, quant à lui, dans la chambre qu'il partageait avec William, serra les poings de toutes ses forces et s'enfonça les ongles dans les paumes à chaque coup. Il y eut trois coups. Trois hurlements de douleur se répercutant dans toutes les pièces de la maison. Puis, le silence se fit. Un silence épouvantable, lourd de colère.

Quand William regagna sa chambre, il sanglotait de manière incontrôlable. Olly l'attendait à la porte ouverte. Il guida son ami dans la pièce et l'aida à grimper sur son lit, pour s'allonger sur le ventre.

—Attends-moi ici, dit-il, même si William ne risquait pas d'aller où que ce soit. Je n'en ai pas pour longtemps.

Dix minutes plus tard, il revint avec un bol d'eau tiède, de la ouate, et un petit flacon de teinture d'iode qu'il avait obtenue de Mme Lacey à force de supplications. Il fit glisser tout doucement le pantalon de William sur ses jambes, puis, avec autant de douceur, baissa un peu le haut de son slip. Trois vilaines zébrures rouges entaillaient la chair tendre et, en les voyant, Olly dut refouler les larmes qui lui montaient aux yeux. L'une des blessures saignait déjà, une deuxième commençait tout juste. Il les nettoya minutieusement, étancha le sang qui s'écoulait des plaies et les tapota tout doucement pour les sécher. Puis il embrassa l'une après l'autre les zébrures écarlates.

Lorsqu'il eut terminé, son ami roula sur le côté et le regarda. Ils avaient tous deux le visage sillonné de larmes.

—Merci, dit William d'une petite voix.

Oliver le prit dans ses bras, lui caressa les cheveux et déposa des baisers sur ses joues maculées de larmes.

—Ça va aller, murmura-t-il, alors même qu'il était fou de rage, intérieurement.

Il marqua un temps d'arrêt, puis, au bout de quelques secondes, il ajouta :

—Il ne va pas s'en tirer comme ça.

Cependant, William était trop exténué pour l'entendre. Il avait fermé les yeux et avait déjà sombré dans un sommeil agité.

37

Oliver resta allongé sans dormir pendant des heures, à écouter les gémissements de douleur qui s'élevaient du lit voisin. Au début, il était trop en colère pour avoir les idées claires et élaborer un quelconque plan ; mais comme son ami sombrait dans un sommeil plus profond, ses gémissements s'évanouirent peu à peu, et la colère d'Oliver retomba pour laisser la place à une froide détermination. Il vengerait William pour la souffrance qui lui avait été infligée.

Pour lui, c'était à peine croyable qu'un père puisse châtier son fils aussi violemment, et un fils qui avait déjà une santé fragile. Et pour quoi ? William avait transmis un message d'un seul mot, de la part de sa sœur. Il l'avait fait à contrecœur, Olly en était sûr, mais il adorait Elizabeth et avait fait ce qui lui semblait juste. Et pour cela, il avait été cruellement battu. Son propre père ne se serait jamais abaissé à une telle brutalité. Peut-être qu'il l'aurait privé de sortie pendant une semaine et ne lui aurait plus donné d'argent de poche, mais il ne lui aurait jamais administré une correction. Joshua Summer était une brute, purement et simplement, et la seule chose à faire face aux brutes était de frapper là où cela faisait le plus mal.

Pendant de longues heures, Olly réfléchit à la meilleure manière de punir cet homme. Il n'avait pas beaucoup de temps devant lui pour y parvenir. Mme Summer avait écrit à son père pour lui demander quand il pouvait venir le chercher, et, juste avant que William et lui ne partent pour Kingston, elle lui avait dit qu'elle avait reçu une réponse et que son père viendrait très bientôt ; puis Joshua avait décrété qu'il partirait le lendemain. Un télégramme avait déjà dû être envoyé. Il ne bénéficierait d'aucun sursis. Et que pouvait bien faire un garçon de quatorze ans en vingt-quatre heures à peine, pour dévaster la vie d'un adulte puissant ?

Il lui fallut des heures de réflexion. Il écarta les uns après les autres les plans qui germaient dans sa tête, jusqu'à ce que la solution s'impose à lui. Il se sentit soudain très bien, tellement bien qu'il parvint à somnoler vaguement, jusqu'à ce que les premières lueurs de l'aube apparaissent entre les rideaux. Alors, il se leva et s'habilla sans faire de bruit, puis, tout aussi silencieusement, il descendit furtivement l'escalier de chêne. Il n'aurait pas fallu qu'il réveille la maisonnée. En l'espace de quelques minutes, il avait trouvé la clé de la porte de service et l'avait fait tourner tout doucement dans la serrure. À Summerhayes, tout était bien organisé : chaque clé était accrochée à sa place, chaque serrure était régulièrement huilée. Il bénit intérieurement Ripley pour son efficacité.

Quelques minutes plus tard, il était dans la cabane à outils. Là, il prit le temps de choisir les bons outils. Dans la nuit, il s'était dit que la cabane risquait d'être fermée à clé ; mais de toute évidence, M. Harris n'avait pas peur des voleurs. Malgré tout, Oliver devait veiller à faire le moins de bruit possible. Le jeune jardinier de garde, qui dormait dans le cottage à quelques mètres de là, ne tarderait pas à se lever et, d'ici là, il faudrait qu'Oliver ait fini ce qu'il avait à faire et rangé son matériel. Il passa à petits pas devant les pelles, les fourches et les brouettes, et choisit, sur un porte-outil, une faux de taille moyenne, une pioche en acier, et une hache robuste. *Cela devrait faire l'affaire !* se dit-il avec jubilation. Il allait montrer à cette brute qu'il ne pouvait pas maltraiter un garçon sans défense sans en souffrir les conséquences.

Les outils étaient lourds pour lui et, quand il arriva au Jardin italien, il était essoufflé et avait besoin de se reposer un peu. Cependant, il ne pouvait pas se permettre de traîner. Les jardiniers ne tarderaient pas à commencer leur journée de travail, et il devait absolument être reparti avant leur arrivée.

Manier la faux fut facile, d'autant plus que les plantes étaient délicates et qu'elles ne résistaient donc pas au tranchant de la lame de l'outil. Il les décapita avec enthousiasme, mais ensuite, il se sentit triste en voyant les tiges rabougries se flétrir sous ses yeux. Ce n'était pas leur faute s'il était à ce point en colère, et il n'aimait pas détruire la nature. Il savait, aussi, que William détesterait ce qu'il était en train de faire. Toutefois, il décida que les plantes étaient des victimes de guerre, et qu'il devait continuer. Il aimait peut-être ces jardins, mais il aimait encore plus William.

Détruire le sentier qui longeait le bassin ne lui fit pas autant de peine. Ce n'était pas quelque chose de vivant. Des artisans doués avaient passé des heures à le construire, mais la beauté qu'ils avaient créée était simplement un travail bien fait. Il se sentit conforté dans cette idée lorsqu'il se mit à donner des coups de pioche, cassant méthodiquement les dalles ornementales en morceaux. Cela s'avéra extrêmement difficile, et il n'était arrivé qu'à mi-chemin autour du bassin quand les rayons du soleil commencèrent à filtrer entre les arbres environnants. Les minutes s'écoulaient rapidement et il aurait déjà dû être parti. Cette pensée, autant que la chaleur croissante, fit couler la sueur sur son visage. Il n'aurait pas le temps de tout détruire, mais quand il regarda ce qu'il avait accompli, il éprouva un sentiment de satisfaction. Le sentier était pratiquement en ruines. Il jeta un coup d'œil à la statue du dauphin, au milieu du bassin, dont jaillissait un flot d'eau constant, et il songea qu'il aurait bien aimé s'y attaquer.

Hélas, il n'avait pas le temps, et il se contenta donc de s'engouffrer dans le pavillon d'été, et il grimpa sur le banc en bois circulaire qui bordait ses murs, hissant la hache avec lui. Il dut en donner de grands coups dans le plafond pendant cinq minutes avant que les premières fentes apparaissent et laissent passer la lumière. Il se déplaça de quelques mètres sur le banc et abattit sa hache sur une autre zone du plafond. Plus il détruisait, plus cela lui semblait devenir facile. On aurait presque dit que les bardeaux avaient décidé que toute résistance était inutile, et qu'ils étaient contents de le laisser faire ce qu'il voulait.

Ce qu'il aurait voulu, c'était en faire bien plus, mais il devait y aller. Les mains moites, il réunit les outils et, rassemblant le peu de force qui lui restait, traversa la Jungle en courant le plus vite possible, puis le jardin potager, et arriva bientôt au niveau du cottage. Il entendit du bruit provenir de l'intérieur et, l'espace d'un instant, il eut peur. Retenant son souffle, il passa devant la porte et entra dans la cabane à outils. Tous les outils à main étaient rangés au-dessus d'un établi sur lequel on pouvait les réparer si nécessaire. Avec précaution, et s'efforçant de ne pas commettre de maladresse, il replaça la faux, la pioche et la hache, l'une après l'autre, à l'endroit exact où il les avait trouvées. Il ressortit de la cabane à outils au moment précis où le jeune garçon quittait le cottage, bâillant et passant les mains dans ses cheveux ébouriffés.

Oliver se fondit dans l'ombre et attendit. Il savait que le jeune jardinier devrait aller voir les serres – le dimanche ne faisait pas exception ; ainsi, dès que celui-ci eut disparu dans leur direction, il partit en courant vers la maison, et il atteignit la porte de service alors que les domestiques commençaient leur journée. Il faillit se faire prendre. L'une des bonnes montait de l'office les bras chargés de chiffons à poussière et de balayettes, et il fut de nouveau obligé de se fondre dans le mur. Elle passa tout près de lui, mais continua son chemin en direction du salon sans le voir.

Quelques instants plus tard, il avait regagné la chambre. William dormait encore et il remua à peine dans son sommeil, même quand Oliver referma la porte dans un petit bruit sec. Il se laissa tomber sur son lit, haletant. Il l'avait fait, il avait réussi. Maintenant, il ne lui restait plus qu'à attendre que la fête commence.

Ce n'était pas la vengeance qui avait tenu Elizabeth éveillée pendant des heures, mais la culpabilité. La culpabilité, parce qu'à cause d'elle son frère avait subi un châtiment draconien, parce qu'elle allait les laisser faire face seuls, lui et leur mère, à la colère de Joshua, et aussi parce qu'elle s'apprêtait à trahir son père. Ce n'était pas un homme facile à vivre, mais toute sa vie, il l'avait aimée aussi bien qu'il en était capable.

Cet amour, néanmoins, ne la protégeait plus. Il savait que la mort d'Eddie n'était pas un accident, et il avait dû en déduire, comme elle l'avait fait, qui était responsable. Pourtant, il n'avait rien fait pour traduire le coupable en justice. Au contraire, il avait dissimulé le crime et persuadé ses hommes d'en faire autant. Elle se demandait s'il avait également découvert la véritable nature des prétendus « accidents » de William et, si tel était le cas, pourquoi il avait choisi de fermer les yeux. Pourquoi, alors qu'il haïssait Henry Fitzroy, était-il devenu complice de sa cruauté ? Pendant un peu plus d'une heure, elle avait eu envie de faire une entrée fracassante dans son fumoir et d'exiger des explications, mais elle savait qu'elle n'en aurait aucune. Son père avait pris un parti, et rien ne le ferait changer d'avis.

C'était incroyable qu'un homme aussi intelligent refuse de reconnaître la vérité. À sa façon, son père était tout aussi obsessionnel que son oncle, et la tentation de la marier à un homme issu d'une vieille famille avait dû s'emparer de sa raison. C'était, pour lui, l'occasion de faire enfin partie d'un monde qu'il rêvait d'intégrer depuis très longtemps, et il ne ferait rien qui pût compromettre cela. Il se trompait grossièrement. Tout mariage arrangé par Henry n'aurait fait que le mettre encore davantage au ban de la société. Une fois qu'elle serait entrée, par son mariage, dans la famille Fitzroy, son oncle aurait trouvé un moyen de la contraindre à rompre tout lien avec Summerhayes, et Joshua aurait perdu sa fille à jamais. Hélas, elle ne pourrait jamais en convaincre son père.

Quand elle alla voir comment allaient William et son ami, elle fut confortée dans sa décision. Elle faisait ce qu'il y avait de mieux à faire. Il était encore tôt, et ils dormaient tous les deux, l'air innocent, sans défense. Elle s'approcha sans bruit du lit de son frère et se pencha au-dessus de lui. Avec une infinie douceur, elle lui caressa la joue du bout du doigt. Elle veillerait à ce qu'il atteigne l'âge adulte sans encombre, sans être perturbé par des menaces qu'il pouvait à peine comprendre. Elle quitta les garçons endormis, refermant en silence la porte derrière elle, puis elle descendit à pas feutrés l'escalier de chêne, doré dans la lumière du soleil qui inondait les moindres recoins de l'entrée. Elle prendrait son petit déjeuner de bonne heure, dans l'espoir d'éviter son père. Le souvenir des hurlements de douleur de William était encore trop vif dans son esprit.

Malheureusement, Joshua aussi s'était levé tôt, et quand elle entra dans la salle à manger, il était déjà là, debout devant les plats en argent disposés sur le buffet, en train de se servir. Il ne la gratifia que d'un rapide coup d'œil et d'un bonjour bourru. Le silence tendu était plus éloquent que n'importe quelles paroles, et elle avait très envie de faire demi-tour et de regagner sa chambre aussi vite que possible, mais elle était coincée, et devait au moins faire mine de manger. Ils s'assirent chacun à une extrémité de la longue table, et elle grignota une tartine du bout des dents pendant que son père dévorait des œufs, des saucisses et des rognons à la diable. Le tic-tac de la grande horloge en acajou paraissait plus sonore à chaque instant.

Elle cherchait une excuse, n'importe quelle excuse qui lui permettrait de s'en aller – une commission, inventée de toutes pièces, pour sa mère, par exemple – quand la porte s'ouvrit avec une telle violence qu'elle alla cogner les lambris derrière. M. Harris se tenait sur le seuil. Son père leva les yeux de son assiette, visiblement agacé.

—Harris ? Bon sang, mais que se passe-t-il ?

Le jardinier était un homme de peu de mots, et de moins d'émotions encore. Elle fut surprise de voir qu'il tordait furieusement la casquette qu'il avait entre les mains, et que ses mains tremblaient. Le voir aussi étrangement agité était déroutant.

—Je vous prie de m'excuser, Monsieur, commença-t-il, mais il fallait que je vienne vous voir tout de suite.

—Manifestement, répondit Joshua d'un ton sec, mais pourquoi donc ? Que s'est-il passé pour que vous soyez dans tous vos états, comme ça ?

Monsieur Harris secoua la tête sans rien dire, incapable de trouver les mots.

—Parlez, enfin ! ordonna Joshua.

Le maître de maison n'avait pas l'habitude que l'on interrompe son petit déjeuner, et il perdait le peu de patience qu'il avait.

—Que s'est-il passé ? demanda-t-il encore.

38

— Il faut que vous veniez, Monsieur, parvint enfin à dire Harris. Il faut que vous veniez voir.

Sa voix résonna dans la pièce, monotone, abattue, comme si elle avait perdu toute vitalité. Ce fut cela, plus que ses paroles, qui retint l'attention de Joshua. Elizabeth vit son expression changer peu à peu, à mesure qu'un mauvais pressentiment s'emparait de lui. Sans un mot de plus, il se leva et alla rejoindre Harris. Elle se leva à son tour, s'apprêtant à le suivre, car le malaise qu'elle éprouvait quelques instants plus tôt avait laissé la place à l'inquiétude, mais son père lui fit signe de ne pas bouger, et elle n'eut pas d'autre possibilité que de lui obéir.

Elle attendit dans le salon pendant près d'une heure. Les portes-fenêtres donnaient sur la terrasse et lui offraient une vue dégagée sur une grande partie du jardin. Elle était sur le point d'abandonner quand elle vit deux silhouettes sortir de la roseraie et s'arrêter au milieu de la pelouse. Les deux hommes parlaient, son père semblait donner des instructions au jardinier. Elle fut frappée en voyant le visage de son père : il était blême, comme s'il s'éveillait à peine d'un cauchemar. Elle courut sur la terrasse et alla à sa rencontre comme il montait l’escalier. Il traînait les pieds, et elle se demandait s’il atteindrait le haut un jour.

—Que se passe-t-il, Papa ?

Son front était tout plissé et il semblait avoir des larmes dans les yeux. Elle le regarda de plus près pour en avoir le cœur net : il y en avait bel et bien. Elle n’avait encore jamais vu son père pleurer.

—Que se passe-t-il ? demanda-t-elle, affolée.

—Le Jardin italien a été saccagé.

Ces mots semblèrent tomber, sans vie, de ses lèvres.

—Mais comment est-ce possible ?

Il lui prit le bras et s’y appuya. Elle se sentait fléchir sous son poids, mais elle s’efforça de tenir bon, trop ébranlée pour savoir quoi faire d’autre.

—Les plantes ont toutes été détruites, fauchées au ras de la terre.

Le choc provoqué par cette nouvelle lui fendit le cœur, mais maintenant qu’il s’était lancé, il ne pouvait plus s’arrêter.

—Les dalles ornementales ont été cassées. Tout est saccagé, complètement saccagé. Le toit du pavillon d’été est tellement abîmé que le bâtiment pourrait s’effondrer à tout moment.

Elle eut un élan de pitié pour lui. Elle avait eu envie de le punir pour ce qu’il avait fait à William, mais là, c’était trop. Qui pouvait bien avoir fait une chose pareille ?

—Qui a bien pu faire une chose pareille ? demanda-t-elle tout haut.

—Qui, en effet ?

S’appuyant toujours sur elle, il secoua lentement la tête, à la fois déconcerté et tourmenté. Le voir ainsi la rendait malade.

—Amberley ? se risqua-t-elle à murmurer.

Il se redressa et écarta les jambes, comme si cela allait lui permettre de conserver l'équilibre.

—Non, pas Amberley, pas quelqu'un d'Amberley… C'est impossible. Cornford a entouré tout le domaine d'une barrière à pointes, et hier à peine, il m'a dit qu'à sa demande, le tailleur de pierres avait muré la vieille entrée de derrière.

—Peut-être que quelqu'un a démonté une partie de la barrière ou grimpé par-dessus. Quelqu'un de très déterminé.

La personne déterminée qui est venue la nuit où Eddie a été assassiné, pensa-t-elle.

—Quelqu'un de très déterminé, c'est certain, dit amèrement son père, mais quelqu'un de Summerhayes.

Elle en resta bouche bée.

—C'est impossible !

Il avait recommencé à secouer la tête sans mot dire, d'une manière qui la terrifiait. Elle essaya de l'entraîner vers les portes-fenêtres du salon, mais il semblait incapable de bouger. Il resta donc là, les jambes écartées, à regarder droit devant lui d'un air absent.

Elle avait abandonné l'espoir qu'il se remette à parler quand, soudain, il bafouilla :

—Harris m'a dit que l'une des faux de la cabane à outils avait été utilisée. Le jeune jardinier l'a nettoyée, hier soir… C'est ce qu'il a fait en dernier avant d'aller se coucher… mais ce matin, elle était verte de suc.

Ce que la découverte d'Harris signifiait était affreux. Quelqu'un qu'elle connaissait, quelqu'un qui n'était pas loin, avait délibérément détruit le rêve de son père, sa vie, même. Elle ne pouvait pas y penser, alors elle chercha du réconfort là où elle pouvait en trouver.

—Le jardin pourra être remis en état. S'il a pu être construit, il pourra l'être de nouveau.

—Non. Il ne sera plus jamais comme avant.

Elle voyait bien que l'idéal cher à son cœur avait été tout aussi sauvagement vandalisé que le jardin lui-même, tellement souillé qu'il allait renoncer à ce qui avait été son plus grand désir. Pour son salut, elle devait essayer de l'en dissuader.

—Il ne sera peut-être pas pareil, mais un nouveau jardin pourrait être tout aussi beau, Papa, avec le temps.

Son visage se crispa dans une grimace pleine d'amertume.

—Je ne dispose pas d'assez de temps. Regarde, là-bas…

Il désigna d'un geste le jardin potager, au loin. Elle distinguait à peine de petites silhouettes. Apparemment, bien que ce fût dimanche, tous les hommes du domaine étaient réunis là. Ils avaient rassemblé leurs outils, et elle les vit tous, un par un, les poser par terre.

—Même si je voulais reconstruire, je ne le pourrais pas. J'aurais besoin d'hommes, et je n'en ai plus.

Monsieur Harris était réapparu, au pied de l'escalier de la terrasse.

—Ils s'en vont, alors, Harris ? demanda Joshua.

—Oui, Monsieur. Tous, jusqu'au dernier.

—Où vont-ils ?

Elizabeth ne comprenait plus rien.

—Bonjour, mademoiselle Elizabeth.

Harris semblait avoir retrouvé son sang-froid habituel. Il souleva sa casquette pour la saluer, comme s'il la voyait pour la première fois de la journée.

—Les hommes partent pour Worthing, expliqua-t-il. L'armée a un bureau de recrutement, là-bas, et ils vont s'enrôler. Il paraît qu'il va y avoir un bataillon du Southdown, du Royal Sussex. Un régiment de gars du coin, en quelque sorte.

À en juger par le ton d'Harris, on aurait cru que l'on rejoignait ce bataillon pour le plaisir, comme on allait passer une journée au bord de la mer, pour s'amuser. Il monta quelques marches pour tendre à Joshua un grand cahier relié en cuir.

—Je vous ai apporté le registre, Monsieur. Je me suis dit que ce serait peut-être mieux que vous l'ayez, maintenant.

Elle jeta un coup d'œil à la page à laquelle il était ouvert. La dernière entrée était *Samedi 8 août 1914*, et un gros trait noir avait été tracé sous la liste des tâches réalisées. Dorénavant, les pages du registre resteraient vierges, semblait-il. Son père se tourna à demi vers elle.

—Tu vois, ma chère, rien ne peut être arrangé. Le rêve est terminé.

Il se mit à trembler si violemment que tout son corps fut secoué de spasmes et qu'il vacilla dangereusement sur ses jambes. Elle n'était pas assez forte pour retenir son corps massif et, voyant cela, M. Harris monta quatre à quatre les marches restantes, avec un empressement remarquable pour ses cinquante ans, et empoigna le bras de son maître. Il le guida vers la porte ouverte et le fit entrer dans le salon.

—Appelez Madame immédiatement, dit-il à la bonne qui lustrait avec zèle le cadre cannelé d'un miroir. Monsieur a besoin d'elle.

À la suite de sa frénésie destructrice, Oliver avait sombré dans un profond sommeil et William dut le tirer par le bras pour le réveiller.

—Tout va bien, Olly ? demanda William en regardant son ami avec inquiétude. Ça ne te ressemble pas de dormir aussi tard.

Oliver ouvrit à demi les yeux, bâilla, et s'étira paresseusement.

—Tout va bien. Tout va *très* bien, même.

Il y avait une note d'euphorie dans sa voix que William trouva bizarre, mais il l'ignora et s'éloigna du lit pour aller regarder par la fenêtre.

—Viens voir… Les hommes sont tous en rangs sur la pelouse.

Oliver sembla hésiter, et cela aussi lui parut bizarre. Il aurait juré qu'il était nerveux si cela avait eu le moindre sens, et il lui fit à nouveau signe d'approcher, plus instamment, cette fois-ci. Son ami finit par le rejoindre d'un pas traînant et, ensemble, ils regardèrent les jardiniers s'éloigner, deux par deux, pour traverser la pelouse et franchir le portail latéral, qui donnait sur la route conduisant au village.

—Qu'est-ce que tu penses de ça ? demanda William.

—Aucune idée, mon vieux. Peut-être qu'ils ont entendu parler de ta correction et qu'ils partent en signe de protestation.

La remarque le surprit.

—Pourquoi feraient-ils une chose pareille ? Ce qui se passe dans la maison n'a aucun rapport avec eux, et de toute façon, je méritais cette correction.

Olly le regarda fixement.

—C'est n'importe quoi, dit-il avec emportement. Comment pourrais-tu mériter de souffrir de la sorte ?

—J'ai transmis un message alors que je savais que ce n'était pas bien. J'ai délibérément dupé mes parents.

Papa avait raison quand il a dit que j'étais coupable d'un comportement des plus déplorables.

Sans réfléchir, aurait-on dit, Olly le saisit par les épaules et le secoua brutalement.

—Je ne veux plus jamais t'entendre dire ça !

William fit la grimace.

—Je suis désolé, marmonna son ami, mais tu vois : tu as encore mal à cause de ce qu'il t'a fait. Comment peux-tu lui trouver des excuses ? C'était barbare, et je suis bien content que son précieux jardin soit détruit.

—Comment ça, *détruit* ?

La peur s'empara de William. Il était arrivé quelque chose de grave, et Olly semblait en être au cœur.

—Le Jardin italien qu'il adore… Il est détruit.

William le regarda fixement, sans le voir. Puis il fit plusieurs pas en arrière.

—Qu'as-tu fait ?

—J'y suis allé avec quelques outils, juste assez pour le mettre dans un piteux état.

Traversant la pièce en chancelant, William alla s'effondrer sur son lit.

—Comment as-tu pu, Olly ? Comment as-tu pu faire ça ? C'était le rêve de mon père…

—Exactement. C'est justement pour ça que je l'ai fait. Il a nui à ce que j'aime le plus, alors j'ai décidé de nuire à ce qu'il aimait le plus… et je dois dire que cela a été une réussite spectaculaire.

Oliver ne put réprimer un sourire, mais William le remarqua à peine. Il avait les yeux rivés sur le tapis persan décoloré. Ses épaules s'étaient affaissées sous le poids de son chagrin.

—C'est absolument épouvantable, ce que tu as fait.

—C'est épouvantable qu'il t'ait battu, répliqua Olly avec impatience. Comment ne peux-tu pas voir à quel point il t'a mal traité ?

—C'est ma faute si j'ai reçu une correction. Il faut que tu le comprennes. J'ai fait quelque chose de mal, et je méritais d'être puni.

William leva les yeux et regarda Oliver avec une expression résignée.

—Quoi qu'il ait pu faire, c'est mon père et je lui dois ma loyauté.

—Alors tu es fou.

—Je suis son fils, s'obstina-t-il à dire. Ce que tu as fait est impardonnable. Mes blessures guériront, mais pas celles de mon père.

—J'espère bien que non. Et quand tu auras eu le temps d'y réfléchir, tu espéreras la même chose. Tu pourras retourner tout ça dans ta tête quand je serai parti.

William ne répondit pas, se retranchant dans un monde où son ami ne pouvait pas le suivre. Où il ne pourrait plus jamais le suivre.

Oliver s'écarta de la fenêtre pour venir se tenir devant lui.

—Je pars aujourd'hui, tu te souviens ? Papa vient me chercher ce midi.

Sa voix était un peu mal assurée.

—Mais dans quelques semaines, continua-t-il, nous serons de retour au collège, et nous nous retrouverons à ce moment-là.

Non, ils ne se retrouveraient pas. Plus rien ne serait jamais comme avant. William verrait Oliver, mais de loin, seulement. Ils ne se verraient plus en amis, en amis très chers, et il allait devoir, d'une manière ou d'une autre, endurer le collège sans lui. Le garçon qu'il avait aimé n'était plus.

—Je parie que quand je te reverrai, tu chanteras mes louanges !

Le ton enthousiaste d'Oliver sonnait faux. William rassembla tout son courage pour dire ce qu'il avait à dire.

—Non, Olly. Et être de retour au collège n'y changera rien.

Il se leva. Il se tenait à quelques centimètres de son compagnon, et il le regarda droit dans les yeux.

—Nous ne pouvons plus être amis, plus maintenant.

Il sentit ses yeux s'emplir de larmes.

—Nous ne pouvons plus être ensemble.

—Quoi ! C'est insensé, Wills… Je sais que tu es en colère contre moi, mais ce que j'ai fait, je l'ai fait par amour pour toi. Tu dois comprendre ça. Tu dois me pardonner.

—Je ne peux pas, et je ne peux pas être ami avec quelqu'un qui a fait tant de mal à mon père.

Ses mots montaient d'un puits de tristesse.

—Je l'aime, et je dois être loyal.

Pendant un long moment, Oliver resta immobile, comme cloué au sol. Puis il parvint à parler, d'une voix sourde, qui trahissait sa stupéfaction.

—Tu es en train de me dire que nous ne serons plus amis ? Tu n'es pas sérieux.

—Si, je suis très sérieux.

Toute la misère du monde semblait imprégner les mots de William.

39

Quelques heures après le départ d'Oliver, le temps se gâta. L'orage se préparait depuis le début de l'après-midi, et vers le soir, le ciel nuageux s'assombrit et les premières gouttes de pluie commencèrent à tomber, crépitant sur la fenêtre de l'atelier. Elizabeth était assise à son chevalet depuis qu'elle avait fait au revoir de la main au jeune garçon et à son père. Les adieux avaient été des plus tristes, car William n'était même pas descendu de sa chambre et Oliver était exceptionnellement replié sur lui-même. Quoi que William ait pu dire à son ami, cela l'avait brisé.

Toutefois, ce n'étaient pas Oliver et ses problèmes qui lui occupaient l'esprit ; c'étaient ses propres soucis. La peur de ce qui l'attendait. Quand elle était avec Aiden, la force de son amour chassait la peur ; mais quand elle était toute seule, la peur s'emparait d'elle et grandissait. Elle se trouvait alors incapable de travailler, incapable de donner le moindre coup de pinceau sur la toile. Son petit nécessaire de voyage était prêt et caché tout au fond de l'armoire en citronnier de Ceylan, à l'abri des regards inquisiteurs.

Bien sûr, seule Ivy, qui s'occupait à nouveau d'elle, était susceptible de découvrir le bagage, mais la jeune femme, apathique et plongée dans la plus grande confusion, n'était plus que l'ombre d'elle-même. Elle s'acquittait aussi bien que d'habitude de son rôle de femme de chambre, mais elle le faisait machinalement, maintenant. Il lui faudrait des mois, voire des années, peut-être, pour se remettre de la tragédie qu'elle avait vécue.

Elizabeth mourait d'envie de la mettre dans la confidence, de lui faire des adieux dignes de ce nom, mais elle n'osait pas. Ivy ne l'aurait jamais trahie, mais elle ne voulait surtout pas qu'elle subisse l'interrogatoire implacable de Joshua. Sa femme de chambre devait impérativement ignorer ses projets. Ainsi, quand tout serait terminé et qu'Ivy aurait besoin d'un nouveau poste, on lui en donnerait un. Elizabeth était sûre que sa mère accueillerait la jeune femme à bras ouverts. La femme de chambre d'Alice était âgée, et elle aurait déjà pris sa retraite si sa maîtresse n'avait pas été si malheureuse à l'idée de devoir se passer d'elle. Ivy remplirait ce rôle à merveille. Elle travaillait pour eux depuis des années, et maintenant, elle avait traversé avec eux cet été absolument épouvantable.

Elizabeth avait décidé de se comporter exactement comme elle le faisait d'habitude afin de ne rien laisser transparaître de ses intentions, mais quand Ivy vint l'aider à s'habiller pour la dernière fois, elle ne put s'empêcher de faire un petit quelque chose pour marquer le coup.

—J'aimerais vous offrir ceci…

Elle tendit à la jeune femme le collier de perles qu'on lui avait offert quand elle avait été présentée à la Cour, l'année précédente. Elle n'en aurait plus besoin, mais il serait peut-être utile à Ivy un jour, ne serait-ce que si elle le vendait.

Ivy en eut le souffle coupé.

—Je ne peux pas accepter, Mademoiselle. C'était un cadeau de votre père. Il vous avait offert ce collier et les boucles d'oreilles assorties pour votre présentation à la Cour.

—Je sais, répondit posément Elizabeth. J'ai encore les boucles d'oreilles, mais j'aimerais offrir le collier à quelqu'un à qui je tiens.

La femme de chambre devint écarlate.

—Je sais que vous êtes désolée pour moi, mais il ne faut pas… Vous ne devez pas me le donner par pitié.

—Je ne vous le donne pas par pitié, Ivy, je vous le donne par amour. Prenez-le, s'il vous plaît, en souvenir de moi.

À peine Elizabeth eut-elle prononcé ces mots qu'elle les regretta. La petite silhouette d'Ivy s'était raidie, et ses yeux étaient devenus trop grands pour son visage.

—En souvenir de vous ? demanda-t-elle avec un tremblement dans la voix.

—En souvenir du temps que nous avons passé ensemble quand nous avons fait la Saison londonienne, répondit Elizabeth d'un ton dégagé, essayant de se rattraper.

Ivy repensa à cette période et, pour la première fois depuis plusieurs jours, elle sourit.

—C'était vraiment formidable, n'est-ce pas ?

—Oui, dit Elizabeth. Formidable.

Là-dessus, elle descendit et se dirigea vers la salle à manger, s'apprêtant à dîner une dernière fois avec ses parents.

Peu après le repas, l'orage éclata tout à fait, et un vent violent se mit à fouetter les tuiles du toit et les trois hautes cheminées de brique. Les fenêtres de la chambre d'Elizabeth étaient trop solides pour vibrer, mais la pluie battante qui martelait les carreaux lui donnait l'impression d'être agressée. Quelle nuit pour s'aventurer dehors ! Quelle nuit pour débuter le reste de sa vie…

Elle laissa Ivy l'aider à se préparer à se mettre au lit et attendit que toute la maisonnée soit endormie. Bientôt, elle n'entendit plus rien d'autre que le vent et la pluie. Elle attendit une heure, deux heures, puis se leva et enfila la robe la plus pratique qu'elle possédât. Par-dessus, elle mit un manteau d'été de lin épais qui lui arrivait aux chevilles, et dont le col était assez large pour protéger son cou. Il allait falloir qu'elle s'en contente. Ses vêtements d'hiver avaient été repassés et étaient rangés dans des malles, et aller au grenier pour y prendre une tenue plus chaude aurait soulevé toutes sortes de questions gênantes. Fouillant tout au fond de l'armoire, elle en sortit un chapeau en velours tout simple. C'était le mieux qu'elle pût trouver pour se couvrir la tête.

Elle jeta un coup d'œil à la pendulette posée sur sa table de chevet. Il était minuit moins cinq. C'était l'heure d'y aller ; mais elle irait voir William une dernière fois. Elle fut soulagée de le trouver endormi, mais quand elle se pencha vers lui pour l'embrasser, il bougea un peu et entrouvrit les yeux. Puis il tendit les bras vers elle et la serra contre lui, enfouissant son visage au creux de son cou.

—Je t'écrirai, murmura-t-elle.

Il sourit et se rendormit. Elle alla ensuite déposer un petit mot pour sa mère dans le petit salon, et un autre pour son père dans son fumoir. Enfin, elle tira les verrous de la porte d'entrée et sortit dans la tourmente.

Aiden l'attendait juste après le virage de l'allée, dans un cabriolet. Le cheval, plus ou moins à l'abri de la pluie sous les arbres, piaffait d'impatience, pressé de partir. Aiden, le visage et les cheveux dégoulinants d'eau, sauta du cabriolet et la prit dans ses bras.

—Nous avons vraiment bien choisi notre nuit, murmura-t-il.

Il prit son bagage et le mit dans le cabriolet, puis il l'aida à monter et s'assit à côté d'elle, sur la banquette. Ce fut seulement alors qu'il l'embrassa.

—Il faut que nous y allions, ou nous allons nous noyer avant d'arriver à la gare.

Son ton était rieur, mais comme ils se mettaient à remonter l'allée, il se tut. Quand ils arrivèrent à la hauteur du portail, elle se retourna pour regarder derrière elle. C'était la dernière fois qu'elle voyait Summerhayes, et elle sentit son cœur se briser. Même par une nuit aussi orageuse et maussade que celle-là, la maison l'invitait à rester. *C'est chez toi*, semblait-elle lui dire. *Pourquoi abandonner la beauté que tu as adorée toute ta vie pour un pays inconnu, si loin d'ici, si différent ?*

Aiden prit sa main dans la sienne.

—Vous reviendrez, n'en doutez pas. Nous reviendrons tous les deux.

Ses mots comblèrent partiellement le vide qu'elle éprouvait soudain, mais pour penser à autre chose, elle lui demanda :

—Que ferons-nous du cheval et du cabriolet quand nous arriverons à Shoreham ?

—Cela ne devrait pas poser de problème. J'ai pris des dispositions pour que le cabriolet reste à la gare et pour qu'un porteur s'occupe du cheval. Roberts viendra le chercher quand il viendra pour l'arrivée du premier train de Londres.

Il avait apparemment pensé à tout, et elle devait maintenant se concentrer pour tenir bon le temps de ce trajet, qui s'avérait plus chaotique qu'ils n'auraient pu l'imaginer ; mais le cheval était vaillant, et il trotta sans relâche malgré le vent et la pluie. Enfin, le ciel commença à s'éclaircir et la pluie à se calmer. Les South Downs, paisibles et majestueux, se découpaient nettement sur le ciel. Tandis qu'elle les contemplait pour la dernière fois, Elizabeth eut l'impression qu'ils la réclamaient, qu'ils avaient besoin de la garder ici, à l'abri d'un monde étranger. Cependant, elle décida de ne pas penser à l'avenir : le présent était tout ce qui importait.

Ils étaient maintenant tous deux trempés et elle se tortilla, mal à l'aise, sur son siège.

—Le pire est derrière nous, dit Aiden d'un ton plein d'espoir, mais dès que nous arriverons à la gare, nous ferions mieux de prendre des vêtements secs dans nos bagages. Sinon, nous risquons de tomber malades et de rater notre bateau.

Elle hocha distraitement la tête. Maintenant que l'orage n'était plus là pour la distraire, ses pensées s'étaient à nouveau tournées vers Summerhayes. Il était impossible de résister à son attrait.

—Vous avez appris ce qui est arrivé à Eddie Miller ?

Il tourna la tête vers elle, scrutant son visage.

—Oui. Joe est passé à l'auberge pour m'annoncer la terrible nouvelle.

Il y eut un silence comme il pesait les mots qu'il s'apprêtait à prononcer.

—Est-ce que c'est ce qui vous a décidée ? lui demanda-t-il enfin. Est-ce que c'est pour cela que vous êtes ici ?

—Je suis ici parce que je vous aime, Aiden.

—La mort d'Eddie a tout de même dû faire une différence. C'est vraiment quelque chose d'abominable.

Elle acquiesça, mais ajouta avec véhémence :

—Je voulais venir. Depuis le début. Je voulais être avec vous, il faut que vous le sachiez. Mais j'étais tiraillée, je pensais que je devais à ma famille de rester. Quand Eddie a été assassiné, cela a fait pencher la balance. J'ai compris que je n'étais plus en sécurité à Summerhayes, et que tant que je resterais, William non plus ne serait pas en sécurité.

—Votre frère n'est pas bavard, mais quand il est passé me voir, c'est ce que j'ai pensé.

—Heureusement que vous étiez encore à l'auberge ! J'avais peur que vous soyez déjà parti pour Southampton.

—Je suis resté jusqu'au dernier moment, j'avais toujours espoir que vous décidiez de me choisir… mais peu après la visite de William, j'ai fait mes bagages et je suis parti. J'avais appris ce qui était arrivé à Eddie, et je ne me sentais plus en sécurité à l'auberge.

—Où êtes-vous allé ? demanda-t-elle, surprise.

—J'ai passé la nuit dans une chaumière, dans un autre village à proximité. Elle était bien cachée et assez sûre. J'ai réfléchi et j'ai fait le rapprochement, j'ai compris que c'était moi qui étais visé et non ce pauvre Eddie… et j'ai aussi compris que je serais à nouveau visé dès que la personne qui l'avait tué se rendrait compte de son erreur. Cela m'a semblé être une bonne idée d'aller ailleurs.

Le sujet était grave et, pendant un moment, ils firent route dans le silence, jusqu'à ce qu'elle s'écriât tout à coup :

—Si mes parents n'avaient pas décidé que je devais me marier, rien de tout cela ne serait arrivé. Pour une fois, ils auraient pu se mettre d'accord et se contenter de m'envoyer dans un établissement à l'étranger, comme le souhaitait ma mère.

Il haussa un sourcil.

—S'ils vous avaient envoyée à l'étranger, nous ne nous serions pas rencontrés.

—Je sais, et c'est la seule chose merveilleuse qui ait découlé de tout ça, mais tant de mauvaises choses sont advenues également… C'est le fait que mon père a demandé à oncle Henry de me trouver un mari qui a déclenché cet enchaînement de malheurs. William est tombé malade et a été obligé de renoncer au meilleur ami qu'il ait jamais eu. Vous avez perdu votre emploi et été contraint de vous cacher. Eddie a perdu la vie – rendez-vous compte ! – et Ivy est condamnée à une vie de domestique.

—Peut-on vraiment attribuer la cause de tout cela à une simple requête ?

—Oui. Au bout du compte, cette requête n'était pas si simple. Quand Papa a demandé son aide à Henry, je suis convaincue que mon oncle a saisi sa chance. Depuis des années, il attendait l'occasion de nuire à Summerhayes, et tout à coup, cette occasion lui a été présentée, sur un plateau d'argent. Me marier à un parent, tourmenter William jusqu'à ce qu'il soit faible et sans défense, puis attendre que Joshua meure. Ou peut-être même ne *pas* attendre…

Cette pensée lui était venue spontanément à l'esprit, aussi inopinée que sinistre. Voyant son expression affligée, il lui serra à nouveau la main avec tendresse.

—Réjouissez-vous : nous y avons mis un terme. Nous avons brisé l'enchaînement.

—C'est vrai, dit-elle après un instant de réflexion. Nous avons brisé l'enchaînement.

Son humeur s'égaya juste comme l'aurore commençait à poindre.

40

William trouva sa mère dans le petit salon, en train d'essayer de mettre de l'ordre dans le fouillis de sa corbeille à ouvrage. L'orage s'était enfin calmé et les premiers rayons du soleil éclairaient la pièce. Il vit la lettre tout de suite en entrant, mais c'était parce qu'il s'y attendait. Elle était posée derrière un vase chinois très laid, sur la cheminée. Sa mère semblait ne pas l'avoir vue.

Elle tourna la tête en entendant ses pas.

—Viens m'aider à démêler ces fils de soie… Tu es doué pour ça.

Il s'exécuta de bon cœur. Il avait toujours été heureux avec sa mère, et sa compagnie lui semblait maintenant plus précieuse que jamais. Il se rendit compte avec étonnement qu'il était presque plus heureux avec elle qu'avec Oliver. Il se sentait en sécurité, rassuré, consolé. Olly était exaltant, les sentiments qu'il faisait naître en lui étaient exaltants ; mais ils étaient aussi inquiétants, et il était difficile à vivre. Pour toutes sortes de raisons, Oliver était dangereux. William aimait toujours son ami, et il l'aimerait toujours, mais les moments qu'il partageait avec sa mère étaient plus simples, plus apaisants.

Mère et fils s'attelèrent donc à la tâche de démêler les fils de soie.

—Ceux-ci doivent être rangés avec les roses ? demanda-t-il en agitant plusieurs écheveaux de fils fuchsia et framboise.

—Tu peux les mettre soit avec les roses, soit avec les rouges. Je crois que cela n'a pas d'importance, mon chéri.

Elle regarda par-dessus ses lunettes, l'observant attentivement.

—Comment vas-tu, William ?

—Bien, Maman.

Et c'était vrai, même s'il savait que de nouveaux ennuis n'allaient pas tarder à surgir. Il pensait avec appréhension à la lettre de sa sœur. Néanmoins, il ne pouvait pas regretter qu'Elizabeth se soit enfuie. Elle lui manquerait terriblement, bien sûr, mais au fond de son cœur, il savait qu'elle avait bien fait de saisir sa chance de bonheur, et qu'ils étaient tous les deux plus en sécurité parce qu'elle l'avait fait.

Sa mère sourit.

—Le fait est que tu as l'air d'aller beaucoup mieux. Tu n'as plus du tout mal au cœur, maintenant ?

—Plus du tout.

Il s'était remis aussi de la correction qu'il avait reçue, même s'il remarquait que sa mère ne pouvait se résoudre à l'évoquer.

—Je me demandais, au sujet de ton ami… reprit-elle. Comment te sens-tu, maintenant qu'il est parti ?

Il voyait bien qu'elle abordait le sujet avec le plus de délicatesse possible.

—J'étais triste de le voir partir, Maman, mais il ne pouvait pas rester. Je ne peux plus être ami avec lui, pas après ce qu'il a fait.

Il savait que sa mère n'avait jamais aimé Oliver, et que cet aveu ne la surprendrait pas.

Elle eut l'air soulagée.

—Je suis ravie de te l'entendre dire. D'autant plus que tu ne le reverras plus.

—Je le verrai au collège, bien sûr, mais je ne serai pas obligé de lui parler.

Il sentit son courage l'abandonner à la pensée des retrouvailles pénibles qui l'attendaient et, pire encore, à la pensée des petites brutes auxquelles il allait devoir faire face sans Oliver à ses côtés pour prendre fait et cause pour lui. Il se voyait déjà encerclé, les entendait déjà scander « Fils de marchand de boutons ! », et imaginait déjà les coups qu'il recevrait sur la tête.

—Non, dit sa mère d'un ton ferme. Tu ne retourneras pas à Highfield Academy. J'en ai parlé à ton père, et il est d'accord pour que l'on ne te renvoie pas là-bas. Tu poursuivras tes études à Summerhayes. Nous allons te trouver un nouveau précepteur, un homme plus jeune, je pense, qui partagera tes centres d'intérêt.

La nouvelle lui fit l'effet d'une pluie d'or, d'un baume qui guérirait toutes ses blessures. Ne pas avoir à aller au collège, ne pas avoir à subir les railleries des professeurs, les coups de pied et les coups de poing de camarades malveillants ! Rester à la maison, ici, à Summerhayes, qu'il aimait tant, se promener à sa guise dans les jardins et passer du temps avec sa mère… Un Summerhayes qui ne serait plus assombri par de mauvaises actions.

—Es-tu content de notre décision ? lui demanda sa mère d'un air inquiet.

—Oui, Maman, s'empressa-t-il de répondre, très content, mais pourquoi est-ce que je n'y retournerai pas ?

—C'est une question de principe. Nous ne pouvons pas te laisser fréquenter un établissement où des garçons comme Oliver Amos sont acceptés. Ce qu'il a fait était quelque chose de très, très cruel. La perte du Jardin italien a anéanti ton père.

Olly serait ravi de l'entendre, pensa-t-il avec tristesse ; mais les paroles de sa mère l'avaient inquiété.

—Où est Papa ?

Il n'avait pas vu son père depuis que celui-ci l'avait battu. Il se demandait si Elizabeth lui avait laissé une lettre, à lui aussi.

—Depuis qu'il a découvert que le jardin a été saccagé, il ne sort plus de la bibliothèque. La pièce semble s'accorder avec son humeur. Il y est assis en ce moment même, il regarde fixement le mur et il refuse de parler. Il ne mange presque rien. Au dîner, hier soir, il n'a même pas touché à son assiette.

—Mais ça va s'arranger ?

Sa mère écarta les mains dans un geste de résignation.

—Je n'en ai pas la moindre idée. Pour le moment, il est profondément abattu. Tout ce que nous pouvons faire, c'est attendre, et espérer. C'est important qu'il se remette rapidement – maintenant que tous les hommes sont partis. Il faut qu'il trouve un moyen de continuer à entretenir le domaine et, quand il en trouvera un, nous devrons veiller à le soutenir.

Elle rassembla les quelques derniers écheveaux qu'il avait démêlés et les déposa dans le sens de la longueur au fond de la corbeille à ouvrage.

—Voilà ! C'est un bon travail que nous…

Elle s'interrompit quand la porte s'ouvrit à toute volée.

Joshua se tenait sur le seuil, ses traits se contractant de manière incontrôlable. L'air absent dont Alice avait parlé avait été remplacé par une expression de fureur.

—Tu en as eu une ? demanda-t-il à sa femme, agitant une feuille de papier dans sa direction.

Elle le regarda d'un air perplexe.

—Une quoi ?

—Une lettre, bon sang ! Une lettre.

—J'ai reçu de nombreuses lettres, Joshua, dit-elle d'un ton placide.

—Pas n'importe quelle lettre…

Le visage de Joshua prenait progressivement sa teinte cramoisie habituelle. Il balaya la pièce du regard. Ses yeux se posèrent sur la cheminée.

—Cette lettre, là… Tu l'as lue ?

La question était superflue puisque, de toute évidence, Alice ne l'avait pas lue. Elle remonta ses lunettes sur son nez, regarda le vase tape-à-l'œil, puis se leva avec raideur pour aller chercher l'enveloppe couleur crème, à moitié cachée derrière.

Elle l'ouvrit en la déchirant, et William s'attendit à une explosion de colère ; mais sa mère alla se rasseoir dans son fauteuil sans rien dire et s'enfonça dans ses profondeurs. Elle était légèrement plus pâle que quelques minutes plus tôt, et sa respiration était un peu plus rapide, mais quand elle parla, sa voix était posée.

—Elle est partie.

—Elle est partie ! répéta son mari dans un rugissement. Et avec cette jeune canaille !

—Y a-t-il un quelconque moyen de les arrêter ?

La question était malavisée.

Un sourire méprisant se dessina sur les lèvres de Joshua. La lettre semblait l'avoir fait redevenir lui-même.

—Et comment pourrions-nous faire pour les arrêter, au juste, alors que nous ne savons ni quand ils sont partis, ni où ils vont ?

—Je suppose qu'ils sont partis dans la nuit, même si je croyais qu'Elizabeth était encore dans sa chambre.

—Évidemment qu'ils sont partis dans la nuit !

Les hurlements de Joshua avaient atteint leur paroxysme.

—Mais au cas où tu ne l'aurais pas remarqué, la nuit dure des heures… S'ils sont partis à minuit, ils sont déjà bien loin d'ici à l'heure qu'il est, quel que soit l'endroit où ils ont l'intention d'aller !

Au Canada, pensa William. C'était là que se rendait Aiden Kellaway. Il le lui avait dit. Il avait un cousin, ou quelque chose comme ça, qui pourrait lui trouver du travail et un logement.

Sa mère relut la lettre. Il remarqua que sa main tremblait légèrement, mais sa voix restait étonnamment calme.

—Elle dit qu'elle nous écrira dès qu'elle sera arrivée à destination. Elle dit qu'elle va se marier.

—Et tu crois à ces sornettes ? *Elle* est peut-être assez naïve pour y croire, mais *toi*, à ton âge, tu dois tout de même savoir ce qu'il en est… Elle est perdue. Absolument perdue.

Furibond, Joshua se dirigea vers la fenêtre et revint sur ses pas, le visage marbré et les lèvres furieusement contractées. Enfin, il s'arrêta et leva le poing.

—À partir de maintenant, déclara-t-il, ce n'est plus ma fille. Elle s'est détachée de Summerhayes, qu'elle n'y revienne pas ! Je ne veux plus entendre parler d'elle.

William et sa mère en restèrent sans voix. Elizabeth était l'amour de sa vie. Même les jardins n'avaient que la deuxième place dans son cœur. Pendant un long moment, personne ne parla, puis Joshua, toujours fulminant, se dirigea vers la porte. Il jeta un regard courroucé à sa femme, un autre à son fils.

—Vous étiez au courant, les accusa-t-il. Vous saviez ce qu'elle manigançait, tous les deux.

—Certainement pas ! protesta Alice, indignée. Comment aurions-nous pu savoir une chose pareille ? Comment aurions-nous pu savoir qu'elle allait prendre une décision aussi hâtive ?

—Vous n'avez pourtant pas l'air excessivement perturbés, dit-il d'un air entendu.

—Je n'éprouve peut-être pas le besoin de hurler, mais tu peux être sûr que je suis profondément bouleversée. Néanmoins, je n'arrive pas à croire qu'Elizabeth nous ferait une chose pareille si elle n'avait pas une très bonne raison de le faire.

Elle marqua une pause, puis dit ce qu'elle pensait vraiment.

—Nous n'aurions pas dû la pousser comme nous l'avons fait. Notre détermination à la voir se marier a peut-être suffi à la faire fuir.

William trouvait que sa mère s'aventurait sur un terrain glissant, et la réaction de son père lui donna raison.

—Une très bonne raison ! cria-t-il. Sa seule raison est d'obtenir ce qu'elle veut.

Là-dessus, il quitta la pièce à grands pas furieux.

—Un peu comme son cher père, alors, remarqua Alice comme il claquait la porte derrière lui.

William se demandait ce que sa mère savait ou devinait des événements de l'été. Soupçonnait-elle son frère d'avoir conspiré contre sa famille ? Était-ce pour cela qu'elle accueillait avec une telle sérénité la nouvelle de la fugue d'Elizabeth ? Si elle le soupçonnait bel et bien, personne n'en saurait jamais rien. Elle s'en débrouillerait toute seule. En dépit de son attitude timorée, sa mère avait un courage qui lui permettait de rester forte dans l'adversité.

—Je ne te demanderai pas, William, si tu savais ce que ta sœur projetait de faire, dit-elle. Je vais supposer que cette lettre est un choc pour toi autant que pour moi.

Elle l'observa attentivement et il fut incapable de soutenir son regard. Il baissa les yeux sur ses genoux et fit glisser un écheveau de soie oublié entre ses doigts.

—Ta sœur est une jeune fille obstinée, continua-t-elle, mais c'est aussi une fille loyale, et je sais, en mon for intérieur, qu'elle n'aurait jamais agi de manière aussi imprudente sans raison. J'espérais que Giles Audley lui offrirait un avenir sûr, et quand elle l'a éconduit, j'ai essayé de la persuader de réfléchir et de changer d'avis. Elle n'a pas voulu m'écouter. Peut-être n'a-t-elle pas pu. Peut-être sa vie était-elle devenue tellement difficile que la seule solution, pour elle, était de prendre la fuite.

Il hocha énergiquement la tête. Sa mère avait raison, même s'il n'était pas sûr qu'elle se rende compte à quel point la vie d'Elizabeth était devenue difficile.

—Elle va nous écrire, dit-il avec enthousiasme.

—Nous attendrons cela avec impatience, répondit-elle en lui caressant les cheveux avec douceur. D'ici là, nous devons trouver de quoi nous divertir. Veux-tu que nous fassions un puzzle ? J'en ai un nouveau, j'ai attendu tout l'été pour le faire avec toi. Il s'appelle *La Dame au poinsettia.*

Elle se dirigea vers l'une des commodes impeccablement cirées qui bordaient les murs et en sortit une grande boîte.

—Regarde-moi ces couleurs magnifiques !

Elle tint la boîte de telle façon qu'il puisse voir l'illustration.

—Les cheveux de la dame sont d'une nuance étonnante, n'est-ce pas ? Mais je crois que nous allons avoir du mal à faire le fond. Il est presque monochrome, et il n'y a pas grand-chose qui permette de différencier les pièces les unes des autres.

—Cela va être un défi, Maman, mais je suis sûr que nous allons y arriver. Nous sommes des experts, après tout.

41

Ils avaient commencé à chercher des pièces à bord droit pour faire le tour du puzzle quand, soudain, la porte s'ouvrit à nouveau violemment. Cette fois, cependant, ce n'était pas Joshua, furieux et rougeaud, mais Henry Fitzroy, livide et dans tous ses états. Alice se crispa immédiatement.

—Il faut que tu m'aides, dit-il sans préambule. Je ne sais pas quoi faire. Je ne sais pas où aller…

C'était un homme tout à fait différent de celui qu'elle avait toujours connu. Elle se redressa dans son fauteuil, mais ne fit aucun mouvement vers lui.

—Il vaudrait mieux que tu te calmes, Henry, et que tu me dises ce qui se passe.

—Je ne sais pas par où commencer…

Elle aurait pu lui répondre que commencer par le commencement était généralement une bonne idée, mais elle voyait bien qu'il était en état de choc et elle essaya de faire preuve de compassion.

—Dis-moi ce qui t'a amené ici ?

—Lister a entendu un attelage passer dans la nuit, dit-il.

Les observations nocturnes du majordome semblaient hors de propos, mais elle attendit patiemment que son frère continue.

—Il y avait de l'orage, tu sais…

Elle l'encouragea à poursuivre d'un hochement de tête.

—… et Lister s'était levé pour aller vérifier que la porte d'entrée était bien fermée. C'est alors qu'il a entendu du bruit. Il est sûr que c'était un attelage qui passait devant le portail d'Amberley, et c'était suffisamment inhabituel pour qu'il me le signale. Tu sais quelque chose à ce sujet ?

—Certes non ! Cela semble étrange de s'aventurer dehors en pleine nuit, et encore plus étrange par temps d'orage.

Elle prit l'air le plus neutre possible et fut soulagée de constater que l'expression de William ne trahissait rien non plus.

—Je pensais que tu saurais peut-être ce qu'il en était, mais si ce n'est pas le cas…

Il flageola sur ses jambes et l'on eût dit qu'il était sur le point de s'effondrer. Pour la première fois de sa vie, elle s'inquiétait sincèrement pour lui.

—Assieds-toi, lui dit-elle, s'efforçant de prendre un ton bienveillant. Tu n'as pas l'air bien.

Il s'affala dans le fauteuil le plus proche, puis il laissa échapper un gémissement plaintif, qui surprit son auditoire.

—Elle est partie, dit-il. Louisa est partie.

—Je suis sûre que tu te trompes. Elle doit être au village, en train de rendre visite à un métayer. Plusieurs villageois ont la fièvre, en ce moment, paraît-il.

Il secoua la tête avec l'énergie du désespoir.

—C'est impossible. Elle a laissé un mot.

Il fouilla maladroitement dans sa poche de poitrine et en sortit une feuille de papier, mais quand il essaya de la déplier, ses mains tremblaient tellement qu'il n'y parvint pas. Contraint d'abandonner, il posa la feuille sur ses genoux.

—Il est adressé à Gilbert, vois-tu.

—Mais… commença Alice.

—Sa femme de chambre m'a dit que ses vêtements avaient disparu, l'interrompit-il d'une voix trahissant un abattement profond. Où est-elle passée, Alice ?

Elle croyait bien savoir où était Louisa, ou plutôt avec qui elle était, mais elle le garda pour elle.

—Je suis navrée de ne pas pouvoir t'aider. Il vaudrait mieux que tu envoies l'un de tes domestiques se renseigner discrètement au village – et peut-être un peu plus loin dans les environs. À l'heure qu'il est, ton personnel doit savoir qu'il y a quelque chose qui ne va pas, et cela ne sert plus à rien de prétendre le contraire.

Semblant à peine l'entendre, il revint sur les événements de la nuit, comme s'il n'arrivait à penser à rien d'autre qu'à ce moment crucial.

—C'est sûrement un attelage que Lister a entendu passer, et je suis persuadé qu'elle était dedans.

Une fois encore, Alice avait sa petite idée sur la question, mais elle se garda bien de dire quoi que ce soit.

—Pourquoi est-elle partie ? gémit Henry. Et pourquoi partir seule ?

Elle n'avait pas l'intention d'éclairer sa lanterne. Il était évident que Louisa s'était enfuie avec le docteur, et Henri finirait par le découvrir. Toutefois, deux fugues amoureuses en une seule nuit ! C'était à peine croyable.

—Comment a-t-elle pu faire une chose pareille ? continua-t-il. Comment a-t-elle pu me déshonorer de la sorte, déshonorer les Fitzroy de la sorte ?

Alice ne pouvait se résoudre à reprocher à sa belle-sœur sa conduite. Depuis des mois, elle voyait combien Louisa était heureuse en compagnie du docteur Daniels, plus heureuse que jamais. D'ailleurs, cela ne l'avait pas étonnée : elle imaginait la vie que sa belle-sœur devait endurer à Amberley. Malgré tous ses défauts, elle ne méritait pas de passer le restant de ses jours à souffrir, liée à un homme comme Henri Fitzroy. Même en pareil moment, celui-ci se préoccupait davantage de l'honneur de sa famille que de toute autre chose. L'amour, l'amour véritable, était un sentiment qui lui était totalement étranger. Il était capable de bonnes manières en société, capable d'un charme superficiel et d'une amitié manipulatrice, et il était capable de bien, bien pire encore – mais il n'était pas capable d'amour.

Elle s'approcha de son fauteuil et l'invita avec douceur à se lever.

—J'ai bien peur de ne pas pouvoir t'aider, Henri. Il faut que tu retournes à Amberley et que tu commences à te renseigner.

Son frère se dirigea vers la porte d'un pas chancelant, comme s'il était somnambule et plongé dans un cauchemar, puis il disparut sans un mot d'adieu.

Lorsqu'il fut parti, elle se tourna vers son fils.

—Tu ne diras rien de tout ceci, William ?

—Non, Maman, répondit-il, imperturbable. Et si nous continuions ? Je crois que j'ai trouvé assez de pièces pour faire le tour du puzzle.

Depuis son fumoir, Joshua voyait l'allée de devant. Sa tristesse avait laissé la place à l'introspection, tout d'abord, puis à une fureur absolue, et son espace personnel lui paraissait le plus approprié pour faire les cent pas avec colère. Sa fille était partie. Partie pour de bon. La fille qu'il avait aimée et chérie. Elle avait refusé d'épouser l'homme auquel il avait donné sa bénédiction et choisi de gâcher sa vie avec un homme qui travaillait de ses mains, un bon à rien d'Irlandais qui n'avait pas grand-chose à offrir en dehors de son charme. Elle l'avait quitté sans un mot, à part les quelques-uns griffonnés dans sa lettre. Il prit la feuille froissée et la chiffonna pour en faire une boule serrée, qu'il lança ensuite avec force en travers de la pièce.

Elle va être bien punie, pensa-t-il avec un sentiment de satisfaction. S'imaginait-elle vraiment que ce jeune homme allait l'épouser ? Se pouvait-il qu'elle soit aussi sotte ? Elle reviendrait en rampant, contrite et larmoyante, implorant son pardon. Oubliant ce qu'il avait déclaré un peu plus tôt, il décida qu'il lui pardonnerait peut-être sa conduite ; *peut-être*, mais il faudrait d'abord qu'elle le supplie. Plus aucun homme ne voudrait d'elle. Elle serait obligée de passer le restant de ses jours à Summerhayes, aux côtés de ses parents ; et cela lui convenait parfaitement.

Un bruit de pas sur le gravier le poussa à aller regarder par la fenêtre. Henry Fitzroy se dirigeait vers le portail de Summerhayes. À pied ! C'était tout à fait surprenant. Lui qui réclamait son attelage ne serait-ce que pour aller voir le gardien de son propre domaine ! Et la bizarrerie de la chose ne s'arrêtait pas là : il y avait quelque chose d'anormal dans sa posture. Il paraissait plus petit, rabougri, avait le dos courbé et la tête penchée. Il lui était arrivé quelque chose de désagréable. À cette pensée, Joshua éprouva un vif plaisir. C'était la justice immanente. Son beau-frère était à l'origine des problèmes survenus à Summerhayes, il en était convaincu. Il ne se laisserait pas aller à ruminer tous les actes de malveillance qui avaient pu être commis au cours de l'été, mais il était sûr qu'Henry en était responsable.

Il regarda son ennemi avancer d'un pas lourd, tête nue, en direction du portail. Il avait quelque chose à la main. Une feuille de papier. Une lettre ? Une autre lettre. Avait-il, lui aussi, reçu de mauvaises nouvelles ? Un regain d'énergie, soudain et puissant, le submergea tout entier. C'était bon de savoir qu'Henry Fitzroy souffrait.

42

Dès qu'ils étaient arrivés sur les quais à Southampton, Elizabeth avait eu hâte de monter à bord du paquebot, hâte de disparaître. Sa nervosité était à son comble. Elle s'attendait à être démasquée à tout moment, à ce qu'un homme en uniforme bondisse sur la passerelle et la ramène de force sur le quai. Le paquebot partirait alors sans elle, et elle serait contrainte de le regarder s'éloigner, de regarder Aiden quitter sa vie pour toujours.

Bien sûr, ses craintes étaient insensées. Son affolement s'expliquait par l'épreuve que cela avait été de quitter Summerhayes et par la peur que lui inspirait la nouvelle vie qui l'attendait. Quand Aiden lui avait fait remarquer, à juste titre, que personne ne pouvait savoir où elle se trouvait, puisque même le fermier auquel il avait loué le cabriolet savait seulement qu'ils se rendaient à la gare de Shoreham et que le train aurait pu les emmener n'importe où, elle se reprocha son attitude timorée et brava le pont découvert.

Là, elle vit toutes sortes de choses captivantes. Les derniers préparatifs avant le départ étaient trépidants, et il s'écoula des heures de précipitation et de frénésie, partout sur les ponts et sur les passerelles. Les passagers en retard montaient à bord petit à petit, des bagages oubliés étaient hissés sur des chariots, les membres de l'équipage couraient en tous sens, procédant à des vérifications de dernière minute, et des caisses et des caisses de denrées alimentaires, en quantité suffisante pour nourrir l'ensemble des personnes à bord au cours des sept jours de traversée, étaient emportées dans les cuisines. Quand le *Mauretania* leva enfin l'ancre et s'avança majestueusement dans la Manche, Elizabeth eut un frisson d'exaltation. Elle éprouvait un mélange grisant de nervosité et de plaisir.

Hélas, son humeur enjouée ne dura pas. Dès qu'ils eurent contourné la Cornouailles et qu'ils s'élancèrent entre les crêtes et les creux de l'Atlantique, elle regretta de n'être plus sur la terre ferme. Elle aurait voulu oublier le trajet jusqu'à Queenstown. Les vagues lui parurent gigantesques, et le paquebot tanguait horriblement. Elle savait que sa cabine était plus confortable que l'entrepont, comme Aiden le lui avait dit, mais elle était néanmoins exiguë et étouffante. Pendant trois jours, elle resta sur sa couchette, avec une bassine en étain à côté d'elle, incapable de se mouvoir. Aiden lui rendit régulièrement visite, lui apporta du thé léger et des biscuits secs, mais elle était trop nauséeuse pour manger ou boire quoi que ce soit, et elle le renvoya.

Ce ne fut que deux jours après qu'ils eurent quitté la côte irlandaise qu'elle s'aventura à quitter sa couchette pour essayer de se mettre debout toute seule. Avec une grande précaution, traînant les pieds, elle avança jusqu'au hublot et regarda au-dehors. La mer lui semblait encore agitée, mais les vagues étaient un peu moins grosses et le plancher lui paraissait un peu plus stable, sous ses pieds. Quand Aiden lui rendit sa visite matinale habituelle, elle se laissa convaincre d'aller faire un petit tour.

Il la guida dans un nombre incalculable de couloirs et d'escaliers, lui frayant un chemin entre les fauteuils éparpillés, les petits groupes de passagers et les bagages qui semblaient avoir été abandonnés, çà et là. Enfin, ils sortirent sur le pont découvert. Elle s'avança jusqu'au bastingage et prit une profonde inspiration, soulagée. Le vent jouait dans ses cheveux et le soleil lui réchauffait le visage. Après une autre grande bouffée d'air frais et vivifiant, elle commença à se sentir renaître.

Pour la première fois depuis qu'ils avaient quitté Southampton, elle prêta attention à son environnement.

—C'est immense, dit-elle en indiquant d'un geste vague les sept ponts et les quatre énormes cheminées du *Mauretania*.

—Jusqu'à tout récemment, c'était le plus grand paquebot du monde. Vous sentez-vous un peu mieux ?

Il se pencha vers elle et lui déposa un baiser sur le sommet de la tête.

—Je pense que je vais survivre.

Elle se sentait suffisamment bien maintenant pour se moquer un peu d'elle-même.

—Dans ce cas, nous devons croiser les doigts pour que la mer reste calme et que nous fassions bon voyage. Le *Mauretania* reste le paquebot transatlantique le plus rapide, et nous devrions arriver à New York dans quatre jours.

Encore quatre jours en mer. Elizabeth espérait de tout cœur qu'elle parviendrait à rester debout pendant tout ce temps. Aiden s'abrita les yeux d'une main, et elle suivit son regard vers l'océan, qui s'étendait à perte de vue. Des kilomètres et des kilomètres de flots ondoyants, jusqu'à l'horizon bleu estompé, et au-delà.

—Imaginez cela : nous allons arriver au Nouveau Monde – et très bientôt ! C'est difficile à croire. J'adorerais que nous puissions voir la ville de New York, mais nous n'avons pas assez d'argent pour nous y attarder. Dès que nous débarquerons, nous devrons repartir.

—Cela ne me dérange pas.

Elle était devenue impatiente d'arriver là où elle allait vivre.

Il la serra dans ses bras.

—Nous prendrons un cab du port jusqu'à la gare de Grand Central… Cela ne devrait pas être trop cher. Les trains partent de là deux fois par jour.

—Et quand arriverons-nous à Toronto ?

—Le trajet nous prendra le reste de la journée et une bonne partie de la nuit, je le crains. Cela va être fatigant pour vous, surtout juste après la traversée en bateau… mais Niall nous attendra à la gare Union, à Toronto.

—Vos proches sont très gentils.

—Ils vont nous mettre à l'aise, c'est sûr, et ils voudront que nous restions aussi longtemps que nous en aurons envie. Nous pourrons prendre notre temps.

—Pas trop tout de même, si nous ne voulons pas abuser de leur hospitalité.

Le vent devenait plus froid, porteur de la fraîcheur de l'automne. Elle se blottit entre ses bras.

—Il faudrait que nous nous trouvions un logement bien à nous dès que possible, mais cela risque de prendre un peu de temps.

Il s'écarta un peu d'elle et la tint à bout de bras pour la regarder, le sourire aux lèvres.

—Il y a le petit détail du mariage à régler, d'abord… L'auriez-vous oublié ? Ou peut-être pensiez-vous vous moquer complètement des convenances ?

Elle prit un moment pour réfléchir, puis elle lui fit passer les bras autour d'elle et se blottit à nouveau entre eux.

—Vous savez ? Je crois que cela m'est égal.

—Elizabeth Summer ! s'exclama-t-il d'un air faussement choqué.

La taquinerie la fit sourire mais, secouant la tête, elle dit avec sérieux :

—Je ne suis pas sûre de m'être jamais souciée des convenances. Pas pour moi-même. J'ai toujours dit et fait ce que l'on attendait de moi – plus ou moins –, mais c'était par égard pour ma famille. J'étais celle que mes parents voulaient que je sois. C'était plus simple que de me disputer continuellement avec eux. Mais en toute franchise, respecter les conventions sociales n'a jamais eu beaucoup de sens, à mes yeux.

—Et vous venez juste de vous en apercevoir ?

—Je crois que je m'en suis aperçue quand je vous ai rencontré, répondit-elle avec amour. Vous m'avez appris à reconnaître celle que je suis réellement.

—Et qui est-ce ?

—Un esprit plus courageux que je ne le croyais. Une personne qui peut faire ce qu'elle veut de sa vie, être celle qu'elle désire être. Avoir des rêves extravagants et faire tout son possible pour les réaliser.

—Si vous me le permettez, je vous aiderai de mon mieux.

Il lui déposa un autre baiser sur le front.

Ces rêves, toutefois, l'emmenaient loin de Summerhayes et, tout à coup, une vague de tristesse sembla monter de l'océan pour la submerger, la prenant au dépourvu. Elle se dit que tout se passerait bien pour sa mère et pour son frère. Ils se porteraient mieux sans elle. Mais son père ? Elle ne penserait pas à son père, pas pour le moment.

Elle prit la main d'Aiden et la serra fort dans la sienne.

—Je n'aimais peut-être pas mon ancienne vie, mais je ne peux pas l'oublier.

—Pourquoi l'oublieriez-vous ?

—Il faudra que j'écrive à ma famille dès que je le pourrai.

—Bien sûr, vous pourrez le faire dès que nous arriverons.

Il lui caressa la joue.

—Je crois que vous commencez à avoir froid… Nous devrions marcher un peu.

Elle se laissa entraîner sur le pont animé en direction de l'arrière du bateau, et quand ils arrivèrent à la poupe, elle se sentait fatiguée. Elle était encore affaiblie par ces trois jours de maladie. Se tenant aux côtés d'Aiden, tout contre lui, elle s'appuya au bastingage blanc et regarda les vagues s'écraser et écumer dans le sillage du bateau. Une volée de mouettes poussa des cris rauques et piqua au-dessus de leur tête.

—Un jour, nous y retournerons, dit-elle avec mélancolie. Quand la guerre sera finie.

Elle aimait Aiden plus qu'elle n'aurait su le dire, mais une partie de son cœur demeurerait pour toujours à Summerhayes.

—Oui, répondit-il, nous y retournerons, et je vous garantis que votre famille nous accueillera à bras ouverts. Même votre père – du moment que je fais fortune d'ici là !

—Un détail, dit-elle joyeusement.

—Un tout petit détail, acquiesça-t-il, comparé à ceci…

Il l'enlaça et, sans se soucier d'un marin qui passait, l'embrassa langoureusement, tendrement.

Une lettre de Merryn

Cher lecteur,

Je veux vous adresser un immense merci pour avoir choisi de lire *La Fille de Summerhayes*. Si ce livre vous a plu et que vous souhaitez vous tenir au courant de mes dernières publications, abonnez-vous simplement en passant par le lien ci-dessous. Votre adresse électronique ne sera jamais partagée, et vous pouvez vous désabonner à tout moment.

WWW.BOOKOUTURE.COM/MERRYN-ALLINGHAM

Les Jardins perdus de Heligan, en Cornouailles, ont été ma source d'inspiration pour écrire ce roman. Quand ils étaient au sommet de leur gloire, vers la fin de l'époque victorienne et de l'époque édouardienne, leurs propriétaires ont consacré d'immenses quantités de temps, d'argent et d'énergie à créer un véritable paradis, mais, en 1914, la guerre a éclaté, et tout a changé.

Un jour particulier de cet été-là, tous les jardiniers du domaine ont déposé leurs outils et, marchant côte à côte, sont allés s'enrôler au bureau de recrutement du coin. C'est cette image – celle de ces hommes d'honneur, courageux, allant ensemble s'enrôler pour ce qu'ils considéraient comme une cause juste – qui est restée gravée dans mon esprit après une visite des jardins, maintenant restaurés. La plupart de ces hommes, sinon tous, devaient trouver la mort dans la boue des tranchées, dans les Flandres. Sur le registre, qui aurait dû lister toutes les tâches accomplies, figurait seulement la date, à la page de ce jour-là ; et, chose terriblement émouvante, il ne devait plus jamais être utilisé par la suite. Je savais que je devais consigner ce moment, et bien que mon domaine imaginaire, Summerhayes, se trouve niché dans la campagne du Sussex, et non en Cornouailles, il fait également face à la menace d'une guerre qui s'approche dangereusement. Comme la chaleur accablante de l'été va croissant jusqu'à ce que l'orage éclate, Elizabeth, sa famille et toute la maisonnée doivent faire face aux dangers sur tous les fronts. L'été 1914 changera tout pour eux, comme il a bel et bien tout changé pour tant de personnes.

Si vous avez aimé *La Fille de Summerhayes*, je serais ravie que vous me laissiez un petit commentaire. C'est merveilleux pour moi d'avoir les impressions de mes lecteurs, et cela aide d'autres personnes à découvrir mes livres. Et n'hésitez pas à me contacter *via* Facebook, Twitter, Goodreads ou mon site Internet – cela me fera très plaisir !

Merci de m'avoir lue,

Merryn Allingham

WWW.MERRYNALLINGHAM.COM
FACEBOOK.COM/MERRYNWRITES
TWITTER.COM/MERRYNWRITES

Retrouvez-nous sur les réseaux sociaux :

City éditions

www.city-editions.com
@cityeditions
www.facebook.com/cityeditions/
@CityEditions
@cityeditions

Achevé d'imprimer en septembre 2024
sur les presses de la Nouvelle Imprimerie Laballery
58500 Clamecy
Numéro d'impression : 408315

Imprimé en France

La Nouvelle Imprimerie Laballery est titulaire de la marque Imprim'Vert®